DODENDANS

Ander werk van Maria Grund

De hoofdzonde (2021)

MARIA GRUND

Dodendans

Vertaald door Ron Bezemer

AMSTERDAM · ANTWERPEN

Oorspronkelijke titel *Dödsdansen*
Oorspronkelijke uitgever Modernista Group AB
Copyright © 2022 Maria Grund
Copyright vertaling © 2023 Ron Bezemer / Uitgeverij Volt

Omslag © Wil Immink Design
Omslagbeeld Wil Immink Design / iStock
Foto auteur © Katarina Grip Höök

ISBN 978 90 214 2342 5 / NUR 332
www.uitgeverijvolt.nl

1

Sanna Berling veegt een zweetdruppel uit haar nek. Haar dunne zwarte bloes plakt tegen haar borst. Het is benauwd. Het enige wat door de ventilator op tafel beweegt, zijn de kleine, verdrogende blaadjes van een kamerplant.

Op het scherm van haar computer kijken de aantekeningen van het verhoor van een week geleden haar aan. Openbare dronkenschap bij de snackbar. Vier mannen, in leeftijd variërend tussen de dertig en de vijftig, hadden bij elkaar de tanden uit de mond geslagen voor het buffet van de cafetaria, waar vettig druipende hamburgers en hotdogs worden verkocht aan iedereen die uitgehongerd van de dansvloer komt. Een halfuur lang hadden ze daar op de parkeerplaats molenwiekend met elkaar staan vechten. Hun vrouwen en vriendinnen hadden geprobeerd hen te laten ophouden, maar hadden in plaats daarvan zelf een blauw oog opgelopen. Dat soort dingen gebeuren nu eenmaal op vrijdag- en zaterdagavonden in een dorp. Geen moorden of verkrachtingen, geen geplande geweldsuitbarstingen. Alleen maar pure frustratie.

Voetstappen. Een geur. Ansjovis en snus. Anton Arvidsson legt een in plastic gewikkeld broodje op haar bureau. Hij frommelt een zakje in elkaar en veegt een broodkruimel van zijn uniform.

'Zou je nu niet snel weg moeten, als je nog op tijd wilt zijn?'

Er klinkt een sissend geluid als hij zijn blikje koolzuurhoudende energiedrank opent. Hij zet zijn lippen tegen de opening om het vocht op te vangen dat over de rand stroomt.

Op de vloer naast haar voeten wordt Sixten direct wakker. De Ierse wolfshondkruising ziet eruit als de hond van de Baskervilles, maar hij doet geen vlieg kwaad. Zelfs niet als iemand die naar ansjovis stinkt hem midden in een droom wakker maakt. Toen Eir

Sanna gebeld had om te vragen of ze voor Sixten kon zorgen, had ze eerst geaarzeld, maar nu kan ze zich geen leven meer zonder hem voorstellen.

Ze verwijdert het plastic van het broodje en verdeelt het in stukjes, die ze aan Sixten voert. Anton observeert haar en glimlacht, alsof hij iets wil zeggen.

Anton heeft iets slims en grappigs. Hij ziet er niet uit als een politieagent, eerder als een bodybuilder. Hij is gespierd en zijn hals is boertig breed. Ondeugende ogen. Een glimlach op zijn opmerkelijk zachte, rossige gezicht.

'Wat is er dan met die buren gebeurd die normaal op hem passen?'

Anton bedoelt het gepensioneerde stel dat één verdieping boven Sanna's flat woont, Kai en Claes. Nog dezelfde dag dat Sanna was verhuisd hadden ze bij haar aangebeld, samen met hun husky, Margaret Thatcher, om haar te verwelkomen. Toen op zekere dag ook Sixten bij haar was komen wonen, hadden de honden elkaar ontmoet en elkaar leuk gevonden. En zo kwam het dat Kai en Claes af en toe op Sixten pasten.

'Die zijn tot vanavond op het vasteland,' zegt ze.

Anton lacht een beetje, hetzelfde lachje als wanneer zijn vrouw hem belt. Daarna loopt hij terug naar zijn bureau.

Links van zijn werkplek staat een scherm dat is bekleed met jute. Daarachter is een plek waar hij kan gaan zitten als er iemand de kamer binnenkomt met wie hij onder vier ogen wil praten. Hoewel dat nooit gebeurt, dus het tafeltje erachter fungeert meer als een plek om losse rommel op te zetten. Nu ligt er printerpapier en staat er een doosje met iets erin. Misschien haar naamplaatje.

Ze moest er nog steeds aan wennen dat dit kleine, onbelangrijke politiebureau voortaan haar werkplek was, ook al werkte ze hier al een paar maanden. Toen ze uit de ziektewet kwam, was haar in plaats van haar baan als rechercheur in de stad een rustiger deeltijdaanstelling aangeboden, en haar besluit was niet moeilijk geweest. Eindelijk had ze de half uitgebrande boerderij verkocht en voor een fractie van het geld een klein appartementje aan de rand van het dorp kunnen kopen. Een simpeler leven.

Ze hoort de deur van het politiebureau opengaan.

Anton slaat het restje van zijn energiedrank achterover terwijl er een man binnenkomt. Hij is van middelbare leeftijd. Hij draagt een sportlegging, een trainingsjack en hardloopschoenen. In zijn hand heeft hij een plastic tasje.

'Ik wil dit hier alleen maar afgeven,' zegt hij en hij overhandigt het tasje aan Anton. 'Tenminste, als jullie plaats hebben voor gevonden voorwerpen?'

Anton maakt het tasje open en fronst zijn voorhoofd.

'Wat is het?' vraagt Sanna achter hem.

'Ik dacht dat iemand die misschien wel zal missen,' vervolgt de man. 'Ik heb zelf kinderen, dus ik weet hoe verdrietig ze kunnen zijn als ze iets verliezen.'

Anton laat het geopende tasje aan Sanna zien.

Een pop. Levensecht. De blauwe ogen kijken standvastig uit het tasje omhoog. In een geel kruippakje met een gestreept strikje en een lammetje op de borst ziet de pop er bijna uit als een baby. Op het hoofd zit een mutsje.

'Ik was aan het rennen in het bos. Eerst liep ik er langs, maar ik móést gewoon terug.'

Sanna neemt het tasje van Anton over en kijkt er nog een keer in.

'Die ziet er nieuw uit.'

De man knikt. 'Ik was niet helemaal hiernaartoe gekomen als het een oud stuk speelgoed was dat er al jaren lag.'

'Helemaal hiernaartoe?' vraagt Sanna. 'Waar heb je hem dan gevonden?'

'Aan de oostkant van het bos. Niet helemaal tot het moeras, maar in die richting.'

'Het moeras?' zegt Anton. 'Maar die kant op heb je alleen maar dichtbegroeid bos en vervallen boerderijen. Ik wist niet dat daar hardlooppaden waren.'

'Ik loop niet over paden. Dat heet oriëntering, met behulp van een kaart. Elke keer op een andere plek, om goed in conditie te blijven.'

Hij knikt naar het tasje. 'De vraag is misschien eerder: hoe is die pop op die plek terechtgekomen?'

Als de man even later door de deur verdwijnt, kijkt Sanna hem na. Anton haalt de pop uit het tasje en zet hem op zijn tafel, met het gezicht naar de deur. De kleine nepogen lijken plotseling angstig te kijken. Maar ze zijn vooral helder. Sanna pakt hem op en draait hem om. Ze laat haar hand over de gele stof van het kruippakje glijden. Geen spoortje vuil. Het gestreepte strikje op de borst is zacht en glad. Eronder zit iets scherps, maar als Sanna het aanraakt, buigt het mee. Het restant van een plastic pinnetje waar vermoedelijk een etiket aan vast heeft gezeten.

'De boekhandel in het dorp verkoopt misschien zulk speelgoed?' zegt ze tegen Anton.

Hij glimlacht en knikt in de richting van de klok aan de muur.

'Zeg, niemand is dol op een begrafenis. Vooral niet als het om mensen gaat om wie je hebt gegeven. Maar als je nu niet vertrekt, kom je te laat.'

Ze loopt terug naar haar bureau en pakt haar thermosfles met koffie. Sixten staat op en loopt op een sukkeldrafje achter haar aan naar de deur. Daar geeft Anton Sanna met een meelevende glimlach een klapje op haar schouder.

'Misschien is het in elk geval wel leuk om weer eens een paar oude collega's te ontmoeten?'

Sanna start haar ivoorwitte Volvo 945 en werpt een blik in de achteruitkijkspiegel. Sixten kijkt haar onmiddellijk aan. Zijn kop en grote poten hangen over de rand van de achterbank. Ze heeft deze grote auto juist voor hem gekocht. De verkoper had de auto vooral aanbevolen om de moderne geluidsinstallatie die hij had ingebouwd, de achterwielaandrijving en het gietijzeren motorblok, terwijl zij alleen maar oog had gehad voor de enorme achterklep met de lage instap. Maar Sixten had slechts één keer van die ingang gebruikgemaakt en had daar angstig zitten hijgen terwijl zij reed. Sindsdien laat ze hem via het achterportier naar binnen springen. Dat is het enige wat hij wil. Ze had een beschermingsnet besteld om de autoritten voor hen beiden veiliger te maken, maar het ding was nog niet gearriveerd.

Ze zet de radio aan. De min of meer continue nieuwsuitzendingen van het Europese vasteland, ongeregeldheden waar de hele wereld het over heeft. Het geweld dat de laatste jaren is toegenomen; een paar weken geleden waren rechts-extremisten met rellen begonnen die in diverse landen werden gecoördineerd. Gewapende groepen die binnen korte tijd vaste grond onder de voeten hebben gekregen; in bepaalde steden hebben overheidsinstanties hun deuren gesloten. Ze huivert als ze hoort over gezinnen die op de vlucht slaan, die uit elkaar gerukt worden; over de uitzichtloosheid, omdat geen derde partij wordt toegelaten voor een gesprek of bemiddeling.

Als het nieuws overgaat op reclame, zet ze Spotify aan en doet haar draadloze oortjes in. Haar playlist kiest van rockband Robert Johnson and Punchdrunks willekeurig het nummer 'Genocide'.

Ze stuurt de auto de provinciale weg op, die ook de hoofdstraat van het dorp is. Aan de hoofdstraat bevinden zich het benzinestation, koffiehuis Bagarns, de boekhandel en de bibliotheek. Bovendien is er een kapper, en een ijzerwinkel waar je van alles kunt kopen, variërend van timmerhout tot koekenpannen. Ze had er zelf spullen gekocht toen ze hier was komen wonen. Voor haar flat had ze er behalve de thermosfles ook een koffiezetapparaat gekocht en een paar gewone mokken. Een blikopener, een pan en een paar borden met bestek.

Ze kijkt naar de file die haar op de andere rijbaan langzaam tegemoetkomt. Een tractor. Een paar houtladers, gevolgd door een van de gele auto's van de thuiszorg.

Plotseling klinkt er een knetterend geluid, het snijdt door de lucht vanuit het niets. Sixten tilt zijn kop op en Sanna kijkt in de achteruitkijkspiegel.

Een groep tienermeisjes op bromfietsen. Ze herkent ze. Heeft ze al verschillende keren gezien nadat ze verhuisd was. Ze dwalen door het dorp als een zwerm, zowel overdag als 's nachts. Nu komen ze uit een zijstraat en gaan precies achter haar auto rijden. Het licht van hun koplampen schijnt in de zijspiegels, de meisjes halen in en rijden langzaam om de auto heen.

Naast Sanna rijdt een glanzend zwarte Aprilia. De belijning van de brommer is strak en licht, maar de vorm oogt agressief. Het meisje dat stuurt heeft halflang roze haar en een grote tas over haar schouder. Achterop zit een meisje in een korte broek en een gebreide trui, ze heeft haar slanke benen in bordeauxrode veterlaarsjes gestoken. Haar handen rusten op haar blote dijen. Door haar donkere haar is een zwart lint gevlochten. Een seconde lang draait ze haar hoofd naar Sanna; haar helm legt een schaduw over haar ogen en de trekken van haar gezicht zijn niet te zien. Met één hand geeft ze een teken aan het meisje dat stuurt. Als de Aprilia meer snelheid maakt, ziet Sanna haar nek. Daar zit een tattoo, een soort vrouwelijk natuurwezen. Direct daarna zwenkt het glanzend zwarte beest precies voor de Volvo naar rechts en snijdt de auto af, waardoor Sanna gedwongen wordt om te remmen. De zwerm rijdt het trottoir op en verdwijnt in een zijstraat.

2

Als ze de haven van het vissersplaatsje in rijdt, wordt ze verblind door de zon. De twee kleine, afgeplatte rotseilandjes iets verderop in zee glinsteren in het felle licht. De plek in de schaduw waar ze wil parkeren is smal en ze moet de Volvo twee keer achteruitsteken voor het haar lukt. Als de motor uit is, drinkt ze het laatste beetje koffie uit haar thermosfles, reikt naar achteren en krabt Sixten tussen zijn oren. Met zijn grote, lieve ogen kijkt hij haar vragend aan.

'Natuurlijk mag je mee,' zegt ze.

Op de pier verzamelen zich mensen, de in het zwart geklede rij wordt almaar langer. Vroeger maakten begrafenissen haar altijd onrustig. De dood was iets kouds en abstracts. De teraardebestelling zelf was niets anders dan een moment waarop je langzaam leek te stikken, de psalmen en de afscheidswoorden een soort stroperig vlies. Nu heeft ze dat niet meer. Misschien is ze haar angst kwijtgeraakt. In de loop der jaren heeft de dood in elk geval een andere betekenis gekregen. Erik, die daar al is, aan gene zijde, met zijn zachte haar in de war en zijn kleine, in de was verbleekte teddybeertje. Misschien voelt de dood gewoon niet meer zo ver weg als vroeger.

Vandaag zal het afscheid plaatsvinden op zee. De zee die ademt en zich naar hen uitstrekt, jaar in, jaar uit. De zee die overal binnensluipt, over de oevers kruipt, zich een weg baant door vezels en scheuren, tot in de aarde, en alles met leven vult. Vandaag zal die zee een leven terugkrijgen, een van hen zal als as in de golven verdwijnen.

Een tik tegen de autoruit doet haar opschrikken. Een seconde daarna laat Eir Pederson zich op de passagiersstoel zakken en draait zich om om Sixten te knuffelen.

'Ik wilde je niet laten schrikken,' zegt ze met een glimlach.

In haar zwarte jeans en even zwarte shirt onder een strak leren jack is Eir voor een begrafenis fatsoenlijk gekleed, maar haar haar zit in de war, haar gympen zitten onder het stof en de veters zijn niet netjes gestrikt. Ze ziet er bijna net zo uit als toen Sanna haar voor de eerste keer ontmoette. Op een zondag, drie jaar geleden, toen ze als nieuwe rechercheur moordzaken opdook bij een kalkgroeve waar de veertienjarige Mia Askar zich van het leven had beroofd.

'Hoe is het met je?' vraagt ze.

'Het zal wel beter gaan als dit voorbij is,' antwoordt Sanna terwijl ze naar de mensenmassa in de haven knikt.

'Ja, verdomme...' Eir laat haar blik over de omgeving gaan. 'Ik zei net nog tegen Fabian dat ik het gevoel had dat de oude man van diagnose naar dood is gegaan voordat je het zelfs maar kon bevatten... Misschien mocht niemand van ons hem graag, maar jullie hebben lang samengewerkt, jij moet dus wel erg geschrokken zijn.'

Sanna kan zich niet precies herinneren hoelang Ernst 'Eken' Eriksson haar chef was geweest op het politiebureau in de stad, maar het waren heel wat jaren. De laatste periode dat ze hadden samengewerkt was gevuld geweest met conflicten en het had geleken alsof hij het allemaal al had opgegeven, maar toch had ze hem aardig gevonden. Hij had haar als jonge politieagent een kans gegeven, en toen jaren later de brand haar man en haar kleine Erik had weggerukt, had Eken haar overstelpt met werk. Hij had begrepen dat recherchewerk het enige was wat ze nog overhad.

'Gaat het goed met je?' vraagt Eir.

Sanna knikt. 'Hoe is het met Fabian? Ik hoorde dat zijn moeder pas is overleden?'

'Ja... Maar ze was al lang ziek, dus het was haar tijd. In meerdere opzichten misschien een opluchting: hij ging elke dag bij haar langs, soms urenlang. Ook al was ze te ziek om dat te beseffen.'

'Heb je haar weleens ontmoet?'

'Eén keer maar, toen hij met haar naar het strand is gereden omdat ze graag met haar voeten in het zeewater wilde. Ze had veel last van eczeem. Hij droeg haar naar de waterkant en hield haar in zijn armen tot ze in slaap viel.'

Sanna krijgt Fabian in het oog op de pier. Lang, slank en zelfverzekerd in zijn maatpak loopt hij naar een ouder echtpaar, dat hij begroet. Achter zijn hand verbergt hij een geeuw.

'Hij heeft nog tot laat vannacht aan een sectie gewerkt,' verzucht Eir. 'Een dode waarbij het vermoeden bestaat dat er in het ziekenhuis een fout is gemaakt... Kon blijkbaar niet wachten.'

Sixten gaat rechtop zitten en duwt zijn neus tegen Sanna's schouder. Ze stapt uit, doet het achterportier open en laat hem eruit. Terwijl hij rondsnuffelt in het bruingroene gras, komt Eir naast haar staan.

'Is het fijn om weer aan het werk te zijn?' vraagt ze. 'Ook al weet ik niet of ik die verdomde schoenendoos in het dorp een werkplek zou willen noemen...'

'Het gaat wel.'

De groep mensen in de haven beweegt zich in de richting van een groot passagiersschip. Op het witte stuurhuis zit een bord met het woord CHARTERS, gevolgd door een telefoonnummer.

Al snel beginnen de gasten aan boord te gaan. Ergens tussen hen in duikt de weduwe van Eken op. En naast haar zijn zoon, met een urn in zijn armen. Een voor een verdwijnen ze in het schip, om even later op het zonnedek weer tevoorschijn te komen. Fabian is achter hen aan gelopen, hij gebaart naar Sanna en Eir dat ze zich moeten haasten.

'Hoe gaat het met jou en Fabian?' vraagt Sanna terwijl ze Sixten aan de riem doet.

Op Eirs gezicht verschijnt een glimlach.

'Tja, wat zal ik er verdomme van zeggen... Hij heeft natuurlijk veel met zijn moeder te stellen gehad. En we werken allebei verdomd veel. Vooral hij. Je weet nog wel hoe het eraan toegaat op het forensisch instituut. De afgelopen jaren zijn afschuwelijk geweest.'

'Ja, ik geloof dat ik hem nooit vakantiedagen heb zien opnemen, zelfs niet in mijn tijd.'

'Nee, maar nu gaat hij eindelijk proberen een week vrij te nemen. Hij begint morgen met een vriendenweekend.'

'Aha.'

'Die kameraden van hem zijn leuke jongens. Van die jeugdvrienden die ik zelf nooit gehad heb. Ze gaan het hele weekend naar de villa. Heb ik je al eens iets over die villa verteld?'
Sanna schudt haar hoofd. 'Nee...'
'Echt absurd. Die heeft hij van zijn moeder geërfd. Een idioot groot huis uit de jaren zeventig, aan zee, een stukje ten noorden van de stad. Altijd verhuurd voor conferenties en dergelijke. Maar nu heeft hij de boekingen tijdelijk stilgelegd. Hij wil kijken of hij het kan verkopen.'
'Ben je er zelf weleens geweest?'
Eir schudt haar hoofd. 'Het was immers al die tijd verhuurd. Maar nu... Misschien later deze week.'
Fabian wenkt hen weer vanaf het dek. Sanna kort de riem in en samen met Eir haast ze zich naar het schip.
'Dat is lang geleden,' zegt Fabian als ze aan dek komen en hij haar omhelst. 'Je ziet er goed uit.' Daarna pakt hij Eirs hand; hun vingers verstrengelen zich en hij kust haar zachtjes in haar hals.
'Sanna?' hoort ze iemand met zachte stem achter haar rug zeggen.
Het is Alice Kyllander, de jonge analist van de NOA, de Nationale Operationele Afdeling, die drie jaar geleden van het vasteland was gekomen om te assisteren bij het oplossen van een moord, en daarna iedereen verrast had door op het eiland te willen blijven. Ze is een tengere verschijning, haar kleren zijn iets te groot en haar huidkleurige bril valt weg tegen haar gezicht.
'Leuk om je te zien,' zegt ze terwijl ze haar bruine haar in een knot in haar nek vastmaakt. 'Wil je iets drinken? Ik zag dat er ijsthee op het buffet staat.'
Sanna wil iets zeggen, maar zodra ze Sixten naast haar ziet staan hijgen, bedenkt ze zich. Ze verontschuldigt zich en loopt verder naar een afgelegen, schaduwrijke plek aan de rand van het schip. Het verweerde metaal van de reling is roestig en koel onder haar handen. Sixten gaat naast haar voeten op de grond liggen. Daarna wordt de motor van het schip met een trilling gestart. Vanuit haar ooghoek ziet ze de contouren van de mensen om haar heen terwijl het schip de haven uit stevent.

3

Eir drinkt haar wijnglas leeg en pakt een paar kleine, handgemaakte bonbons uit een schaaltje terwijl het personeel na de herdenkingslunch de tafel afruimt. Fabian leunt zwijgend achterover en kijkt haar onderzoekend aan, tot ze er onzeker van wordt. Dan glimlacht hij. Er is iets wellustigs in zijn blik wanneer hij naar haar kijkt. Ze voelt dat ze bloost en vanbinnen warm wordt.
'Waarom zijn we nog niet terug in de haven?' vraagt ze met haar mond vol.
Hij lacht en neemt een slokje van zijn alcoholarme bier.
'Omdat de bonbons nog niet op zijn,' antwoordt hij zonder die intense donkerblauwe blik van haar af te wenden.
Ze laat een bonbon vallen en kijkt naar haar schoot. Haar oog valt op haar stoffige gympen, die ze vergeten is schoon te poetsen voor deze dag. Zo stom. Hoe kon ze dat nou vergeten?
Fabian buigt zich naar haar toe, tot zijn gezicht dicht bij dat van haar is. Zo dichtbij dat ze de geur van zijn aftershave kan ruiken.
'Je bent... bloedmooi...' zegt hij.
Ze pakt een servet, doopt een puntje in een glas water en veegt het restje chocola van haar jeans.
'Waar is Sanna eigenlijk gebleven?' vraagt hij.
'Ze houdt vast Sixten in de gaten. Hij zit net buiten de deur, op het dek, daar is schaduw.'
'Ik heb trouwens zojuist nog een nieuwsbericht gelezen over, eh...'
'Nog een? Verdomme...'
'Het is gewoon de tijd van het jaar.'
Eir knikt. Ze kan ook zelf niet ontkennen dat elke herfst een herinnering is aan de moord van drie jaar geleden. Het mislukte onderzoek was een van de meest omvattende in de geschiedenis van het eiland.

'Het zal wel weer overwaaien,' mompelt ze.
Fabian knikt langzaam.
'Ik hoop alleen dat Sanna die verrekte roddels niet leest,' vervolgt ze.
'Als ze ze wel leest, kan ze er heus wel mee omgaan.'
'Ik weet het niet... Ze heeft het er namelijk nooit meer over.'
'Misschien omdat ze er niet de hele tijd aan loopt te denken, zij heeft toch ook die beelden gezien van die beveiligingscamera in de passantenhaven op het vasteland?'
Eir reageert niet. Fabian doelt op een gebeurtenis van een jaar geleden. Een camera bij een haventje voor passanten op het vasteland had Jack Abrahamsson gefilmd. De dag daarna was er een motorboot vermist. Een paar dagen later werd die boot teruggevonden, leeg, drijvend met de stroom mee ten noorden van het eiland. De theorie is dat Jack de boot heeft gestolen en geprobeerd heeft ermee terug naar het eiland te komen, maar halverwege door slecht weer is overvallen. Sindsdien is het wachten op iemand die kan bevestigen dat de jongen, die zo wreed vijf mensen had doodgestoken, zelf dood is.
'Het is toch afschuwelijk als hij binnenkort een keer aan land spoelt,' zegt ze.
'Ja, tragisch.'
'Nee, ik bedoel afschuwelijk als iemand van óns hem weer zou moeten zien.'
Als Sanna verschijnt, trekt Fabian de stoel naast zich naar achteren en gebaart dat ze moet gaan zitten.
Eir leest geconcentreerd een sms'je van de officier van justitie. Fabian geeuwt en kijkt verontschuldigend naar Sanna.
'Gisteren nog laat gewerkt?' vraagt ze. 'Vermoeden van een verkeerde behandeling door het ziekenhuis?'
Hij knikt. 'Hoe bevalt het je op het platteland?'
'Het is gewoon een klein dorp, geen kleiakker of zo.'
'Dus het bevalt je daar?'
'Zo zou je het kunnen zeggen.'
'Je hebt dus geen spijt?'
'Nee.'

Fabian glimlacht. 'Dus nu onderzoek je kippendiefstallen en zo?'
Op Sanna's gezicht verschijnt een glimlach.
Eir kijkt naar hen. Fabian gaat respectvol en met een zekere afstand met Sanna om, zijn stem klinkt warm. Toen ze nog met Sanna samenwerkte bediscussieerde hij zaken altijd met Sanna op een manier waarop hij dat nooit met haar doet. Ze hebben iets samen, een soort verbondenheid, die er al lang voordat zij in beeld kwam was. Ze voelt een klein steekje opkomen, jaloezie misschien, maar duwt het meteen weer weg.

'Oké, iemand nog wat wijn?' vraagt ze terwijl ze haar blik boven het witte tafellaken heen en weer laat gaan. Aan de andere kant van de tafel zit Alice te babbelen met Bernard Hellkvist, Sanna's vroegere, onafscheidelijke collega, terwijl Jon Klinga een beetje alleen zit en op zijn mobiel kijkt. Jon ziet er schaamteloos netjes uit, ook zonder zijn uniform. Goedverzorgd. Perfect geschoren, zijn dikke haar met gel in model gehouden, een lichtblauw overhemd onder zijn pak. Als Bernard tegen hem sist dat hij wat respect moet tonen en het geluid van zijn mobiel zachter moet zetten, legt hij in plaats daarvan de telefoon op tafel zodat iedereen het toestel kan zien.

'Wat is dat?' vraagt Alice. 'Hoewel ik dit eigenlijk ook niet oké vind. We hebben zojuist gezien hoe de weduwe van Eken zijn as uitstrooide...'

Jon onderbreekt haar. 'Het is Axel Orsa weer. Dit was een paar dagen geleden op tv en nu hebben ze het op internet gezet.'

'Zet uit,' zegt Bernard terwijl hij zuchtend opstaat. 'Niemand heeft vandaag behoefte aan die klootzak.' Hij loopt op een sukkeldrafje naar de toiletten.

Naar aanleiding van het overlijden van de politiechef had Axel Orsa, een jonge journalist bij een van de plaatselijke kranten, een artikel over zijn werkzaamheden geschreven. Hij had Eken inefficiënt en corrupt genoemd. Het artikel ademde ook een groot wantrouwen tegen de politici op het eiland, maar toch vooral tegen de politie, die volgens Axel Orsa niet genoeg deed om de meest kwetsbaren te beschermen. Zijn onverwachte aanval kreeg extra veel aandacht vanwege de komende verkiezingen. Het vertrouwen van de mensen in de politici daalt al langer, en na jaren van wat algemeen als ondemocratische beslissingen wordt gezien over alles variërend van bosbescherming en landbouwsubsidies tot gezondheidszorg, begint de paranoia zich te verspreiden.

Jon zet het geluid iets harder, leunt op zijn ellebogen en klikt telkens een paar seconden vooruit in het videofragment tot hij tevreden is.

'Hij geeft niet toe, die vent,' zegt hij terwijl hij het geluid nog wat harder zet.

Sanna kijkt naar de weduwe van Eken, maar die merkt niets.

Het beeldscherm van het mobieltje op tafel flitst even als de opname overgaat van een beeldmontage naar een kleine, verlichte studio van de lokale televisie. Axel Orsa zit met zijn benen over elkaar. Hij is lang en mager. De blik achter zijn dikke brillenglazen is zelfverzekerd. Het kunstlicht in de studio legt een glans over de fijne trekken van zijn gezicht. De interviewer vraagt hem uit te leggen wat hij bedoelt met 'Het politiek gemotiveerde geweld neemt toe'.

'We zijn aan het einde van een verkiezingscampagne. Tegelijkertijd waarschuwen de politici al het hele jaar voor verkiezingsfraude. Mensen voelen een toenemend wantrouwen tegen de gemeente en tegen de elite die hier op het eiland de dienst uitmaakt. Neem de kalkwinning als voorbeeld. De verwoesting door de grote ondernemingen heeft ervoor gezorgd dat op het zuidelijke deel van het eiland het water is verpest. Mensen kijken in hun waterput of draaien de kraan open en het water is bruin. Zou u uw kinderen dat te drinken geven? Wie heeft de wereldwijde kalksteenindustrie toestemming gegeven om hier onze kalk op te blazen? Bij welke partij stond in het vorige verkiezingsprogramma dat als we daarop stemden, we de politici het recht gaven ons drinkwater te verontreinigen en onze gezondheid en die van de dieren op het spel te zetten, in ruil voor werkgelegenheid op korte termijn?'

'We hebben hier op het eiland toch altijd kalk gewonnen,' werpt de interviewer tegen. 'Zouden mensen echt de straat opgaan omdat we niet een soort referendum hebben gehouden over de contracten die zijn afgesloten?'

'Tegenwoordig ontgint men net zoveel in één jaar als in de afgelo-

pen duizend jaren samen. Door buitenlandse bedrijven wordt onze kalk op enorme schaal opgeblazen.'
'Buitenlandse ondernemingen die volgens de regels een vergunning hebben gekregen.'
'Wie zegt dat? Ik denk dat we de besluitvaardigheid en capaciteit van mensen onderschatten, zodra ze eenmaal begrijpen wat de risico's zijn van de macht van incompetente politici. Als we het lokale bestuur eigenmachtig zijn gang laten gaan, wat gebeurt er dan? Vandaag verkopen ze ons grondwater. Wat verkopen ze morgen?'
'Wat is uw antwoord daarop?'
'Het is niet mijn werk om antwoorden te geven. Het is de verantwoordelijkheid van de politici om het vertrouwen van de bevolking te herwinnen. Mijn rol is alleen maar het belichten van de problematiek, zodat de mensen zelf hun democratische rechten kunnen gebruiken en invloed kunnen uitoefenen op hun eigen leven.'
Bernard komt terug en schuift zijn stoel achteruit; het schurende geluid maakt dat Jon zijn mobiel uitzet. Kort daarop wordt het stil rond de tafel. De weduwe van Eken staat op en heft haar glas. Ze probeert iets te zeggen, maar heeft haar stem niet onder controle. Ze zakt terug op haar stoel, staart recht voor zich uit, draait bezorgd aan haar trouwring.
'Al die verdomde huwelijken,' mompelt Eir. 'Aan het einde is er altijd een die achterblijft.'
Fabian legt zijn hand op haar been.
'Is er iemand van wie ik straks een lift kan krijgen?' vraagt ze. 'Fabian moet weg om zijn jongensweekend voor te bereiden...'
'Je kunt wel met mij meerijden als je wilt,' zegt Alice, waarna ze een slokje water neemt.
'Over jongens gesproken,' zegt Bernard. 'Hebben jullie iets gehoord over de opvolger van Eken? Niklas Jovanovic heet hij, toch?'
'Hij moet in elk geval nogal een charmeur zijn,' zegt Alice. 'Dat zeggen althans mijn voormalige collega's op het vasteland. Iemand vertelde me dat zijn dochter hier studeert en dat hij daarom hiernaartoe komt. Zijn spullen staan al in zijn kamer, maar hij begint pas maandag.'

'Ik heb gehoord dat hij contact heeft met een paar echte zwaargewichten op nationaal niveau,' zegt Eir. 'Dat hij verrekte goed is in het regelen van middelen en dat hij iemand is die volledig schijt heeft aan roddels en aan wat andere mensen denken.'

'In tegenstelling tot Eken,' vult Jon aan. 'Die zaken in de doofpot stopte en politieke spelletjes speelde. Kun je het er achteraf dan in elk geval mee eens zijn dat we geen bal aan hem hebben gehad?' Hij kijkt Sanna strak aan.

Het geluid van het schip dat aanlegt. Stoelen worden achteruitgeschoven en de deuren naar het dek gaan open.

Sanna's mobieltje trilt en ze haalt hem uit haar zak.

'Ja?' zegt ze terwijl ze aarzelend opneemt; ze staat op en doet een paar stappen opzij.

Fabian doet zijn jasje aan en checkt de tijd op zijn mobiel.

'Ga jij maar,' zegt Eir. 'Ik wil nog even met Sanna praten...'

Hij drukt haar kort tegen zich aan voor hij naar de deuren loopt.

Als Sanna terugkomt, zucht ze. 'Ik moet ervandoor.'

'Waar ga je naartoe?' vraagt Eir meteen. 'Wie had je aan de lijn?'

'De wachtcommandant van het bureau. Een tienermeisje dat 112 heeft gebeld. Zij en een paar vriendinnen beweren dat ze bij een verlaten boerderij, iets ten oosten van het dorp, een jongen naakt hebben zien ronddwalen.'

'Maar jij bent nu toch hier? Ze kunnen toch die Anton wel bellen, of hoe hij ook heten mag, die samen met jou die kartonnen doos bemant?'

'Ze hebben geprobeerd hem te bereiken.'

'Aha. Zal ik met je meegaan?'

Sanna zwaait afwerend met haar hand.

'Nee, het is vast niks bijzonders.'

Als Eir en Alice een paar minuten later op de parkeerplaats van de haven staan, zien ze Sanna's auto over de weg verdwijnen. Sixtens grote silhouet is als een geestverschijning op de achterbank te zien. Alice speelt met haar autosleutels, gooit ze van de ene hand in de andere.

'Ik sta daar geparkeerd,' zegt ze en ze wijst naar een paar auto's verderop.
'Zeg, heb jij ook die artikelen over de moorden gelezen, die weer beginnen te verschijnen?'
'Ja.'
'Mensen zijn ongelooflijk, verdomme... Vergeten ze dan nooit iets?'
Alice glimlacht.
'Wat is er?' vraagt Eir.
'Niets. Kom je mee?'
'Ja, maar ik wil verdomme graag weten wat er zo leuk is. Mensen doen net alsof zij Jack Abrahamsson expres heeft laten gaan, en jij haalt alleen maar je schouders erover op, toch?'
Er speelt weer een glimlachje rond Alice' mondhoeken, maar deze keer krijgt het geen houvast.
'Mensen zijn gewoon gevoelig voor krantenkoppen. En jij vloekt zoveel dat ik nauwelijks begrijp wat je zegt.'
Eir houdt haar hoofd scheef. 'Ben ik niet kindvríéndelijk genoeg voor jou?'
'Ik snap gewoon niet waarom jij altijd zo verduiveld...'
Eir zucht. 'Sorry... Ik ben het alleen zo zat dat dat onderzoek ons na drie jaar maar blijft achtervolgen... Ik las eerder vandaag een heel aantal artikelen over de vraag waarom kinderen moorden plegen... Dat maakt de mensen bang en bange mensen gaan zich soms als gekken gedragen...'
Alice knikt.
'Naar het bureau?'
Eir haalt haar schouders op.
'Wil je niet ergens stoppen om wat te eten? Ik zag dat je op dat schip de sandwiches niet hebt aangeraakt.'
'Ik eet geen garnalen.'
'Dat wist ik niet.'
'Nee, hoe zou je dat ook kunnen weten? Ik heb het waarschijnlijk nooit verteld.'
Eir slaat een mug weg uit haar hals en wuift zich wat koelte toe.

'Jij vertelt sowieso nooit iets. Zelfs niet wat voor eten je lekker vindt. Je maakt zelfs geen grapjes over met wie van het bureau je wel naar bed zou willen. Niets.'

'Ik heb niks te vertellen over mijn privéleven, als je dat bedoelt, want ik maak nooit iets mee.'

Eir lacht aarzelend. Alice slaat haar ogen ten hemel.

'Ik werk en ik ga naar de sportschool. Lees, kijk naar films en tv-series. Dat is het ongeveer.'

'En die jongen dan, die op het vasteland?'

Alice schopt tegen een steentje.

Eir heeft meteen spijt van haar vraag. Waarom zou Alice er nu plotseling wel over willen praten, terwijl ze zich een paar maanden geleden in het toilet had opgesloten om een troostende hand op haar schouder te ontlopen nadat haar vriend het had uitgemaakt?

'Dat is lang geleden,' zegt Alice.

Jon komt de parkeerplaats op lopen. Zonder zijn blik van zijn mobiel af te wenden komt hij naast hen staan.

'En wat gebeurt hier?'

'Wij gaan,' zegt Alice.

'Wat een toestand,' zegt Jon terwijl hij zijn mobiel wegstopt. 'Eerst de as van Eken in zee gooien en daarna Sanna weer in ons midden moeten zien.'

Eir voelt een kapotte naad in haar zak, begint eraan te krabben.

'Waar is ze nu?' vervolgt Jon.

'Ze is net weggereden.'

Jon spant zijn kaken aan.

'Een wonder dat ze haar rijbewijs nog heeft. Gelet op de hoeveelheid pillen die ze normaal gesproken slikt voor ze achter het stuur kruipt.'

Een pick-up die op de parkeerplaats keert, dwingt hen alle vier een stap achteruit te doen.

'Dat is nu al een poosje geleden,' reageert Eir. 'Dat was toen ze zich beroerd voelde. Echt beroerd. Nu is ze weer in orde.'

Jon grijnst. Nadat hij is weggelopen wendt Alice zich tot Eir.

'Met hém zou ik wel naar bed willen.'

Eir moet lachen.
'Met Jon? Ja hoor, tuurlijk.'
Maar Alice vertrekt geen spier. Eir kijkt haar onderzoekend aan, schudt verbaasd haar hoofd. Dan verschijnt er een frons van walging op haar gezicht.
'Heb je hem in de kleedkamer gezien?'
'Ja.'
'En het hakenkruis op zijn borst...?'
'Het wéggehaalde hakenkruis. Hij was nog maar een tiener toen hij die tattoo liet zetten.'
Eir haalt diep adem. Alice is doodstil. Ze ziet er onschuldig uit achter die lichte bril.
'Misschien was hij toen alleen maar lid van een soort groep? Werd hij als het ware meegezogen in een tienerbende?'
Eir werpt haar een verwijtende blik toe. Alice moet lachen.
'Wat? Ben ik volgens jou nu niet léúk genoeg?'
Eir glimlacht. 'Oké, gekke meid, zullen we gaan?'
Alice doet haar auto van het slot. Jon rijdt langzaam voorbij. Hij zwaait zonder zijn hoofd naar hen om te draaien.
Alice' mondhoeken gaan ietsje omhoog.
'Je kunt over Jon zeggen wat je wilt, maar eigenlijk ben ik het met hem eens,' zegt ze.
'Over?'
'Sanna.'
'Oké,' verzucht Eir en ze wil zich net op de autostoel laten zakken als Alice verdergaat.
'Ik weet dat ze jouw maatje is, maar ze heeft nog een hele weg te gaan voor ze echt weer in orde is.'
'Het komt wel goed met haar.'
Alice aarzelt. 'Misschien.'
'Misschien?'
'Ja, misschien. Maar ik denk dat je daar geen rekening mee moet houden.'

4

Bij een opgeheven bushalte een kwartier rijden ten oosten van het dorp slaat Sanna's Volvo van de provinciale weg af. De bosweg is kronkelig en smal, vol kuilen. De auto hobbelt; ze rijdt ongeveer een kilometer en belt dan weer met de wachtcommandant om er zeker van te zijn dat ze op de juiste plek is.

Bijna de helft van de oppervlakte van het eiland is bedekt met bos. Dit is slechts een van de vele verlaten gebieden. Ooit floreerden hier op het eiland de eiken en sparren, het bos werd met de hand bewerkt en leverde het felbegeerde teer en kernhout. Maar intensieve exploitatie, houtkap en onduidelijke wetgeving hebben littekens achtergelaten. Droge, dode kaalslag en, zoals hier, verwaarloosd bos dat aan zijn lot is overgelaten en dichtgroeit.

Hier en daar een glimp van een bouwval van vermolmd hout, waarschijnlijk een soort voormalige plekken voor houtopslag of schuurtjes voor dieren. Daarachter hele rijen varens.

Het bosweggetje wordt langzaam nog smaller en bestaat ten slotte alleen nog uit twee wielsporen. Af en toe krassen er scheuten van bomen en struiken tegen de zijkant van de auto, en achter haar zit Sixten te hijgen. Misschien is hij wagenziek. Ze draait het raam open. De lucht is zoel en de geur van naaldbomen dringt de Volvo binnen.

Ze staat net op het punt weer met de wachtcommandant te bellen, als er een paar honderd meter voor de auto felle kleuren opduiken, achter een bocht, dieper tussen de takken. Het duurt slechts een paar seconden tot ze ze herkent, de meisjes en hun brommers. Dezelfde groep die ze door het dorp heeft zien rijden. Het geluid van hun stemmen neemt toe als ze dichterbij komt. Losse woorden. Iemand zegt dat zij een smeris moet zijn.

De eerste met wie Sanna oogcontact krijgt, is het meisje dat schrijlings op de glanzend zwarte Aprilia zit. Ze stopt een drone in een grote tas die over haar schouder hangt. Haar halflange roze haar omlijst het zwaar opgemaakte gezicht, waarmee ze Sanna strak aankijkt.

Sanna houdt haar politielegitimatie omhoog.

'Jullie hadden toch een jongen gezien die hier ergens ronddwaalde?'

Het meisje knikt naar de twee wielsporen die dieper het bos in lopen.

'Verderop is Nina nog,' zegt ze, en Sanna ziet heel even iets van haar beugel.

'Nina?'

Het meisje trekt haar helm over haar hoofd.

'Hij hapte naar ons en viel naar ons uit.'

'Heeft hij jullie aangevallen?'

Het meisje antwoordt niet, ze start alleen de Aprilia weer. De andere meisjes doen hetzelfde. De motoren maken een gierend geluid als de meisjes gas geven, daarna keren ze hun brommers in het struikgewas, wurmen zich langs Sanna's auto en verdwijnen.

Sanna geeft voorzichtig gas, met haar ogen vast op de sporen voor zich gericht. Ze nadert een open plek, waar een vervallen boerderij staat. Iets verderop staat een donkerrood houten woonhuis. Het gras groeit tot aan de vensterbanken en waar ooit ramen en deuren hebben gezeten, gapen nu zwarte gaten. Naast het huis staat een soort schuurtje, dat tot de helft met de grond gelijk is gemaakt, misschien zijn het de overblijfselen van een loods. Ze stopt de auto en zet de ramen bijna helemaal open. Dan ontmoeten haar ogen in de achteruitkijkspiegel de blik van Sixten en ze zegt tegen hem dat hij moet blijven liggen.

Nog voor ze kan uitstappen ziet ze haar.

Het tienermeisje in de korte broek en de gebreide trui dat ze eerder die ochtend had gezien, achter op de zwarte Aprilia. Haar slanke benen in bordeauxrode veterlaarsjes. Ze staat onbeweeglijk slechts een paar meter bij de auto vandaan, met een helm en een koptelefoon

in haar hand. Haar donkere haar is met een lint opgestoken, zodat de tattoo in haar nek duidelijk te zien is.
'Nina?' zegt Sanna rustig. Het meisje beweegt geen millimeter. 'Ik heet Sanna Berling en ik ben van de politie.'
Sanna komt langzaam dichterbij. Het meisje staart naar de deuropening van het woonhuis. Ze raakt met haar hand iets aan wat op haar slanke sleutelbeenderen rust. Kettinkjes, verschillende. Kleine schelpen en een paar geverfde rivierkreeftscharen bevestigd aan een koordje. Tussen knoopjes in het koord zijn ronde steentjes geregen. Kleurige, bonte creaties. Tussen haar vingers houdt ze een hanger, een klein, visvormig stukje kunstaas aan een wijnrood koordje. Het met de hand beschilderde vissenlijf glanst in het zonlicht als ze het laat vallen.
'Nina, luister naar me,' vervolgt Sanna met zachte stem, ze fluistert bijna. 'Ik ben politieagent. We weten niet of de man daarbinnen gevaarlijk is. Ik wil dat je met me meegaat naar de auto terwijl ik om assistentie vraag.'
Nina draait zich naar haar om. De huid van haar gezicht is zo licht als porselein. In haar grote donkerbruine ogen staan tranen.
'Het is mijn broer,' zegt ze met een gebroken stem. 'Ik heb geprobeerd hem te benaderen, maar hij herkent me niet... Hij is daarbinnen...'
'Kom,' zegt Sanna en ze legt een hand op de schouder van het meisje.
Nina stribbelt tegen. 'We moeten iets doen. Hij is helemaal in de war. Ik begrijp niet eens wat hij hier doet...'
Als Sanna een minuut later Nina in de Volvo helpt instappen, vraagt ze of ze een mobieltje bij zich heeft. Nina knikt en haalt hem uit haar zak, checkt even of ze ontvangst heeft.
'Hoe heet je broer?' vraagt Sanna en ze pakt een deken uit de kofferbak.
'Pascal.'
'Oké. Blijf hier in mijn auto, doe de portieren op slot. Ik zal proberen met Pascal te praten. Hem te kalmeren tot er hulp komt. Als er intussen iets gebeurt, wat dan ook, blijf je waar je bent en bel je

direct 112. Dan wacht je in de auto tot ze komen. Oké?'
Nina gluurt naar Sixten op de achterbank en knikt zwijgend. Sanna doet het portier dicht en belt om zowel een ambulance als versterking.

Voorzichtig nadert ze het woonhuis. Het gras strijkt langs haar benen, dennenappels en takken kraken onder haar voetzolen. Tijdens het lopen laat ze haar blik over de open plek dwalen om er zeker van te zijn dat er niemand anders in de buurt is. Vanuit het huis klinkt een tweetonig geluid, misschien van een vogel. Bij de drempel van de voordeur heeft een dier een berg zand achtergelaten. Overal in de grond, uit het zicht door het hoge gras, bevinden zich konijnenholen.

Ze hoort een tak breken. Ze schrikt even, draait haar hoofd naar de grijze stammen naast het huis en luistert met haar hele lichaam. Opnieuw een geluid, heel dichtbij. Voetstappen die door bladeren lopen.

Dan duikt er een ree op. Zijn witte achterste wipt op en neer terwijl het dier wegrent.

'Verdomme,' mompelt ze in zichzelf. Ze belt gestrest met de wachtcommandant, die bevestigt dat de ambulance en de versterking onderweg zijn. Hij verzoekt haar dringend op hen te wachten voor ze de man benadert.

Verderop in de auto ziet ze iets bewegen. Nina die haar gadeslaat; haar blik voelt als een klap.

Als Sanna na een paar seconden over de drempel stapt, het woonhuis in, ruikt ze de stank die hij heeft achtergelaten. Verrotting. En iets scherps, misschien uien. Vermengd met de geur van vermolmd hout. Ze wil terugdeinzen, maar loopt toch verder naar binnen.

'Pascal?' roept ze terwijl ze zich een weg door de donkere ruimtes baant. Een paar wanden dragen nog sporen van verf. Op sommige plekken hangen scheve fotolijstjes, verbleekte portretten kijken op haar neer. Hier en daar staan nog wat meubels en de door vocht aangetaste houten vloer is bedekt met vuile geweven vloerkleden.

In een ruimte die de woonkamer lijkt te zijn zit nog behang op de muur, als een schilferende, droge huid. Er loopt een spoor van zand naar een van de hoeken, waar een ijzeren houtfornuis staat. In het donker naast het fornuis hurkt een gedaante.

Ze vecht tegen de drang om zijn naam te herhalen, te herhalen dat hij nu veilig is. In plaats daarvan beweegt ze zich langzaam in zijn richting, tot ze zo dichtbij is dat ze hem kan horen ademhalen. Snel, oppervlakkig.

Hij is in de twintig. Vuil. Naakt. Zijn haar is nat van het zweet en van zijn gezicht is moeilijk iets te zien, behalve links een blauw oog. Zijn huid is gemarmerd, grijsachtig. Misschien zegt hij iets, maar Sanna kan alleen maar een zwak gemompel onderscheiden. Zijn atletische bovenlichaam is overdekt met blauwe plekken en schaafwonden. Opgedroogd bloed. Net als zijn benen. Zijn heup en de buitenkant van een van zijn dijen zijn blauwachtig paars, hij heeft een onderhuidse bloeding. Aan de binnenkant van zijn dijen zitten kleine, diepe wondjes, als rood-zwarte sneden. Eén hand zit onder het bloed, hij drukt iets tegen zijn buik wat lijkt op een verfrommeld stuk stof of een handdoek. Ze wil naar de wond kijken, proberen hem iets schoners te geven om erop te drukken. Maar ze durft hem niet te vragen haar de wond te laten zien en ze durft hem niet alleen te laten om iets anders te halen wat hij als drukverband kan gebruiken, als ze zoiets al in haar auto heeft liggen.

In plaats daarvan zegt ze: 'Hier,' en ze legt voorzichtig de deken over zijn schouders, verbaasd dat hij haar haar gang laat gaan. Per ongeluk raakt ze hem aan. Zijn huid is ruw, hij is kokendheet.

'Ik ben politieagent, er komt zo een ambulance,' zegt ze uiterst voorzichtig.

Hij spert zijn ogen wijder open, alsof hij achter haar in de kamer iets ziet. Ze werpt een blik over haar schouder, maar er is niets. Vanbinnen voelt ze angst omhoogkruipen, een gevoel dat er elk moment iets op springen staat. Ze staat daar maar, dicht naast hem. Luistert naar zijn gemompel. Zijn mond lijkt bijna te trillen en ze denkt aan wat het meisje met het halflange haar zei, dat hij naar hen had gehapt en een paar uitvallen had gedaan.

Ze probeert geluiden van hulp op te vangen, die er nu al had moeten zijn. Probeert niet door haar neus adem te halen, waar de stank van zijn lichaam zich heeft vastgezet.

In de verte het geluid van auto's. Verschillende.

Dan komt er opeens beweging in dat gespierde lichaam. Hij pakt haar vast, zijn hand betast haar been. Ze leunt naar voren, zo dichtbij als ze kan. De verstikkende stank die uit zijn mond komt als zijn lippen uit elkaar gaan.

'Het meisje...'

Tranen rollen over zijn vuile gelaatstrekken. Ze lijken zowel uit zijn ogen als uit zijn mond te komen.

Dan zakt hij in elkaar. Zijn halfopen ogen laten haar los. De hand op zijn buik glijdt opzij en toont een open wond met duidelijke randen, in de vorm van een lemmet.

Ze pakt zijn schouders vast, schudt aan hem.

'Pascal? Hallo, hoor je me? Hoor je me?'

Met haar hand op zijn voorhoofd buigt ze zijn hoofd achterover, luistert en voelt naar adem. Niets. Er komt paniek opzetten. Zijn borstkas gaat niet op en neer, is helemaal stil. Terwijl het geluid van auto's dichterbij komt, legt ze wanhopig haar handen op elkaar en drukt ze met korte tussenpozen op zijn ribben, buigt opnieuw zijn hoofd achterover, legt haar mond op de zijne en blaast lucht naar binnen. Ze ziet zijn borstkas omhoogkomen, om vervolgens weer in te zakken en stil te blijven. Ze vecht, maar tevergeefs.

Als het ambulancepersoneel binnenkomt en het van haar overneemt, is het al te laat. Ze kan zijn gezicht niet meer zien, alleen de schaduwen die zich over de smerige vloer bewegen.

Hij is dood.

5

Het toilet van het ziekenhuis waar Sanna zich wast, heeft geen ramen en is bedompt. Alles ruikt synthetisch, behalve het water dat uit de kraan stroomt. Ze wrijft haar handen en gezicht met zeep in en spoelt het schuim weg. Ze rolt de mouwen van haar shirt op en wast haar handen nog een keer, tot aan haar ellebogen.

De gebeurtenissen van het afgelopen uur spelen door haar hoofd. De ambulance die aankwam. Nina die een achternaam uit haar mond kreeg, Paulson. Het telefoongesprek met Eir om haar te vragen naar het ziekenhuis te komen en ervoor te zorgen dat de ouders van Pascal en Nina worden geïnformeerd. Nina. De behoefte die ze had gevoeld om het meisje in haar armen te nemen. Te proberen op de een of andere manier het verdriet te verzachten. Maar Nina was in zichzelf gekeerd. Ze had geen traan gelaten toen de verplegers voor haar zorgden. Gaf geen antwoord op hun vragen, maar zette haar koptelefoon zo op dat haar oren verdwenen onder de oorkussens. Toen een verpleger het ding weer voorzichtig van haar hoofd haalde om contact met haar te krijgen, was de muziek te horen geweest. Zachte, meeslepende dance. Gedempte baslijnen, ritmische elektronische drums en de heldere, melancholieke stem van een vrouw. Daarna waren in haar donkere ogen de tranen opgeweld. Sanna had zich naar haar toe gebogen en haar hand vastgepakt.

Daarna was het telefoontje van Alice gekomen, die haar gevraagd had alles te vertellen wat er was gebeurd, zodat zij hun nieuwe chef meteen op de hoogte kon stellen. Sanna had zichzelf het bos horen beschrijven en had gedacht aan de konijnenholen in de grond. De konijnen die op het eiland werden gehaat en intensief bejaagd. Ze denkt aan Pascal, de hurkende, stervende gestalte bij de muur. Aan het feit dat mensen jagen en niet alleen andere soorten doden, maar ook hun eigen soort. Een moord.

Weer een beestachtige moord.

Als het tenminste geen ongeluk was geweest waardoor hij die wond in zijn buik had opgelopen, maar het had eruitgezien als een steekwond. Een donkere, gapende steekwond. Ze loopt de gang op. Verderop gaat een deur open en ze krijgt Eir in het oog, die op haar afkomt, met een echtpaar van middelbare leeftijd in haar kielzog. De man haalt om de twee voetstappen diep adem. De vrouw staart leeg voor zich uit.

'Dit zijn Stellan en Sonja Paulson,' zegt Eir als ze bij haar aankomen. Sanna steekt haar hand uit en stelt zich voor, condoleert hen met hun verlies. De handdruk van Stellan Paulson is stevig. Hij heeft vriendelijke ogen, zijn gezicht is nat van de tranen. Zijn kaaklijn, ogen en de kleur van zijn huid doen denken aan Pascal en Nina. Sanna merkt op dat hij zojuist gedoucht heeft; hij is gekleed in een rood trainingspak met witte strepen aan de zijkant en draagt witte gympen. Zijn gespierde armen hangen slap langs zijn lichaam. Sonja Paulson is lang en blond. Een witte jas verbergt haar lichaam helemaal tot haar knieën. Haar schouders hangen en haar ogen zijn rood, maar haar gezicht is zorgvuldig opgemaakt. In haar handen heeft ze een grote handtas. Ze laat het puntje van haar tong tegen haar bovenlip rusten terwijl Sanna een beknopte samenvatting geeft van wat er is gebeurd.

'Waar is Nina?' vraagt Stellan zodra Sanna klaar is.

Sanna wijst hun de kamer waar voor Nina wordt gezorgd. Een van de verplegers ontvangt hen. Daarbinnen Nina's gestalte met het licht van het raam in haar rug. Stellan omhelst haar. Sonja's ogen ontmoeten even die van Sanna voordat de deur tussen hen dichtvalt.

'Godverdomme,' zegt Eir kort daarna, als zij en Sanna buiten op de gang elk in een stoel gaan zitten. 'Dus hij liep daar rond, poedelnaakt? Waar precies?'

'Het oude bos voor het moerasgebied begint. Een verlaten boerderij, ik vond hem in elkaar gedoken in een van de kamers...'

'Je ziet er moe uit,' zegt Eir en ze legt een hand op die van Sanna. Sanna weet niet wat ze moet zeggen.

'Het was afschuwelijk...' zegt ze. 'Zijn lichaam...'

'De wond die hij in zijn buik had, kan dat ook een ongeluk zijn geweest, iets wat daar in het bos is gebeurd?'

Sanna schudt haar hoofd.

'Het was een steekwond... Het forensisch lab moet dat natuurlijk nog bevestigen, maar de randen, de vorm van de wond...'

Als Eir zich tot Sanna richt, laat ze haar stem dalen.

'Zeg, het was toch niet op de een of andere manier net als...'

'Absoluut niet.'

'Je weet zeker dat...'

Sanna knikt. Behalve de bruutheid en het feit dat Pascal Paulson met een mes is gestoken, zijn er geen andere overeenkomsten met de moorden van drie jaar daarvoor.

'Aan de messteek zelf lijkt extreem geweld vooraf te zijn gegaan, hij was helemaal bont en blauw geslagen, maar ik heb maar één messteek gezien. Dus is er geen reden om aan te nemen dat...'

'Maar toch.'

'Dat waren heel andere wonden.'

'Oké.'

Sanna kijkt achterom, laat haar blik rusten op de deur waarachter Nina, Stellan en Sonja zich bevinden.

'Wat weten we over hen, de ouders?'

'Nog niet veel, niet meer dan dat Sonja de stiefmoeder van Nina en Pascal is.'

'Waar is hun eigen moeder?'

'Overleden, al jaren geleden.'

Sanna knikt. Ze denkt aan de natte, gekamde haren en schone kleren van Stellan.

'Heb je tijd om te douchen en je uitgebreid om te kleden als een van je kinderen net is omgekomen en de andere in shock in het ziekenhuis ligt?'

'Ach ja, tijd... De buurvrouw die thuis op de kleintjes zou passen, heeft misschien lang op zich laten wachten, dus waarschijnlijk heeft hij geprobeerd zijn ongerustheid weg te nemen door zich uitvoerig klaar te maken...'

'Hoeveel kinderen hebben ze, behalve Nina en Pascal?'
'Een klein legertje... Geloof dat geen van de kleintjes al naar school gaat.'
'Oké.'
'Herkende je Pascal niet? Ik bedoel, omdat het buiten het dorp was... Had je hem al eens eerder gezien?'
Sanna schudt haar hoofd.
Eir leunt voorover met haar ellebogen op haar knieën.
'Godsamme...'
'Vlak voordat hij stierf heeft hij nog iets gezegd,' zegt Sanna. 'Het was moeilijk te verstaan, maar het was iets over een meisje.'
'Een meisje?'
'Dat zei hij, geloof ik.'
'Nog iets meer?'
'Alles ging ontzettend snel daarna...'
Eir ontvangt een sms'je, ze checkt haar mobiel.
'De nieuwe chef is al op het bureau,' zegt ze. 'Alice zegt dat ze op ons wachten.'
Sanna knikt. De nieuwe chef. Alice had gezegd dat hij al naar het bureau was gekomen, hoewel zijn dienst pas na het weekend begint. Ze bedenkt dat het binnenkort al drie jaar geleden is dat ze voor het laatst op het bureau in de stad is geweest, een lange tijd. Ze had gehoopt daar nooit meer naar binnen te hoeven.
'Kom nu eerst maar mee voor het gesprek met de familie, dan rijden we daarna naar het bureau.'
Sanna reageert niet.
'Oké?' zegt Eir voorzichtig.
Sanna aarzelt. Denkt aan Nina, daarbinnen in die kamer. Dan ziet ze haar voor zich, buiten in het bos, tussen de bomen. De halskettinkjes met kleine schelpen, de rivierkreeftscharen, het glinsterende kunstaas. De tattoo, het vrouwelijke natuurwezen dat haar aanstaart.
Het suist in haar oren.
Ze wil nee zeggen, maar knikt.

6

De kamer waarin Nina, Stellan en Sonja Paulson zich bevinden is licht. Sanna houdt de deur open voor de verpleegster die naar buiten glipt.

Nina staat voor het raam naar buiten te staren. Eir loopt naar haar toe en stelt zich aan haar voor. Knikt vriendelijk naar de anderen, gaat dan met haar rug tegen de muur staan en wacht tot Sanna de deur dichtdoet.

'Ik begrijp dat jullie uitgeput zijn, dus we zullen proberen het kort te houden,' zegt Eir. 'We willen alleen een paar vragen stellen, daarna kunnen jullie naar huis.'

'Mogen we hem zien?' vraagt Stellan.

'Een van onze technici is op dit moment bij Pascal.'

'Technici?' barst Sonja uit. 'Wat voor technici?'

'Een technisch rechercheur,' antwoordt Eir rustig. 'Om eventuele bewijzen veilig te stellen.'

Sanna loopt verder de kamer in en gaat naast Eir staan. 'Dat is routine.'

Sonja wendt zich tot Nina, die nog steeds met haar rug naar hen toe staat.

'Nina zegt dat hij naakt was? Waarom was hij naakt? Waarom zou hij dat doen? Dat klinkt toch idioot.'

Haar stem heeft iets driftigs. Stellan loopt naar haar toe en ze staat toe dat hij haar aanraakt, maar ze houdt haar ogen op de vloer gericht. Als hij zijn hand op haar arm legt, schrikt ze, alsof hij haar een schok bezorgt.

'De plek waar we Pascal hebben gevonden, hebben jullie of heeft hij daar enige connectie mee?' vraagt Eir. 'Met het bos of de verlaten boerderijen daar?'

Stellan schudt zijn hoofd. 'Ik begrijp überhaupt niet waarom hij daar in het bos was. Hij komt nooit in het bos. Als hij wil hardlopen, doet hij dat altijd bij ons.'

'Bij jullie?' vraagt Sanna.

'We bezitten een eigen sportschool, een soort club in ons dorp, die Fight heet.'

Sanna herinnert zich dat ze het bord weleens heeft gezien, de club zit in de kelder van de supermarkt.

'Werkte Pascal daar?' vraagt ze.

Stellan knikt. 'Ongeveer een jaar geleden heb ik de club op zijn naam laten overschrijven, zodat hij echt zou voelen dat hij daar deel uitmaakt van de toekomst. Hij heeft er veel gedaan sinds hij er begonnen is. Hij is goed in vechtsporten.'

Nina draait zich langzaam om. Haar ogen zijn rood, maar ze huilt niet meer. In haar hand houdt ze een nat, in elkaar gefrommeld papieren zakdoekje. Op haar hand zitten zwarte vlekken van haar mascara. Stellan loopt naar haar toe en legt een arm om haar heen.

'Ik kan me niet voorstellen dat iemand hem kwaad zou willen doen,' vervolgt hij. 'Hij was bij iedereen geliefd.'

Nina doet haar ogen dicht. Stellan drukt haar dichter tegen zich aan.

'Is er de laatste tijd iets veranderd in Pascals leven?' vraagt Sanna. 'Nieuwe kennissen, of iets anders wat jullie is opgevallen?'

'Nee...' Stellan stopt met praten. 'Of ja, hij had plannen om zijn cursussen voor zelfverdediging uit te breiden. Hij wilde de club uitbouwen en een grotere afdeling voor vechtsporten inrichten. De grond ernaast is van ons en hij had al een bouwvergunning aangevraagd.'

'Jullie denken niet dat het gebeurde daar iets mee te maken heeft?' komt Sonja ertussen.

'Heeft Pascal een vriendin?'

'Nee,' antwoordt Stellan. 'Of eigenlijk wel, hij heeft wel af en toe een vriendin gehad, maar voor zover we weten niets serieus. Hij was de laatste jaren enorm bezig met de club.'

'Pascal zei iets over een meisje, maar heeft geen naam genoemd. Zegt jullie dat iets?' vraagt Sanna.

Nina draait haar blik weg.

'Heeft u met hem gepraat?' vraagt Stellan terwijl hij op zijn lip bijt. 'Heeft u Pascal gesproken?'

'Nee,' zegt Sanna. 'Hij mompelde iets en ik kon een enkel woord onderscheiden… En het was iets over een meisje, zegt jullie dat iets?'

Stellan schudt zijn hoofd. Nina maakt zich los uit zijn omhelzing en laat zich op een stoel zakken.

'Waarom vraagt u dat?' zegt Sonja. 'Wat is dat voor vraag? Wat betekent het?'

Sanna aarzelt.

'Wat bedoelt u?' vervolgt Sonja geïrriteerd en ze wrijft over haar arm, vertrekt haar gezicht; het is duidelijk dat het pijn doet. 'Wat bedoelt u precies met wat hij zei? Ik snap hier niets van.'

Stellan schudt weer zijn hoofd.

'Pascal trainde op de club wel meisjes in zelfverdediging. Maar hij ging nooit privé met ze om, dat was de afspraak. Wat andere meisjes betreft, weet ik het niet…'

Sonja houdt met haar hand haar elleboog vast.

'Wat is er met uw arm?' vraagt Sanna.

Sonja recht haar rug.

'Kleine kinderen.'

Sanna zoekt Nina's blik.

'Wil je beschrijven wat jij en je vriendinnen zagen toen jullie Pascal voor het eerst in het oog kregen?' vraagt ze.

'Als ze daar op dit moment geen fut voor heeft, dan kan dat misschien nog even wachten?' vraagt Stellan.

Nina blijft naar de vloer kijken.

'We hadden de drone in de lucht. Eerst zagen we alleen maar dat het iemand was die bloot was. We zagen hem namelijk niet van dichtbij. We zijn er met onze brommers naartoe gereden om hem beter te kunnen zien. Toen zag ik dat hij het was… Hij hapte min of meer naar ons en bewoog zich vreemd.'

Sanna glimlacht warm naar haar. 'Toen je probeerde Pascal te benaderen, voordat ik kwam, heeft hij toen iets tegen je gezegd?'

Nina schudt haar hoofd.

'Is je nog iets anders opgevallen, iets wat hij deed misschien?'

Nina haalt haar schouders op. 'Het was net alsof hij het niet zelf was,' zegt ze zacht. 'Alsof hij me helemaal niet zag... En daarna verdween hij het huis in en ik durfde niet achter hem aan te gaan...'

'We zullen ook met de andere meisjes gaan praten,' zegt Eir. 'Dus kun je me misschien hun namen geven voor jullie vertrekken?'

Nina knikt zwak. Draait met haar vinger aan een steentje aan een van de kettinkjes.

'Ik snap niet waarom je met die kliek optrekt,' gooit Sonja eruit. 'Het is toch een doordeweekse dag, had je geen huiswerk? Had je niet op school moeten zijn?'

Nina heft haar ogen naar haar op. 'Je bent m'n moeder niet,' zegt ze. Stellan legt een hand op Nina, die ze wegduwt.

'Waarom waren jij en je vriendinnen daar in het bos?' vraagt Sanna.

'We hadden een studiedag.'

'Oké, en waarom vlogen jullie met die drone juist daar? Bij de verlaten boerderij?'

'Dat weet ik niet.' Nina staat op en draait zich weer om naar het raam. Ze legt een hand in haar nek, op de tattoo. 'Zomaar.'

'Wanneer hebben jullie Pascal voor het laatst gezien?' vraagt Eir terwijl ze zich tot Stellan en Sonja wendt.

'Gisteravond,' antwoordt Stellan. 'Pascal en ik waren in de club aan het werk. Toen werd hij door iemand gebeld; hij nam eerst niet op, maar zei toen dat hij weg moest. Dus liep hij naar buiten en nam pas daar de telefoon op, dat zag ik door het raam. Ik heb er niet meer aan gedacht. Hij leidde immers zijn eigen leven.'

'Hoe laat was het toen?'

'Rond negen uur. Ik geloof dat het kort na negenen was.'

'Enig idee wie hem kan hebben gebeld?'

Stellan schudt zijn hoofd. Nina staart naar buiten, het daglicht in, afwezig.

'Hij zou de dag erna vrij zijn, dus dat we daarna niets meer van hem hoorden, was niet vreemd,' zegt Stellan en hij slikt. 'Had ik hem maar gebeld...'

'Als u het aankunt, zou u dan kunnen beschrijven wat Pascal aanhad toen jullie elkaar voor het laatst zagen?'

Stellan krijgt een onrustige trek op zijn gezicht.

'Hij droeg ongeveer net zo'n trainingspak als ik, maar dan blauw,' zegt hij en hij wijst naar zijn eigen kleren. 'En hij had nieuwe boksschoenen aan. Een nieuw merk. Met oranje rubberzolen.'

Hij haalt zijn mobiel tevoorschijn, begint naar iets te zoeken. Een foto van schoenen in een webwinkel. Het is een heel hoog model. De rubberzolen zijn glanzend oranje, bijna fluorescerend.

'Waanzin om zulke dure schoenen te kopen,' mompelt Sonja. 'Waanzin.'

Eir krijgt het adres van Pascals appartement en Stellan geeft haar een reservesleutel.

'Mag ik hem echt niet zien?' vraagt hij.

Sanna schudt langzaam haar hoofd.

'Zo meteen wordt er sectie op Pascal verricht. Daarna zal de leider van het vooronderzoek samen met de patholoog-anatoom bepalen wanneer het lichaam aan de familie kan worden overgedragen,' zegt ze. 'Aan u, bedoel ik.'

Als een moment later Nina, Stellan en Sonja de gang in lopen, draait Nina haar hoofd om naar Sanna; de mascara rolt als zwarte druppels inkt over haar wangen.

7

Behalve Alice, die naar hen toe komt lopen, is de receptie van het politiebureau leeg als Sanna en Eir uit de lift stappen.
'We zijn in de grote kamer,' zegt ze. 'Niklas, de nieuwe chef, ook.'
'Oké,' zegt Eir.
'Ter informatie: hij weet alles al over ons,' zegt Alice.
'Wat bedoel je?' vraagt Eir.
'Toen we eerder met elkaar begonnen te praten, wist hij al dat ik single ben en dat ik...' Ze onderbreekt zichzelf.
'Wat?' zegt Eir.
'Hij heeft navraag naar ons gedaan, met diverse mensen gepraat. Snap je?' vervolgt Alice. 'Waarschijnlijk ook over jou.' Haar ogen gaan naar Sanna. 'En over jou.'
Sanna omklemt Sixtens riem in haar zak. De dramatische uren die achter haar liggen hebben ervoor gezorgd dat ze haar eigen geschiedenis bijna is vergeten.
De grote verhoorkamer ligt helemaal achteraan in een lange gang. Dat is de kamer die men altijd kiest als een speciale gebeurtenis een multidisciplinaire aanpak vereist. Het is er licht en zo groot dat meerdere mensen er relatief ongestoord tegelijk kunnen samenwerken. Nu zitten er tussen de vijftien en twintig personen, de meeste geüniformeerde agenten.
Midden in de kamer, voor het raam, staat een man van in de veertig. Een kostuum, een overhemd en een perfect geknoopte das. Donker haar, een geprononceerde kaak en een scherpe neus. Zijn kleding en gelaatstrekken doen denken aan een maffiafilm. Zijn ogen zijn lichtblauw, helder en glanzend.
'Niklas Jovanovic,' zegt hij terwijl hij zijn hand uitsteekt en hen fatsoenlijk begroet zodra Sanna en Eir binnen handbereik zijn. 'Ik

heb met officier van justitie Farah Ali gesproken, en gebaseerd op wat we weten is er een onderzoek gestart naar een moord met een onbekende dader. Farah heeft ons gevraagd dat onderzoek uit te voeren en haar op de hoogte te houden.'

De mobiele telefoon in zijn zak gaat, hij checkt op het display wie het is, verontschuldigt zich en loopt weg.

Vanaf de andere muur observeert Jon hen, maar als Sanna zijn blik ontmoet, kijkt hij weg.

Op het whiteboard zit al een foto van Pascal Paulson, met erboven zijn naam en zijn bsn-nummer. Op de grote tafel van fineer die in het midden staat, liggen nieuwe blocnotes en pennen.

Als Niklas terugkomt, stelt hij zich opnieuw voor aan het team.

'Zoals ik zojuist tegen Sanna en Eir heb gezegd, heb ik de officier van justitie gesproken en is er een onderzoek naar een moord met een onbekende dader van start gegaan. Ik wil dat jij het onderzoek leidt, Eir. En hou de officier continu op de hoogte.'

Eir knikt.

'Politieauto's blokkeren de verlaten boerderijen en het nabijgelegen bos,' zegt Niklas. 'De technische recherche zal daar binnenkort aan de slag gaan. Ik heb ook extra personeel ingezet om het gebied eromheen uit te kammen, buurtonderzoek te doen en iedereen in Pascals omgeving te verhoren. Ik wil dat jullie, Sanna en Eir, zodra we hier klaar zijn, je bij de technisch rechercheurs voegen bij de verlaten boerderijen. Ik ga er ook naartoe.'

Hij legt een hand op Sanna's arm.

'Alsjeblieft, vertel nu voor het hele team...'

Sanna neemt voor iedereen de loop van de gebeurtenissen door, vanaf het telefoontje van de brommermeisjes met 112 tot aan Pascals dood. Ze beschrijft zijn lichaam en geeft een gedetailleerde beschrijving van de verwondingen die ze heeft gezien. Hoe hij zijn hand op de wond in zijn buik drukte. Hoe hij daarna zijn hand naar haar had uitgestoken en wat hij fluisterde voor hij stierf, over het meisje.

'Het is moeilijk te raden wat hij daarmee bedoeld heeft, maar we hebben de laatste tijd op het eiland in elk geval geen vermist meisje, toch, als ik het goed begrepen heb?' vraagt Niklas.

'Nee, dat klopt,' zegt Alice.
'Kan hij een van die brommermeisjes hebben bedoeld?' vraagt Eir.
'Zijn zus misschien, dat hij haar daar had gezien?'
'We moeten natuurlijk met die meisjes praten,' zegt Niklas.
'Hij kan best in een soort shocktoestand zijn geweest, dus misschien moeten we zijn woorden niet letterlijk opvatten?' zegt Alice.
'Hij was zwaargewond, hij kan toch een soort waanvoorstelling hebben gehad?'
'Ja,' zegt Sanna.
'Hij raakte me aan en mompelde iets, maar hij was tegelijkertijd niet echt benaderbaar...'
'Ik zal nagaan of er groepen kinderen in het bos waren, misschien voor een biologieles of zoiets,' zegt Alice. 'Pascal kan ook best iets gezien hebben wat eigenlijk heel onschuldig was?'
'Ja, goed idee,' zegt Niklas.
'Ik wil alleen nog één punt aanstippen,' zegt Sanna. 'Het heeft vast niets met Pascal Paulson te maken, maar vandaag heeft een man een pop op het bureau ingeleverd, die hij in het bos had gevonden, in de buurt van de verlaten boerderij. Die zag er nieuw uit...'
'Een pop?' zegt Eir en ze kijkt er ernstig bij.
'Ja, zoals gezegd: het heeft vast niets met deze zaak te maken, maar ik wil het toch melden omdat Pascal iets over een meisje heeft gezegd, misschien een kind...'
'Oké,' zegt Niklas. 'Prima, dat nemen we mee, absoluut. Ik vind dat de technische recherche die pop moet onderzoeken en het kan ook goed zijn de man nog even te spreken die hem gevonden heeft, misschien heeft hij nog iets meer te vertellen, wat ons kan helpen?'
'Ja,' zegt Sanna terwijl ze gauw een sms'je naar Anton stuurt over de pop. Ze vraagt hem haar zo snel mogelijk te bellen.
'Wat hebben we nog meer om mee verder te gaan?' vraagt Niklas.
'Hij had geen kleren bij zich, hè, en geen mobiel...?' Alice kijkt vragend naar Sanna.
'Niets,' antwoordt Sanna. 'Alleen een soort handdoek of een stuk stof dat hij tegen de wond op zijn buik drukte...'

'Het wordt interessant om te horen wat ze op het forensisch lab over die wond te vertellen hebben,' stelt Niklas vast.

'Arme Fabian, die dacht een vrij weekend te hebben,' verzucht Eir.

'Ik heb al gebeld voor een andere arts,' zegt Niklas. 'Die komt over een paar uur op het eiland aan.'

Eir fronst haar voorhoofd.

'Ja,' zegt Niklas. 'Ik hoorde vanochtend al dat Fabian Gardell de komende dagen vrij is, en in plaats van een minder ervaren patholoog op het lab in te schakelen, heb ik iemand gebeld met wie ik eerder heb samengewerkt. Vivianne Yang.'

'Oké, prima,' zegt Eir.

Ze vecht tegen de neiging om te zeggen dat ze vindt dat het allemaal wel heel erg snel gaat.

Maar ze zegt: 'Alice, kun je, behalve dat je Pascals gangen nagaat, ook de overige familie checken? Achtergrond, financiën. Alles.'

'Uiteraard.'

'Terwijl je dat doet, kun jij, Jon, dan beginnen bij die club? De mensen die er werken en de leden die bij Pascal getraind hebben? Ga vooral na of er onlangs nieuwe leden bij zijn gekomen, of misschien zijn er andere opvallende dingen.'

Jon antwoordt niet, knikt alleen maar.

'Gek dat we weer een moord met een mes hebben, bijna drie jaar na die andere moorden,' zegt Alice.

'Ja,' reageert Eir. 'Maar dit is iets heel anders, de wonden zijn totaal verschillend.'

'Maar daar zullen de media zich geen moer van aantrekken,' zegt Jon. 'Als die nog tijd overhebben, zullen ze ervan smullen.'

'Misschien,' zegt Eir. 'Maar er zijn geen overeenkomsten en wij twijfelen er niet aan, wij zijn op zoek naar een onbekende dader. Nog vragen?'

Niemand zegt iets.

Niklas' mobiel trilt bijna continu en ten slotte excuseert hij zich en loopt de kamer uit. Eir bedankt iedereen voor het luisteren naar de briefing en sluit daarna de bijeenkomst.

Het lichaam van Pascal Paulson wordt onderzocht en de technisch rechercheurs proberen sporen veilig te stellen in en rond de wond op zijn buik, en fragmenten van huid en bloed onder zijn nagels. Bij het onderzoek worden in de schaafwonden op zijn benen en bovenlichaam ook minieme deeltjes glas en hout aangetroffen. Daarna wordt het lichaam doorgestuurd naar het forensisch lab. De handdoek die hij tegen de wond heeft gedrukt, wordt voor analyse naar het Nationaal Forensisch Centrum gezonden. Gelet op wat Stellan heeft verteld over het telefoontje dat Pascal kort voor hij is neergestoken heeft ontvangen, roept Eir de hulp in van officier van justitie Farah Ali om via de provider een gesprekkenlijst van zijn mobiel te krijgen. In de auto onderweg naar de verlaten boerderij belt ze vervolgens het nummer van Alice, maar die neemt niet op.

Alice is een bekwame analist. Ze is drie jaar geleden naar het eiland gehaald om de informatie rond de moorden van destijds te analyseren en te verwerken. Via een uitgebreid financieel onderzoek had ze hen naar een zomerkamp voor kinderen geleid en naar een voormalig dominee, die Holger Crantz heette. Ze had een hele stapel rekeningen binnenstebuiten gekeerd, manisch door geldstromen gewroet en talloze transacties ontcijferd. Haar werk was voor de oplossing van de zaak van doorslaggevende betekenis geweest. Zo doorslaggevend dat men op het eiland voor haar een permanente functie had gecreëerd. Sindsdien waren haar analyses in ontelbare onderzoeken naar zware criminaliteit van beslissende betekenis geweest. Maar ze werkt bijna evenveel als rechercheur, samen met Eir.

Ten slotte belt Alice terug.

'Zijn we klaar voor alle informatie die zal binnenkomen?' vraagt Eir.

'Ja, we hebben al verklaringen ontvangen van familieleden, over hun wijze van omgang en de communicatie die ze met Pascal hebben gehad, hun alibi's...'

'Prima,' zegt Eir.

'Oké.'

'En die groep meisjes met hun brommers, heb je van hen al een lijst met namen gekregen?'

'Er zijn al mensen van ons met hen in gesprek.' Ze hoort het geluid van een toetsenbord wanneer Alice door de binnengekomen berichten scrolt. 'Ze zeggen allemaal hetzelfde, dat ze daar waren om hun drone te laten vliegen en daarbij dook hij opeens op, waarna ze direct 112 hebben gebeld.'

'Heeft geen van die meisjes iets interessants in haar achtergrond, iets waaraan we speciale aandacht zouden moeten besteden?'

'Niets. Een paar van hen zijn weleens opgepakt voor winkeldiefstal, maar dat is niet bepaald bijzonder.'

Bij de opgeheven bushalte slaat Eir rechts af. De auto begint op de knoestige bosweg meteen te hobbelen. 'Godsamme...' vloekt ze in zichzelf en ze checkt haar navigatie.

'Luister,' zegt Alice. 'We hebben alle natuurorganisaties in de omgeving gebeld, maar tot nu toe nog niet beetgehad over groepen kinderen die eventueel in het bos zouden zijn geweest.'

'Dat dacht ik al,' zegt Eir terwijl ze met beide handen hard op het stuur slaat.

Bij de verlaten boerderij is het een en al drukte. Eromheen, tussen de bomen, bewegen zich diverse agenten in uniform, sommige met honden. Verderop, op de open plek, zijn de technisch rechercheurs al ter plaatse. Hun overalls glanzen tegen de achtergrond van de donkergroene natuur. Uit de deuropening van het gebouw komt een figuur in volledige bescherming. Als hij weghaalt wat hij voor zijn gezicht heeft, ziet Eir dat het Sven 'Sudden' Svartö is, het hoofd van de technische recherche en een van de beste rechercheurs van het land. Zijn knobbelige neus is rood en hij veegt het zweet van zijn voorhoofd. Knikt naar haar.

Eir stapt uit. Achter haar auto komt een andere aan rijden. Op de achterbank is een grote gestalte zichtbaar.

'Het is je gelukt hiernaartoe te rijden zonder wagenziek te worden?' vraagt Sanna terwijl ze voor Sixten de ramen opent.

'Zie ik eruit alsof ik me goed voel?' vraagt Eir en ze vertrekt haar gezicht.

Niklas komt naar hen toe lopen. Hij heeft zijn jasje uitgetrokken en trekt een witte overall aan.

'Zullen we?' zegt hij en hij knikt naar de plek waar ze hun beschermende kleding kunnen ophalen.

Sanna neemt met Eir en Niklas nog eens door wat er gebeurde toen ze daar aankwam. Het korte gesprek met de brommermeisjes. Waar ze Nina heeft gevonden. Daarna, stap voor stap, hoe ze Pascal daarbinnen heeft benaderd. De ruimte in het gebouw die eerder als ondoordringbare duisternis had aangevoeld, is nu door sterke schijnwerpers verlicht. Er wordt gefotografeerd, gesprayd en met felle lampen geschenen. De stank die ze de vorige keer rook toen ze de hal binnenkwam, is weg.

Wanneer ze weer buiten komen, leunt Eir tegen de gevel en haalt diep adem. Een stukje buiten de open plek, waar een paar auto's geparkeerd staan en een van de technisch rechercheurs een pauze neemt, glanst een thermosfles. De rechercheur staat bij de motorkap van een SUV. Sanna knijpt haar ogen half dicht en hij smelt samen met de auto bij zijn heup. Het beeld van Pascals lichaam verschijnt op haar netvlies. De blauwpaarse verkleuring op de huid boven zijn heupen.

'Hij kan zijn overreden,' zegt ze.

Niklas en Eir volgen haar blik.

'Hij had een blauwe plek boven zijn heup... Die was enorm groot en zat ter hoogte van de motorkap van een auto op hoge wielen of een bestelbus.'

'Misschien,' zegt Niklas. 'Laten we maar afwachten wat de sectie oplevert.'

Sanna kijkt uit over de omgeving. Hier en daar staat de uitrusting van technisch rechercheurs. Langs de smalle stammen van de bomen vallen strepen zonlicht.

'Tijd voor mij om naar huis te gaan,' zegt ze.

Eir wisselt een snelle blik met Niklas.

'Het zou erg fijn zijn als je morgen naar het bureau zou willen komen,' zegt ze.

Sanna aarzelt.

'Jij bent de enige die Pascal nog levend heeft aangetroffen, en hij komt uit jouw dorp.'

Sanna twijfelt.

'Jullie kunnen me elk moment bellen als er iets is waarvan jullie willen dat ik het verduidelijk,' zegt ze. 'En Anton Arvidsson zal jullie natuurlijk helpen met alles wat je nodig hebt met betrekking tot het dorp.'

Niklas glimlacht warm. 'Ik regel de praktische zaken zodat je je aantal uren kunt uitbreiden, als je dat zou willen,' zegt hij. 'Ga maar naar huis en slaap er een nachtje over.'

'Nou, wat vind je ervan?' vraagt Eir. 'Kom morgen gewoon naar ons toe en kijk hoe het voelt, oké?'

Sanna krabt aan haar slaap.

'Ik kan met bepaalde onderdelen meedoen als jullie me nodig hebben,' zegt ze. 'Natuurlijk sta ik klaar om dingen aan te vullen met wat ik weet en heb gezien. Maar ik wil geen deel uitmaken van het team.'

Sudden komt naar hen toe.

'Berling?' zegt hij luid en duidelijk. 'Hoe is het met je?'

Het gemis smeult onder haar huid. Elke klus samen met Sudden is een dierbare herinnering. Ze mist het niet om aan zware misdrijven te werken, maar ze mist het samenwerken met hem wel.

'Gaat wel... En met jou?'

Hij schudt zijn hoofd. Zijn enorme ogen kijken vermoeid. Zijn dikke grijze haar is bezweet.

'Waar blijft de herfst?' verzucht hij terwijl hij een mug van zijn wang slaat. 'Ik had nooit gedacht mezelf dat nog eens te horen zeggen, maar nu ben ik die warmte echt zat.'

Niklas steekt zijn hand uit en stelt zich voor.

'Hoe gaat het?' vraagt hij dan. 'Toen ik een uur geleden hier kwam, was je druk bezig. En ik wilde je niet storen.'

'Welkom,' zegt Sudden. 'Geen langzame start voor jou dus.'

'Hebben jullie iets gevonden?'

'De plek is aangetast. Weer, wind, mensen en wilde dieren...'

Verderop staat een van de politiehonden hevig te hijgen bij een omgevallen boomstam. Zijn begeleider geeft hem water. Kort daarna begint de hond bij die stam op en neer te springen.

'Zouden de honden op deze plek geen bloedsporen moeten hebben gevonden?' zegt Eir. 'Die knul was toch gewond...'

'Ze vinden die sporen wel, maar laten ze gelijk weer los,' zegt Sudden. 'Ze dolen maar wat rond. Onbegrijpelijk... Misschien drijft de hitte ons allemaal tot waanzin.'

'Dus we hebben geen aanknopingspunten?'

Sudden schudt zijn hoofd. 'Ik neem nog contact met je op.'

Nadat hij is weggelopen, zucht Eir.

'Ik zag op de kaart dat er geen bewoonde huizen dicht in de buurt zijn,' zegt ze. 'Niet op loopafstand in elk geval. Dus kunnen we wel vergeten dat iemand iets gezien heeft.'

Sanna schraapt een beetje met haar laars over de grond. Onder een losse graspol komt een konijnenhol tevoorschijn. Ze doet nog een stap, schraapt weer. Opnieuw een hol.

'Je voelt je voortdurend bekeken,' zegt Eir.

Vanuit de boomtoppen roept een vogel. Ze richten hun blikken omhoog. Een paar stemmen verderop onderbreken het geluid. Daarna is het weg.

8

Het appartement van Pascal Paulson ligt een paar blokken bij de club vandaan, in een geelgepleisterde villa met rode kozijnen en een bijpassend dak; de villa is verbouwd tot een gebouw met huurwoningen. Eir en Niklas parkeren op het trottoir. Een raam op de benedenverdieping staat een stukje open. Door de opening komt jazzmuziek naar buiten.

'Heb jij de sleutel?' vraagt Niklas.

Eir knikt naar hem en loopt mee.

'Waar is de technische recherche dan?' vraagt ze en ze kijkt op haar horloge. Daarna stuurt ze een sms naar Sudden, die direct antwoordt dat er twee rechercheurs onderweg zijn.

Op het gras voor het gebouw liggen nette stapels takken en twijgen. Op het pad dat naar de grote houten deur loopt, heeft iemand een paar tuinhandschoenen en een snoeischaar neergelegd.

De voordeur gaat open. Een vrouw van in de vijftig komt naar buiten, terwijl ze loopt knoopt ze haar broek dicht. Als ze Niklas en Eir ziet, blijft ze staan en trekt haar shirt over haar gulp. Ze legitimeren zich en leggen uit waarom ze daar zijn. Ze gluurt naar hen alsof ze hen eerst niet gelooft. Daarna houdt ze haar hand voor haar mond. Haar modderige nagels worden nat van tranen en speeksel. Niklas overhandigt haar een papieren zakdoekje en ze lopen met haar naar een bankje bij de gevel.

'Kende u Pascal goed?' vraagt Niklas.

Ze knikt. 'Hij huurt al een paar jaar bij mij. Erg lieve jongen.'

'We hebben een sleutel van Stellan Paulson gekregen, die van Pascal,' zegt Eir. 'Dus gaan we een poosje naar binnen. Samen met een paar technisch rechercheurs.'

De vrouw snottert in het zakdoekje.

'Hoe is hij gestorven?'

Eir antwoordt niet. 'Is u iets opgevallen aan Pascal, iets wat de laatste tijd anders was dan gebruikelijk? Nieuwe mensen in zijn leven misschien?'

De vrouw schudt haar hoofd. Het geluid van autoportieren. Twee technisch rechercheurs naderen met hun uitrusting. De vrouw vertrekt aanvankelijk geen spier. Maar dan knikt ze vriendelijk naar hen.

Pascals appartement ziet er keurig uit. Een kamer en een keuken op de bovenste verdieping. Witgeverfde muren en een donkere parketvloer. De technisch rechercheurs lopen rond, maken aantekeningen en foto's. In de garderobe hangen vooral sportkleren. Terwijl Niklas naar het trappenhuis terugloopt en daar om zich heen kijkt, loopt Eir de keuken in. Op de keukentafel ligt een stapeltje post: een paar rekeningen en een reclamefolder. In de kast vinden ze de ene pot pindakaas na de andere. Verder een rij met verschillende soorten pasta, tomatenblokjes, tonijn in blik en een heleboel linzen en bonen, noten en gedroogd fruit.

Op het aanrecht liggen brood, cornflakes en verschillende voedingssupplementen voor trainingsdoeleinden, grote verpakkingen. Naast het espressoapparaat staan doosjes met proteïnerepen in alle mogelijke smaken, netjes op elkaar gestapeld. In de gootsteen ligt een tasje van een reformwinkel. Eir vraagt een van de rechercheurs het tasje te legen en er vallen potjes met zinktabletten, vitamine D en omega 3 uit.

Als Niklas en Eir de technisch rechercheurs wegsturen, belt Alice. Zij en Jon hebben niet alleen contact gehad met natuurorganisaties, maar ook met diverse sportclubs, scholen en kinderdagverblijven in de omgeving, maar niemand is de laatste tijd in het bos bij de verlaten boerderij geweest.

'Dus geen kans dat het meisje over wie hij mompelde een gewoon kind was,' zegt Eir gelaten.

'Zoals ik al eerder zei, geloof ik dat we wat hij gezegd heeft niet zo woordelijk moeten opvatten,' zegt Alice. 'Hij was immers gewond en verward.'

'En het huis-aan-huisonderzoek in de directe omgeving? Heeft dat iets opgeleverd?'

'Niemand heeft Pascal Paulson de afgelopen tijd gezien. Of iets vreemds opgemerkt.'

'Uiteraard.'

Eir vindt Niklas bij de auto's. Hij praat met de eigenaar van de villa. De vrouw huilt niet meer. Ze oogt machteloos als ze haar hoofd naar Eir omdraait.

'Pascal betaalde bijna altijd op tijd zijn huur,' zegt Niklas. 'Hij was een prettige huurder.'

'Als hij een keer iets te laat was, deed hij altijd iets extra's in de envelop,' zegt de vrouw.

'Wat?' zegt Eir. 'Betaalde hij de huur contant?'

Boven het eiland begint het donker te worden. Het is na achten als Eir op het bureau de laatste dingen van die dag doet. Alles ligt er stil en verlaten bij, afgezien van het kantoor van Farah. De officier van justitie werkt samen met de districtsrechtbank van het eiland, maar het kantoor is altijd in het politiebureau gevestigd geweest. Gewoonlijk in een ander deel van het gebouw, maar alle kamers worden gerenoveerd en Farah heeft ervoor gekozen in de tussentijd haar kantoor hiernaartoe te verplaatsen, naar de etage van de recherche.

'Gaat het goed met de officier van justitie?' vraagt Eir terwijl ze haar hoofd om de hoek van de deur steekt. Farah Ali knikt zonder haar gezicht van haar computer af te wenden. 'Jawel... Ik heb net het vooronderzoek naar de brand in die nertsenfarm in het noorden afgesloten...'

Haar grote ogen laten het scherm niet los. Haar bureau is bezaaid met mappen, papieren en post-itvelletjes. Overal in haar kamer staan planten, sommige groot en weelderig.

Farah is in de vijftig. Ze werkte oorspronkelijk als bloemist, maar is overgestapt op een studie rechten nadat ze een polsblessure had opgelopen. Toen ze iets minder dan een jaar geleden bij het bureau was opgedoken, op naaldhakken en gekleed in een lange, ossenbloedrode leren jas met een riem, hadden Jon en diverse andere mannen heel onzeker gekeken. Eir mag haar graag, ze gaat niets uit de weg en er ontgaat haar niks.

'Wil je dat ik overal de lichten uitdoe, of doe je dat straks zelf?' vraagt Eir. 'De koffiekamer en zo, bedoel ik.'

'Ik heb nog niets over de lijst van Pascals telefoongesprekken gehoord,' mompelt Farah. 'Ik begrijp heus wel dat je daarvoor eigenlijk hier bent. Niet omdat je je druk maakt om mij of over ons elektriciteitsverbruik.'

'Oké,' zegt Eir en ze trekt haar hoofd terug.

'Wacht even.'

Eir draait haar hoofd de kamer weer in.

'Met jou gaat het goed.'

Het is geen vraag. Als Farah met haar brede schouders achteroverleunt op haar stoel lijkt ze een stoïcijnse rust uit te stralen.

'Ja,' zegt Eir. 'Of nou ja, goed, goed... Het is gewoon klote, zo'n jonge jongen die zomaar sterft...'

'Dat weet ik, maar ik bedoel dat het verder goed met je gaat.'

'Ja, of... Sorry, maar ik begrijp je niet, hoe bedoel je?'

Farahs wenkbrauwen gaan iets omhoog.

'Mijn dochter is op dit moment bezig met een opstel over Charles Manson,' zegt ze.

'O ja?'

'Sommigen beweren dat Manson slechts twee slechte eigenschappen had: hij rookte te veel en hij at te veel snoep. Mijn dochter heeft gelezen dat zijn lievelingssnoep bestond uit chocoladerepen met karamel en zoute pinda's.'

'Oké...'

'Het houdt nooit op, dat is wat ik bedoel.'

'Sorry?'

'Mijn dochter zit over het favoriete snoep van Manson te lezen, meer dan vijftig jaar nadat hij al die moorden pleegde. Ook al is Jack Abrahamsson heel iemand anders dan Charles Manson, ik beloof je dat ergens over vijftig jaar een verveelde jongere ook over hem zal lezen. Dus het is prima dat het goed met je gaat, dat je je er niets van aantrekt dat er nu weer wat meer over in de kranten wordt geschreven.'

Eir lacht, knikt en loopt weg.

'Ik hoop dat we snel die gesprekkenlijst van Pascals telefoon krijgen,' roept Farah haar na. 'En ja, doe alle lichten maar uit.'

Buiten op de parkeerplaats is de lucht zoel. Iets verderop is de stadsmuur te zien, mooi verlicht. Verkeersgeluiden. Mensen die in de verte lachen en praten. Muziek, misschien van een terras. Eir haalt haar mobiel tevoorschijn. Geen nieuwe oproepen of sms'jes. Het laatste bericht is afkomstig van Sanna, met het nummer van Anton Arvidsson – de andere agent die op het bureau in het dorp werkt – voor het geval ze iemand willen spreken die een sterke binding met het dorp heeft en veel jongeren daar kent.

Eir trommelt met een hand op haar dijbeen. De shop van het benzinestation in de buurt waar Sanna altijd haar koffie kocht toen ze hier in de stad nog samenwerkten, is open en verlicht. Hij ziet eruit als een schilderij van Edward Hopper. De koffie is gloeiend heet, de kaneelbroodjes zijn niet te eten en de eigenaar achter de kassa is chagrijnig, maar hij blijft de hele nacht open en het is een van de weinige benzinestations die jonge jongens iets laten bijverdienen als monteur. Daklozen en zwerfkatten komen op elk moment van de dag door de deur en hoeven alleen maar een blik naar binnen te werpen om een gratis worstje te krijgen. Nu loopt er een vrouw blootsvoets rond en rommelt tussen het fruit. Gekleed in een soort jurk met pofmouwen en een V-hals die overgaat in een lange rok, doet ze Eir aan Sneeuwwitje denken. Ze zucht, belt het nummer van Sanna en houdt de telefoon tegen haar oor.

'Ja, met mij,' zegt ze als de voicemail wordt ingeschakeld. 'Bedacht net dat het goed zou zijn als we die groep brommermeisjes bij die verlaten boerderij zouden kunnen spreken, om alles ter plaatse eens door te nemen. Bel me even terug als je nog iets anders bedenkt.'

Ongeveer een minuut later start ze haar auto om naar huis te rijden. Maar na een paar blokken bedenkt ze zich, keert om en rijdt in plaats daarvan naar zee.

Het strand bij het badhuis ligt er verlaten bij als ze aankomt. De steiger steekt helder af tegen de zee. Toen die vorig jaar werd gerenoveerd zijn de balken en planken vervangen door een betonnen plaat die op gigantische betonnen cirkels rust. De bordjes met de teksten GLADDE STEIGER en VERBODEN TE DUIKEN zitten dicht bij elkaar. Aan een paal iets verderop in het zand hangt een reddingsboei.

Het water is grijsgroen. De zee rustig. Ze doet haar schoenen en kleren uit en loopt helemaal naar het kleine trapje. Als haar voeten het koude metaal raken, gaat ze eerst een paar treetjes terug omhoog. Dan duikt ze erin. Als ze onder water is, wordt haar lichaam door de zee omsloten. Ze voelt de stroming tegen haar borstkas. Het duurt slechts een paar seconden voor ze het ritme van haar zwemslag te pakken heeft. De adrenaline drijft haar vooruit. Het gevoel van vrijheid. Het open water. Al het andere verbleekt.

9

Het is iets na negen uur 's avonds als Sanna met Sixten de deur van het portiek uit loopt. Het is warm en de insecten zoemen rond haar nek, kietelen aan haar sleutelbeen. Het duurt niet lang voor zij en Sixten voor trainingsclub Fight staan. Er is niemand, en alle lichten zijn uit. Voor de deur liggen bloemen. Kaarten en briefjes fladderen in het briesje. Iemand heeft een kaars in een lantaarn aangestoken, die is bijna opgebrand.

Dan ziet ze hem. Tussen de bloemen ligt een sleutel. Aan de sleutelring zit een doorzichtig plaatje van bekrast plastic. Ze neemt een foto. Pakt daarna de sleutel voorzichtig op, stopt hem in een van de zakjes die voor Sixten bestemd zijn en belt Eir.

'Mm,' zegt Eir als ze opneemt en ze schraapt haar keel. 'Heb je mijn bericht gehoord? Over die brommermeisjes?'

'Wat ben je aan het doen?' vraagt Sanna.

'Ben net de steiger op geklommen. Ik denk dat er een zenuw in die kloterug van mij bekneld is geraakt.'

'Waarom moest je daar zo nodig naartoe?'

'Wat wil je?'

'Ik heb je zojuist een foto gestuurd.'

Eir aarzelt even. 'Een sleutel?'

'Ik sta nu voor de club. Die sleutel lag tussen de bloemen die mensen er hebben neergelegd nadat ze over Pascal hebben gehoord.'

Eir moet hoesten. 'Wacht even...' De verbinding wordt verbroken. Als ze een paar seconden later terugbelt, klinkt ze levendiger. 'Sorry. Dus die sleutel...'

'Ik heb hem opgepakt en voor jullie in een zakje gedaan,' onderbreekt Sanna haar. 'Ga je nu naar huis om een beetje uit te rusten?'

'Ik kom morgenochtend vroeg wel naar je toe om hem op te halen.'

Sanna denkt na. 'Als de ijzerwinkel hier in het dorp morgen open is, kan ik wel even bij ze langsgaan. Kijken of de sleutel een kopie is, en misschien daar gemaakt. Dan kunnen we daarvandaan verder zoeken, kijken of het iets oplevert?'

De voordeur maakt nauwelijks geluid als die kort daarna achter Sanna en Sixten dichtvalt. Ze doet de lamp aan, het plafond werpt een warm licht over de leegte. De vloer in de hal bestaat uit een soort plastic mat die op graniet moet lijken, in tegenstelling tot de rest van het appartement, waar overal parket ligt. De wanden zijn leeg. Ze heeft geen moeite gedaan om dingen op te hangen of zich verder met de inrichting bezig te houden. Er komt toch niemand op bezoek, en zonder spullen is alles veel gemakkelijker schoon te maken.

Ze schopt haar schoenen uit en schuift ze tegen de muur. Trekt haar dunne, zwarte katoenen jas uit, hangt hem op een haakje met Sixtens riem eroverheen. Daarna veegt ze zijn poten droog en laat de handdoek op de grond vallen voor ze de woonkamer binnengaan.

Ze loopt meteen weer terug en haalt het zakje met de sleutel uit de zak van haar jas. Snel bekijkt ze hem even om zich te herinneren hoe hij er ook alweer uitziet, daarna legt ze het zakje op de salontafel. Dan voelt ze het. Een luchtstroom. Het is de balkondeur, die op een kier staat. Hoewel ze zeker weet dat ze hem heeft dichtgedaan voor ze naar buiten gingen.

Het geluid van voetstappen achter haar. Sixten springt op en vliegt langs haar heen nog voor ze tijd heeft om te reageren. Als ze zich omdraait, kijkt ze recht in twee ogen in een gezicht met rode vlekken.

Anton.

Sixten sluipt weer om Sanna heen. Ze legt een hand op zijn kop. Dat Anton zomaar naar binnen komt, is op zich niets bijzonders, zo doet men dat hier op het eiland, in elk geval als je hier geboren bent. Je loopt onaangekondigd ergens naar binnen. Maar nu is het laat.

'Je hebt me aan het schrikken gemaakt,' zegt ze en ze fronst haar voorhoofd.

'Sorry, ik zag dat er licht brandde achter je raam. Ik wilde alleen maar even met je praten over alles wat er vandaag gebeurd is.'

Sanna knikt.

'Zo afschuwelijk,' zegt Anton. 'Arme familie...'

'Ken je ze? Het gezin Paulson?'

Hij schudt zijn hoofd. 'Of althans, ik ken Pascal omdat een paar van de meisjes van het jongerencentrum een cursus zelfverdediging bij hem hebben gevolgd.'

Anton heeft een bijbaantje bij het jongerencentrum op de dagen van de week dat het politiebureau niet open is. Daar is hij erg trots op, net als op het feit dat hij het plaatselijke juniorenhockeyteam traint, iets waarover hij het altijd heeft zodra hij daar de kans voor krijgt.

'Nina Paulson hangt ook weleens op het jongerencentrum rond,' vervolgt hij.

'Wat is het voor een meisje, die Nina?'

'Ik weet het niet precies; ik heb gehoord dat het een lief kind was toen ze klein was. Ze speelde mee in het schooltoneel, ze kon kennelijk naar een soort internaat op het vasteland waar ze voor kinderen mogelijkheden creëren om auditie te doen voor grote voorstellingen, professioneel toneel. Ik kende haar toen helemaal niet, maar dat is wat er gezegd wordt.'

'Ze is dus op kostschool geweest?'

Hij schudt zijn hoofd. 'Ze is nooit gegaan.'

'En hoe denk je nu over haar, wanneer je haar in het jongerencentrum ziet, bedoel ik.'

'Tja, ze is nogal stoer.'

'Hoe bedoel je dat?'

'Sinds ze problemen heeft gehad met een meisje op school is ze niet bepaald sociaal, behalve met haar vaste groepje. Het kan haar niets schelen wat de mensen over haar zeggen, dat negeert ze gewoon. De enigen om wie ze geeft zijn haar vriendinnen.'

'Dat clubje dat op hun bromfietsen rondrijdt?' vraagt Sanna.

'Ja, die.'

Sixten drukt zich tegen Sanna aan. Ze wijst naar de bank in een poging hem daar te laten liggen. Maar hij blijft bij haar.

'Dat meisje op school. Wat waren het voor problemen die ze met haar had?' vervolgt ze.

'Dat weet ik niet precies. Maar schoonheid trekt altijd pestkoppen aan, toch?'

Ze wil iets zeggen, maar dan valt zijn oog op het zwarte plastic zakje op de salontafel en hij fronst zijn wenkbrauwen.

'Ik heb buiten voor Fight een sleutel gevonden,' zegt ze en ze pakt het zakje op. 'Iemand had hem tussen de bloemen gelegd. Ik weet het niet, maar ik kreeg er een vreemd gevoel bij, alsof hij daar was achtergelaten als een soort teken.'

Hij kijkt in het zakje en schudt zijn hoofd.

'Kan toch best iemand geweest zijn die zich vooroverboog om de bloemen neer te leggen en daarbij gewoon die sleutel heeft laten vallen?'

Sanna denkt dat hij weleens gelijk kan hebben. Helemaal niet onmogelijk. De ongerustheid dat ze die sleutel misschien te overhaast heeft meegenomen geeft haar een ongemakkelijk gevoel, maar dat duwt ze weg.

'Pascal zei iets over een meisje, zegt dat je misschien iets?'

Hij schudt zijn hoofd.

'Arme knul. Ik hoorde dat hij helemaal in de war was.'

'Ja, het was afschuwelijk...'

Hij steekt zijn hand uit naar Sixten, die zich terugtrekt.

'Hoe gaat het met jou?' vraagt Sanna.

'Met mij is het oké,' zegt hij. 'Ik stink alleen naar zweet, ik ruik het zelf en walg ervan.'

'Ik bedoel, je hebt niet opgenomen toen de wachtcommandant probeerde je te bereiken en toen ik je daarna...'

'Mijn moeder heeft zich verwond toen ze thuis in haar schuur een paar dozen wilde verplaatsen,' zegt hij. 'Gebroken arm. Kort nadat jij voor die begrafenis was vertrokken, moest ik ernaartoe.'

'Wat naar...'

'We zijn de hele dag bij de spoedeisende hulp geweest en daarna heb ik haar thuis moeten helpen, ze kon nog amper een theezakje vasthouden. En in al dat gedoe ontdekte ik dat mijn mobiel het niet meer deed.'

Ze fronst haar voorhoofd.

'Nou ja, hoe dan ook,' zegt Anton, 'zullen we elkaar morgenochtend vroeg weer even bellen?'

'Dus je hebt mijn bericht over die pop niet ontvangen?'

'Welk bericht?'

'De technische recherche wil er nader naar kijken, omdat hij dicht bij de verlaten boerderij is gevonden.'

'Aha,' zegt hij en hij fronst zijn wenkbrauwen. 'Ik heb er overigens een foto van naar de boekhandel gestuurd toen jij naar die begrafenis was, en de pop blijkt afkomstig van hun speelgoedafdeling. Gestolen.'

'Maar ze hebben die diefstal nooit aangegeven?'

Hij haalt zijn schouders op.

'En er hangen geen beveiligingscamera's, vermoed ik?'

'Niets.'

'Oké... We moeten ook met de man praten die de pop bij ons heeft afgeleverd, dan kunnen we nagaan of hij misschien iets in het bos heeft gezien. Heb je zijn NAW-gegevens genoteerd?'

'Ja, ik stuur ze naar je toe en zorg dat de technische recherche die pop krijgt.'

Als Anton het appartement heeft verlaten, springt Sixten op en gaat op de bank liggen. Sanna maakt een kop koffie en laat zich naast hem zakken. Ze zoekt met haar mobiel op internet naar Pascal Paulson. Alle hits hebben betrekking op Fight, veel ervan over cursussen zelfverdediging die hij aan jonge meisjes heeft gegeven. Een held. Eén artikel gaat over hoe alles ooit begonnen is – toen hij zijn kleine zusje Nina trainde. Sindsdien heeft hij zijn cursusaanbod geleidelijk uitgebreid.

Ze zoekt naar foto's van het gezin. Het zijn er slechts een paar, gemaakt bij de jaarlijkse kerstmarkt in het dorp. Behalve Stellan, Sonja, Pascal en Nina zijn er ook diverse foto's van hun broertjes en zusjes, die aanzienlijk jonger zijn.

Ze klikt verder en zoekt naar Nina Paulson. Geen hits. Ze denkt aan Nina. Aan het eerste wat haar aan haar was opgevallen. De tatoeage. Het was een soort vrouwelijk natuurwezen. Ze vraagt zich af hoe zo'n figuur heet, maar er komt niets in haar op.

Iets maakt dat ze terugscrolt naar de foto's van Pascal. Daar, een foto van Pascal in de club. Voor hem een paar meisjes met hun rug naar de camera. Een van hen heeft een vlecht over een van haar schouders hangen, en een grote tattoo boven haar T-shirt. Nina. Sanna zoomt in op de inkt.

Het is een meisje in een grote boom, misschien een es. Haar haar is lang en zwart, de ogen staan schuin naar haar neus, als bij een kat. Op haar hoofd zit een kroon van stekelige wortels. Haar armen en benen zijn onnatuurlijk lang. De handen en voeten zijn enorm, met lange nagels, die op klauwen lijken. Ze draagt een soort armband of ring om haar dunne bovenarm en zit hoog in de boom tussen de takken. Schuin onder haar zit een uitholling in de verouderde stam. En daar in het donker liggen twee menselijke schedels.

10

Thuis in haar appartement doet Eir de deur achter zich op slot. Ze wurmt zich uit haar kleren en ze krabt zich. Ze ruikt naar zeewier, en proeft de smaak van zout water tegen haar gehemelte. Ze vist haar mobiel uit een zak voordat haar kleren in de wasmachine belanden, daarna belt ze Fabian.

'Mis je me?' vraagt hij.
'Wilde alleen even weten of alles oké is...'
Hij lacht.
'Ik wilde je net bellen, ben hoogstens over een halfuur bij je,' zegt hij.
'Waar ben je nu dan?'
'Ik zit in de auto te wachten tot de jongens klaar zijn in de supermarkt, we moesten naar die grote winkel rijden, die tot laat open is.'
'Zijn jullie nog steeds inkopen aan het doen? Gaan jullie in het weekend soms een heel banket organiseren?'
'We waren laat. Ach, je weet hoe het gaat, de anderen hebben kinderen en er komt altijd wel iets tussen als we iets willen gaan doen... Is met jou alles in orde? Je klinkt een beetje gespannen.'
'O, nee hoor... Het was alleen een krankzinnige dag...'
'Ja, dat is waar, sorry. Hoe is het verdergegaan?'
'Ik weet het niet. Moet morgen vroeg op, ik heb de leiding over het onderzoek gekregen.'
'Uiteraard.'
'Mm. Mijn nieuwe chef heeft een nieuwe gerechtsarts van het vasteland laten komen. Vivianne Yang.'
'Vivianne Yang? Ik geloof dat ik weleens over haar heb horen praten. Ze moet erg goed zijn. Heeft veel in het buitenland gewerkt, onder andere een paar jaar in een van de grootste vluchtelingenkampen.'

'Ja, maar toch…'
'Je klaagt vaak als we moeten samenwerken, maar nu klaag je omdat we níét mogen samenwerken.'
'Ik klaag niet.'
Hij lacht.
'Eigenlijk heb ik gevraagd om te mogen komen werken,' zegt hij.
'Echt?'
'Ja, ik kan mijn vrije dagen best uitstellen, de wereld vergaat heus niet.'
'Ga gewoon en maak een beetje lol,' zegt Eir lachend. 'We zien elkaar zo.'
'Nee, wacht nog even. Hoe is die nieuwe chef?'
'Niklas? Ja, lijkt me een prima vent. Tot nu toe.'
'Op het forensisch lab zeggen ze dat hij verdomd knap is, is dat zo?'
Ze moet lachen, vindt het leuk als hij doet alsof hij jaloers is. Misschien omdat ze weet dat hij dat voor haar doet.
Hij lacht even. 'Ik kom er zo aan.'
'Oké.'
'Val niet in slaap.'

Eir veegt de wasem van de badkamerspiegel. Het licht van de lamp is zwak. Het is warm en benauwd, en de handdoek onder haar voeten is nat, het ruikt er naar shampoo en zeep. Op de achtergrond klinkt het trillen van de ventilator.
Als ze haar eigen blik in de spiegel ziet, is die rustig, haar grote ogen zijn helder. De herinnering aan de beelden van de zee komen bij haar boven. Een soort licht, maar niet van boven, het licht onder water. Haar bewegingen toen ze onder water zwom waren vanavond langzaam, langzamer dan anders. Een lichte pijnscheut in haar rug. Misschien heeft ze zich iets te veel ingespannen, ze moet een spier te zwaar hebben belast of er is een zenuw bekneld geraakt.
Ze draait de kraan van de wastafel open en zet hem op z'n koudst. Leunt voorover en drinkt.
Zodra ze de kraan dichtdraait, hoort ze Fabian.

'Hallo,' roept hij.
'In de badkamer,' roept ze terug en ze ziet zichzelf glimlachen. 'Ik kom zo.'
Ze veegt opnieuw de wasem van de spiegel en hoort hoe hij zich op de bank laat vallen. Hij zet de tv aan – voetbal.
Het appartement is nu vol geluid, geestdriftige stemmen van de commentatoren en gelach dat vecht om aandacht.
Ze zet haar mobieltje aan, dat op de rand van de wastafel ligt, en kijkt hoe laat het is, waarna ze haar slipje aantrekt. Haar shirt spant zich over haar borsten en ze bekijkt zichzelf een seconde in de spiegel. Haar smalle heupen zouden die van een tiener kunnen zijn. Haar armen zijn dun maar toch gespierd. Haar gelaatstrekken zijn glad en bijna smetteloos. Hier en daar sproeten, een restant van de zomer. Haar haar dat een eigen wil heeft, hoeveel kammen of borstels ze er ook doorheen haalt.
Terwijl ze op haar mobieltje kijkt, vindt ze ook een paar berichten van het bureau over het onderzoek. Vragen over materiaal, afspraken over vergaderingen, besluiten die voor morgen moeten worden genomen. Eir schrijft een kort antwoord, maar wordt onderbroken door een nieuwsbericht. Gewoonlijk negeert ze zulk nieuws, maar dit bericht trekt haar aandacht.
NOG STEEDS OP VRIJE VOETEN staat er met vette letters boven.
De kop verwijst naar de moorden die bijna drie jaar geleden op het eiland zijn gepleegd, drie jaar nadat de dertienjarige dader Jack Abrahamsson ontsnapte en spoorloos verdween.
Ze bijt op haar lip, tikt op het schermpje om het hele artikel te kunnen lezen. Er staat niets nieuws in. Dezelfde bekende feiten over Jack en de moorden. Foto's van de slachtoffers die in de loop van een week een voor een zijn doodgestoken, portretten van op het eerste gezicht heel gewone, onschuldige mensen. Mensen die er door geen enkele buitenstaander van verdacht zouden worden een pedofiel te hebben beschermd die tijdenlang aanrandingen had gepleegd.
Het onderzoek, dat destijds op het eiland haar eerste grote zaak was, was een spiraal naar de hel geworden. Achter de reeks moor-

den lag een geschiedenis die haar tot op de dag van vandaag misselijk maakt. In het middelpunt ervan stonden twee kinderen, Jack Abrahamsson en Mia Askar, beiden trieste herinneringen aan hoe de sociale omgeving tekort kan schieten. Toen ze klein waren ontmoetten ze elkaar tijdens een paar fatale dagen in een zomerkamp en ze hadden daarna op de een of andere manier contact met elkaar gehouden. Als twee scherven die samensmolten. Toen Mia jaren na dat zomerkamp zelfmoord pleegde, was dat het startschot geworden voor Jacks wraak, die diverse mensenlevens kostte.

Eir scrolt omlaag. Afgaand op de commentaren onder het artikel zijn de anonieme lezers het er met elkaar over eens dat de politie volstrekt gefaald heeft en dat niemand Jack Abrahamsson ooit zal terugvinden. De laatste bijdrage, die slechts een paar minuten geleden gepost is, luidt: 'Binnenkort hoort er iemand te worden opgehangen. Eir Pederson en Sanna Berling. Kutpolitie.'

'Waarom lees je dat?'

Fabian staat in de deuropening. De drempel kraakt onder zijn gewicht, zijn ogen zijn diepblauw in het matte licht.

'Iemand heeft weer eens mijn en Sanna's naam genoemd. Ook onze achternamen.'

'Ben je echt ongerust?'

Hij heeft weer die beschermende toon in zijn stem. Die blik die zegt dat zij tweeën op een voorbestemde manier bij elkaar horen. Ze schudt haar hoofd. Hij doet een stap in haar richting.

'Sanna kan voor zichzelf zorgen.' Zijn stem klinkt zeker. Hij streelt met een vinger over haar wang. 'Je kunt er morgen wel met haar over praten. Wat als we nu eens naar bed gaan zodat jij je niet verslaapt?'

'Ik ben klaar,' zegt ze.

Opeens ziet ze de nachtjapon die achter Fabian aan de deur van de badkamer hangt en die hij dagen geleden als cadeau voor haar heeft gekocht. Het etiket zit er nog aan.

'Je haat hem,' zegt hij en hij glimlacht.

Ze kan haar lach niet inhouden. Als hij haar aanraakt, verspreidt de warmte zich over haar wangen.

'De eerste keer dat ik je zag, heb ik daarna de hele dag aan niets zinnigs kunnen denken.' Hij blijft haar aankijken. 'Onbegrijpelijk dat je nu van mij bent.'

Ze duwt hem lachend van zich af.

'Ik ben niet "van jou", verdomme.'

Fabian bekijkt haar nauwkeurig. Voor ze kan reageren trekt hij haar tegen zich aan. Kust haar, eerst langzaam en dan, als ze niet meer tegenstribbelt, langer, drukt haar nog dichter tegen zich aan met zijn tong in haar mond. Ze probeert zijn handen te stoppen, die omlaaggaan, maar het is al te laat. Ze haalt zwaar adem terwijl hij zijn hand tussen haar benen legt.

'Je bént van mij,' fluistert hij en aan zijn toon hoort ze dat hij glimlacht.

Ze lacht. Duwt hem van zich af.

'Verdomme, ik moet naar bed…'

'Ja…' fluistert hij, als in een ademtocht.

Een paar uur later wordt Eir wakker, haar hoofd bonkt en ze heeft dorst. Ze sluipt door de slaapkamer om Fabian niet wakker te maken. Trekt de deur dicht en loopt verder naar de keuken. De maan hangt boven de huizen en schijnt naar binnen. De appartementen recht tegenover het hare zijn leeg en donker. Ze drinkt uit de kraan en loopt dan naar het raam. Beneden in de tuin is geen mens te zien. De straat, die daarachter deels zichtbaar is, is net zo verlaten. In de verte hoort ze een bus.

Ze aarzelt, dan opent ze opnieuw het nieuwsbericht dat ze in de badkamer heeft gelezen, scrolt door nieuwe commentaren. Iemand noemt Jack Abrahamsson een genetische fout, iemand die nooit geboren had moeten worden. Een ander noemt hem de antichrist. Diverse lezers zijn het eens met de persoon die vindt dat zij en Sanna zouden moeten worden opgehangen omdat het Jack Abrahamsson gelukt is te ontkomen.

Ze drukt op een toets in haar lijst met contacten.

'Ben je weer een beetje op krachten gekomen?' vraagt ze als Sanna opneemt.

Het duurt even voor Sanna reageert.

'Ik ben bij een oude film voor de tv in slaap gevallen. Hoe laat is het nu?'
'Dat weet ik niet.'
'Is er iets gebeurd?'
'Nee, ik wilde alleen maar even checken of alles oké is, het is immers veel in het nieuws geweest... Ach ja, je weet wel...'
'Ja, met mij is het oké.'
Ze babbelen nog een paar minuten en hangen dan op, net zo stil als toen ze het gesprek begonnen.

Sanna staat op uit de fauteuil, haar nek is stijf en doet pijn als ze naar de tv loopt om haar uit te zetten. Sixten tilt zijn kop op van de bank en kijkt naar haar. Ze maakt zichzelf wijs dat hij haar verlangen naar eenvoud deelt. Ook hij lijkt niet te begrijpen waarom mensen meer nodig hebben dan een bank en een bed. Ze heeft geld genoeg om te kopen wat ze wil, alleen kan ze de puf en de motivatie niet opbrengen voor iets anders dan wat ze meent dat Sixten nodig heeft.
Het is warm en benauwd in de kamer. Als ze de balkondeur opendoet en naar buiten stapt, voelt ze de warme wind op haar huid. Ze luistert verstrooid naar het geluid van een feestje in de buurt, de muziek en de stemmen. Ergens klinkt een uitbundige kreet. Daarna het geluid van een van de buren die zijn raam dichtdoet.
Haar appartement ligt slechts een halve etage hoog, maar toch heeft ze een soort uitzicht op de pretentieloze flatgebouwen in de wijk op een kleine heuvel aan de rand van het dorp. Voor haar balkon is een grasveld, maar dat ligt nu in het donker. Het geluid van iemand die neuriet maakt dat ze haar hoofd omdraait. Een moeder in een lange, witgestippelde nylon jurk en met dikke valse wimpers zit op een bankje voor de deur van de buren en duwt een kinderwagen heen en weer, heen en weer. Als in trance.
Net als ze de balkondeur achter zich op slot wil doen, gaat haar mobiele telefoon weer. Op het display staat geen nummer. Ze loopt de woonkamer in en neemt op.
'Sanna Berling...'

Niets.

Ze veegt met haar hand over haar ogen, checkt het display, de seconden tikken weg.

Als ze de telefoon tegen haar oor houdt, hoort ze voetstappen, misschien in een trappenhuis of een tunnel. Dan wordt het geluid iets sterker, het klinkt alsof er iets door een buis valt. Een doordringend maar gedempt tuimelen. Op de achtergrond zwakke, ver verwijderde stemmen, die waarschijnlijk een vreemde taal spreken.

'Hallo?' zegt ze.

Er slaat een deur dicht en de verbinding wordt verbroken.

Ze loopt de keuken in. Trekt een la open, haalt een pen tevoorschijn en doet de deur van een keukenkastje open.

Aan de binnenkant zit een vel papier vastgeplakt, vol vouwen en met door haar neergekrabbelde woorden; de ene regel na de andere. Losse woorden, die geluiden beschrijven. *Treinstation. Koekoek. Onweer. Geklik. Sissen. Grasmaaier. Zeemeeuwen.* De lijst is lang. Ze voegt toe: *Voetstappen op steen of beton. Tuimelen. Stemmen.*

Daarna pakt ze haar mobiel weer op, scrolt snel en routineus door de zoekresultaten op internet die over Jack Abrahamsson gaan. Niets nieuws. Ze blijft hangen bij een oude bijdrage aan een blog met een korrelige foto.

Jack.

Hij is zo'n zeven of acht jaar oud en glimlacht naar haar vanaf een versleten schoolfoto. Hij is klein, mager, met duidelijke en geprononceerde gelaatstrekken. Glanzende blauwe ogen, met een blik die weigert weg te kijken. De tekst bij het bericht gaat over het feit dat Jack lijdt aan mutisme, dat hij stom is en alleen communiceert door te schrijven en te tekenen.

Ze aarzelt. Opent het Flashbackforum en scrolt naar het onderwerp over zijn verdwijning. Een nieuwe bijdrage. Iemand die zich 'de Nachtzwerver' noemt beweert dat Jack in een klein plaatsje in Midden-Zweden achter een gebouw van de padvinderij heeft liggen slapen. Ze trekt de la weer open en pakt een wegenkaart van Zweden. Kijkt naar alle kleine kruisjes. De duidelijkste concentratie van kruisjes bevindt zich rond hetzelfde kleine plaatsje, een paar kilometer van de oostkust van het vasteland. Een typisch provinciestadje. Er staat een fabriek die diervoeder produceert, vernoemd naar de naam van de stad. Meer spannends is er niet te vinden. Ze weet niet wat ze moet denken over al die beweerde waarnemingen. Het enige wat ze zeker weet, is dat ze niet overeenkomen met de theorie van de Nationale Operationele Afdeling dat hij verdronken is.

Ze loopt weer terug naar het vel papier aan de binnenkant van het kastdeurtje. Bekijkt al haar gekrabbel nogmaals, maar ziet niets nieuws.

Een vreemde geur.

Die haar neus binnenkomt. Alsof er net iemand in de kamer is langsgelopen. Ze draait zich om en loopt de hal in. Kijkt naar de voordeur. Aarzelt een seconde, weet niet wat ze moet doen. Dan loopt ze ernaartoe en voelt aan de deurkruk. Hij piept als ze hem omlaagdrukt, maar de deur zit gewoon op slot.

In bed leest ze het nieuws op haar mobiel. Het ene artikel na het andere over ongeregeldheden op het Europese vasteland. Huizen die afbranden en burgers die proberen zich te verdedigen. De hulpdiensten worden tegengehouden. Foto na foto toont mensen op de vlucht. Het doet haar pijn. Ze opent de app van haar internetbank en schrijft opnieuw geld over naar de grootste liefdadigheidsorganisatie die hulp biedt bij conflicten, dezelfde die ze geld heeft gestuurd sinds de ongeregeldheden zijn uitgebroken. Als ze klaar is, voelt ze zich nog steeds leeg vanbinnen.

Terug in de keuken doet ze het kastdeurtje weer open. Ze strijkt met haar vingers over de geschreven letters. Het papier bolt op alsof het dichterbij wil komen. De blauwe inkt van de balpen waarmee ze een paar van de woorden heeft geschreven, doet haar denken aan zijn ogen. De kleur ervan. De allereerste keer dat ze Jack had gezien waren het zijn ogen die haar het meest waren opgevallen, er was iets speciaals aan, die helderheid. Als glas, of koud water. De gedachten daarachter als scherven, gebroken beelden waardoorheen hij de wereld zag: de slechte mensen die moesten veranderen in bloed op de muur. De mensen die Mia in de steek hadden gelaten, het meisje dat moest rusten in de aarde. Donker en koud en vol kruipende wormen.

    Ze doet het keukenkastje dicht. Blijft even staan in het geelachtige licht van de lamp aan het plafond. Ze moet maar kan niet begrijpen waar Jack Abrahamsson is en waarom hij haar blijft bellen.

11

Eir wordt wakker voor het ochtendgloren, bezweet onder haar T-shirt. Fabian is nog diep in slaap. Wanneer ze rechtop gaat zitten, krijgt ze direct braakneigingen en ze rent naar de badkamer. Nadat ze stilletjes het fastfood van de avond ervoor heeft uitgespuugd, neemt ze een paar grote slokken water direct uit de kraan, gooit een plens koud water over haar gezicht en droogt zich af met een handdoek. Luistert naar Fabian, wil weten of ze hem wakker gemaakt heeft, maar ze hoort in de slaapkamer geen kik. Ze doet het deurtje van de wasdroger open en haalt er de kleren van gisteravond uit, voelt eraan en gooit ze dan terug.

Als ze in de woonkamer is, schakelt ze haar mobiel in. Scrolt door de berichten met aantekeningen en diverse foto's van Pascal Paulson. Ze rekt zich uit, haar rug en schouders doen pijn. Meer pijn dan anders. De pijnscheuten in haar onderarmen doen haar altijd denken aan haar kindertijd, de nachtelijke zwempartijen in de baai, de vrijheid. Maar dit voelt anders, de pijn is intenser dan gewoonlijk.

Door het raam kijkt ze recht het flatgebouw in aan de andere kant van de straat. Een echtpaar van middelbare leeftijd zit in hun ochtendjas tegenover elkaar onder de lamp die alles verlicht. Ze lezen de krant. Op de tafel staan tussen hen in koffiekopjes en er ligt brood en kaas. De man staat op, pakt de koffiekan en schenkt zijn vrouw bij. Ze kijkt niet eens op, houdt alleen even haar hand omhoog om aan te geven dat het genoeg is.

Eir kan zich niet herinneren dat zij en Fabian ooit zo samen ontbeten hebben. Zijn werk heeft altijd alles bepaald, ook de ongerustheid en tijd die hij aan zijn moeders gezondheid heeft besteed; de tijd die ze voor elkaar hadden heeft altijd krap gevoeld. Maar het is goed gegaan. Vooral dankzij zijn stabiele humeur en grote geduld. Maar ook doordat hij vastbesloten was dat als het erop aankwam, het om hen tweeën ging. Hij respecteert haar en houdt haar in evenwicht op een manier die ze nooit eerder heeft ervaren. Zoals die keer dat haar jongere zusje Cecilia besloot in haar oude gewoonte terug te vallen en was vertrokken. Toen was Fabian er voor haar geweest en had haar opgevangen. Ze bedenkt dat hij er altijd in slaagt haar zich normaal te laten voelen. Hoewel ze weet dat ze dat allesbehalve is, normaal.

Ze woont al in dit appartement sinds ze naar het eiland is verhuisd. Zij en Cecilia zijn hiernaartoe gekomen met alleen een paar tassen en wat verhuisdozen. Nu is zij er alleen nog. De woning heeft ze in onderhuur. Die is duurder dan ze eigenlijk zou moeten zijn, maar ze durft niet over de prijs te onderhandelen en het risico te lopen eruit te worden gezet. Ze weet dat haar vader iets voor haar zou kopen zodra ze ook maar iets zou vertellen over hoe ze woont, maar dat wil ze niet. Ze heeft altijd voor zichzelf gezorgd. Hier zit ze op slechts een klein stukje rijden van het station, en ze heeft alles in de buurt wat ze nodig heeft.

Haar mobieltje trilt. Een bericht van Niklas, hij vraagt of ze al wakker is. Vivianne Yang is de hele nacht met het lichaam van Pascal Paulson bezig geweest en is klaar om de voorlopige resultaten door te nemen.

Een kort moment daarna ontvangt Vivianne Yang hen in de steriele zaal in het forensisch laboratorium. Haar mosgroene, retroachtige sneakers bewegen zich geluidloos over de rubberen vloer. Vivianne is slank, met smalle polsen en geprononceerde sleutelbeenderen Haar zwarte haar is in een eenvoudig pagemodel geknipt. Haar donkerbruine ogen zijn waakzaam. Eir krijgt een kort hoofdknikje, waarna Vivianne Niklas iets uitvoeriger begroet. Ze zegt iets over de oorlog en vrienden die ze niet kan bereiken. Daarna iets over in het weekend werken; ze moppert tegen Niklas over het kleine vliegtuigje en de hobbelige vliegreis naar het eiland en over het feit dat ze het optreden van haar vriend mist. Het geld is bedoeld voor een organisatie die zich voor vluchtelingen inzet. Eir heeft er moeite mee de discussie te volgen, maar ze wordt ook niet gevraagd aan het gesprek deel te nemen. Vivianne gaat voor een obductietafel midden in de zaal staan. Daarop ligt het lichaam van Pascal Paulson. Bleek, grijsblauw. De schaafwonden op zijn bovenlichaam en benen en de diepe snijwonden in zijn dijen geven haar een ongemakkelijk gevoel. De wond rechts van zijn navel maakt dat ze heel even haar blik afwendt.

'Zullen we dan maar beginnen?' vraagt Vivianne.

'Ja, graag,' zegt Niklas.

'Ik weet dat ik het niet hoef te zeggen, maar ik doe het toch,' vervolgt Vivianne. 'Dat we nog lang niet klaar zijn.'

Eir weet niet hoeveel keer ze Fabian exact hetzelfde heeft horen zeggen.

'Dat weten we,' zegt ze en ze glimlacht naar Vivianne.

Ze krijgt geen lachje terug, in plaats daarvan houdt Vivianne alleen haar hand in de lucht boven Pascals buik en de wond.

'Dit is de doodsoorzaak. Een steekwond. Het is een oppervlakkige wond, de steek heeft de lever en belangrijke bloedvaten gemist, maar wel de darm gescheurd. De darminhoud is in de open buikholte gestroomd en heeft zo sepsis veroorzaakt.'

'Bloedvergiftiging,' zegt Eir.

Vivianne knikt.

'En de steek zelf, zou je zeggen dat die van een mes was?'

Vivianne knikt weer en schat met haar duim en wijsvinger een afstand van een paar centimeter. 'Het lemmet is ongeveer zo breed.'

'Hebben we een idee hoe het kan zijn gebeurd?' vraagt Eir terwijl ze naar de wond kijkt. 'Ik bedoel, is er eventueel een mogelijkheid dat hij het zelf heeft gedaan, bewust of door een ongeluk?'

'De randen van de wond en de hoogte van de plek waar die zit, zeggen mij dat hij onmogelijk zichzelf kan hebben gestoken. Hij moet zijn aangevallen.'

'Kun je iets meer zeggen?'

Vivianne doet haar hand omhoog en maakt een zwaaiende beweging boven het lichaam, richting de wond.

'De diepte van de wond en de richting zeggen mij dat de dader waarschijnlijk rechtshandig is.'

'En je zegt ook dat de wond oppervlakkig is, dus degene die hem gestoken heeft, had niet veel kracht? Het zou dus door een zwak persoon kunnen zijn gedaan?'

'Dit zou door iedereen kunnen zijn gedaan.'

'En wat nog meer?'

'Uit de vorm van de wond kan ik afleiden dat het mes niet gedraaid is, maar dat het een rechtstreekse steek is geweest, erin en eruit.'

'Het slachtoffer kan dus snel hebben gereageerd, zich misschien hebben teruggetrokken?'

Vivianne knikt.

'Hij was immers goed in vechtsporten, dus zijn reactievermogen kan best groot zijn geweest...' zegt Eir.

'Kun je iets zeggen over het tijdstip waarop het is gebeurd?' vraagt Niklas.

'Alle grote aderen zijn onbeschadigd. Ook al heeft hij veel bloed verloren, toch is hij door bloedvergiftiging gestorven. Ik denk dat het tussen de twaalf en zestien uur heeft geduurd.'

'Zo lang?' Eir kijkt haar vragend aan.

Vivianne knikt. 'Dit was een langzame, pijnlijke dood.'

Eir rekent in stilte. 'Dus is hij ergens donderdagavond laat gestoken.'

'Heeft het bloed- en urineonderzoek nog iets opgeleverd?' vraagt Niklas.

'Voorlopig geen sporen van alcohol, medicijnen of drugs, maar voor de definitieve analyse moeten we de uitslag van het vasteland afwachten.'

Vivianne verplaatst haar hand omhoog boven Pascals gezicht, naar het blauwe oog links.

'Vermoedelijk veroorzaakt door een vuistslag. Mijn eerste gedachte is dat die slag hard genoeg was om iemand bewusteloos te slaan. Maar tegelijk gaat het slechts om één blauw oog, niet twee, en ik heb achter de trommelvliezen geen bloed gevonden, noch verkleuring achter de oren, dus heeft hij geen schedelbreuk opgelopen. Anders had dat binnen een paar uur de dood betekend.'

Ze gaat verder met haar hand boven de borstkas, de heupen en de voorkant van de benen.

'Schaafwonden. Er zitten fragmenten van glas- en houtsplinters in, wat jullie vast al van de technische recherche hebben gehoord.'

'We vermoeden dat hij door een raam of iets dergelijks is gevlucht,' zegt Eir.

Vivianne reageert niet. Ze verplaatst haar hand naar de heup, die een geelachtige kleur heeft aangenomen.

'Hier zien we dat het lichaam een trauma heeft opgelopen,' zegt ze. 'Ik heb nog geen tijd gehad het nader te onderzoeken, maar de grootte van de bloeduitstorting en het feit dat alle delen van het dijbeen lijken te zitten waar ze horen te zitten, doen me vermoeden dat het een stabiele bekkenfractuur is.'

'Kan het door een aanrijding zijn veroorzaakt?' vraagt Eir terwijl ze denkt aan wat Sanna heeft gezegd.

Vivianne knikt.

'Ja, de wonden hier op de heup zouden het gevolg van een auto-ongeluk kunnen zijn. Hij heeft een forse klap gehad.'

'Maar,' zegt Niklas, 'zou hij nadat hij was overreden echt nog hebben kunnen lopen? De plek waar hij is gevonden, lag een heel eind van een weg...'

Vivianne knikt. 'Met een stabiele bekkenfractuur kun je lopen.'

'Maar de steekwond in zijn buik kan niet zijn veroorzaakt door glasscherven of doordat hij bij een aanrijding op iets scherps is gevallen?' vraagt Eir. 'Je bent er dus zeker van dat het een steekwond van een mes is, bedoel ik?'

Vivianne knikt weer. 'Het zijn twee afzonderlijke gebeurtenissen,' zegt ze. 'Enerzijds een messteek, anderzijds een trauma van de heup.'

'Wat vind je dan van de wonden aan de binnenkant van de dij?' vraagt Niklas.

'Waarschijnlijk veroorzaakt door prikkeldraad,' antwoordt Vivianne en ze gaat met haar hand over de snijwonden. 'Maar daarvan zou ik zeggen dat hij geluk heeft gehad. Ik heb heel wat ergere gevallen gezien. Mensen van wie de handen en benen helemaal kapotgescheurd waren nadat ze geprobeerd hadden over een hek met prikkeldraad te klimmen.'

Ze heeft een priemende blik. Eir herinnert zich dat Fabian heeft verteld dat ze in een vluchtelingenkamp heeft gewerkt.

'Toch begrijp ik het niet,' zegt Eir. 'Alles wat hem is overkomen, al die verschillende verwondingen: een messteek, een trauma van een aanrijding en wonden van prikkeldraad... Hoe kan het dat hij toch nog heeft kunnen lopen?'

Op hetzelfde moment dat ze het zegt, herinnert ze zich iets wat Sudden haar heeft verteld, over de adrenaline die maakt dat ook zwaargewonde mensen op de been kunnen blijven en zich zelfs nog kunnen verplaatsen.

Vivianne wijst naar een van Pascals polsen en Eir ziet de striemen. Die zien eruit als schaafwonden.

'Was hij geboeid?' vraagt ze.

'Ja,' zegt Vivianne. 'Vermoedelijk met een stevig touw. Ik heb ook om zijn mond sporen van tape gevonden.'

'Tape?'

'Wat ik gezegd heb is alles wat ik nu weet,' vervolgt Vivianne. 'Later krijgen we nog meer te horen. Nu moet ik een plek zien te vinden waar ik een paar uur kan uitrusten.'

'Hebben we nog geen antwoord op de vragen over de huidfragmenten en het bloed onder zijn nagels?' vraagt Eir.

Vivianne schudt haar hoofd. 'Op het lab werken ze zo snel ze kunnen.'

Ze geeuwt en wendt zich tot Niklas. 'Ik bel jullie zodra ik meer weet.'

'Wacht even,' zegt Eir. 'Bloedvergiftiging, maakt dat iemand niet verward?'

'Ja, alles van een lichte verwardheid tot ernstige hallucinaties zijn daarbij gebruikelijke symptomen.'

'Toen mijn collega ter plaatse kwam, vlak voordat hij stierf, heeft ze hem nog iets horen zeggen...'

'Hij was hoogstwaarschijnlijk gedesoriënteerd, duizelig en door pijn beïnvloed. De hersenen functioneren niet normaal als gevolg van de septische shock...'

Eir zucht.

'Wat?' vraagt Vivianne.

'Hij zei iets over een meisje...'

Er valt even een korte stilte.

'Op een schaal van één tot tien, hoe verward zou je zeggen dat hij was, kort voor zijn dood?' vraagt Eir. 'Gelet op zijn verwondingen en hoelang de bloedvergiftiging al aan de gang was?'

'Negen, misschien wel tien. Maar het is voor mij onmogelijk het precies te zeggen zonder erbij te zijn geweest...'

Eir knikt zachtjes. 'Oké, bedankt...' Ze werpt een blik op Niklas en loopt naar de deur.

'Uit onderzoek blijkt dat in de eindfase van het leven onze hersenen zwemmen in de neurotransmitters,' zegt Vivianne. 'Veel stervenden denken dat ze iets zien.'

Eir draait zich om en loopt terug.

'Dat licht, bedoel je.'

Vivianne haalt haar schouders op. 'Lichttunnels, landschappen met een regenboog... Sommigen hebben buitenlichamelijke ervaringen. Een enkeling beschrijft sterke gevoelens van liefde, euforie...'

Eir snuift.

'Of het omgekeerde,' vervolgt Vivianne. 'Extreme angst, paniek...'

'Maar je zei toch net dat zijn hersenen niet functioneerden, hoe kan dat dan?'

'Dat ze niet normáál functioneerden, niet dat ze helemaal níét functioneerden.'

'Wat bedoel je? Bedoel je misschien dat hij dacht een meisje te zien, kort voor hij stierf?'

'Misschien.'

'Je bedoelt zoiets als dat hij dacht dat hij God zag?'

'Of het tegenovergestelde.'

12

Het is zes uur in de ochtend als Sanna wakker wordt. Het geluid van lachende kinderen die voor het flatgebouw spelen komt via het raam naar binnen. Sixten tilt zijn kop op van de mat bij het bed en volgt haar naar de keuken.

Ze drinkt koffie terwijl ze op het kleine balkon staat, in het eerste ochtendlicht. Sixten komt naar buiten en duwt zachtjes tegen haar aan. Ze loopt achter hem aan de keuken in en zet haar mok in de gootsteen. Loopt de slaapkamer binnen, naar haar kledingrek, waar zwarte broeken en shirts op hangertjes hangen. Ze trekt haar T-shirt uit en gooit het in de wasmand, daarna pakt ze een nieuw exemplaar, precies hetzelfde, en een broek. In de hal trekt ze haar schoenen aan en vist de hondenriem van de vloer. Sixten kijkt omhoog naar haar en daarna naar de deur.

De ijzerhandel in het dorp is net opengegaan als Sanna en Sixten naar binnen lopen. In tegenstelling tot gewone weekdagen, als het er krioelt van verschillende soorten ambachtslieden en bouwvakkers, is het nu rustig en stil tussen de schappen. Een deur met het bordje HOUTLOODS gaat open en dicht. In de luchtstroom ruikt ze de geur van timmerhout, teer en zaagsel.

De sleutel, die nu in een doorzichtig plastic zakje ligt, maakt dat de man achter de kassa voorover leunt. Hij bekijkt het zakje van alle kanten. Pakt zijn bril, en voor hij hem in zijn haar schuift, wrijft hij over zijn slaap.

'U zei dat u van de politie bent? Heeft dit iets met die knul van de club te maken? De jongen die nu dood is?'

Sanna doet een klein stapje achteruit.

'Herkent u deze sleutel?' vraagt ze terwijl ze zo vriendelijk mogelijk glimlacht.

Hij schudt zijn hoofd.

'Kunnen we hem misschien ook aan uw collega's laten zien?' vraagt ze. 'Misschien hebben die hem eerder gezien?'

'Ik ben hier de enige die over de sleutels gaat.'

'En u herkent hem helemaal niet?'

'Hij ziet eruit als elke andere gewone sleutel,' zegt hij en hij doet de lamp uit.

Buiten voor de ingang van de winkel schijnt de zon fel. Ze wurmt zich uit haar jas. De hondenriem raakt in de war, maar Sixten blijft geduldig doorlopen. Als haar mobieltje trilt, merkt ze dat eerst niet, maar Sixten reageert wel op het gezoem in de zak van haar jas.

'Hallo...' zegt ze.

Het geluid van de wind en opnieuw voetstappen. Kettingen die ratelen. Plastic kratten die misschien op elkaar worden gezet. Het ruisen van de zee. Het hardnekkige gekrijs van zeemeeuwen. Daarna een deur die dichtgaat. Verre stemmen, ook deze keer misschien in een vreemde taal. Ze ebben weg en worden langzaam vervangen door een soort tonen. Twaalf gedempte slagen, misschien op een harp.

Muziek, denkt ze, hij luistert naar muziek.

Het volume van de krakende radio of luidspreker wordt harder gezet. Er volgen zachte tonen van een eenzame viool, hol en vals. Ze maken plaats voor vage klanken van diverse instrumenten – misschien een orkest – die sterker worden. Bijna een soort wals. Daarna plotseling iets vreemds, als gefluit. Ze houdt het mobieltje voor zich, onzeker over wat ze eigenlijk hoort.

Het klinkt inderdaad alsof hij fluit.

Een ongelijk ritme. Niet op de maat van de muziek, meer verstrooid, als een eigen melodie. Of als een mislukte poging om in de maat te blijven.

Plotseling hoort ze op de achtergrond iemand roepen. Het is een mannenstem. Ze vangt slechts een paar woorden op, maar herkent de taal onmiddellijk: Ests. Direct daarna komt de aansporing weer, deze keer in het Engels:

'Gather... sun now.'
Ze herhaalt de woorden voor zichzelf.
'Verzamel... de zon nu.'

Ze rent terug de ijzerwinkel in en graait naar een pen die naast de kassa ligt. Omdat ze geen papier bij zich heeft, schrijft ze op haar hand: *De wind. Voetstappen. Kratten. De zee. Zeemeeuwen. Deur. Stemmen. Muziek. Twaalf slagen. De zon.*

Als de stem riep 'Nu verzamelen in de zon', kan dat betekenen dat hij zich op een schip bevindt, of een ander vaartuig. Misschien werd de bemanning opgeroepen aan dek te komen, in de zon.

Ze haalt haar mobiel weer tevoorschijn en vindt een kaart van de Estlandse kust aan de Oostzee. Haar vingers bewegen over het scherm, langs alle havensteden. Ze vergroot hun namen en probeert iets te vinden wat helderheid kan verschaffen, maar vindt niets wat haar aan het denken zet. Ze schudt haar hoofd. Wat had ze dan gedacht dat ze zou vinden? De enige gedachte die zich in haar hoofd vastzet, is het besef dat ze ver verwijderd is van de groep kleine kruisjes die ze op haar kaart heeft getekend.

13

Op het politiebureau roept Eir de rechercheurs bij elkaar om de zaak door te nemen. Alice en Jon slenteren langzaam haar kamer binnen. Hij met zijn blik op zijn mobiele telefoon. Als hij naast Eir tegen de muur gaat staan, raken hun schouders elkaar. Zijn aftershave ruikt doordringend, een pittige, sterke geur van citrusfruit.

'Zeg me alsjeblieft dat Sanna niet komt,' fluistert hij tegen haar.

Niklas stapt binnen en doet de deur achter zich dicht, groet iedereen kort.

'Zijn we er allemaal?' vraagt hij terwijl hij zich tot Eir richt. Ze knikt even.

Er wordt op de deur geklopt en de receptionist glipt naar binnen met een dienblad met koffie en water. Het felle neonlicht maakt dat de piercings in zijn oorlellen blinken.

'Dank je,' zegt Eir.

Hij zet zijn draadloze headset recht en verlaat de kamer.

Eir zet een streep onder Pascals naam op het whiteboard en richt zich dan tot de anderen.

'We nemen alles nog een keer door,' zegt ze. 'Pascal Paulson, 24 jaar. Geen strafblad. Een fatsoenlijke jongeman die in een dorp op het platteland samen met zijn vader een sportschool runt. Gevonden in het bos, met een mes in zijn buik gestoken en met vergevorderde bloedvergiftiging. Bont en blauw geslagen, waarschijnlijk ook aangereden. Op zijn lichaam schaafwonden met sporen van glas- en houtsplinters. Op zijn dijen wonden die door prikkeldraad zijn veroorzaakt. Rond zijn polsen sporen van touw en om zijn mond restjes tape. Als hij wordt gevonden door Sanna Berling, die als eerste ter plaatse is, is hij nauwelijks bij bewustzijn.'

Ze schrijft 'Het meisje' op het whiteboard en onderstreept het.

'Dit is het laatste wat Pascal Paulson zegt voor hij overlijdt. Iets over een meisje. Volgens Vivianne Yang was hij sterk onder de invloed van de bloedvergiftiging die hem kort daarna het leven kostte. Hij was waarschijnlijk niet alleen in de war, maar misschien hallucineerde hij zelfs. Sudden heeft de pop onderzocht die op het politiebureau in het dorp is afgeleverd, maar hij heeft er niets bruikbaars aan kunnen ontdekken, niets wat ons reden geeft te vermoeden dat die pop iets met de dood van Pascal Paulson te maken heeft. Of dat woord "meisje" iets betekent, weten we gewoon niet, maar we onthouden het wel. Alice, hebben we contact gehad met de vent die de pop heeft afgeleverd, de man die in het bos hardliep?'

Alice knikt. 'Maar hij heeft in het bos niets gezien, behalve dan die pop die hij heeft afgeleverd.'

'En je bent ook begonnen met het in kaart brengen van Pascals activiteiten voor hij verdween?'

Alice geeft een samenvatting. Niets opvallends, behalve dat Pascal de club heeft verlaten nadat iemand hem probeerde te bellen.

'En zoals jullie allemaal weten, wachten we nog op de gesprekkenlijst van de provider, om erachter te komen met wie hij gesproken kan hebben,' sluit Alice af.

'Het is echt nodig dat we een overzicht krijgen van de financiële situatie van de familie Paulson, zowel privé als van de club,' vervolgt Eir. 'Pascal betaalde zijn huur blijkbaar contant. Laten we daar wat extra aandacht aan besteden en kijken of het tot iets leidt. Oké, Alice?'

Alice knikt. 'Ik werk zo snel als ik kan.'

'Nog andere bevindingen?' vraagt Eir en ze wendt zich tot Jon. 'Fight deelt toch zijn parkeerplaats met de supermarkt, hebben ze daar een beveiligingscamera?'

Jon schudt zijn hoofd. 'En we hebben donderdagavond al met het personeel van de supermarkt gesproken, maar niemand heeft Pascal gezien.'

'En de bouwvergunning?' gaat Eir verder. 'Wat weten we daarover? Hebben we de documenten ingezien?'

Jon gooit een map op tafel. 'Daar is niets bijzonders mee aan de hand. Wat gezeur van de buren en een amateurarcheoloog over een archeologische vondst die daar jaren geleden in de grond is aangetroffen, verder niets.'

'Archeologische vondst?' zegt Eir.

'Een oude bijl. Die liggen nu eenmaal overal op het eiland…'

'Ja, dat weet ik,' onderbreekt Eir hem.

Ze vertelt over de sleutel die Sanna gevonden heeft en laat hun er een foto van zien.

Jon en Alice kijken ernaar.

'Wat hebben we verder nog?' zegt Eir.

'Het bos, hebben we nog iets gehoord van Sudden en zijn collega's?' vraagt Alice.

'De technische recherche heeft de verlaten boerderij en de grond eromheen onderzocht. Niets bruikbaars. Geen moordwapen. Niks. We wachten nog steeds op de uitslag van de analyse van de handdoek die Pascal tegen zijn wond gedrukt hield.'

Alice knikt. 'En wat doen we met wat we hebben gevonden, op zijn lichaam, bedoel ik?'

'Ja,' antwoordt Eir. 'De sporen van glas- en houtsplinters in de schaafwonden op Pascals lichaam, waar komen die vandaan? Jon, jij neemt contact op met glaszetters en bouwbedrijven in en rond het dorp. Vraag overal of er in de afgelopen twee dagen vensterglas of triplex is besteld, of ander materiaal om een kapot raam mee te repareren of te dichten. Misschien is Pascal ergens door een raam gevlucht en bevindt de dader zich tussen de kopers of bestellers?'

Er kinkt geluid van snelle hakken. Plotseling gaat de deur open en komt Farah binnen. Ze loopt rechtstreeks naar Eir en overhandigt haar een paar geprinte vellen papier.

'De gesprekkenlijst van Pascal Paulsons telefoon,' zegt ze.

Een paar seconden later staan ze over de tafel gebogen met de papieren uitgespreid voor hen. Eir gaat met haar blik langs de tijdsaanduidingen. Misschien verbergt de dader zich achter het gesprek dat maakte dat Pascal de club verliet en naar buiten liep, de nacht in, om nooit meer terug te komen. Ze houdt haar vinger bij het gesprek dat kort na negen uur die donderdagavond geregistreerd staat. Ze leest het nummer op en Alice voert het in in hun systeem.

'Wie belde hem toen?' vraagt Eir.

'Sonja Paulson,' antwoordt Alice.

14

In de buurt van de villa van Stellan en Sonja Paulson is het druk als Eir en Niklas met de auto het huis naderen. Eir leunt naar voren, rijdt langzaam terwijl ze naar een bordje met een straatnaam zoekt. Ze laveert tussen een paar kinderen die met een bal spelen en een moeder met een kinderwagen door.

Het is een kleine wijk, slechts twee of drie straten. De meeste huizen zijn bungalows. Aan de ene kant wordt de buurt afgegrensd door de witgepleisterde dorpskerk uit de twaalfde eeuw met bijbehorend kerkhof, en aan de andere kant door een mooie weide, die hier en daar tussen de huizen te zien is.

Eir gluurt naar Niklas. Al vanaf het moment dat ze de stad uit reden naar het dorp, zit hij met zijn telefoon aan zijn oor. Ze heeft erover gedacht hem te zeggen hoe gezellig het is om met iemand samen te rijden die alleen maar met zijn mobiel bezig is, maar ze is toch blij dat hij erbij is. Dat hij zoveel prioriteit aan het onderzoek geeft dat hij vandaag zelfs met haar meegaat. Ze weet dat hij algauw zal verdrinken in andere taken, op dezelfde manier als haar vorige chef, maar op dit moment is hij in elk geval hier.

Fabians collega's op het forensisch lab hadden gelijk, Niklas is aantrekkelijk. Hij zit vol zelfvertrouwen. Degene met wie hij aan de telefoon zit, verzoekt hij dringend iemand op te bellen. Daarna zwijgt hij en luistert weer. Dan wendt hij zich tot Eir en bestudeert haar, hij neemt de tijd.

Ze schakelt terug en leunt weer voorover, zoekt het huisnummer.

'Hier moet het ergens zijn,' mompelt ze in zichzelf.

Plotseling grijpt Niklas haar arm vast. In de laatste seconde ziet ze de hockeystick die precies voor de auto door de lucht vliegt. Ze gaat hard op de rem staan. Niklas zwaait naar twee kleine jongens met arm- en beenbeschermers die aan komen hollen om de stick op te halen. Eir denkt aan Fabian, aan zijn jeugdvrienden.

Niklas tikt haar op haar schouder. Wijst naar een witte stenen villa met een zwart dak. Op de oprit staat een stationcar met een sticker van Fight op het portier. Ze parkeren achter de auto en Niklas maakt een einde aan zijn telefoongesprek.

'Toen we ze in het ziekenhuis ontmoetten, voelde ik dat er iets schuurde,' zegt Eir voor ze uitstappen. 'Hoewel dat natuurlijk niets betekent, het kan gewoon een gezin zijn als alle andere.'

In de tuin staan een trampoline en tuinmeubelen op een rij, alsof iemand geprobeerd heeft er een fort van te bouwen. In een bloembed ligt een omgevallen driewieler. Op het pad naar de voordeur ligt een bal en op de buitentrap staat een overvolle, slordig dichtgeknoopte vuilniszak. Het geluid en de silhouetten van ruziënde kinderen achter het matglas van de voordeur.

Eir belt aan. Ze staat ongeduldig voor de deur heen en weer te wiebelen tot er wordt opengedaan. De blik in de ogen van Sonja Paulson is verbitterd en vermoeid. Op de trui over haar pyjama zit op de borst een grote vlek. Op haar heup heeft ze een meisje van een jaar of vier met een rood behuild gezicht en een waterijsje in haar mond. Wanneer ze hen ziet, krijgt ze iets doodsbangs in haar blik.

'Wat is dit nou?' zegt Sonja en ze draait zich vervolgens om en loopt het huis in. 'Stellan, de politie is er,' gilt ze, zo hard dat het kleine meisje haar handen tegen haar oren houdt.

De overheersende kleuren in het hele huis zijn wit, grijs en lichtroze. Aan de muren hangt een verzameling spiegels en schilderijen met teksten als CARPE DIEM en HAKUNA MATATA. Sonja gaat hun voor de keuken door, waar overal vaat staat. Borden met kruimels en een pakje gesmolten boter op de eettafel. Ze mogen in de woonkamer gaan zitten, op de zachte, witleren bank met grijze en roze sierkussens van namaakbont.

Sonja schuift op de salontafel een paar kinderboeken opzij, blijft daarna staan met het kind op haar heup. De druppels van het waterijsje vallen op haar schouder.

'Tja,' zegt ze. 'En nu? Stellan komt misschien niet naar beneden.

Hij slaapt de hele tijd. Ik krijg hem er niet uit. Hij is totaal gebroken.'

Twee kleine jongetjes sluipen naar binnen en kruipen op de bank naast Eir, een van hen pakt de afstandsbediening. Als hij achteroverleunt, gluurt hij naar Eir en glimlacht lief naar haar. Ze raakt van haar stuk en glimlacht nerveus terug.

'Geluid uit,' zegt Sonja scherp.

De tv gaat aan. Geluidloos. Een gewelddadige tekenfilm waarin een soort monster door een spookstad jaagt. Sonja pakt de afstandsbediening en schakelt over naar een kinderkanaal, waar een presentator in kleurige fluwelen kleren bezig is met eierdozen.

'Is er misschien een plek waar we ongestoord kunnen praten?' vraagt Eir.

'Dat gaat hier prima.'

Sonja's stem krijgt weer iets driftigs. Eir herinnert zich de toon van de keer dat ze elkaar in het ziekenhuis hebben gesproken.

'Waar gaat het over?' vervolgt Sonja. 'Hebben jullie al iets ontdekt? Als jullie met Stellan moeten praten, moeten jullie naar de slaapkamer gaan en hem zelf uit bed zien te krijgen...'

Eir leunt achterover.

'We hebben de gesprekkenlijst van Pascals telefoon gekregen.'

'O ja?'

'We kunnen zien dat het telefoontje dat hij kreeg vlak voordat hij de club verliet van dit nummer afkomstig is.'

Ze kijkt hen uitdrukkingloos aan.

'Welk nummer?' vraagt ze dan.

Niklas haalt een kopie van de lijst tevoorschijn, waarop het nummer is onderstreept.

Sonja zet het meisje met het waterijsje op de grond, zegt tegen haar dat ze er straks nog een mag. Daarna stuurt ze de jongetjes de kamer uit. Als ze alleen zijn, zucht ze.

'Dat is Nina's nummer,' zegt ze. 'Het is alleen maar op mijn naam geregistreerd zodat we haar in de gaten kunnen houden. Die rotmeid. Ik had moeten begrijpen dat zij hier iets mee te maken heeft...'

'We weten niet of dit ergens iets mee te maken heeft,' haast Eir zich te zeggen. 'Is Nina thuis?'

Sonja loopt weg om Nina te wekken. Eir blijft op de bank zitten, maar volgt haar met haar blik terwijl Sonja naar de hal ernaast loopt. Sonja klopt en doet een deur open. Door de deuropening meent Eir op de grond en het bed kleren te zien liggen, aan de muur haakjes met kettingen met parels, veren en doodshoofden. Maar Nina is er niet.

Als Sonja in de woonkamer terugkomt, vraagt Eir haar te bellen.

'Nina?' zegt Sonja in het toestel en ze zet de luidspreker van de telefoon aan.

Op de achtergrond lawaai. Muziek en schreeuwerige stemmen.

'Nina?' probeert Sonja opnieuw. 'Waar ben je? De politie is hier en die wil met je praten.'

De verbinding wordt verbroken.

'Verdomde rotmeid,' mompelt Sonja in zichzelf.

'Heeft u enig idee waar we haar misschien kunnen vinden?' vraagt Eir. 'Een vriendin of een vriend die ons het adres kan geven?'

Sonja maakt een snuivend geluid.

'Ze kan soms dagen weg zijn zonder dat we iets van haar horen, zo is het nu eenmaal. Ze gaat wel naar school, maar verder zwerft ze alleen maar rond. Wie weet waar ze slaapt als ze niet thuis is.'

Eir haalt een foto tevoorschijn van de sleutel die Sanna tussen de bloemen voor Pascals club heeft gevonden.

'Herkent u deze sleutel?'

Sonja schudt haar hoofd.

'Waar is die van?'

Eir en Niklas wisselen een blik. 'Die lag bij de bloemen die mensen voor de deur van de club hebben gelegd,' zegt Niklas. 'Maar u herkent hem helemaal niet?'

'Nee,' antwoordt Sonja. 'Maar mail me die foto, dan zal ik hem aan Stellan laten zien, als hij wakker wordt.'

'Vraag Stellan ons te bellen,' zegt Eir. 'En Nina ook, we moeten met haar praten. Zo snel mogelijk.'

In de auto ziet Eir op haar mobiel dat ze een oproep van Sanna gemist heeft en ze luistert naar haar voicemail.

'Sanna is nu thuis,' zegt Eir en ze kijkt opzij naar Niklas, die iets op zijn mobiel noteert. 'Zullen we die sleutel even ophalen?'

Hij knikt en stopt zijn telefoon weg.

'Jij en Sanna hebben samen toch een behoorlijke geschiedenis?' zegt hij.

'We hebben veel meegemaakt,' zegt Eir terwijl ze op de hoofdstraat bij de kerk de hoek omgaat.

Hij knikt. 'Ik heb alles over Jack Abrahamsson en de moorden gelezen wat er te lezen valt.'

Eir wil tegen hem zeggen dat ze geen zin heeft om over die zaak te praten, maar ze heeft de puf niet. In plaats daarvan concentreert ze zich op de weg voor de auto.

'Afschuwelijke gebeurtenis met dat meisje, Mia Askar,' vervolgt hij. 'Hoe haar verhalen over het misbruik door die dominee door alle volwassenen genegeerd zijn, inclusief haar eigen moeder...'

Eir knikt. Toen Mia Askar een klacht indiende tegen dominee Holger Crantz wegens verkrachting, was er niemand voor haar opgekomen. Ten slotte kon ze het niet meer aan en liet ze zich door de dood bij de hand nemen, die haar naar de rand van de met water gevulde kalkgroeve leidde aan de noordoostelijke kant van het eiland. Degene die ze achterliet, was Jack Abrahamsson. Jack, die vervolgens aan het moorden sloeg tot hij bijna alle mensen had uitgeroeid die haar in de steek hadden gelaten.

'En met Jack zelf ging het niet veel beter,' zegt Niklas. 'De psychiatrie en de sociale dienst lieten ook hem keer op keer in de steek. En ik heb gelezen dat de politie zijn moeder van het dak heeft gehaald, waar ze vanaf wilde springen, in de veronderstelling dat ze de walgvogel was uit *Alice in Wonderland*. Ze was psychisch gestoord... Hoe kunnen ze dan een kind keer op keer weer naar huis sturen?'

Eir probeert ergens anders aan te denken, misschien zelfs aan iets luchtigs, als een manier om te vluchten, maar het onbehaaglijke gevoel over Jack trekt haar steeds weer naar hem terug. Niklas trommelt met zijn vingers tegen het portier en ze begrijpt dat hij nog niet klaar is.

'Hij hield van haar,' zegt hij, 'Jack Abrahamsson hield van Mia Askar.'

'Jack Abrahamsson heeft vier mensen vermoord.'

'Omdat ze Mia Askar in de steek hadden gelaten, haar tot zelfmoord hadden gedreven.'

'Daarna heeft hij nog een mens doodgestoken.'

'Die Sanna's man en kind had vermoord...'

'Hij was een psychopaat die vijf mensen heeft omgebracht.'

'Je zegt wás? Dus je denkt dat hij dood is?'

'Dat hoop ik.'

Niklas kijkt haar aan. 'En Sanna?'

'Wat bedoel je met Sanna?'

'Denk je dat zij ook hoopt dat hij dood is?'

'Wat is dat nou voor een vraag?'

Hij antwoordt niet, kijkt haar alleen maar aan.

Eir luistert naar hard geschreeuw, dat van buiten komt. Een tienermeisje heeft ruzie met haar vriendje. Ze smijt haar mobieltje naar hem. Ze voelt een steek van medeleven opkomen. Alles wat ze moeten doormaken voor ze begrijpen wie ze werkelijk zijn. Haar eigen jeugd was een van de verdrietigste periodes uit haar leven. De jongen op wie ze verliefd was, die haar keer op keer misbruikte en die nooit iets van liefde teruggaf. Het gemis van haar moeder. Het verdriet van haar vader, dat nooit over leek te gaan. Haar jongere zusje Cecilia, die haar geluk in drugs zocht. Ze kan geen foto's uit die tijd zien zonder zich beroerd te voelen.

'Vind je het goed als ik de radio aanzet?' vraagt Niklas.

'Als je dat wilt.'

Hij drukt op een willekeurige knop, wisselt diverse keren van zender. Moppert dat hij geen nieuwsberichten kan vinden. Zet hem daarna uit.

'Wat vind jij van Sonja Paulson?' vraagt Eir.

'Ik vind het een gezin dat in shock is en diep verdriet heeft.'

'Maar vind je ook niet dat er iets vreemds aan haar is?'

'Ik ben niet jaloers op ouders met kleine kinderen.'

Ze glimlacht. 'Heb je zelf kinderen?'

Hij knikt.

Ze wacht tot hij haar dezelfde vraag zal stellen, maar dat doet hij niet. Ze denkt aan wat Alice heeft gezegd, dat hij alles van hen al weet. In plaats daarvan begint ze opnieuw.

'Er is iets met die Sonja Paulson...'

'Je bedoelt hoe ze over Nina praat?'

'Ja, is het niet idioot om je stiefdochter een "verdomde rotmeid" te noemen als die net haar broer heeft verloren?'

'Zij heeft toch ook haar zoon verloren.'

Eir zucht. 'Vind je ook niet dat ze iets venijnigs heeft?'

Hij laat zijn blik over de omgeving gaan.

'Hebben mensen met een sterk overlevingsinstinct dat niet vaak?'

*

Als ze Sanna's flat binnenkomen, is de onverbloemde eenvoud het eerste wat Eir opvalt. Ze is er niet meer geweest nadat Sanna verhuisd is, Sanna heeft haar nooit uitgenodigd en zijzelf heeft er ook niet op aangedrongen. Toen ze Sixten had gebracht, was Sanna naar beneden gekomen en hadden ze samen een wandeling gemaakt en daarna had ze op de parkeerplaats 'tot ziens' gezegd. Eir bedenkt dat ze eigenlijk nooit een relatie hebben gehad waarbij ze privé met elkaar omgingen, bij elkaar thuis kwamen, of samen lunchten of koffiedronken. Toch weten ze wat ze aan elkaar hebben. Ze loopt verder de woning in, geeft Sixten een stevig klapje. Verderop, in de slaapkamer, vangt ze een glimp op van het kledingrek met zwarte broeken en shirts die Sanna altijd draagt, en op de bank ligt een grote gebreide deken. Maar verder bijna geen persoonlijke spullen.

'Hierbinnen geen verrekte carpe diem,' mompelt ze.

'Wat zei je?' vraagt Sanna terwijl ze Eir het zakje met de sleutel overhandigt.

Eir krijgt in de woonkamer Sixtens bed in het oog. Er liggen diverse hondenspeeltjes in en een grote schapenvacht.

'Je verwent hem,' zegt ze lachend.

Sanna zucht en geeft Sixten een tikje tegen zijn kop. 'Je had me best kunnen vertellen dat hij niet van speeltjes houdt, of van hondenvoer. En dat bed had je wel mogen houden, hij slaapt er toch nooit in. Koffie?'

'Ik denk niet dat we daar tijd voor hebben,' zegt Eir.

Ze merkt opeens hoe Niklas Sanna bestudeert. Het is alsof hij haar inademt. Zijn blik maakt dat Eir bedenkt hoeveel iedereen over Sanna weet, hoeveel Niklas zowel gelezen als gehoord heeft. Over haar als rechercheur. Maar ook over haar privéleven, dat een pyromaan haar boerderij in brand heeft gestoken, de brand die haar gezin heeft vernietigd. Hoe kan een mens die zo alleen is en zo op zichzelf, zoveel ogen op zich gericht krijgen?

'Wij moeten weer verder,' zegt ze met een glimlach tegen Sanna. 'Gaan hier in de buurt nog een poosje rondrijden. Kijken of we Nina Paulson kunnen vinden. Zij was degene die Pascal gebeld heeft vlak voordat hij verdwenen is.'

Sanna krijgt iets neerslachtigs in haar blik.

'Heb jij enig idee waar ze kan zijn?' vraagt Eir.

'Het jongerencentrum? Sinds kort zijn ze ook open op zaterdag en zondag.'

Eirs mobiel trilt. Een sms'je.

'De analyse van de handdoek die Pascal tegen zijn wond gedrukt hield,' zegt ze en ze begint te lezen. 'Godsamme...'

'Wat is er?' vraagt Niklas.

'Ze hebben niet alleen Pascals bloed erop gevonden, maar ook bloed en haren van een dier. Blijkbaar heeft de technische recherche onlangs bevestigd dat ze die sporen ook op zijn lichaam hebben aangetroffen.'

'Een dier?' zegt Sanna.

'Ze denken een ree of een hert, maar dat kunnen ze nog niet met zekerheid zeggen, dat duurt kennelijk nog een paar weken,' zegt Eir. 'Maar wat is dit in vredesnaam?'

Ze houdt haar mobiel met een foto van de handdoek omhoog, gemaakt in het laboratorium. Hij is met spelden gespannen op iets wat op een dienblad lijkt. De handdoek heeft een effen kleur. Misschien wit, maar verkleurd door bloed. In een hoek zit een borduur-

sel van donker garen, bordeauxrood of zwart. Een vijfpuntige ster in een cirkel.
Sanna pakt het mobieltje uit Eirs hand. Ze draait de telefoon zo dat de handdoek eruitziet alsof hij aan zijn lusje hangt. Een van de punten van de ster wijst omlaag.
'En?' zegt Eir. 'Wat is dat nou?'
'Een symbool...'
'Ja, dat zie ik, maar van wát?'
'Satanisme.'

Voor het jongerencentrum in het dorp staat het vol fietsen en brommers. Twee tienerjongens staan bij een papierbak samen één sigaret te roken. Ze dragen eenzelfde spijkerbroek en T-shirt. Als Eir en Niklas uitstappen reikt de een naar de sigaret, neemt een trekje, inhaleert diep en gooit de peuk weg terwijl hij naar Eir blijft kijken.

Eir praat in haar mobiel met Alice en vraagt haar na te gaan of er op het eiland eventueel lokale genootschappen of organisaties zijn die zich op de een of andere manier bezighouden met verering van de Satan. Alice zit vol vragen en het duurt een paar seconden voor Eir zelf hoort hoe belachelijk haar vraag klinkt. Daarna verbreekt ze de verbinding en richt ze zich tot Niklas, wacht tot hij klaar is met zijn eigen telefoongesprek.

'Ging het goed?' vraagt hij.
'Ze heeft even snel gegoogeld, wat niets opleverde, maar ze gaat verder zoeken.'
'Oké.' Hij knikt naar het jongerencentrum. 'Zullen we?'
Ze aarzelt even, reikt dan naar een flesje water bij zijn voeten. Ze voelt een pijnlijke steek in haar rug, maar ze bijt op haar tanden en neemt een slok water.
'We zouden toch ook wat extra mensen kunnen inzetten om Nina Paulson op te pakken?' Ze droogt haar mond af met de mouw van haar jack. 'Jij hebt toch ook nog dingen op het bureau te doen?'
Geluid van motoren. Verschillende pick-ups verzamelen zich voor het jongerencentrum. Grote, zware auto's. Een paar ervan in felle kleuren en met brede velgen.

In de deuropening van het jongerencentrum verschijnt een man. Eir vermoedt dat het Anton Arvidsson is, Sanna's collega, die hier werkt op de dagen dat het politiebureau gesloten is. Hij loopt naar een van de auto's, een bronskleurig monster met randen van glimmend aluminium. Op de zijkant zit een sticker van meubelmakerij Solbjerge, het logo stelt een grote gouden zon voor. Eir herkent de naam, herinnert zich dat ze over de boerderijen van Solbjerge heeft gelezen, een grote familie, ambachtslieden en schapenboeren die buiten het dorp dicht bij elkaar wonen. Een seconde later gaat het portierraampje omlaag. De man achter het stuur heeft brede schouders en een grote baard. Zijn kleine ogen liggen diep ingebed in het gezicht.

'Wat doen volwassen mannen verdomme voor een jongerencentrum?' zegt Eir.

'Kijk maar,' zegt Niklas en hij knikt naar een van de pick-ups, waar twee jonge mannen helpen om een grote televisie uit de laadbak te tillen.

'Anton?' zegt Eir nadat ze een paar seconden later dichterbij zijn gekomen.

Hij knikt ten afscheid naar de mannen in de pick-ups, die achter elkaar dreunend wegrijden. Daarna draait hij zich om en begroet hen.

'Vrijgevig,' zegt Eir terwijl ze naar de tv knikt die door de twee tienerjongens naar binnen wordt gezeuld.

Anton glimlacht. 'Ja, mijn vriend Thomas denkt altijd aan de jongeren als hij thuis de boel aan het opknappen is. Er wordt hier veel gegamed, dus we hebben nooit genoeg schermen. Vooral nu niet, sinds we ook in de weekenden open zijn.'

Niklas wijst naar de brommers, die slordig geparkeerd staan. 'Is Nina Paulson vandaag hier?'

Direct achter de voordeur van het jongerencentrum bevindt zich een café. Niklas en Eir volgen Anton door een ruimte met verschillende soorten fauteuils en met de hand beschilderde stoelen rond een eenvoudige salontafel. Ze passeren een pingpongtafel en een biljart, beide omringd door jongeren. Daarna een werkplaats met een groot aanrecht, werktafels, een schildersezel en een open kast waar keramiek staat te drogen. Eir loopt bijna tegen een lage plank op wieltjes aan, die bezaaid is met stukken hout, papieren, kralen en verf. Niklas redt haar op het laatste moment en ze lachen even vluchtig naar elkaar.

Helemaal achter in het jongerencentrum is een kamer met een hoekbank voor een groot scherm. Drie meisjes zijn met elkaar aan het gamen. Ze zitten dicht bij elkaar en staren strak naar het scherm.

'We zijn blij dat er nu ook veel meisjes hiernaartoe komen,' zegt Anton. 'Vroeger waren het vooral jongens.'

Hij tikt een van de meisjes op haar schouder. Eerst reageert ze niet, maar als hij volhoudt, stopt ze even met haar spel. De andere twee meisjes kijken boos naar hem, staan op en verlaten de kamer.

'Wat is er?' vraagt het meisje dat alleen is achtergebleven.

'Heb je Nina vandaag gezien?'

Ze gaat languit op de bank liggen, legt haar handen achter haar hoofd. De huid van haar gezicht zit vol puistjes. Haar ogen zijn lichtgrijs.

'Nee,' zegt ze en ze laat haar blik over Niklas en Eir gaan.

'Wij zijn van de politie,' zegt Eir. 'We willen alleen maar even met Nina praten.'

Het meisje haalt haar mobiel tevoorschijn, verzendt snel een berichtje.

'Zijn jullie vriendinnen?' vervolgt Eir.

'Nee,' antwoordt het meisje en ze checkt haar mobiel, verstuurt nog iets en stopt hem daarna weer in haar zak.

'Bel ons even als ze hiernaartoe komt of als je haar ziet,' zegt Eir tegen Anton. 'Het is belangrijk dat we haar spreken.'

De twee andere meisjes komen terug de kamer in, een van hen gooit een blikje frisdrank naar het meisje op de bank.

Eir richt zich tot hen. 'Dat geldt ook voor jullie,' zegt ze. 'Als jullie Nina Paulson zien, vraag haar dan ons te bellen.'

Het meisje op de bank zet het scherm weer aan. Ze zegt iets onhoorbaars tegen de andere twee. Die lachen zacht en laten zich naast haar op de bank zakken.

Buiten het jongerencentrum worden ze door de zon verblind en de hemel is strakblauw. Niklas maakt een knoopje van zijn overhemd los.

'Dat ging best goed.'

Eir knikt. 'Tieners...'

'Ik heb op verschillende plekken gewoond,' zegt hij. 'Zo gaat het vaak met kinderen als de politie komt.'

Zijn stem klinkt bijna plechtig. Hij kijkt er ernstig bij. Eir herinnert zich wat Alice heeft gezegd, dat Niklas naar het eiland is verhuisd om bij zijn dochter in de buurt te zijn.

'Waarom heb je ervoor gekozen hier in dienst te komen?' vraagt ze.

'Het is gewoon zo gegaan.'

'Gewoon zo gegaan?'

'Ik zag dat er een huis te koop stond, in de binnenstad. En ik heb er altijd van gedroomd om op dit eiland te wonen.'

Als Eir hem aankijkt, glimlacht hij. In één wang zit een kuiltje, dat haar eerder niet is opgevallen. De manier waarop hij staat, als een echte leider. Maar de hele dag heeft hij haar het woord laten voeren terwijl hij meer als ondersteuning mee was. Hij opent het portier en reikt naar haar fles water, gooit hem naar haar.

'Shit, de binnenstad is alleen voor miljonairs,' zegt ze en ze drinkt.

'Zegt de dochter van een diplomaat,' reageert hij glimlachend.

Uiteraard weet hij dat. Ze heeft er een hekel aan om over haar achtergrond te praten. Haar vader, die jurist was en op het ministerie van Buitenlandse Zaken werkte. De betere kringen. Internaat. Dat is slechts de helft van het sprookje. De andere helft bestaat uit de politieacademie en de Nationale Operationele Afdeling, de NOA, met samenwerkingsproblemen en conflicten. Het was na zo'n conflict bij de NOA dat ze iets meer dan drie jaar geleden naar het eiland was overgeplaatst, bijna precies op de dag dat Jack Abrahamsson aan zijn reeks moorden was begonnen.

'Maak je maar niet ongerust,' zegt hij lachend. 'Ik beloof het er met niemand over te hebben als het zo'n groot geheim is dat je in een penthouse bent opgegroeid.'

'Ben je altijd zo lollig?' vraagt ze.

Zijn blik op haar maakt dat ze zich geneert. Ze knikt naar een bushalte, waar een vrouw zit, haar gezicht verborgen achter een lokale krant. Op de voorkant staat een kop over de jonge man die in het bos is gevonden.

'Niet zo vreemd dat Nina wegblijft,' zegt ze.

Niklas knikt.

'Ik snap dat je niet wilt dat er door politieauto's jacht op je wordt gemaakt na wat je de afgelopen dagen hebt meegemaakt, maar zullen we toch niet wat extra collega's inzetten om haar te vinden?' zegt Eir. 'In plaats van dat we hier als twee dorpsdienders blijven rondrijden?'

Er komt geluid uit het jongerencentrum als de deur opengaat en Anton verschijnt. Met grote stappen komt hij op hen af.

'Nina en de andere meisjes waren zojuist in de club,' zegt hij.

'De club?' zegt Eir.

Anton knikt. 'De kans dat ze daar nu nog steeds zijn is misschien te verwaarlozen, maar wie weet.' Hij wijst naar een zijstraat. 'Neem die straat en rij om de slijterij heen. Aan de andere kant ligt de parkeerplaats van de grote supermarkt, daar vinden jullie de ingang.'

Als Eir een paar seconden later de auto keert, krijgt ze de zon in haar ogen. Ze moet haar hand erboven houden om iets te kunnen zien. In het felle licht ziet ze op de buitentrap voor het jongerencentrum een gestalte. Het meisje met de puistjes op haar gezicht draait zich om naar Anton, die de deuropening blokkeert. Ze steekt haar vingers in de lucht en doet alsof ze op hem schiet. Dan werpt ze een blik over haar schouder en loopt weg. Na een paar stappen zet ze de capuchon van haar hoody op. Er valt een schaduw over haar gezicht, maar Eir ziet dat ze huilt.

15

Als Eir en Niklas aankomen, staat de deur van Fight open. De verlichting is warm en het is er niet bedompt. Er zijn geen mensen te zien. Ze roepen, maar hun stemmen verdrinken in de muziek die uit de luidsprekers schalt.

De eerste zaal is een fitnessruimte met apparaten en materialen. Aan de raamloze muren hangen vellen papier met teksten die aangeven voorzichtig te zijn, afgewisseld met gelamineerde afbeeldingen die verschillende oefeningen illustreren.

Naast de fitnessafdeling ligt een kleinere ruimte, die doet denken aan een gymzaal. Een zwarte zandzak hang stil aan het plafond. In een hoek liggen matten en kickbokshandschoenen. Schema's voor basistechnieken van thaiboksen, sparren en regels voor schaduwboksen. Een met de hand geschreven herinnering om waardevolle spullen en kleren in de kast in de kleedkamer te bewaren, zodat de vloer van de oefenruimte zo leeg mogelijk blijft.

Ze vinden het kantoor, waar een man in een trainingspak iets in een kast staat te zoeken. Als hij hen in het oog krijgt, schudt hij slechts zijn hoofd.

'Eén momentje,' zegt hij, bijna onhoorbaar door de muziek.

Eir stelt zich en Niklas aan hem voor. Ook de man introduceert zich en voeg eraan toe dat hij een personal trainer is. Hij loopt naar een geluidsinstallatie en zet de muziek zachter.

'Stellan is er niet,' zegt hij terwijl hij terugloopt naar de kast en verder zoekt. 'Hij is thuis.'

'Hoe is het met hem?' vraagt Eir.

De man knikt, lijkt het papier te hebben gevonden waar hij naar zocht.

'Niet echt goed... Jullie collega's zijn hier al geweest om rond te kijken, een van hen was buitengewoon onvriendelijk, kan ik u wel zeggen.'

Niklas fronst zijn voorhoofd.

'Jon,' mompelt Eir.

'Waar kan ik jullie mee van dienst zijn?' vraagt de man.

'We zijn op zoek naar Nina Paulson, we hoorden dat ze hier was.'

Hij schudt zijn hoofd. 'Dat weet ik niet. Ik ben hier net aangekomen.' Hij gaat rechtop staan. 'Sorry. We zijn allemaal ondersteboven van wat er met Pascal is gebeurd, maar proberen tegelijkertijd het werk te laten doorgaan, in het belang van Stellan en zijn gezin.'

'Wij zouden hier ook graag even willen rondkijken, nu we er toch zijn,' zegt Eir.

De man doet een kast met laden open en wacht bij de deur terwijl Eir en Niklas in ordners en mappen bladeren. Aan de muur hangen diverse diploma's, vechtsportwedstrijden die door Pascal zijn gewonnen. Ze praten even kort met de man over Pascal, maar het gesprek levert geen nieuws op. Als ze klaar zijn, laat Eir hem de sleutel zien, maar die herkent hij niet. Op het moment dat ze willen vertrekken merkt ze een jonge man op, die hen vanuit de oefenruimte bekijkt. Een lange gestalte, zestien, zeventien jaar misschien. Als ze een stap naar voren doet, krijgt hij het licht vanuit de deuropening in zijn rug en kan ze zijn gezicht niet meer zien. Hij verdwijnt de kleedkamer in.

'Wie is dat?' vraagt ze.

'Gewoon een van de jongeren die hier rondhangen.'

'Waarom komt hij me bekend voor?'

De man knikt. 'Zijn oudere broer is die journalist over wie iedereen het heeft, en die je tegenwoordig overal ziet, Axel Orsa. Misschien doet hij u aan hem denken?'

'Is dat Daniel Orsa?' zegt Eir, terwijl ze in de richting van de kleedkamer knikt.

De man trekt zijn wenkbrauwen op. 'Ja…'

'Trainde hij met Pascal?'

'Daniel traint meestal zelf.'

'Kom,' zegt Eir en ze gebaart naar Niklas haar te volgen.

Onderweg naar de kleedkamer legt Niklas zijn hand op haar arm om haar wat langzamer te laten lopen.

'Ik denk dat ik het weet, van alle stukken die ik heb gelezen. Maar kun je me toch even kort inlichten?'

Eir blijft staan.

'Daniel Orsa was een van de jongeren in het onderzoek naar die verdomde moorden...'

'Die zweeg als het graf, en die Jack Abrahamsson beschermde...'

'Dat deden ze allemaal.'

'Nog iets anders wat ik moet weten?'

'Meer valt er niet over te zeggen. Ze hebben gewoon allemaal hun bek gehouden.'

Niklas glimlacht een beetje. 'Dan kennen jullie elkaar dus? Misschien was dat de reden dat hij ervandoor ging zodra je naar hem keek.'

Eir schudt haar hoofd. 'Grappig. Nee. Sanna en Alice hebben destijds de gesprekken met hem gevoerd.'

In de kleedkamer vinden ze Daniel Orsa bij zijn kast.

'Train je hier vaak?' vraagt Eir.

Hij knikt en pakt een plastic zakje uit de kast. Laat de kastdeur dichtvallen terwijl hij het plastic zakje in zijn sporttas propt. Hij is slank maar gespierd. Zijn dikke, lichtbruine haar is aan de zijkanten opgeschoren. Er gaat iets zachts van hem uit. Eir herinnert zich dat Sanna gezegd heeft dat hij warm en vriendelijk was.

'Kende je Pascal?' vraagt ze.

'Nee.'

Zijn toon is mild en kalm. Hij doet zijn windjack uit en trekt een ander shirt aan.

'Train je hier al lang?' vraagt Niklas.

'Een paar jaar.'

Daniel gaat zitten, verwisselt zijn schoenen. Het paar dat hij aantrekt, is gebruikt, flink versleten en vuil.

'Wat weet je over Pascal?' vraagt Eir. 'Ging hij misschien om met iemand die je kent, iemand over wie je iets weet?' vraagt Niklas.

Als Daniel zijn sporttas openmaakt, meent Eir een fles jodium te zien, zwachtels en een doosje pijnstillers. Ze wil er iets over vragen, maar haar intuïtie zegt haar dat ze geen antwoord zal krijgen.

In plaats daarvan vraagt ze: 'Moet je vandaag niet trainen?'

'Wat?' zegt hij terwijl hij zijn tas oppakt.

'Je komt hiernaartoe, maar je gaat niet trainen?'

'Ik moest alleen wat spullen halen.'

Er is iets met Daniel wat niet klopt. Hij is nogal afwezig. Ze wil hem nog niet laten gaan. De gedachte dat hij misschien alleen maar nerveus is omdat er twee politieagenten voor hem staan komt bij haar op.

'Je grote broer is journalist, toch?'

'Ja.'

'Ik heb hem op televisie gezien.'

Daniel knikt, bijna onmerkbaar.

'Hij is goed. Je zult wel trots op hem zijn?'

Hij staat rustig voor haar, haalt zijn schouders op. Eir begint opnieuw.

'Als je het mij vraagt, mag dit eiland weleens flink door elkaar geschud worden, dus wat mij betreft mag hij over de politie en politici schrijven wat hij wil.'

'Ik moet ervandoor,' zegt hij. 'Of was er nog meer?'

De hemel wordt al donker als Eir en Niklas op een afstand achter Daniel aan rijden terwijl die door het centrum van het dorp en verder de villawijk in fietst. De regenwolken liggen als een deksel op de kleine gemeenschap. Een enkele druppel motregen spat tegen de voorruit.

'Het weer slaat hier snel om,' zegt Niklas.

'Ja, ik zou alleen willen dat er wat meer viel dan een paar druppels...'

Eir verliest Daniel geen seconde uit het oog. Ze blijft met de auto op veilige afstand, zodat hij hen niet zal ontdekken.

'Jij hebt toch iets van een dorpsdiender in je,' zegt Niklas.

'Ach, ik wil alleen maar weten waar hij naartoe gaat. Hij had jodium, pijnstillers en andere rommel in dat plastic zakje dat hij in zijn sporttas stopte, zag je dat niet?'

'Nee, dat heb ik niet gezien,' zegt hij terwijl hij op zijn mobiel kijkt.

Ze wil iets plagerigs zeggen, dat ze niet begrijpt waarom hij er eigenlijk bij is, maar in plaats daarvan schakelt ze naar een hogere versnelling om Daniel in de gaten te kunnen blijven houden.

Hoe dichter ze bij de rand van het dorp komen, des te groter wordt de afstand tussen de huizen. Hier en daar duiken er kleine weilanden en akkers tussen op. Daniels geel-rode mountainbike gaat verder, neemt bochten en rijdt hier en daar soepel en zelfverzekerd over grasveldjes. Een seconde lang verdwijnt hij achter een garage, en Eir slaat met haar handen op het stuur en vloekt in zichzelf. Dan duikt hij weer op in een zijstraat en ze draait de auto er voorzichtig achteraan.

'Waarom denk je dat hij iets verbergt?' vraagt Niklas. Ze naderen een bosgebied. Een smaller wordende weg verdwijnt tussen de bomen. Daniel stuurt ernaartoe.

'Zomaar een gevoel,' zegt ze.

Waar de weg het bos in wordt gezogen, staat achter hoge dennen een stal. Een grote schijnwerper verlicht een lege bak en een eenzaam paard rent heen en weer achter een witte omheining met schrikdraad.

Plotseling wordt de weg gekruist door opnieuw een klein zijpad. Daniel rijdt er slippend in en verdwijnt. Eir volgt hem langzaam en zet de koplampen uit. Het weggetje is smal en donker, maar een paar honderd meter verder verbreedt het zich tot een soort open plek. Ze draait de contactsleutel om, zodat de motor uit is voor ze er aankomt, en laat de auto stil de laatste meters uitrollen.

Een parkeerplaats voor een groot gebouw van beton en stenen. De ramen zijn zwart van vuil en stof. Tegen een van de muren staat een hoge steiger, het kapotte zeildoek getuigt ervan dat het al lang geleden aan zijn lot is overgelaten. Niklas wijst naar de grote letters boven de ingang. Ze hebben hun kleur verloren en zijn verroest.

Het is het opgeheven en verlaten zwembad en badhuis van het dorp.

Daniel gooit zijn fiets naast een hoop andere die er al op de grond liggen. Hij vist een sleutel uit zijn zak, stopt die in het slot van de voordeur en verdwijnt naar binnen.

Als Eir uit de auto stapt heeft ze kippenvel. Ze kijkt om zich heen. Achter hen is het dennenbos. In de andere richting de geasfalteerde weg die vanaf het zwembad naar de provinciale weg leidt, met erlangs aan de ene kant de gesloten ijsbaan en aan de overzijde een voetbalveld. Helemaal achteraan langs de provinciale weg staat een kleuterschool. De lichten zijn uit en achter de ramen staan kleurig getekende, lachende gezichten.

Niklas trekt zijn jasje aan. 'Zullen we?'

Eir voelt aan de kruk van de deur waardoor Daniel is verdwenen; die zit op slot. Ze kijkt naar Niklas.

'Ik ga hem proberen,' zegt ze.

Ze haalt de sleutel uit het zakje, duwt hem in het slot. Draait hem om en de deur gaat open.

Onaangename geluiden. Jongensstemmen. Opgehitst, bijna hysterisch. Het geluid van lichamen die tegen elkaar stoten. Kreunende klanken. Ze probeert Niklas' blik te vangen, maar dat lukt niet. Hij is volledig geconcentreerd en doet een stap naar voren. Voorbij de verlaten receptie staan tegen een aantal grote glazen deuren enkele met pluizige stof beklede meubelen uit een lang vervlogen decennium. Verhitte klanken komen hun tegemoet. Hijgende ademhaling. De stank van vocht en zweet dringt hun neuzen binnen. Eir voelt haar T-shirt tegen haar rug plakken.

Op de bodem van een uitgestrekt zwembad staat een groep tienerjongens in een kring. Er komt geschreeuw uit hun monden. Het speeksel spuit alle kanten op. Ze slaan zich brullend op de borst. In het midden slaat een van hen hard op een jongere jongen in, keer op keer. Het geluid van de klappen echoot tussen de gebarsten wanden van het zwembad. Eir grijpt stiekem naar haar dienstwapen.

'Politie!' schreeuwt Niklas voor ze kan reageren.

Flikkerende ogen. Jonge gezichten die verbleken.

Als Niklas even later hun ID-kaarten inzamelt en ze bekijkt, werpen de jongens elkaar ongeruste blikken toe. Een van hen haalt zijn neus op en rochelt. Daniel Orsa slaat zijn ogen neer als Niklas voor hem staat.

'Ik ga het maar één keer vragen,' zegt Niklas. 'Wat doen jullie hier eigenlijk?'

De jongen die tot bloedens toe is mishandeld, werpt zich gepijnigd naar voren, maar hij krijgt er geen woord uit. Hij snuift. Er druppelt bruin slijm uit zijn mond. De andere jongens kijken elkaar aan. Een van hen draait zich met glazige ogen naar Niklas. 'Er is hier niemand die het er niet mee eens is, begrijpt u?'

Niklas zucht. 'Hoe zijn jullie aan de sleutel van dit gebouw gekomen? Snappen jullie niet dat jullie hier helemaal niet mogen komen? Er kunnen dingen kapotgaan, jullie kunnen gewond raken...'

'Krijg de klere, ouwe,' mompelt iemand verderop.

Het snot van de bebloede jongen druppelt weer op de vloer.

'Verdomme, ik bel een ambulance,' zegt Eir.

De jongen vliegt op haar af, schreeuwt dat hij oké is. Twee anderen trekken hem terug en brengen hem tot bedaren. 'Zijn vader slaat hem dood,' zeggen ze. 'Doe het niet.'

Ze wisselt snel een blik met Niklas en laat haar mobiel terugglijden in haar zak. In plaats daarvan haalt Niklas de zijne tevoorschijn en hij verstuurt een bericht.

'Pascal Paulson,' zegt ze. 'Waarom heeft iemand een sleutel van dit gebouw tussen de bloemen en kaarsen voor de club neergelegd? Wat had hij met dit hier te maken?'

De jongen met de glazige ogen kijkt haar strak aan terwijl hij zijn vuisten balt. Hij heeft schrammen op zijn armen, alsof hij zich gekrabd heeft.

'Hij heeft deze plek geregeld,' zegt hij. 'Zodat we ergens konden trainen.'

'Trainen? Elkaar tot bloedens toe slaan is verdomme toch niet trainen?' zegt Eir.

'Hoer,' mompelt de jongen. 'Waarom stel je vragen als je toch niet wilt luisteren?'

Een van de andere jongens slaat hem op zijn schouder. 'Hou je bek, klootzak. Wil je soms dat ze je opsluit?'

'Dat kan ze niet,' reageert hij terwijl hij zijn ogen neerslaat. 'Jullie zijn allemaal geschift.'

'Hij is toch al dood, dus wat maakt het uit?' zegt een jongen die iets verder weg staat. Eir schrikt, hij kan niet ouder dan elf, twaalf jaar zijn. Op een van zijn slapen zit een blauwe plek.

'Precies,' zegt ze nadrukkelijk. 'Dus waarom heeft hij het zo geregeld dat jullie elkaar verrot kunnen slaan?'

De jongen met de glazige blik pakt een tas en trekt een shirt aan. 'Dat was zijn ding.'

'Zijn ding?'

Niemand zegt iets. Om hen heen alleen maar lege blikken, gezichten waarvan niets valt af te lezen.

'Mensen betalen ervoor,' vervolgt de jongen. 'Vooral als het jongens zijn zoals wij.'

Vechtclubs. Eir had daar natuurlijk over horen praten, mensen die elkaar verrot slaan voor geld, of voor wat plezier in hun anders zinloze levens. Maar nooit jongeren, nooit kinderen.

'Wat bedoel je?' vraagt ze, maar haar woorden lossen op in de ruimte.

'Wat denk je?' zegt de jongen met de glazige blik.

'Vechten jullie hier voor geld?' vraagt ze.

De jongen schudt zijn hoofd. 'We trainen hier alleen maar.'

Eir zucht. 'Daar gaat Pascal Paulsons correcte imago…'

De moed zakt haar in de schoenen. De hal is slecht verlicht. Hier en daar liggen stukken toiletpapier, vuile schoenen, sokken en kapotte tegels op de bodem van het zwembad. Op een muur heeft iemand een paar teksten gekrabbeld: GEEF JE NOOIT OVER, THIS IS MAYHEM en FUCK TAYLOR. Aan een van de hoogste duikplanken hangen een paar onderbroeken, ze bewegen in de luchtstroom vanuit een kapot raam.

Ze laat haar blik over het venster dwalen, daarna verder naar het volgende. Daar aan de andere kant ligt het buitenbad. Verlaten en spookachtig. Twee droge waterglijbanen steken boven het vuile zwembad uit. De donkere, halfronde vormen buigen naast elkaar naar beneden, de ene wat bochtiger dan de andere. Beide bedrieglijk steil. Ze meent de scheuren in het plastic te horen piepen, als langgerekt gekreun.

'Jullie zijn allemaal jong,' zegt ze. 'Wat is er mis met voetballen of zaalhockey spelen? En waarom zijn jullie niet in de club van Pascal, als jullie iets willen leren?'

Ze krijgt geen antwoord.

'Nou?'

'U doet alsof hij een slecht iemand was,' zegt de jongste jongen. 'Maar hij vocht zelf ook. Het was niet zo dat hij alleen maar de rest van ons hiernaartoe stuurde. Bij hem waren het meestal een ander soort gevechten, tussen hem en andere kerels.'

'Heel goed,' zegt Eir en ze wacht af. 'Tegen wie vocht hij dan?'

Het wordt doodstil.

'Kom op dan?'

'Het waren altijd verschillende,' zegt de jongen met de glazige blik. 'Er werden geen namen genoteerd, snap je? Ze wisselden elkaar allemaal af, anoniem. Anders zou het natuurlijk niet werken... Sommige dingen.'

'Sommige dingen? Wat bedoel je daarmee?'

Hij wacht af.

'Wat?' vraagt Eir.

'Hij zorgde ervoor dat iedereen die geld nodig had de kans kreeg iets te verdienen,' mompelt hij. 'Op verschillende manieren.'

'Op welke manieren?' vraagt Niklas.

'Raad maar,' zegt Eir en ze richt zich tot de jongen. 'Inbraken, diefstal...?'

Niets.

'Weten jullie of iemand Pascal heeft bedreigd?' vraagt ze terwijl ze haar blik langs de bezwete gezichten laat gaan. 'Vanwege de gevechten, diefstallen of wat dan ook?'

'Niemand bedreigde Pascal,' zegt een van de jongens, 'niemand had ruzie met hem.'

Een moment later arriveren er meerdere agenten. Kort daarna ook een ambulance en iemand van de sociale dienst. Er wordt contact opgenomen met ouders en andere verzorgers, er wordt aangifte gedaan wegens mishandeling, huisvredebreuk en er worden diverse beschuldigingen van fysiek geweld opgesteld. De sleutels van het zwembad worden in beslag genomen. De ouders die ernaartoe komen, krijgen ondersteuning, terwijl de overige kinderen met een politieauto naar huis worden gebracht.

    Daniel is de laatste. Als hij naar de politieauto loopt die hem thuis zal brengen, houdt Eir hem tegen.

    'Ben je bevriend met Nina Paulson?'

    Hij schudt zijn hoofd.

    'Maar je weet wie ze is?'

    'Iedereen weet wie Nina is.'

    'Heb je enig idee waar zij of haar vriendin kan zijn?'

    Als ze geen antwoord krijgt, geeft ze hem haar nummer.

    'Als er nog iets in je opkomt over Pascal of als je Nina ergens ziet, dan zou ik graag willen dat je me belt.'

    Hij kijkt haar lang aan. Ze kan niet bepalen of het een belofte is of een bedreiging.

16

De middeleeuwse steegjes in de binnenstad kronkelen zich rond pleinen en ruïnes. De versnellingspook trilt als Eir met de auto over de kinderhoofdjes rijdt. Het huis van Niklas ligt in de wijk achter de Domkerk. Als ze afremt voor de kleine voordeur, hoort ze de lach van een vrouw door de steeg echoën.

'Terug in de bewoonde wereld,' zegt Eir. 'Nu kun je hier naar binnen kruipen en je veilig voelen tot we morgenochtend weer vertrekken, als we dat tenminste gaan doen?'

'Jij vindt dat we Sanna moeten vragen naar Nina te zoeken?'

'Sanna heeft een manier om met sommige van die jongeren om te gaan die niemand anders heeft.'

'Maak jij je niet ongerust?'

'Waarover?'

Hij geeft geen antwoord.

'Dat met Jack was iets anders,' zegt Eir. 'Ze zal nooit meer iemand zo dicht bij zich laten komen.'

'Zodat ze haar niet aan haar zoon doen denken?'

Eir antwoordt niet. Ze kan Sanna en Jack Abrahamsson voor zich zien, hoe ze op een bepaalde manier aan elkaar verknocht waren geraakt, hoe hij zijn handen naar haar had uitgestoken en tijdens het hele onderzoek geweigerd had met iemand anders te praten. Hoe de grenzen tussen hen langzaam vervaagden en het muurtje rondom haar langzaam was afgebrokkeld.

'Dat zal haar nooit meer overkomen,' zegt ze.

Hij opent het portier een stukje. De avondlucht stroomt naar binnen, samen met een paar stemmen uit een nabijgelegen tuin. Ze hoort het geknetter en geknapper van een vuur. Geuren van rozemarijn en munt vermengen zich met het vocht uit zee.

'Oké, ik bel haar,' zegt hij. 'Goed werk vandaag.'

Eir knikt, slaat haar ogen neer.

'Ik had vanavond niet zoveel met die jongens moeten praten,' zegt ze. 'Ik begrijp niet wat me bezielde, ik had beter moeten weten, het is het werk van anderen om met kinderen te praten... Ik ging maar door alsof ik verdomme bezig was met een massaverhoor, daar in dat zwembad... Arme kinderen.'

'Als iemand op het bureau erover begint en er moeilijk over doet, vang ik de klappen wel op,' zegt Niklas.

'Oké... of nou ja, ik weet het niet... Ik laat me soms gaan, ik heb zelf geen kinderen, dus af en toe denk ik dat ik iedereen als een volwassene behandel.'

Het wordt even stil.

'Je vroeg me waarom ik hiernaartoe wilde verhuizen,' zegt hij.

'Er wordt gezegd dat het om je dochter gaat, klopt dat?'

'Ze studeert hier.'

'Dus je loopt hier rond in de hoop dat jullie een betere relatie krijgen, of ben je gewoon zo'n psychopaat die dichtbij wil wonen om haar in de gaten te houden?'

'Het gaat me om een betere relatie,' zegt hij. 'Maar het feit dat ik daarop hoop terwijl ze een hekel aan me heeft, maakt misschien een psychopaat van me.'

'Waarom heeft ze een hekel aan je?'

Hij buigt zijn arm een beetje en vertrekt zijn gezicht van de pijn.

'Is dat vanavond gebeurd?' vraagt ze terwijl ze haar voorhoofd fronst.

'Nee, het komt door al die uren achter de computer.'

'O ja?'

'Wilma studeert game-ontwerp en programmering. Ik zit halve nachten op, probeer mezelf dat soort spelletjes te leren, voor als ze tegen de verwachting in een keer bij me thuis zal komen...'

Ze moet lachen. 'Jíj gamet?'

'Beter dan in je eentje in zee zwemmen,' zegt hij. 'Je weet dat dat tegen alle regels is, je mag nooit alleen gaan zwemmen.' Hij glimlacht. 'Ga nu maar naar huis om wat te slapen. Oké?'

Eir legt haar hand op de contactsleutel, aarzelt.
'Heb jij nog iets bedacht?' vraagt Niklas.
Hij draait zich op zijn stoel naar haar toe. Daar is-ie weer, die blik die haar in stilte aftast.
'Pascal heeft ons allemaal voor de gek gehouden,' zegt ze.
'Je bedoelt dat niemand wist dat hij gevechten organiseerde?'
'Ik bedoel dat die jonge jongens geloofden dat hij hen hielp.'
'Misschien moet je proberen het van de positieve kant te bekijken.'
'Dat Pascal zich ten slotte zelf in elkaar heeft laten slaan?'
'Dat we vandaag iets goeds hebben gedaan, de zaak wordt degelijk onderzocht, die jongens krijgen hulp en hun families ondersteuning...'
'Misschien. Maar het houdt nooit op.'
Een weemoedig gevoel. Ze heeft deze conversatie eerder ook met anderen gevoerd.
'Je hebt van alles over ons gelezen. Maar je weet niet waarom ik bij de politie ben gaan werken.'
'Je wilde je vader ergeren, die wilde dat je arts werd, of advocaat?'
Ze lacht niet.
'Nee, het was een klein meisje. Niet ouder dan vier, vijf jaar. De een of andere schoft had haar handjes afgehakt... Ik was toevallig in de buurt, hoorde de politiesirenes, toen heb ik het kind zien liggen...'
'Ze had chloor en heroïne in haar bloed,' zegt Niklas. 'Haar aderen waren totaal stukgevreten.'
Ze meent de pijn in zijn ogen te zien, beseft dat hij ook over die zaak veel gelezen heeft.
'Jij was er dus ook kapot van...' zegt ze.
'Het was een afschuwelijk onderzoek.' Hij kijkt naar zijn handen. 'We hebben haar Eva genoemd, het meisje. We konden er niet aan werken zonder haar een naam te geven.'
'Wat? Heb jíj aan die zaak gewerkt?'
Er valt een pauze.
'Ik heb bij dat onderzoek gefááld,' zegt hij mat.
Eir zegt niets. Lang was het lot van dat kleine meisje het enige

waaraan ze kon denken. Ze was in het bos gegooid als een versleten stuk speelgoed. Men was er nooit in geslaagd haar identiteit vast te stellen, noch de plaats delict, en ook is er nooit een spoor van de dader gevonden. Toen Eir voelde dat ze deel uitmaakte van het verraad tegenover dat meisje door alleen maar over haar in de kranten te lezen, had ze zich aangemeld bij de politieacademie.

'Eva,' herhaalt ze.

Niklas' blik glijdt weg. 'Ja,' zegt hij. 'Ze heeft me nooit meer losgelaten.'

Sanna ligt op de bank met een opengeslagen boek op haar buik. Ze kijkt omhoog naar het witte plafond. Bij de lamp zoemt een vlieg en ze kan zien hoe hij in de glazen bol verdwijnt, het brandt als hij daar zijn lot tegemoet gaat. Ze wendt haar bik af. Sixten legt een poot op haar benen en ze rekt zich uit om hem op zijn rug te krabbelen.

Haar mobiel ligt stil op de salontafel. De hele dag heeft niemand haar gebeld. Nadat Eir en Niklas de sleutel zijn komen halen heeft ze met niemand gepraat.

In de leegte denkt ze af en toe aan haar zoon. Soms huilt ze nog, ook al gebeurt dat niet meer zo vaak. Ze heeft geen spullen meer van hem die haar aan hem doen denken, alles is verbrand. Misschien dat ze daardoor niet meer zo vaak huilt, omdat de herinneringen verbleken zonder spullen waaraan ze zich kan vastklampen. Ze werpt een blik op de slaapkamer en het nachtkastje. Daar ligt het, het enige wat ze nog heeft, het kleine, door brand beschadigde spiegeltje dat de vlammen heeft overleefd.

Toen de politie het huis van Mårten Unger had onderzocht, had ze een kort moment gedacht dat ze iets terug zou krijgen wat van Erik was geweest. Bij alle slachtoffers van Mårten Unger was in de dagen voor zijn dood ingebroken. En toen de politie de pyromaan – vermoord in zijn eigen huis – had gevonden, was er inderdaad een kistje aangetroffen. Dat had op de vloer midden in zijn woonkamer gestaan, volledig zichtbaar. In dat kistje lagen diverse souvenirs die hij van zijn slachtoffers had gestolen voor hij hun huis in brand had gestoken. Al die spulletjes waren van kinderen. Op sommige stond hun naam. Een kleine speelgoedgiraffe, een tractor, een dinosaurus van lego, enzovoort. Maar van Erik had er niets bij gezeten.

Als ze denkt aan dat kistje daar midden in de kamer vraagt ze zich af waarom het daar stond. Had Jack Abrahamsson hem soms verrast toen hij daar zijn trofeeën stond te bekijken? Of was het Jack geweest die het kistje had gevonden en het naar de kamer had gebracht?

Het beeld van Jack verschijnt voor haar geestesoog. Ze vraagt zich af waarom hij haar belt. Ze kijkt naar haar linkerhand, onderzoekt de woorden die ze erop geschreven heeft. De woorden die ze hoorde toen ze voor de ijzerwinkel stond. Vraagt zich af wat ze betekenen.

Haar blik blijft hangen bij één woordpaar, het laatste dat ze geschreven heeft: 'de zon'.

De stem had iets geroepen wat leek op: 'Verzamel... de zon nu.'

Misschien was het een oproep aan de bemanning van een schip, ze weet het niet. Ze had kettingen horen ratelen en plastic kratten die waarschijnlijk werden opgestapeld, dus het is niet onmogelijk. En welke muziek werd er gespeeld? Ze pakt haar mobieltje, vindt een app die gesprekken opneemt en downloadt hem.

Als ze klaar is, zet ze de tv aan. Gaat rechtop zitten als ze beseft dat een verslaggever voor een bord van een camping op het eiland staat. Solviken, een kampeerplaats ten noorden van het centrum van de hoofdstad, en een trekpleister voor alcoholisten en andere outcasts. Misschien omdat de camping langs dezelfde buslijn lag als de slijterij in de binnenstad, maar afgelegen genoeg om de politie te ontmoedigen er onnodige bezoekjes af te leggen. Tegenwoordig bloeit Solviken 's zomers nauwelijks op en ligt het er ook de rest van het jaar voor het grootste deel verlaten bij. Niemand weet hoeveel mensen zich nog vastklampen aan het vervallen complex, maar volgens de geruchten zijn het er minder dan tien.

Ze zet het geluid aan terwijl de verslaggever praat over de reportage die ze momenteel maken, waarbij ze verschillende plaatsen en mensen op het eiland bezoeken in verband met de moorden van drie jaar geleden.

Een oudere vrouw, gekleed in een schilderskiel vol verfvlekken, gaat voor het bord van de camping staan. Ze krabt aan haar kin met een van haar forse, getatoeëerde handen terwijl de verslaggever haar voorstelt. Sanna rilt als ze beseft dat het een bekend persoon is; kunstenares Ava Dorn draait eerst een beetje onrustig heen en weer als de verslaggever haar geschiedenis doorneemt. In de media werd ze destijds genoemd als iemand die te maken had met de moorden. Ze werd ervan beschuldigd dat ze de voormalige dominee Holger Crantz had geholpen bij het begaan van walgelijke misdrijven tegen kinderen. Maar als de verslaggever zwijgt, schitteren de spierwitte, perfecte tanden in dat reptielachtige gezicht. Ze glimlacht.

'Ik ben een kunstenaar,' zegt ze. 'Ik heb op bestelling van een vriend een kunstwerk gemaakt, iets waarop ik tot op de dag van vandaag trots ben. Ondanks de geruchtenmachine waaraan ik ben blootgesteld.'

Als de verslaggever erop wijst dat de dierenmaskers die Dorn heeft gemaakt, gebruikt werden op een manier die bij de kinderen die ze moesten dragen enorme trauma's hebben veroorzaakt, zakken haar gerimpelde wangen omlaag. In de spleetjes van haar ogen is een zweem van irritatie te zien.

'Zelf word ik tegenwoordig voortdurend bedreigd,' zegt ze met schorre stem. 'Iedereen heeft het op mij voorzien, maar daar trekt niemand zich iets van aan.'

Haar blik dwaalt af en het is of ze verderop iets ziet.

'Toen ik opgroeide heeft het leven me sterk gemaakt,' vervolgt ze. 'Jongeren zijn tegenwoordig verwend. Ze hebben behoefte aan adoratie, liefde en respect. Ze hitsen zichzelf op om gezien te worden. Mia Askar verlangde naar liefde en neukte met iedereen, maar was daarna niet bereid om de consequenties te aanvaarden. Maakt dat haar dan tot een slachtoffer? Of was ze gewoon een hoer?'

De verslaggever probeert haar te onderbreken, het wordt een gevecht, waarbij de stemmen met elkaar strijden.

Sanna's mobieltje gaat.

'Ja,' zegt ze.

Het geluid van een radio in de verte, of misschien een tv. Ze buigt zich over de afstandsbediening om haar eigen televisie zachter te zetten. Direct wordt het ook stil aan de andere kant van de lijn.

'Hallo,' zegt ze.

Voor haar licht het gezicht van Ava Dorn weer op, alsof ze naar haar glimlacht.

Sanna staat op van de bank. Voorzichtig opent ze de opname-app en schakelt hem in. Ze staat stil en luistert, maar er gebeurt niets. Ze checkt of ze nog verbinding heeft. De seconden tikken weg. Dan is het voorbij.

Ze overweegt weer gebruik te maken van de opsporingsdienst van haar provider. Zoals ze al zovele keren eerder heeft gedaan nadat hij gebeld had. Maar het leidt nooit tot iets. Het gesprek is altijd afkomstig van een nieuwe prepaid simkaart, die niet op naam is geregistreerd.

In plaats daarvan laat ze zich weer op de bank zakken met het mobieltje in haar handen. Leunt tegen Sixten, rolt zich op tegen het warme hondenlijf.

Als ze het geluid van de tv weer harder zet, is Ava Dorn weg. Ze zoekt een ander kanaal. Een programma over het werk van de schilder Odilon Redon, een foto van een vrouwenhoofd dat in een meer drijft. *Yeux clos.* Ze strijkt met haar hand over Sixtens ruigharige vacht, daarna legt ze haar hoofd neer en doet haar ogen dicht. In haar hoofd hoort ze het geluid van de stem van Ava Dorn, daarna denkt ze aan spelende kinderen. Koppeltjeduiken, stoelendans en fluisterspelletjes.

Ze ligt te sluimeren als ze voor het eerst het krassende geluid tegen de voordeur hoort. Ze gaat rechtop zitten. In de hal is het donker. Sixten laat zich van de bank af glijden en verdwijnt in het duister. Als er opnieuw gekras klinkt, gromt hij. Ze loopt de woonkamer door en kijkt in de hal. Sixten blaft. Ze doet de lamp aan. Stilte. Daarna voetstappen die zich verwijderen.

Haar mobiel gaat en ze haast zich terug de woonkamer in. Het is Niklas. De gedachte komt bij haar op om hem te vertellen wat er zojuist is gebeurd, dat er iemand voor haar deur heeft gestaan, maar ze heeft de puf niet. Weet eigenlijk ook niet wat ze zou moeten vertellen. Misschien waren het gewoon een paar spelende kinderen in het trappenhuis.

Niklas verontschuldigt zich voor het feit dat hij haar nog zo laat belt. Hij vertelt wat ze die dag hebben ontdekt, over Pascals nevenactiviteiten. Vertelt ook dat het hun nog niet gelukt is Nina te vinden.

'Wil je dat ik het probeer?' vraagt ze zacht.

'Het zou fijn zijn als je dat zou kunnen doen.'

Ze wil net reageren, als het krassen weer begint. Ze loopt richting de hal. Realiseert zich dat de voordeur niet op slot zit.

'Ben je daar nog?' vraagt Niklas.

'Jazeker,' antwoordt ze. 'Ik zal morgenochtend vroeg een rondje door het dorp maken om haar te zoeken.'

Ze hangt op, loopt de hal in en kijkt naar de deur. Ze ruikt de geur van verbrand zaagsel. Sixten gromt en loopt voor haar uit. Ze duwt hem opzij. Zijn halsband rinkelt als hij weer probeert langs haar te lopen. De deur lijkt een stukje te zijn opengegleden. Ze drukt de deurkruk omlaag en kijkt naar buiten.

'Hallo?'

Ze luistert of ze geluiden hoort, maar vangt alleen het verre geroezemoes op in het appartement van de buren. Het trappenhuis ligt er stil bij. Ze doet nog een stap naar voren en draait zich dan om. Haar blik valt op haar voordeur.

Een markering, als een uitholling in het hout. Niet groter dan een paar centimeter. Iemand heeft iets in het hout gekrast. Bijna in de vorm van de letter T. Ze raakt het met haar vingers aan. De verticale lijn loopt recht over de horizontale. Misschien een kruis.

Ze staat doodstil, wordt overspoeld door de foto's van Jacks slachtoffers. Behalve de gewelddadige messteken in hun borst hadden ze allemaal een markering gekregen – twee snijwonden op de keel – in de vorm van een kruis. Haar blik valt weer op de krassen in het hout van de deur.

'Nee,' fluistert ze zacht in zichzelf. 'Dat is onmogelijk.'

Ze schudt het van zich af.

Opeens voelt ze een vleugje wind in haar nek. Snel kijkt ze over haar schouder. Daar is niemand, slechts het vervloekte gevoel dat ze niet alleen is.

17

Eir zit in haar auto een falafelrol te eten. Buiten wordt de hemel donker en de maan schijnt op de boomtoppen. Binnen een paar minuten heeft ze de halve rol op; ze wikkelt de rest in folie en drinkt van haar frisdrank. Als ze het laatste beetje doorslikt, meent ze aan de andere kant van de weg Alice bij een bushalte te zien staan. Ze heeft haar donkere haar in een mooie knot opgestoken en ze staart leeg voor zich uit, diep in gedachten verzonken. Eir doet het raampje open.
'Alice,' roept ze.
Het geluid van een bus. Vlak voordat hij stopt, kan ze nog net het bordje met de bestemming lezen, de tekst die wisselt tussen een gebied ten noorden van de stad en de ijsbaan. De bus verdwijnt, en daarmee ook Alice.
Eir aarzelt. Trekt een stukje folie van de falafelrol en neemt nog een hapje. Ze checkt haar mobiel en stuurt een sms'je naar Fabian, wacht een poosje, geen reactie. Hij zal wel druk bezig zijn met zijn vrienden, denkt ze. Ze voelt de weerzin om naar huis te rijden, naar dat lege appartement. Ze start de auto en rijdt de weg op, in dezelfde richting als de bus.
De parkeerplaats voor de ijsbaan ligt er stil en verlicht bij. Als Eir erop rijdt, ziet ze de bus, leeg en met de lichten uit. Zeven of acht auto's staan op de plekken het dichtst bij de ingang. Ze twijfelt, dan opent ze het portier en stapt uit.
De muziek is het eerste wat ze hoort als ze naar de tribune loopt. Uit de luidsprekers klinkt 'Song of Joy' van Nick Cave & The Bad Seeds, oorverdovend hard.
Ze kijkt uit over het ijs. In de strook licht van de schijnwerpers aan het enorme dak ontwaart ze Alice, gekleed in een bruine legging, een bruine gebreide trui en beenwarmers over haar beige schaatsen.

Ze is omgeven door acht, misschien wel tien andere vrouwen. Samen schaatsen ze voorzichtig, het ene rondje na het andere. Maken geleidelijk meer snelheid, tot ze plotseling zonder te remmen omhoogspringen. De sprong is explosief. Synchroon, op de millimeter nauwkeurig. Wanneer ze op het ijs landen, reiken de geluidsgolven helemaal tot aan de tribune.

Eir trekt zich terug in het donker. Slaat Alice gade daar op het ijs, ze is een deel van het team, maar gesloten, afgeschermd. Hoe ze met adembenemende snelheid voorbijraast, samen met de anderen. Achteruitglijdt en afwisselend op haar hurken en rechtop om haar as draait. Vormt cirkels, lijnen, wiel- en ruitvormen. Een nevel van zilverkleurig licht lijkt vanuit het ijs op te stijgen en volgt haar, overal. Als het nummer bijna is afgelopen, staat Eir op en loopt naar de uitgang.

Een halfuur later stapt ze thuis de hal van haar appartement in, steekt haar hand uit naar het lichtknopje en laat de deur achter zich in het slot vallen.

Ze googelt op vechtclubs op het eiland en scrolt op haar mobiel door de zoekresultaten, maar vindt niet veel. Volgens een artikel zijn er geruchten over diverse clubs, maar niemand die ernaar gevraagd wordt heeft iets te vertellen. Velen geven sarcastische antwoorden. Iemand die geïnterviewd wordt, maakt zich er boos over dat de belastingbetalers lokale kranten moeten ondersteunen. Een ander zegt dat vechtclubs alleen voorkomen in films en tv-series.

Dan ziet ze opeens Fabians schoenen in de hal staan. Er verspreidt zich een warm gevoel door haar lijf als hij naar haar toe komt, haar hand vastpakt en zijn vingers met de hare verstrengelt. Het kriebelt in haar maagstreek als hij haar hals kust. Hij trekt haar naar zich toe, leunt met zijn kin tegen haar voorhoofd. Zijn baardstoppels voelen ruw tegen haar haargrens en ze ruikt dat hij net gedoucht heeft.

'Ik heb je gemist,' mompelt ze onder hem. 'Wat leven we toch in een klotewereld.'

'Hoe is het vandaag gegaan?' vraagt hij en hij trekt haar nog dichter tegen zich aan.

Ze schudt haar hoofd.

'Ik weet het niet, kan er geen wijs uit worden. De jongen die is gestorven runde een soort geheime vechtkring. Hij heeft er onder andere geld aan verdiend door jongens van ongeveer twaalf jaar zich in elkaar te laten slaan.'

Fabian verstijft. 'Wat zeg je nou?'

'Ja, volkomen geschift.'

Hij steekt zijn hand uit en strijkt haar haren uit haar gezicht.

'En hoe ging het bij Vivianne?'

'Alles wat we weten, is dat hij gestorven is aan bloedvergiftiging na een steek in zijn buik, dat hij glas- en houtsplinters in zijn schaafwonden had, sporen van een of ander dier op zijn lichaam, en dat hij over prikkeldraad is geklommen...'

'Prikkeldraad?' onderbreekt hij haar.

Eir knikt. 'Ook dat is idioot, toch?'

'Nou ja, op zich zijn er veel boerderijen waar de boeren dat spul nog steeds gebruiken. Boeren met vee, bedoel ik.'

'Ja, maar geen enkele in de buurt van waar hij is aangetroffen...' Haar stem sterft weg en ze geeuwt.

'Je moet wel ontzettend moe zijn,' zegt hij en hij gebaart naar de slaapkamer.

Ze geeuwt nogmaals. 'Nee, maar vertel nu eerst wat júllie hebben gedaan. En heb je die vrienden zomaar alleen gelaten?'

Hij glimlacht en trekt langzaam zijn shirt uit. Een grote blauwe plek op zijn ribbenkast maakt dat ze haar hand voor haar mond slaat.

'We doen natuurlijk altijd iets om in beweging te blijven,' zegt hij en hij vertrekt zijn gezicht als ze de plek even licht aanraakt. 'Deze keer was iemand op het briljante idee gekomen om te gaan kitesurfen.'

Eir kan haar lach niet inhouden.

'Daar kun je verdomme toch niet zo'n blauwe plek bij oplopen?'

'We hadden een instructeur,' zegt hij. 'Een jongen die ons geholpen heeft het een keer te proberen. Maar ik moet slecht naar de veiligheidsregels hebben geluisterd.'

'Je had je rug wel kunnen breken,' zegt Eir. 'En de anderen, zijn die nu nog in de villa?'

Hij knikt. 'Ik wilde hier bij jou slapen.'

Eir kijkt naar de schaduwen die door het keukenraam naar binnen vallen. Luistert naar de stilte.

'Weet je dat Sanna bijna geen enkel voorwerp in haar flat heeft staan?'

Hij streelt haar hand. 'Ben je daar vandaag geweest?'

'Ja, Niklas en ik.'

'O ja?' Hij glimlacht plagerig.

'Ja, we moesten iets ophalen. Ze woont mooi. Je had het moeten zien, modern en fris. Maar er staat of hangt helemaal niets, behalve het bed van Sixten en ongeveer honderd speeltjes voor hem.'

'Vind je het niet eens tijd dat je ermee ophoudt je zorgen over haar te maken?'

'Dat doe ik niet...'

Hij houdt zijn hoofd schuin.

'Ik geloof alleen dat ik ook Sixten mis,' zegt ze.

'Maar je hebt er goed aan gedaan om Sanna voor hem te laten zorgen, je weet hoe slecht je je er altijd over voelde als je je moest haasten om hem uit te laten en daarna naar je werk ging...'

'Ik weet het,' zegt ze. 'Hij voelde gewoon als een soort familie. We kregen hem als puppy, dat is toch bijna hetzelfde als een baby...'

'Jaja,' zegt Fabian met een brede glimlach.

Eir krijgt een rood gezicht. 'Nee, schei uit.'

'Nu je het zegt...'

'Ik zou nooit een kind op deze idiote wereld zetten.'

'Je moet nooit nooit zeggen,' zegt hij lachend.

'Heb jij misschien ook een surfplank tegen je hoofd gekregen?'

Hij glimlacht weer, pakt haar hand en trekt haar met zich mee naar de slaapkamer.

Een paar uur later worden ze wakker van het geluid van Fabians mobiel. Terwijl hij opneemt, gaat Eir slaapdronken rechtop zitten.

Fabian trekt zijn broek aan zonder iets te zeggen, het mobieltje nog steeds tegen zijn oor.

'Wat is er?' fluistert ze en ze loopt naar hem toe.

'Het zijn de jongens. Markus is gevallen en heeft zich ernstig bezeerd. Hij moet gehecht worden. Ik ga ernaartoe, dan hoeven ze niet naar de spoedeisende hulp.'

Ze aarzelt. 'Mag ik mee?'

Het is volle maan als ze bij de grote villa uit de jaren zeventig aankomen. Omgeven door mooie dennen staat het huis op een heuvel boven de velden en weiden langs de kust. De lucht is zout. De horizon en de zee strekken zich voor hen uit.

'Ben je hier opgegroeid?' vraagt Eir terwijl ze uitstappen. 'Echt?'

'Ja,' antwoordt hij. 'Maar nadat mijn vader overleden was, zijn we naar iets kleiners en eenvoudigers verhuisd en mijn moeder heeft toen de villa aan bedrijven verhuurd.'

'Maar hoe kwamen jullie aan geld? Zo'n gebouw heeft toch ontzettend veel onderhoud nodig? Ook al werd het verhuurd, dat kon toch nooit alle kosten dekken?'

Hij slaat zijn ogen neer. 'We hadden geen geld, maar mijn moeder wilde het niet kwijt.'

Eir wil hem aanraken, maar opeens gaat de voordeur open. Een van Fabians vrienden, Hannes, steekt zijn hoofd naar buiten. Bijna twee meter lang, met een volle baard, tattoos en zijn lange donkere haar in een knot in zijn nek, glimlacht hij naar hen.

'Ik dacht de auto al te horen, komen jullie? Markus is ervan overtuigd dat hij daarbinnen doodbloedt.'

Eir loopt naar hem toe en omhelst hem. Ze kent Hannes goed, mag hem graag; nadat ze Fabian had ontmoet waren ze veel samen opgetrokken.

'Wat is er gebeurd?' vraagt ze.

'Een losse drempel in de keuken,' zegt Hannes. 'Hij struikelde.'

'Een van de redenen dat ik wil verkopen,' zegt Fabian gelaten. 'Alles is bezig stuk te gaan.'

Eir houdt zich op de achtergrond terwijl Fabian zijn vriend hecht.

Markus praat onafgebroken over hoeveel pijn het doet. Als alles klaar is, krijgt hij een koud biertje. Na een paar klappen op zijn rug en wat pijnstillers zegt hij dat hij een poosje gaat slapen, trekt zich terug in zijn kamer.

Terwijl Fabian met zijn vrienden praat, sluipt Eir vanuit de keuken naar de volgende kamer. Die ruimte heeft een hoog plafond. Ze loopt langs een bureau in een soort alkoof. De lange muur is versierd met oude familiefoto's. Mensen met grote zonnebrillen en in zomerkleren. Een klein meisje op een van de foto's heeft haar gezicht vol glinsterend poeder, glanzende oogleden, en een glimmende diadeem in haar haar. In haar hand heeft ze een plastic toverstaf met een gewatteerde, glimmende ster. Het portret ernaast is een vergeelde trouwfoto. Het bruidspaar glimlacht naar elkaar. Ze raakt de foto met haar vingertoppen aan. Vraagt zich af of dit Fabians ouders zijn.

Het volgende deel van de ruimte ligt iets hoger, de wanden zijn bekleed met houten panelen waaraan abstracte kunst hangt. Aan het metershoge plafond hangt een brede kroonluchter, bestaande uit donkergroene glazen bollen, boven een lange eettafel. De tafel is omringd door designstoelen van een soort doorzichtig plastic, bijna onzichtbaar.

Een geur van chloor. Ze draait zich om. Een binnenzwembad op de benedenverdieping. Het glinstert turquoise voor de glaswand met uitzicht op de horizon. Daarbuiten begint de dageraad al, het licht komt langzaam opzetten en de zon kruipt langs de grond omhoog. Een gevoel van blijmoedigheid en verwondering over de plek waar Fabian is opgegroeid. Ze kan hem bijna voor zich zien. Rennend over de mooie vloer. Zijn gezicht door de zon verbrand. Zijn donkerblauwe ogen glanzend in het zonlicht.

Terug in de keuken vindt ze hem, samen met de anderen. Iemand trekt de luxaflex op. Er worden laden opengedaan. Gerinkel van borden, glazen en bestek.

'Klaar met rondneuzen?' vraagt Fabian en hij vult een glas met versgeperst sinaasappelsap, dat hij haar aanreikt.

'Ik kan nauwelijks geloven dat deze plek echt is,' zegt ze.

'Dat kan eigenlijk bijna niemand,' zegt Hannes lachend. 'Net zoals we niet kunnen begrijpen hoe Fabian erin geslaagd is om jou te laten denken dat hij iets voorstelt.'

Ze lacht met hen terwijl ze de tafel dekken. Iemand zet haar aan het werk om appels en sinaasappels te snijden voor een fruitsalade, maar jaagt haar weg met een grap over haar deplorabele snijtechniek.

Ze heeft het naar haar zin in hun gezelschap. De meesten kent ze al een tijdje, maar nu ze ze allemaal samen ziet, vindt ze hen nog leuker. In de manier waarop ze met elkaar omgaan zit warmte, bijna een soort tederheid. Af en toe wisselt ze een blik met Fabian, voelt het gekriebel in haar buik alsof er kleine vleugeltjes rondvliegen.

Als ze een flink poosje later rond de tafel zitten, vertellen ze verhalen over het voetbalteam dat ze hadden toen ze klein waren. Zo hebben ze elkaar ontmoet, en sindsdien zijn ze vrienden gebleven. Fabian was de doelpuntenmaker, maar ook degene die het meest van het veld werd gestuurd.

Markus is terug uit zijn slaapkamer. Hij geeuwt en schenkt zichzelf koffie in, de damp hangt boven zijn mok.

'Het spijt me dat jullie midden in de nacht moesten uitrukken,' zegt hij.

Fabian geeft hem een klap op zijn rug. 'Kom over een paar dagen maar langs, dan controleer ik even je hechtingen. En probeer tot dan op de been te blijven.'

'Zal ik doen,' zegt Markus.

Kort daarna excuseert Eir zich en ze vindt het toilet. Onderweg terug naar de anderen valt haar oog op een vent die in een fauteuil bij het zwembad zit te slapen, zijn hoofd in een vreemde hoek. Ze vraagt zich af of hij daar al die tijd heeft gezeten, of dat ze hem eerder gewoon niet heeft gezien. Een badlaken is naast hem op de vloer gegleden. Hij heeft alleen een onderbroek en een jack aan en hij snurkt. Zijn buik puilt uit. Ze kent hem helemaal niet.

'Max,' zegt Fabian achter haar. 'Hij heeft de gewoonte te veel alcohol te drinken of pillen te slikken, dan krijg je dit.'

'Verdomme,' zegt Eir zacht. 'Jullie zijn niet goed bij je hoofd.'

Fabian trekt het badlaken over Max' benen. Het gesnurk neemt toe.

'Hij woont op het vasteland, maar komt af en toe thuis om ons te zien,' zegt hij. 'Hij heeft op het eiland ook andere vrienden, maar het is ons gelukt hem over te halen hier een dag met ons door te brengen. Jammer alleen dat het hem niet lukt om wakker te blijven.'

Het geluid van de voordeurbel. Voetstappen en stemmen. Terug in de keuken ziet Eir in de hal een zongebruinde jongeman staan. Hij heeft een stoffen tasje in zijn hand met het logo van de kitesurfschool op het eiland.

'Hannes is op het strand zijn trui vergeten,' zegt hij en hij geeft hem aan hem. 'We hebben hem gevonden toen we de surfplanken en de uitrustingen bij elkaar zochten. Hoop dat je vandaag niet al te veel pijn hebt gehad?'

Als Hannes hem bedankt, zijn trui uittrekt en vervangt door het exemplaar dat hij heeft teruggekregen, kan Eir het niet laten naar hem te kijken. De contouren van zijn spieren zijn duidelijk te zien, net als bij Fabian.

'God, man, stop nou eens met dat pronken...'

Het is de stem van Henrik. Een van Fabians oudste vrienden. Henrik is slank, maar in tegenstelling tot de anderen heeft hij een forse buik. Zijn haar is grijzend, kortgeknipt. Hij is altijd buiten adem als hij de trap op loopt en Eir herinnert zich de keer dat hij bij Fabian langskwam en de lift kapot was. Hij had een halfuur in de keuken moeten zitten om zich weer een beetje mens te voelen. Toen hij was opgestaan, was er een grote zak snoep uit zijn jaszak gevallen, en zij en Fabian hadden nog wekenlang op de keukenvloer dropjes gevonden.

'Verrek, ben jij hier?' zegt de surfinstructeur plotseling. Alle blikken zijn op Eir gericht.

'We hebben elkaar toch een paar weken geleden bij de steiger ontmoet?' zegt hij met een glimlach. 'Bij het koudwaterbadhuis?'

De stem dringt tot haar door, ze heeft een vage herinnering aan een man in een wetsuit op het strand toen zij na een zwemtochtje op de steiger klom. Hij was snel naar haar toe gekomen om te kijken of ze in orde was, maar ze herinnert zich zijn stem en gezicht totaal niet.

'Ja, inderdaad,' zegt ze.

'Er is daar een sterke stroming,' zegt hij met een glimlach. 'Je moet erg voorzichtig zijn, eigenlijk hoor je altijd iemand bij je te hebben.'

Fabian moet lachen. 'Ze zwemt al in zee sinds ze een kind was, kan heel goed voor zichzelf zorgen.'

'Ja, maar helemaal alleen en zonder wetsuit, het is niet iets om mee te spotten,' barst de man uit en hij wendt zich tot Eir. 'En met een lichaam als het jouwe moet je oppassen dat daar geen foute jongens opduiken…'

Eir staat als vastgenageld aan de vloer. Hij zegt het in volle ernst. Iets binnen in haar staat op knappen en ze wil hem aanvliegen.

'Waarom moet zij zich iets aantrekken van wat jongens vinden?' zegt Hannes.

'Ik bedoelde niet dat…'

'Bedoelde je dat niet?' zegt Fabian. 'Want ik vond dat het precies zo klonk.'

De jongeman kijkt Eir en de anderen beurtelings aan.

'Nu kunnen jullie weer lekker gaan chillen…' zegt hij terwijl hij een rood hoofd krijgt.

Hannes gooit het stoffen tasje naar hem terug en fronst zijn wenkbrauwen.

'Mijn zus loopt liever midden op de weg dan op een donker voetpad. Ze is minder bang voor auto's die honderd kilometer per uur rijden dan voor klootzakken als jij. Vind je dat zij ook een beetje zou moeten chillen?'

De man loopt achteruit en bedankt hem. Als hij verdwenen is, draait Fabian zijn hoofd naar Eir en hij glimlacht.

'Zal ik je naar huis rijden, zodat je nog een poosje kunt slapen voor je naar het bureau moet?'

Buiten het huis blaast een warme wind door haar haar. Als Fabian bij de auto zijn armen om haar heen slaat, kijkt hij omhoog naar de zee.

'Dat was me het nachtje wel,' fluistert hij in haar oor.
Ze knikt en geeuwt. Vanaf het terras hoort ze zijn vrienden lachen.
'Die vaders van kleine kinderen daar zijn allemaal dol op je,' zegt hij.
'Natuurlijk,' zegt ze lachend. 'Het zijn ook maar gewoon mensen...'
Hij omhelst haar.
'Ik wil je eigenlijk helemaal niet naar huis brengen,' zegt hij. 'Ik wil alle tijd die we hebben samen kunnen zijn.'
Ze duwt hem van zich af. Hij pakt haar hand en kust die.
'Wat zeg je ervan? Zullen we ergens samen een plekje zoeken?'

18

Het industrieterrein direct ten oosten van het dorp is loodgrijs. Achter het traliewerk en de gesloten hekken liggen donkere fabrieken en werkplaatsen. Naast geparkeerde trucks en andere auto's staan rijen pallets opgestapeld. Sanna passeert de rubberindustrie, een paar bedrijven waarvan ze weet dat ze aan velen in het dorp werk verschaffen. Ze rijdt verder langs een bedrijf dat landbouwmachines onderhoudt, de sorteercentrale van het postbedrijf en een paar timmerfabrieken, waarvan de ene gespecialiseerd is in voordeuren en een andere in het inrichten van kerken en kapellen. Omdat het weekend is, ligt alles er verlaten bij.

Als ze naar het trottoir rijdt, wordt het licht van haar koplampen weerspiegeld in het glas van een bushokje. De velden en landerijen in haar achteruitkijkspiegel strekken zich een kilometer uit. Ze is langs de ringweg hiernaartoe gereden om te zien of ze Nina en haar vriendinnen kan vinden en heeft daarbij de ene zijweg na de andere genomen.

Als ze stopt en haar mobiel tevoorschijn haalt, beseft ze dat ook Sixtens riem daar nog ligt. Ze stuurt snel een sms'je naar Kai en Claes, de buren die op hem passen. Kai antwoordt direct dat ze nog een extra riem hebben en stuurt een foto mee van Sixten die dicht naast Margaret Thatcher op een bank ligt die bekleed is met zijde. Sixtens ene poot ligt beschermend voor de harige kop van het vosachtige kleine hondje.

Ze legt haar handen op het stuur en laat haar blik over haar huid gaan. Naar de losse woorden die ze daar heeft opgeschreven toen hij haar voor de deur van de ijzerwinkel belde. Van een paar ervan zijn de contouren al vervaagd, andere zijn al bijna helemaal verdwenen. Eén woordpaar is nog steeds duidelijk te lezen: DE ZON.

Plotseling klinkt er de echo van gelach, dat zelfs in de auto hoorbaar is.

De gemeenschappelijke grond tussen het industrieterrein en de eerstvolgende villawijk ligt een paar honderd meter verderop.

Daar krijgt ze ze in het oog. Nina en een paar meisjes zitten op de rugleuning van een bankje. De anderen zitten op hun brommer, in een halve cirkel eromheen. Ze roken iets.

Als ze uitstapt en naar hen toe loopt, ziet ze de afgestompte blik in hun ogen. Misschien hebben ze pijnstillers geslikt, of tranquillizers.

'Hallo,' zegt ze een klein stukje bij hen vandaan.

Het meisje met het halflange, roze haar draait zich om en barst in lachen uit. Haar beugel duidelijk zichtbaar.

'Wat wil je?' vraagt ze met haar mond vol rook.

'Nina?' zegt Sanna.

Nina reageert niet. Gluurt naar haar en steekt haar hand uit naar de sigaret die het meisje naast haar zit te roken, neemt een trekje. Ze heeft haar benen over elkaar, de veters van haar wijnrode hoge schoenen zijn dichtgeknoopt. Ze draagt een korte broek van spijkerstof en haar grote gebreide trui, net als laatst. Ze heeft haar haren gevlochten, maar slechts een paar strengen. De rest hangt over haar smalle schouders.

'We moeten met je praten,' zegt Sanna.

Nina observeert haar door haar zwarte mascara, dan kijkt ze terug naar haar vriendinnen, die heel stil zijn. Sanna houdt haar hand boven haar ogen om haar goed te kunnen zien.

'Het gaat over je broer, en het is belangrijk.'

Nina springt van de bank en perst zich langs de brommers. Haar haar valt over haar wangen als ze Sanna nadert. Haar dunne armen verdrinken in de mouwen van haar trui. Ze blijft Sanna aankijken.

'Jullie hadden me toch wel kunnen bellen?'

'We hébben je gebeld.'

Ze kijkt snel over haar schouder naar de anderen. 'Waar willen jullie het dan over hebben?'

'Het is belangrijk dat je degene die het onderzoek naar Pascal leidt, alles vertelt wat je weet.'

'Wie zegt dat ik iets weet?'

Sanna gebaart naar haar auto. 'Kom, dan rijden we samen naar het bureau en praten daar verder.'

Nina trekt de mouwen van haar trui over haar handen.

'Daarna breng ik je weer terug,' zegt Sanna.

Ze duwt haar schouders naar voren, alsof ze het koud heeft. 'Beloof je dat?'

'Dat beloof ik.'

Kort daarop laat Nina zich op de achterbank zakken. Als de auto over de gemeenschappelijke weg rijdt, beweegt ze zich rusteloos. Ze zet haar koptelefoon op en legt Sixtens deken over haar benen. Sanna draait de achteruitkijkspiegel zo dat ze haar kan zien.

'Vind je het goed als ik even naar het nieuws luister?' vraagt ze.

Nina gluurt naar haar, daarna naar de moderne geluidsinstallatie. 'Heb je daar bluetooth?'

'Dat weet ik niet...' zegt Sanna. 'Weet jij hoe dat werkt?'

Een verwijtende blik. Dan buigt Nina zich tussen de twee voorstoelen naar voren. Er komt een geur van tabak, zoete parfum en kauwgum met haar mee. Ze drukt op een paar knoppen, zakt weer achterover en doet iets op haar mobiel.

De muziek komt zacht uit de luidsprekers. De diepe elektronische drums, de gedempte bas, zacht en meeslepend, de broze stem helder als water. Sanna voelt hoe Nina's ogen op haar gericht zijn. Daarna hoort ze het geluid van een aansteker.

19

De recherchekamer ligt vol spullen. Als Eir binnenkomt, zit Alice over haar computer gebogen.

'Zijn ze er nog niet?' vraagt Eir en ze trekt haar leren jasje uit en gooit het op een stoel.

'Ik denk dat ze elk moment kunnen komen,' zegt Alice.

Eir checkt haar mobiel, opnieuw. Haar gedachten gaan over de vraag die Fabian heeft gesteld, of ze zullen gaan samenwonen. Het moment was zo perfect geweest. Ze zou willen dat ze dat moment voor eeuwig zou kunnen bewaren. Niets doen wat het kan verstoren en bezoedelen. Ze had geen woord kunnen uitbrengen voor ze in de auto was gaan zitten en in stilte terug naar de stad reed.

Niklas en Jon komen de kamer in en doen de deur achter zich dicht.

'Ik heb de receptionist gevraagd het te melden zodra ze er zijn,' zegt Niklas en hij knikt naar Eir. 'Komen haar ouders ook mee?'

Eir schudt haar hoofd. 'Ik heb ze gebeld en ze vinden het goed als we met haar praten zonder dat zij erbij zijn.'

Op het whiteboard hangt de foto van Pascal Paulson nog op precies dezelfde plaats. Aantekeningen van de georganiseerde vechtpartijen en inbraken staan vlak onder zijn laatste woorden: 'Het meisje'.

'Zullen we de zaak even snel doornemen voor ze komen?' zegt ze. 'Alice, heb jij iets gevonden wat ons kan helpen met de handdoek die Pascal tegen zijn buikwond drukte? Het symbool dat erop geborduurd was?'

Alice vertelt dat ze geen genootschap of organisatie gevonden heeft met een voorliefde voor Satan. Ook niets in een paar plaatselijke onderzoeken, of in de lokale nieuwsberichten van de laatste jaren.

'Oké, bedankt,' zegt Eir. 'Dan laten we dat spoor rusten, tot we eventueel iets vinden wat het weer actueel maakt. Ik wil het even hebben over wat die jonge jongens in die vechtring vertelden, dat Pascal ook andere misdrijven organiseerde…'

'Het is toch idioot dat zijn naam niet in een van onze bestanden voorkomt,' zegt Alice. 'En dat Sanna's collega daar in het dorp ook niets over zijn reputatie wist?'

'Precies,' zegt Eir. 'Maar misschien vinden we meer over zijn activiteiten als we ons verdiepen in de mensen in zijn omgeving.'

Alice vertelt vervolgens dat iedereen uit Pascals omgeving verhoord is en dat iedereen een alibi heeft voor de nacht dat hij verdween, inclusief Sonja en Stellan Paulson. Dat ook Pascals sociale media en zijn computer zijn doorgenomen, maar ook daar was geen spoor te bekennen. Zijn familieleden zijn zelfs extra gecheckt, vooral zijn ouders.

'Stellan en Sonja Paulson worden niet bedreigd. Wat we gevonden hebben, is dat ze veel schulden hebben. Pascal zette regelmatig contant geld op hun rekening.'

'Waarvan ze nooit gevraagd hebben waar het vandaan kwam?' vraagt Eir.

Alice schudt haar hoofd. 'Stellan zegt dat hij dacht dat Pascal privélessen in vechtsport gaf…'

'Wat die contanten betreft,' zegt Eir. 'Als je kijkt naar al zijn activiteiten, waar ergens is dat contante geld dan? We hebben toch niets in zijn appartement gevonden? Heeft iemand een theorie?'

Er valt een stilte in de kamer.

Eir zucht. 'Jon, hoe is het gegaan bij de glaszetters en bouwbedrijven? Nog iets gevonden wat de moeite waard is om te noteren, bijvoorbeeld over gerepareerde ramen of iets dergelijks?'

Jon schudt zijn hoofd.

'Fantastisch,' zegt Eir. 'We schieten lekker op.'

Ze loopt naar het whiteboard en tikt op Pascals allerlaatste woorden.

'Wat heeft hij daarmee bedoeld?'

'Misschien wel niets,' zegt Alice.

Eir denkt na. 'Misschien had de dader kinderen?'

'Er wonen geen gezinnen met kinderen in de buurt waar hij is gevonden,' zegt Alice. 'We hebben het zoekgebied zelfs uitgebreid, en iedereen die op boerderijen rond het bos woont, hebben we verhoord.'

Eir zucht weer. 'Misschien is hij in het bos gedumpt? Hij kan er natuurlijk naartoe zijn gebracht, misschien dachten ze dat hij dood was? Dan kan de dader zich op elke denkbare plek van het eiland bevinden.'

'Ik denk dat het goed is om die trainingsclub eens wat nader te bekijken,' zegt Alice. 'En die vechtpartijen. Ik bedoel, hoewel Pascals naam niet in een van onze misdrijfregisters voorkomt, weten we nu immers dat Pascal Paulson een crimineel was.'

'Daar ben ik het mee eens,' zegt Jon. 'Bovendien moet de dader sterk genoeg zijn om Pascal Paulson te kunnen overmeesteren. Goedgetraind.'

Eir knikt en ze richt zich tot Niklas.

'Prima,' zegt hij. 'Ik zorg voor de middelen die nodig zijn, zodat we grondig financieel onderzoek in gang kunnen zetten en de financiën van de trainingsclub nauwkeuriger kunnen checken, schulden opsporen, de activa en passiva van de familie, enzovoort.'

'En die jonge jongens, die afschuwelijke gevechten en hoe ze voor criminaliteit werden misbruikt...' zegt Alice.

'Kinderrechercheurs moeten maar met die jonge jongens gaan praten, arme kinderen...' zegt Niklas.

Als Niklas de kamer uit is, draait Eir zich weer om naar het whiteboard, onderzoekt wat erop staat. Zoals gebruikelijk voelt ze een soort onrustig gekriebel, dat heeft ze elke keer als ze aan het begin van een moordonderzoek staat. Achter alle foto's en aantekeningen bevindt zich iemand van vlees en bloed, iemand met de neiging of drijfveer een ander mens te willen doden.

De deur gaat open, het is Sanna.

'Kom je?'

Nina zit al aan de tafel als Eir de kleine verhoorkamer binnenkomt. Sanna overhandigt Nina een blikje frisdrank.

'Wil jij ook iets?' vraagt ze aan Eir.
Eir schudt haar hoofd.
'Hallo, Nina,' zegt ze.
Nina kijkt op.
'Hoe gaat het met je?'
Een schouderophalen.
'Ik wil dat je weet dat als je je rot voelt en iemand nodig hebt om mee te praten, we dat voor je kunnen regelen. Ik snap dat het op dit moment moeilijk voor je is.'
'Oké.'
Eir vat voor Nina samen dat ze nergens van wordt verdacht, dat ze haar alleen willen verhoren als getuige. Als ze uitlegt dat Sonja en Stellan er geen bezwaar tegen hebben dat de politie met haar praat zonder dat zij erbij zijn, slaat ze haar blik neer.
'Als je wilt, kunnen we iemand anders bellen? We kunnen bijvoorbeeld vragen of iemand van de sociale dienst bij dit gesprek komt?'
'Nee,' zegt Nina.
'En we kunnen pauzeren wanneer jij dat wilt, oké?'
Nina knikt.
'Zoals je weet zitten we hier om over Pascal te praten,' begint Eir. 'Wanneer heb jij hem voor het laatst gezien of iets van hem gehoord voor hij verdween?'
Nina knippert met haar ogen en kijkt naar Sanna. 'Daar hebben we het toch in het ziekenhuis al over gehad?'
'Zullen we het gewoon nog een keer doornemen?' zegt Sanna. 'Het is belangrijk dat je nu alles vertelt wat je weet.'
'Ik heb hem die avond gebeld...' zegt Nina verbeten. 'Ik vermoed dat ik daarom hier ben.'
Eir knikt. 'Vertel.'
Nina legt haar handen op tafel. Haar nagels zijn rood-zwart gelakt, sommige beplakt met glittertjes. Eén hand begint te trillen als ze probeert er een stukje af te peuteren dat loszit.
'Waar praatten jullie over?' vraagt Eir.
Nina aarzelt. Eir wacht tot Nina opkijkt en hun blikken elkaar ontmoeten.

'Was er iets bijzonders gebeurd?'
Stilte.
'Probeer maar,' zegt Sanna.
Nina's hand beeft als die zich om haar andere hand sluit.
'Ik had hem een paar weken daarvoor gevolgd,' zegt ze. 'Hij was al een poosje verdacht bezig, alsof hij iets voor me verborg. Toen hij op een avond bij de club vertrok, heb ik samen met een vriendin van me, Hedda, de brommer genomen en zijn we hem achternagegaan. Hij reed naar het noorden. Toen doemde er een parkeerplaats op, een verdomd smerige plek, met overal afval. Hij parkeerde er. Trok twee grote langwerpige tassen uit de kofferbak en verdween het bos in. Die tassen zagen er zwaar uit. We hebben even gewacht voor we hem volgden. We vonden hem een klein stukje het bos in. Hij stond bij een grote dode boom en staarde omhoog. Wij wachtten. Toen stak hij zijn hand uit naar iets op de stam. Daarna deed hij een paar stappen opzij, alsof hij iets berekende. Hij stapte ergens overheen en liet zich toen op zijn knieën zakken. Toen aarzelde hij en begon om zich heen te kijken. Wij werden bang dat hij ons ontdekt had, dus doken we weg.'
Haar stem wordt zachter.
'Toen we opnieuw keken, was hij weg... Verdwenen.'
Eir en Sanna werpen elkaar een snelle blik toe.
'Eerst dacht ik dat ik het me had ingebeeld,' gaat Nina verder. 'Maar hij was echt weg, alsof hij door de aarde of iets anders was opgeslokt.'
Ze pauzeert, legt haar handen om het blikje frisrank.
'We hebben een poosje gewacht, maar toen begon het te regenen en zijn we vertrokken.'
'Je zei dat dit een paar weken geleden was?' zegt Sanna.
Nina knikt, maar ze blijft omlaagkijken. 'De dag daarna zag ik hem toevallig met een hoop geld, dus heb ik 'm gevraagd hoe hij daaraan kwam.'
'Wat zei hij toen?' vraagt Eir.
'Dat het me geen moer aanging en ik het moest vergeten.'
'En heb je dat gedaan?' vraagt Sanna.

Nina haalt haar schouders op.

'Tot afgelopen donderdag, toen mijn vader en Sonja met elkaar belden en weer ruziemaakten over geld. Ik was thuis en hoorde Sonja tegen mijn vader praten en ik wist dat hij samen met Pascal op de club was; dus Pascal moet die ruzie ook hebben gehoord.'

'Toen heb je hem dus gebeld? Omdat je niet wilde dat hij ervandoor zou gaan?'

Nina knikt.

'Ik kon dat geld niet uit mijn hoofd zetten, nam aan dat hij naar dezelfde plek zou gaan om meer te halen en het aan mijn vader zou geven...'

Eir probeert Nina's blik te vangen, maar ze slaat haar ogen neer.

'En heb je hem aan de lijn gekregen?'

Nina knikt.

'Hij reageerde verdomd vreemd, begon me te vragen of ik hem soms achtervolgde. Daarna klonk het alsof hij in de supermarkt was en iets kocht, waarna hij de verbinding verbrak.'

'Heb je dat aan je vader verteld?'

Nina schudt haar hoofd.

'Nee,' zegt ze met een uitdrukkingsloos gezicht. 'Mijn vader begrijpt niks, die zou het alleen maar aan Sonja vertellen, die misschien de politie zou bellen... Ze is niet goed wijs.'

Ze bijt op haar lip. Er valt een traan uit haar oog, die over haar wang rolt. Ze veegt hem weg, maar er volgen meer tranen.

'Hij had beloofd me te zullen bellen als hij thuiskwam.'

Eir leunt voorover.

'Waarom heb je dit niet eerder verteld?'

'Ik weet het niet,' snottert Nina.

Sanna legt haar hand op Nina's schouder.

'Kom, je mag ons ernaartoe brengen, naar die dode boom.'

20

Sanna zet de auto op de parkeerplaats. Zij en Niklas stappen uit. Nina vertrekt geen spier. Haar wangen zijn vaal van de opgedroogde tranen.

'Het voelt alsof ik hier lang geleden voor het laatst ben geweest,' zegt ze ten slotte zacht.

Ze trekt de mouwen van haar trui over haar handen en buigt haar schouders naar voren. Ondanks de aangename temperatuur ziet ze eruit alsof ze het koud heeft.

'Ik heb in mijn kofferbak nog wel een extra trui,' zegt Sanna.

Nina schudt haar hoofd. Ze snottert en veegt met haar mouw haar neus af.

'De anderen kunnen hier elk moment zijn,' zegt Sanna. 'Dit is zo voorbij. Dan kun je naar huis, of ik breng je terug naar je vriendinnen als je dat liever wilt.'

Sanna loopt een klein rondje. Blijft staan bij de greppel die tussen het asfalt en het bos ligt. Het ligt er vol rommel. Lege blikjes, flessen, doosjes van piepschuim en plastic bestek. Hier en daar een vuilniszak. Aan de andere kant begint het bos, waar de bomen dicht bij elkaar staan. Op de achtergrond het geluid van verkeer dat af en toe voorbijkomt. Maar ook dat van Nina's gesnotter. Ze heeft er spijt van dat ze Nina hier mee naartoe heeft genomen. Ze had het niet zo snel moeten voorstellen, het had ook op een andere manier kunnen worden opgelost.

'Weet je zeker dat je helemaal mee wilt?' vraagt ze. Als ze geen antwoord krijgt, draait ze haar hoofd om. 'Je kunt in de auto wachten als je dat wilt. Wijs ons dan alleen maar welke kant we op moeten lopen, dan hebben we verder die dode boom als richtpunt.'

Nina schudt haar hoofd. 'Ik ga mee.'

Sanna overhandigt haar een zakdoek. Terwijl Nina haar neus snuit, rijdt de auto van Eir en Jon de parkeerplaats op. Kort daarop staan Eir, Jon en nog twee agenten in uniform bij de greppel.

'Zijn wij de enigen?' vraagt Nina zacht en ze werpt even een blik op het kleine groepje.

*

Ze zoeken hun weg door het bos. Nina neemt grote stappen over wortels en gevallen takken. Haar ogen zoeken de omgeving af. Ze is doodstil. Als er iets in haar been prikt, blijft ze staan en krabt aan de rand van haar wijnrode hoge schoen, daarna loopt ze verbeten verder.

Plotseling blijft ze staan, haar blik gericht op een mierenhoop die zich uitstrekt tot de kluit van een omgevallen boom. De zon verdwijnt achter een wolk terwijl ze zich naar hen omdraait, een seconde wacht en dan naar een enorme dode dennenboom wijst, een paar meter verderop. De grijze, naakte stam rijst op naar de hemel.

Ze leidt hen verder. Gaat ernaast staan. Sanna laat haar blik over de kale boom gaan. Een spijker. Die zit niet erg hoog. Ze probeert na te denken. Pascal had zijn hand naar iets uitgestoken. Wat het ook was, het hangt er in elk geval niet meer.

'Je zei dat hij een paar stappen opzij deed?'

Nina loopt opzij. Plotseling stopt ze. Ze staat in een opeenhoping van sparrentwijgen.

'Dit buigt door,' zegt ze ademloos.

Sanna duwt haar zachtjes iets opzij. Haalt een paar handschoenen uit haar zak, gaat op haar hurken zitten en verwijdert de twijgen van de grond.

Een luik. Rechthoekig, van een soort roestig of verkleurd metaal. Aan een van de zijden zit een hengsel. Ernaast een open hangslot. De sleutel zit erin.

'Godsamme,' fluistert Eir.

Sanna veegt met haar hand over het luik. Pakt het hengsel vast en probeert het op te tillen. Er is geen beweging in te krijgen. Allemaal, behalve Nina, komen ze naar voren om een nieuwe poging te doen.

De grond is sponsachtig, bijna poreus. Hun voeten zakken er een stukje in weg voor ze zich kunnen afzetten en het luik uiteindelijk openkrijgen. Eronder een gapend gat.

Ze staren omlaag, het donker in. De contouren van een brede buis, gemaakt van iets wat op golfplaat lijkt, verdwijnen de grond in. Hij is ruim genoeg voor een mens. De geur van vochtige aarde stijgt omhoog. Als ze zich vooroverbuigen, strijkt er een koude luchtstroom over hun gezichten. Sanna schijnt met een zaklamp. Een ladder. Het is niet ver naar de bodem, waar iets wacht wat eruitziet als boomschors.

Ze gaat op de grond zitten en legt haar benen over de rand. 'Een paar van jullie moeten hier boven blijven.'

'Ik blijf wel,' zegt Eir en ze wendt zich tot Nina. 'Ik heb claustrofobie, dus dat is niets voor mij.'

Sanna en de anderen verdwijnen in het gat, om de beurt. Nina gluurt naar Eirs hand, die op haar dienstwapen rust.

'Wat denk je dat het is?' vraagt Nina.

'Ik weet het niet,' antwoordt Eir. 'Het hoeft helemaal niets bijzonders te zijn.'

Er gaat een rilling door Nina's smalle schouders terwijl ze haar ogen op het gapende gat gericht houdt.

'Misschien is het alleen maar een oude aardkelder,' zegt Eir.

Nina slikt. Af en toe vertonen haar wangen zenuwtrekken. Ze begint weer te huilen, maar zonder geluid te maken.

Langzaam klimt Sanna door het donker omlaag. Ze voelt steken in haar handen: splinters van een kapotte sport van de ladder. Boven haar hoofd zweven Jon en de anderen als donkere gestaltes. De gedachte gaat door haar hoofd dat als een van hen misgrijpt en valt, ze allemaal omlaagstorten en haar verpletteren. Ze zet haar tanden op elkaar en gaat verder omlaag, hoewel haar handen pijn doen.

Beneden op de bodem landen haar voeten bijna geluidloos op de aarden grond, die bedekt is met een laag boomschors. Haar eerste instinct is om meteen weer terug te klimmen. Maar als ze met haar zaklamp om zich heen schijnt, ziet ze een dekzeil, dat gespannen is voor iets wat op een deurpost lijkt. Op de plek waar ze staat, is de lucht zanderig en schraal en ze haalt met moeite adem; het lijkt alsof er een tekort aan zuurstof is. Het vocht nestelt zich in haar keel. Ze voelt met haar hand aan het dekzeil tot ze een opening vindt; als ze deur opendoet, voelt ze koud metaal. Met de anderen dicht achter zich loopt ze naar binnen met haar zaklamp voor zich uit.

'Wat krijgen we nou...' zegt Jon.

De kamer die zich voor hen uitstrekt, is groot.

Aan haken aan het plafond hangen petroleumlampen. Eronder op de grond liggen losse houten planken, bijna als een soort vloer. Erop liggen wollen kleden in onbestemde kleuren. Ze schijnt over de wanden, waaraan brede planken hangen, van de grond tot het plafond. Vol conserven en gedroogde etenswaren. Glazen potten met zout, noten, zaden en gedroogde bonen. Houten kisten met alle mogelijke etenswaren. Op de vloer de ene na de andere rij grote jerrycans met water. Haar oog valt op iets wat aan een haak van een van de bovenste planken hangt. Een paar gedroogde vogelbotten. Ze zijn een paar centimeter groot, oranjebruin met zwarte klauwen. Een soort roofvogel. Iemand heeft ze aan elkaar gebonden met een smal, wijnrood lint rond het bovenste deel van de poten en daarna een lus geknoopt om ze aan op te hangen.

Met een ruk wendt ze haar blik af en volgt Jon en de anderen naar een plank met een primus met brander, alcohol en petroleum. Een doos met batterijen. Een radio. Doosjes met eerstehulpspullen. Messen, bijlen en ander gereedschap. Jon trekt een doos zonder etiket open.

'Wat is dat?' vraagt Sanna.

Hij haalt er een kompas uit.

'Om je te oriënteren in het donker,' zegt hij.

Een van de andere agenten schijnt op de volgende plank. Bovenop liggen boeken. Oud, versleten en smerig. Sanna merkt op dat er een paar banden over Russische geschiedenis liggen, daarnaast Latijns-Amerikaanse. Een boek over Franse grammatica. Verder naar beneden liggen kleren, dekens en ander textiel in vacuümzakken. Maar ook iets wat eruitziet als een matras en een kussen. Onder een van de planken ligt een opgeklapt veldbed.

Een van hen lukt het een paar van de petroleumlampen die aan het plafond hangen aan te steken. Dat licht maakt het gemakkelijker verder de kamer in te kijken. De planken die daar aan de wand hangen zijn leeg.

'Ik neem aan dat hij geen tijd heeft gehad ze helemaal tot achterin te vullen,' zegt een van de geüniformeerde agenten. 'Maar hier liggen etenswaren, water en andere benodigdheden voor minstens een jaar.'

Verderop bij de lege planken blijft Sanna staan. Op de rand van een van de planken ligt een laag stof. In het stof zijn sporen te zien. Alsof iemand er iets in gekrast heeft. Net als op de plank eronder.

'Iemand heeft iets verplaatst wat hier op deze planken heeft gestaan,' zegt ze.

Onder de onderste plank steekt een stukje bruin karton uit. Een kartonnen doos met wat verdwaalde kogels.

'Wapens,' zegt ze.

Op hetzelfde moment ziet ze ook iets anders. Spetters van iets donkers op een van de kleden. Bloed.

Eenmaal weer boven wordt de plek afgezet en roepen ze de technische recherche op. Het bloed wordt veiliggesteld om te worden onderzocht. Ze vinden een stuk van een oranje rubberen zool, dat met een spijker vastzit aan de ladder. Sanna neemt Nina terzijde en houdt een bewijszakje voor haar omhoog.

'Je vader heeft toch gezegd dat Pascal schoenen droeg met oranje rubberzolen?'

Nina knikt.

Alice komt naar hen toe, samen met een andere agent, die Nina naar huis zal brengen. Nina schudt haar hoofd en knippert angstig met haar ogen naar Sanna.

'Maar je hebt toch gezegd dat jij me zou brengen?'

Sanna legt een hand op haar arm.

'Het is beter dat je hier weggaat.'

Eir loopt naar hen toe, trekt Sanna een paar stappen opzij.

'Wat vind jij van dit alles?' vraagt ze met een gebaar naar het luik. 'Geloofde Pascal Paulson in de ondergang van de wereld?'

'Misschien,' zegt Sanna.

'Een sekte of iets dergelijks, een groep idioten?'

Sanna schudt haar hoofd. 'Er lag daar beneden maar één veldbed.'

'Wat? Alsof die bunker maar voor één persoon bestemd zou zijn?'

Sanna werpt een blik op Nina. Haar haren staan alle kanten op, ze knikt zwijgend naar de politieagent die haar meeneemt. Ze ziet eruit alsof ze uit haar eigen huid zou willen kruipen.

'Hallo,' zegt Eir.

Sanna draait zich weer naar haar om.

'Sorry...' zegt ze.

'Dus jij denkt dat hij daar beneden een grote hoeveelheid wapens heeft opgeslagen?'

'Er heeft iets op die planken gelegen wat hij heeft weggehaald. Gezien die munitie...'

'Oké, dus Pascal was daar beneden, de dader is er binnengekomen, heeft hem overvallen en hem van die wapens beroofd? Maar beneden hebben we toch geen moordwapen gevonden?'

'Pascal is niet daar neergestoken; er lagen wel bloedspatten, maar lang niet zoveel bloed als er zou hebben gelegen als iemand hem daar een mes in zijn lijf had gestoken.'

Eir staart haar aan.

'Dus als Pascal niet daar beneden is neergestoken...'

Sanna schudt haar hoofd en kijkt om zich heen.

'Het hangslot dat hier op de grond lag, wijst erop dat de plek in alle haast is verlaten...' zegt ze. 'De dader wilde hier weg.'

Eir denkt aan de sporen rond Pascals polsen. Vivianne had gezegd dat die van een touw afkomstig waren. De resten tape om zijn mond.

'Jij denkt dat hij Pascal mee heeft genomen?' zegt ze.

'Misschien.'

'Godsamme... Het klinkt allemaal zo idioot... En Jon zei iets over vogelpoten?'

'Ja, er hangen beneden een soort botten van een roofvogel, één paar, gedroogd en...'

Ze heeft geen tijd om haar zin af te maken omdat een technisch rechercheur naar hen roept. Hij buigt zich over iets heen. Als ze bij hem aankomen, wijst hij op een grote steen met bloedvlekken en iets wat eruitziet als resten van huid en haren.

'Zulke wonden had Pascal niet,' zegt Eir. 'Geen sneeën in zijn hoofd, bedoel ik.'

Terwijl Eir met het ziekenhuis belt om te vragen of er iemand is binnengekomen met hoofdwonden, komen Alice en Niklas naar hen toe.

'Sanna,' zegt Niklas. 'Fijn dat je erbij bent.'

'Het ging vanzelf,' zegt ze, 'doordat ik Nina...'

'Prima,' zegt hij.

Sanna kijkt of ze Nina ziet, maar die is al weg. Er klinkt geluid van politiehonden, die samen met hun begeleiders aankomen.

'Zo, waar hebben we het precies over, daar beneden?' vraagt Niklas. 'Jon zegt dat het een bunker is met drinkwater, brandstof en nog veel meer?'

'Ja, en ik denk dat iemand er wapens heeft weggehaald.'

'Ik zal de veiligheidsdienst op de hoogte stellen,' zegt hij.

'De Säpo zal hier niet meteen bovenop duiken,' zegt Alice terwijl ze naar Sanna gluurt. 'Alles wat we hebben, is een doos met wat munitie...'

'Misschien,' zegt Niklas. 'Maar we zullen wel zien wat ze zeggen.'

Sanna knikt zwijgend.

'Maar denken we dat Pascal bezig is geweest met een soort schuilkelder?' vervolgt Niklas. 'Het klinkt zo extreem, waarom zou hij dat doen? Wie zou zoiets als dit willen maken?'

'Overal op de wereld doen groepen preppers zoiets,' zegt Alice. 'En voor degenen die daar belangstelling voor hebben, is er op internet heel veel informatie te vinden over de manier waarop je in het geheim zo'n schuilkelder kunt bouwen, je hoeft alleen maar te googelen.'

Sanna weet wat Alice bedoelt. Mensen die hamsteren om voorbereid te zijn op het ergste wat er kan gebeuren, en zulke plekken bouwen om in te verdwijnen. Preppers heb je overal, iedereen kan er een zijn. Je buurman, de kleuterleidster van je kinderen of je tandarts.

'En hebben we kunnen verifiëren of Pascal hier daadwerkelijk is geweest?' vraagt Niklas. 'Ik bedoel niet alleen Nina's verklaring dat hij hierheen is gegaan...'

'We hebben beneden bloedspatten gevonden, en iets wat waarschijnlijk een stuk van zijn schoenzool is,' zegt Sanna.

'Nina had het toch ook over geld? Dat Pascal hier eerder was geweest en geld had opgehaald?'

'Ik heb daar beneden geen geld gezien.'

'Dus de dader kan ervandoor zijn gegaan met zowel wapens als contant geld.'

'En zijn slachtoffer...'

'Jij denkt dat hij Pascal heeft overmand, hem beroofd heeft en hem toen heeft meegenomen?'

'Als Pascal zijn gezicht heeft gezien en hem zou kunnen identificeren, had de dader slechts twee alternatieven: hem doden of hem meenemen. We weten dat hij hem daar beneden niet gedood heeft, dus...'

Niklas denkt na. 'En Pascals auto? Die moet toch ergens gebleven zijn als hij hiernaartoe is gereden? Heeft niemand die auto gezien?'

Sanna schudt haar hoofd.

'Oké,' zegt Niklas. 'Ik zorg ervoor dat we daar nu direct naar gaan zoeken.'

Plotseling klinkt er vanuit het bos een stem, die meteen weer verdwijnt; het is een van de agenten, die naar een collega roept. Gejank. Daarna blaft er een politiehond. Eir gebaart naar Sanna dat ze moet meekomen.

Achter een grote rots zijn technisch rechercheurs voorzichtig aan het graven. Behoedzaam scheppen ze de losse aarde opzij. Eronder worden de contouren van een hoofd zichtbaar. Stukje bij beetje verschijnt ook de rest van een mensenlichaam. Een magere man met een gezicht met fijne trekken. De kraag van zijn shirt staat open. Starende ogen achter de dikke glazen van zijn bril.

'Verrek, dat is toch die journalist...' zegt Eir.
Sanna knikt.
De man in de aarde is zonder enige twijfel Axel Orsa.

Ook deze plek in het bos wordt afgezet voor nader technisch onderzoek en Eir belt Farah om haar te informeren. Er wordt opnieuw een vooronderzoek gestart naar moord met een onbekende dader, terwijl Niklas en Jon samen met een technisch rechercheur naar het huis van de familie Orsa gaan, om vervolgens verder te rijden naar het appartement van Axel Orsa.

Sanna krijgt een sms'je dat bevestigt dat Nina thuis is aangekomen en dat Stellan zich over haar heeft ontfermd, en dat die ook verteld heeft dat hij voor het hele gezin therapie heeft geregeld. Ze ontvangt het bericht terwijl ze terugloopt naar haar auto om haar thermosfles met koffie te halen.

Ze drinkt een paar slokken. Probeert heel stil met haar rug tegen de auto te staan om haar gedachten te ordenen. De koffie is heet, bitter. Voor zich ziet ze de provinciale weg, de auto's die langsrijden. De gezichtsloze bestuurders in het tegenlicht.

Ze stopt haar handen in haar zakken en voelt Sixtens riem, die ze daar in heeft gestopt. Ze opent het portier en legt hem op de achterbank. Net als ze de deur weer wil dichtdoen, ziet ze iets. Op de vloer van de auto liggen bladeren en een stokje. Ze moet glimlachen. De vacht van de hond zorgt ervoor dat er van alles mee naar binnen komt, denkt ze en ze bukt zich de auto in.

Als ze de bladeren in de berm heeft gegooid, blijft ze staan met het stokje in haar hand. Het is zo klein als haar pink. De schors is eraf en het voelt zijdezacht aan in haar handpalm, bijna alsof het met schuurpapier glad is gemaakt. Ze draait het rond. Aan beide kanten zit een klein knoestje. Ze zitten op verschillende hoogtes, zoals kleine kinderen de armen aan een poppetje tekenen. Vlak onder de ene knoest zit een inkeping. Ze raakt de plek met haar vingertoppen even aan en er komt iets van herkenning bij haar boven. De diepte en de vorm van een kleine schroevendraaier of beitel. Zoals de tekening die iemand bij haar thuis op de buitenkant van haar voordeur heeft gekrast. Ze duwt de gedachte weg. Het is veel te vergezocht. Maar toch houdt ze het stokje voor zich omhoog. In het glinsterende zonlicht ziet het eruit als een kruis.

Na de korte wandeling terug het bos in zakt ze even neer op de stam van een omgevallen boom in de buurt van het luik van de bunker. Ze neemt nog een paar slokjes koffie. Kijkt of ze Eir ergens ziet.

'Hallo Berling,' zegt Sudden. 'Hoe gaat het met je?'

Sanna staat op. 'Tja, ik had niet gedacht dat ik hierbij betrokken zou raken, maar nu ben ik er toch.'

'Is het voor jou misschien toch weer tijd om terug te keren naar de zware criminaliteit, het echte werk? Niet alleen maar een beetje hier rondsluipen?'

'Ik sluip niet,' zegt ze met een glimlach. 'Ze hebben me gevraagd om Nina Paulson te zoeken, omdat die bij mij in het dorp woont...'

'Omdat ze willen dat je weer terugkomt.'

Sanna lacht. 'Nee, ik geloof eigenlijk niet dat iemand dat wil.'

Hij lacht ook en veegt wat zweet van zijn voorhoofd.

'Hoor eens, heb jij op het bureau in de stad ooit een rode loper zien liggen?'

'Wat bedoel je?'

'Denk ook maar niet dat ze die voor jóú zullen uitrollen. Doe effe normaal.'

Ze reageert niet. In plaats daarvan werpt ze een blik op het open luik.

'Een tot de rand gevulde bunker ter voorbereiding op een soort crisissituatie.'

'Weten jullie van wie deze grond is?'

'Een oudere man, die in het bejaardenhuis zit.'

'En we hebben toch ook nog een ander slachtoffer gevonden, die journalist?'

'Ja, Axel Orsa.'

Sudden schudt zijn hoofd.

'Waarom heeft het zo lang geduurd voor je hiernaartoe bent gekomen?' vraagt Sanna.

'Ik was druk bezig met een inbraak in een van de ziekenhuiszalen.'
'Vandaag? Is er iets gestolen?'
'Vannacht. Een heleboel geneesmiddelen en pillen.'
'Oei.'
'Ja, hoewel het toch prettig is om weer te beseffen dat wij technisch rechercheurs bij ons onderzoek vaker met levende slachtoffers te maken hebben dan met dode.'

Als Sudden de bunker in is verdwenen, komt Eir naar haar toe.

'Wat had Sudden je te vertellen?'
'Niet veel, maar we moeten maar afwachten wat hij ervan vindt als hij weer bovenkomt.'
'Wat kan dit allemaal toch betekenen?' verzucht Eir.

Ze draait een halve slag en laat haar blik over de omgeving gaan. Overal technisch rechercheurs. Sommigen lopen langzaam rond, anderen zitten op hun knieën op het mos. Elke tak of steen bestuderen ze voorzichtig.

'Wat deed Axel Orsa in godsnaam hier? En dan die auto's. Als we aannemen dat Axel Orsa hier met de auto naartoe is gereden, dan zijn we op dit moment toch op zoek naar twee auto's, zowel die van hem als die van Pascal?'

Sanna gebaart naar het stuk bos in de richting van de parkeerplaats.

'Als Pascal dezelfde weg hiernaartoe heeft genomen als die keer dat Nina en haar vriendin hem zijn gevolgd, zou hij zijn auto toch daar moeten hebben geparkeerd, bij de weg?'

'En daar stond geen auto, dus in dat geval is die verplaatst. Verdomme... Twee auto's verdwijnen toch niet zomaar...?'

Verder weg, aan de rand van het bosgebied, lopen agenten in uniform, sommige met honden. Allen de blik omlaaggericht.

'Waarom kijkt niemand omhoog?' mompelt Eir.

Sanna reageert niet, in plaats daarvan loopt ze ergens naartoe. Eir volgt haar.

'Wat is er?'

'Daar,' zegt Sanna en ze wijst naar een tak ter hoogte van haar gezicht.

Het ziet eruit alsof er iets gebreids aan die gebroken tak is blijven vastzitten.

Donkerblauwe wol, misschien afkomstig van een kledingstuk.

Bij de tak wenkt ze een technisch rechercheur.

'Het hoeft helemaal niets te zijn,' zegt ze. 'Maar zorg ervoor dat Sudden het te zien krijgt.'

De technisch rechercheur stopt het donkerblauwe stukje stof in een bewijszakje.

'Luister,' zegt Eir. 'Waar kwam Pascal vandaan toen hij hier in die bunker bezig was? Ik begrijp dat hij zijn auto op de parkeerplaats zette als hij er alleen maar in en weer uit ging, spullen ophalen of achterlaten, zoals die avond dat Nina hem gevolgd heeft. Maar toen hij bezig was om daar beneden een soort overlevingsbunker te bouwen, kan hij daar toch niet elke keer hebben geparkeerd als hij er met spullen naartoe ging – open en bloot?'

Sanna doet een paar stappen naar voren. Gebroken takken en platgetrapte twijgen.

'Als hij zijn auto niet op de parkeerplaats heeft gezet...'

'...dan is hij ergens anders vandaan gekomen. En als de dader hem hiernaartoe heeft gevolgd, dan kwam die daar dus ook vandaan.'

Sanna knikt. 'En is die in dezelfde richting teruggelopen.'

'Kom,' zegt Eir en ze gaat voorop.

De boomtakken zwiepen tegen elkaar en slaan tegen hun wangen en haren terwijl ze het spoor van gebroken takken en platgetrapte twijgen volgen.

In de verte zien ze tussen de stammen een lichte plek. Als ze er aankomen, blijft Eir staan en leunt tegen een dennenboom. Sanna komt naast haar staan.

Een meer. En voor het meer een parkeerplaats met grind.

'Ik heb op de provinciale weg de afslag hiernaartoe wel gezien,' zegt Sanna. 'Hij is smal en er staat geen bord. Ik dacht dat het een privéweg was.'

Ze ziet wielsporen in het grind. Iets verder bij de oever hangen de toppen van kleine bomen boven het wateroppervlak. De stenen zijn bedekt met mos. Allemaal behalve één, die door iemand verplaatst of omgedraaid is.

'Kom,' zegt ze en ze loopt ernaartoe.

Eir komt achter haar aan.

Ze zet haar schoenen stevig op de grond als ze bij de steen staat en probeert er beweging in te krijgen.

'Help me even,' zegt ze.

Samen rollen ze hem opzij. Eronder ligt een geplette mobiele telefoon. Op het hoesje staat het logo van Fight.

'Van Pascal...' zegt Eir.

Sanna laat haar blik over de bandensporen in het grind dwalen.

'Jij denkt dat hij hiernaartoe is gebracht?' vraagt Eir. 'Dat hij in de bunker is overvallen, hiernaartoe is gesleept en daarna met een auto is weggevoerd?'

'Misschien.'

'Maar wat deed Axel Orsa in vredesnaam bij die bunker?'

Sanna antwoordt niet. Ze knippert met haar ogen tegen de zon, omdat het felle licht haar irriteert.

'Wat denk jij?' vraagt Eir.

'Ik weet het niet. Ik vind het moeilijk die twee zaken met elkaar in verband te brengen. En hoe Pascal Paulson alles wat we in die bunker hebben gezien daar naar beneden heeft gekregen...'

'Je bedoelt hoe hij daar ook nog eens tijd voor moet hebben gehad, naast zijn leven als trainer en criminele klootzak?'

'Ja, maar ik bedoel het ook financieel... Zou hij dit allemaal hebben kunnen doen terwijl hij ook zijn vader en moeder nog geld gaf?'

Eir schudt haar hoofd een beetje en kijkt naar de grond, probeert een paar van de wielsporen te volgen. Het is onmogelijk ze duidelijk van elkaar te onderscheiden. Ze zucht en belt de technische recherche met het verzoek naar hen toe te komen.

'Trouwens,' zegt ze, 'zei Jon niet dat niemand in de supermarkt Pascal had gezien? Terwijl Nina toch zei dat ze meende te hebben gehoord dat hij daar was om iets te kopen?'

'Misschien was hij in die andere winkel, er zijn er twee,' zegt Sanna. 'Als Pascal weg wilde bij zijn vader en de club, kan hij de winkel aan de andere kant van het plein hebben gekozen.'

'Ik stuur Jon wel een sms'je om dat te checken, ik ben benieuwd wat Pascal kan hebben gekocht onderweg hiernaartoe.'

Sudden komt met een team technisch rechercheurs naar de parkeerplaats, die het terrein afzetten. Ze discussiëren over de vraag of ze in het meer moeten gaan dreggen. Naar alle eenheden op het eiland wordt het bericht verstuurd om uit te kijken naar de auto's van Pascal en Axel Orsa.

Sanna laat haar blik over het meer glijden. Ze stelt zich voor wat het zou kunnen vertellen als het kon praten.

Eir belt met Niklas om hem te vragen meer manschappen te sturen. Hij antwoordt dat hij zal zien wat hij kan doen en vraagt haar de luidspreker van haar mobiel aan te zetten. Sanna gaat naast Eir staan, terwijl Sudden terugloopt naar zijn team.

'Ik sta buiten voor het appartement van de familie Orsa,' zegt Niklas. 'We hoeven niet verder te rijden naar een ander adres. Axel Orsa heeft zijn eigen flat niet meer, hij is een poosje geleden weer bij zijn ouders gaan wonen.'

'O ja?'

'Hij dacht erover om zijn vaste baan op te zeggen, alleen nog freelanceopdrachten aan te nemen, en moest blijkbaar geld besparen.'

'Heb je daar thuis nog iets gevonden?'

'Zijn computer, die is nu onderweg naar de IT-afdeling van het forensisch lab in de stad.'

'En die familie, hoe heeft die het nieuws opgenomen?' vraagt Sanna.

'Ze zijn er kapot van, zoals verwacht.'

'Hoe ging het met Daniel?'

'Ik weet het niet, hij liet niets van zijn gevoelens merken... Ze krijgen nu allemaal hulp.'

Ze verbreken de verbinding en Eir neemt haar nieuwe berichten door. Het laatste is van Vivianne, die vertelt dat de analyse van het bloed en de huid onder Pascals nagels niets heeft opgeleverd, er zat niets bruikbaars bij. Eir draait zich om om het aan Sanna te vertellen, maar Sanna is er niet meer.

Ze staat iets verderop. Naar het bos gericht, met haar blik op iets gefixeerd. Eir loopt naar haar toe.

'Zie je dat?' vraagt Sanna.

Diep tussen de bomen staat iets met een wankele structuur, wat boven de boomtoppen uitsteekt, recht omhoog naar de heldere hemel. Een vogelkijktoren. Hoog genoeg om daarvandaan het meer te kunnen zien.

Sanna en Eir staan onderaan de toren. Als Sanna naar de top kijkt, voelt ze zich een beetje duizelig. Ze zet haar voet op de eerste trede en vermant zich. Nadat ze een paar treden omhoog is geklommen, volgt Eir haar.

Op de eerste etage kunnen ze nauwelijks iets zien; als ze zich over de rand buigen, worden ze omsloten door het bos. Maar op het bovenste platform is het uitzicht schitterend. Sanna legt haar handen op de door vocht aangetaste rand. Verderop het spiegelgladde meer en de parkeerplaats met grind. De oever waar de toppen van de kleine bomen boven het water hangen. De stenen met mos.

Ze laat haar blik zakken. Er liggen peuken bij haar voeten.

Onderaan de toren klinkt plotseling geritsel. Daar beneden is iemand.

'Kom,' zegt ze tegen Sanna en ze haasten zich naar de trap.

De man die ze beneden op de grond ontmoeten, is in de zeventig. Groot, zilverwitte haren en baard. Lang en met rechte rug staat hij voor hen, gekleed in een tweedjasje, een camouflagebroek en laarzen. Op zijn hoofd een knalgeel petje. Over zijn schouder hangt een geweer. Naast hem staat een gladharige jachthond.

'Is dit jouw grond, jouw toren?' vraagt Sanna.

De man kort de riem van de hond een stukje in.

'Ja?'

Ze steekt haar hand uit. 'Sanna Berling. Ik ben van de politie.'

'Einar Kristoferson,' reageert hij terwijl hij aarzelend haar hand aanneemt. 'Waar gaat het om?'

'We waren net boven op de toren om overzicht over de omgeving te krijgen, en zagen dat daar iemand heeft staan roken. Ben jij dat geweest?'

Het gezicht van de man krijgt een gefrustreerde uitdrukking, hij schudt zijn hoofd.

'Mijn vrouw staat daar om de haverklap boven, 's morgens en 's avonds... Maar sorry, waarom zijn jullie hier eigenlijk?'

'Daar bij het meer heeft een incident plaatsgevonden en we zijn op zoek naar mogelijke getuigen. We zouden graag je vrouw even spreken. Weet je ook of ze afgelopen donderdagavond op de toren is geweest?'

'Natuurlijk kunnen jullie proberen met mijn vrouw te spreken, maar het gaat niet zo goed met haar. Waarschijnlijk alzheimer, we wachten nog op de uitslag van een onderzoek.'

'Dat spijt me,' zegt Sanna.

'Het gaat niet continu slecht met haar. Maar ze klimt hier vaak omhoog om over het bos uit te kijken en dan vergeet ze zichzelf. Nu ze ziek is, raakt ze het gevoel voor tijd en ruimte kwijt... Soms moet ik haar naar huis halen...'

Het geluid van zijn stem sterft weg. Hij schudt zijn hoofd.

'Waar hebben jullie geparkeerd?' vraagt hij dan.

'Langs de provinciale weg,' antwoordt Sanna.

'Als jullie me een momentje de tijd geven om naar huis te lopen, dan kan ik jullie thuis op de boerderij ontvangen en kunnen we zien of ze met jullie wil praten.'

21

Sanna rijdt samen met Eir naar de kalkstenen boerderij van Kristoferson. Het is warm en plakkerig in de Volvo, hoewel de ventilator op de hoogste stand staat. Ze parkeert op het erf, zet de motor af en ze stappen uit. Eir maakt een laatste sms'je af en gooit dan het portier met een klap dicht.
Ze lopen het korte stukje naar de voordeur.
'Vreemd,' zegt Eir. 'Deze grote boerderijen die een eind van de weg af liggen en die je dus nooit ziet.'
Sanna bekijkt het woonhuis nauwkeurig. De gepleisterde gevel loopt mooi rond, het oude pannendak is heel. De ramen zijn oud en de kozijnen zijn zorgvuldig geschilderd.
Ze zien iets bewegen achter een kozijn. Er staat iemand bij een van de vensters. Rond het hoofd schijnt licht: het schijnsel van een lamp aan het plafond. De gestalte wiegt een beetje, om daarna te verdwijnen.
Het kraakt als Einar de deur openmaakt. Een kleine roedel van drie gladharige jachthonden dringt naar voren. Ze snuffelen aan Sanna en Eir, maar als Einar met zijn vingers knipt, lopen alle honden weg en verdwijnen in de kamer ernaast.
'Kom maar binnen,' zegt hij.
Terwijl Sanna en Einar wat babbelen, kijkt Eir om zich heen. Aan de rechterkant van de hal is een deur open. Daarbinnen staat een grote wapenkast. Aan de andere kant een washok, keurig opgeruimd.
Hij neemt hen mee naar de keuken en zet koffie. Eir vraagt in plaats van koffie om een glas water. De stilte terwijl het koffiezetapparaat pruttelt, is bijna tastbaar. Einars lange lijf is kaarsrecht als hij voor Sanna koffie inschenkt. De koffie is sterk en de damp slaat eraf.

'Ze kan gemakkelijk van haar stuk raken,' zegt hij. 'Gry is een lief mens, maar op dit moment woont er iemand anders in haar.'

'Als jij of Gry wil dat we vertrekken, doen we dat, wanneer je maar wilt,' zegt Sanna.

Einar loopt naar de keuken om de lunch voor te bereiden; hij maakt soep warm in een pan. Als die klaar is, schenkt hij die over in een kom, legt de lepel weg en draait zich naar hen om. Hij houdt zijn kin tegen zijn borst terwijl hij nadenkt. Eir observeert hem terwijl hij daar staat, leunend tegen het robuuste houten aanrecht. Hij concentreert zich, denkt ze. Dan knikt hij en loopt de keuken uit.

Na een poosje horen ze stemmen in de woonkamer ernaast.

'Kun je je niet aankleden?' zegt Einar. 'In elk geval je ochtendjas.'

'Waar zijn m'n sigaretten?' klinkt een andere stem. 'Je hebt toch wel sigaretten gekocht?'

Iemand rommelt in een lade.

'De politie is hier,' zegt Einar. 'Ze willen met je praten. Ik heb ze gevraagd binnen te komen, oké?'

'De politie? Wat heb je nou weer gedaan?'

'Niets. Ze willen alleen maar met jou praten.'

'Waarover dan? Wat heb ik gedaan?'

'Ze willen je alleen vragen of je iets gezien hebt.'

'Wat gezien heb?'

'Dat weet ik niet.'

'Denk je dat het over die lichtpuntjes gaat?'

'Nee, dat denk ik niet.'

Einar verschijnt in de deuropening en gebaart naar hen dat ze mee moeten komen.

Gry Kristoferson zit in een lichtblauwe fauteuil met een hoge rug. Ze is veel te dik. Haar witte haren zijn opgestoken in een warrige pluim. Tussen haar ogen heeft ze een grote wrat, als een soort derde oog. Ze is gekleed in een gebloemde pyjama, waarvan de mouwen en broekspijpen te lang zijn; ze staat voorzichtig op om hen te begroeten. Ze struikelt bijna over haar broekspijpen en als ze haar evenwicht terugvindt, bloost ze. Ze zakt terug in haar fauteuil. Ze peutert aan een pakje sigaretten in haar hand. Einar helpt haar er een uit te halen en geeft haar een vuurtje.

'Waar willen jullie met mij over praten?' vraagt ze, waarna ze een trekje neemt en diep inhaleert.

'We hebben begrepen dat je af en toe boven op de vogelkijktoren staat?'

Gry neemt nog een trekje, doet haar ogen dicht en knikt.

'Wanneer ben je voor het laatst daarboven geweest?' gaat Sanna verder.

Einar raakt even Gry's schouder aan en ze doet haar ogen weer open.

'Vanochtend,' zegt ze. 'Waarom?'

'Was je afgelopen donderdagavond ook op de toren?' vraagt Sanna. Ze inhaleert nogmaals, denkt na. 'Ik weet niet of ik...'

'Lieverd,' zegt Einar, 'donderdagavond was het warm, de zon had de hele dag geschenen, weet je dat nog? We hadden overal de ramen openstaan. Direct na het avondeten ben je naar buiten gegaan. Ik had vis gebakken, jij vond hem te zout...'

Gry lijkt niet te luisteren. Een van de honden sluipt naar voren en gaat aan haar voeten liggen.

'Ze is prachtig,' zegt Eir voorzichtig en ze knikt naar de hond. 'Hoe oud is ze?'

Gry's blik wordt mat.

'Ze is acht.'

Er valt een korte stilte.

'En jij?' vervolgt Gry.

Eir schuift onrustig op haar stoel heen en weer. 'Ik?'

Gry zuigt aan haar sigaret, neemt nog een laatste trekje en gooit dan haar peuk weg. Einar pakt hem snel op van de grond en zucht geïrriteerd.

'En in welke klas zit je?' gaat Gry verder, haar blik op Eir gevestigd.

Eir wacht, onzeker, gluurt naar Einar. Die schudt zijn hoofd en wendt zich tot Sanna.

'Misschien morgen?' vraagt hij geluidloos.

Gry begint met haar hand op de leuning van de fauteuil te trommelen.

'1, 2, 3... Kleine Asta stopt met zeuren... 4, 5, 6... Kleine Ola's stembanden scheuren... 7, 8, 9...'

Einar streelt haar wang en ze zwijgt terwijl ze haar ogen neerslaat en haar handen in haar schoot legt.

'7, 8, 9... De dood komt na de 10,' zegt Sanna.

Gry kijkt op met een glimlach op haar grote gezicht.

Einar legt zijn hand op haar schouder. 'Misschien moet je een poosje gaan rusten, liefje.'

Sanna kijkt naar de boekenkasten, die van de vloer tot het plafond reiken. Er liggen ook boeken op alle tafels, in alle vensterbanken en onder Gry's fauteuil. Netjes op stapeltjes, veel ervan op kleur gesorteerd.

Eir gebaart naar Sanna dat ze moeten gaan.

'Het spijt me,' zegt Einar. 'Als jullie willen kan ik wel bellen als ze weer wat rustiger is...'

Gry drukt haar tenen tegen de vloer, alsof ze probeert er iets mee vast te grijpen. Daarna staat ze op en verdwijnt naar een andere kamer.

'Tja...' zegt Einar. 'Jullie moeten het haar maar niet kwalijk nemen, maar...'

Sanna loopt naar de deuropening waardoor Gry zojuist is verdwenen.

Het is een kleine ruimte, een kamertje. Gry staat bij een bureau dat vol ligt met rode blocnotes en aantekenschriften, allemaal op keurige stapeltjes. Ze pakt er een paar op, draait ze om en legt ze weer terug. Slaat er een open, bladert erin en legt hem teug. Het lijkt alsof ze telt. Het gebrabbel klinkt als woorden die elkaar op ritmische wijze aflossen.

'Dat is een deel van haar problematiek,' zegt Einar. 'Ze kan haar herinneringen niet uit elkaar houden. Het ene ogenblik is ze hier, het volgende moment zit ze in een documentaire over kernwapens die ze heeft gezien of over buitenaardse wezens, of ze is weer terug op school en maakt zich druk of ze haar huiswerk wel af heeft. Soms praat ze over de wereld na deze wereld, wat er met haar zal gebeuren als ze daar is. Ik weet niet of wat ze ziet donker of licht is. Of het de dementie is of iets wat ze een keer op tv heeft gezien. Daarna worden het allemaal fragmenten daarbinnen in haar hoofd, die door elkaar geklutst worden. Ik probeer alles in huis elke keer netjes op dezelfde plek neer te leggen, om haar te helpen, maar ik weet niet meer wat goed is of verkeerd...'

Af en toe krabt Gry over haar polsen, alsof ze een insect verjaagt. Daarna schudt ze haar hoofd.

'Wat bedoelde ze eerder met "die lichtpuntjes" waarover ik haar hoorde praten voor wij de kamer binnenkwamen?'

'Dat is gewoon iets wat ze zegt als ze iets aan de hemel heeft gezien. Lichtpuntjes die rondspringen. Soms ziet ze er een plusteken in. Die lichtjes had ze voor het eerst gezien toen ze nog een kind was. Het is iets wat al haar hele leven aan haar knaagt. Zo is ze. Er zijn dingen waarop ze zich blindstaart. Daar heeft ze ook al die blocnotes en aantekenschriften voor. Lichtpuntjes en plustekens die ze hier en daar ziet.'

Gry brabbelt nog steeds. Zo nu en dan gebruikt ze alleen maar medeklinkers, dat klinkt komisch. Bijna zoals kleine kinderen zelf woorden bedenken. Soms alleen cijfers. Af en toe begint ze opnieuw en herhaalt ze dezelfde reeks.

'Weet je zeker dat ze donderdagavond op de toren is geweest?' vraagt Sanna.

'Ja,' antwoordt Einar. 'De vraag is alleen of zijzelf dat in haar geheugen kan terugvinden. Als dat is wat jullie willen. Haar herinneringen. Of ze iets gezien heeft. Wat is het precies waarvan jullie je afvragen of ze het gezien heeft?'

'Dat weten we niet. Wat ze ook gezien heeft, het kan ons in deze situatie verder helpen.'

'Ik kijk wel hoe ze later vandaag is, of morgen. Als ze rustig wordt, bel ik jullie wel.'

Hij loopt langs Sanna het kamertje in. Gaat naar Gry, praat liefdevol met haar. Pakt haar hand als ze probeert iets te zeggen, maar de woorden blijven in haar mond steken. Er komen uitsluitend een paar lettergrepen uit, als een soort gestamel.

Buiten op het erf hangt de hemel laag. Grijze wolken hopen zich op. Eir kijkt naar de voordeur, die Einar net achter hen heeft dichtgedaan.

'Deprimerend...' mompelt ze.

Sanna reageert niet. Haar ogen dwalen over de omgeving. Eir heeft meteen al spijt van wat ze heeft gezegd. Alles wat je hebt in één nacht verliezen, iedereen van wie je houdt, je enige kind, dát is pas deprimerend. Niet oud worden met degene die je liefhebt, met alles wat daarbij hoort.

'Dus je herkende dat rijmpje, gewoon zomaar?' vraagt ze een beetje onhandig.

'We maakten elkaar er op school bang mee tijdens het speelkwartier...'

Er trilt iets in haar zak en ze haalt haar mobieltje tevoorschijn.

'Anton,' zegt ze. 'Ik kan maar beter even opnemen.'

Eir checkt haar eigen mobiel. Een sms'je van Fabian, die zegt dat hij aan haar denkt en haar vraagt na te denken over wat hij gezegd heeft over samenwonen. Net als ze wil antwoorden begint het te regenen, een paar grote druppels vallen op haar handen en ze laat haar telefoon weer in haar zak glijden. Ze gaat dicht tegen de muur van het huis staan. Haar blik valt op een bijgebouwtje. Het is kleiner dan de protserige schuur. De deur is nieuw. Naast een heel nieuw raam, dat met spijlen verdeeld is in kleine ruitjes. Ze draait zich om om iets tegen Sanna te zeggen, maar die schuilt onder een grote boom en praat nog steeds in haar mobiel.

Eir loopt naar het bijgebouw, gaat op haar tenen staan en kijkt door het raam naar binnen. De ruimte heeft een hoog plafond. Er ligt hout op keurige stapels. In het midden een werkbank op stevige poten, het werkblad zit vol donkere vlekken. Aan de lange muur hangen bijlen, zagen, messen en een rol sterk touw met een robuuste ijzeren haak. Een plek om wild te slachten. Het valt haar op dat helemaal achteraan in een hoek een afzonderlijke ruimte is. De deur hangt scheef en staat op een kier. Het is donker, maar ze ziet direct iets wat op traliewerk lijkt. Ze kijkt over haar schouder om zich ervan te verzekeren dat niemand haar ziet en begeeft zich daarna naar de deur.

In de eerste ruimte stapt ze voorzichtig over een paar blokken hout die van een stapel zijn gerold. Het licht dat door het raam naar binnen valt, landt op een geelbruine quad. Ernaast een rij kratten waar frisdrank in heeft gezeten, maar die nu gevuld zijn met iets wat op oude jachttijdschriften lijkt. Erboven hangt aan een spijker aan de wand een haas die wacht tot hij gevild wordt.

Geluidloos loopt ze naar de aangrenzende ruimte. Kijkt naar binnen en ziet iets wat niet veel meer is dan een hoek met een traliedeur. Ze voelt met haar vingertoppen aan de haak van het slot. Ze vraagt zich af waarom iemand in een bijgebouw iets heeft wat op een cel lijkt, maar krijgt geen tijd om er langer over na te denken. Ze hoort gegrom. Daarna springt er iets achter het traliewerk op haar af. Er spettert speeksel door de lucht. Het geluid van tanden en poten tegen metaal. Ze deinst terug. Het is een hond. Het dier blaft als een bezetene, springt nogmaals tegen de tralies.

'Wat is dit, verdomme...' klinkt Einars stem achter haar.

Er worden lampen aangestoken en hij loopt naar haar toe en haalt de traliedeur van het slot. De hond vliegt naar buiten, ruikt aan Eir, gaat daarna naast Einar staan en likt zijn hand. Het is een middelgrote hond met sterke poten.

'Ik wilde alleen maar even rondkijken terwijl Sanna een telefoongesprek voerde...' krijgt Eir uit haar mond.

'Jullie mogen hier alles zien wat jullie willen,' zegt hij. 'Maar jullie moeten niet mijn honden lastigvallen. Deze heeft tussen de jachtpartijen zijn rust nodig.'

Eir kijkt door de traliedeur en ziet een hondenmand met diverse dierenvellen en twee grote schalen met water. In een hoek ligt iets wat eruitziet als een stuk van een gewei.

'Waarom hou je hem hier? Helemaal alleen?'

Einar wijst door het raam naar een kennel. 'Die ben ik bezig uit te bouwen, zodat ze meer ruimte krijgen en een warmer hok als het winter wordt. De andere kunnen binnen blijven, maar deze wil buiten slapen. Als ik hem in huis neem, jankt hij de hele nacht. Dit is een tijdelijk compromis.'

Even later, terug op het erf, nemen Sanna en Eir nogmaals afscheid van Einar, die belooft contact op te nemen zodra Gry weer aanspreekbaar is. Als hij de deur achter zich heeft dichtgedaan, trekt Eir haar schouders op en huivert.

'Wat wilde Anton?' vraagt ze.

'Hij heeft geregeld dat we met de brommermeisjes op die verlaten boerderij mogen praten, zodat we ter plaatse hun verhaal kunnen horen.'

'Wanneer?'

'Morgenochtend vroeg. Zonder hun ouders, die hebben allemaal aangegeven er niet bij te hoeven zijn.'

'Oké.' Eir wijst naar het woonhuis. 'Dat is een grote boerderij voor slechts twee mensen. Zou jij er ook niet eens wat beter willen rondkijken?'

Achter het raam is Gry te zien, daarna Einar. Zijn gezicht lijkt van vorm te veranderen wanneer hij een deken over haar schouders legt en haar wegleidt.

'We komen hier nog terug,' zegt Sanna.

In de auto belt Eir met Niklas.

'Heb je het met Sudden nog over dat meer gehad?' vraagt ze.

'De technische recherche zal daar elke rietstengel onderzoeken. En ook in het meer gaan dreggen.'

Als ze de verbinding hebben verbroken, leest Eir een sms van Fabian, stuurt hem een kort bericht terug: dat ze een vroege ochtend voor de boeg heeft, ze bellen nog wel.

In de achteruitkijkspiegel wordt de kalkstenen boerderij almaar kleiner, de ramen lijken een voor een te worden opgeslokt. Eir richt haar blik op Sanna en kijkt strak naar haar. Ze is afwezig. Haar vingertoppen trommelen op het stuur. Eir blijft naar haar kijken zonder een reactie te krijgen. Ze vraagt zich af waar ze aan denkt.

22

De ochtend daarop sijpelt het zonlicht Sanna's kamer binnen. Ze zit op de rand van het bed en overdenkt de dag van gisteren. Het onderzoek zal een nieuwe wending nemen nu ze die bunker hebben gevonden. Pascal lijkt een jongeman te zijn geweest die zich van de samenleving had afgekeerd; misschien vertrouwde hij anderen niet en geloofde hij in conflicten en verval. Gelet op de woede en het geweld in Pascals leven vindt ze het niet moeilijk om zijn geloof in de ondergang te combineren met zijn behoefte aan een schuilkelder, maar ze begrijpt nog steeds niet hoe – en wanneer – hij de gelegenheid zou hebben gehad een bunker te bouwen terwijl hij geldproblemen had, bezig was met misdrijven en werkte als personal trainer. Er schuurt iets tussen de puzzelstukjes, er klopt iets niet met het beeld van Pascal.

Sixten geeuwt en gaat staan. Zijn gewrichten kraken als hij zich uitrekt. Hij snuffelt aan haar en ze loopt achter hem aan naar de woonkamer en de keuken. Halverwege trekt ze haar broek aan, en een schoon T-shirt.

Terwijl de koffie doorloopt gaan haar gedachten naar Gry Kristoferson. Haar afterijmpjes, haar aantekenschriften. Gry zweeft heen en weer tussen verschillende werelden, tussen vroeger en nu, tussen fantasie en werkelijkheid. Het is niet onmogelijk dat ze iets gezien heeft wat hen kan helpen de zaak met Pascal op te lossen, maar misschien zal het haar nooit lukken er iets over te vertellen.

Het geluid van haar mobiel op de salontafel. Ze loopt de woonkamer in en checkt het display. Geen nummer. Ze schakelt de opname-app in en neemt dan op.

Het is stil. Dan begint de muziek. De twaalf slagen op de harp. Het geluid van de violen wordt luider, wordt almaar intenser. Dan begint het fluiten weer; het holle geluid smelt samen met het muziekstuk. Af en toe meent ze op de achtergrond een mannenstem te horen, heel ver weg, maar toch hoorbaar. Tegen het einde van het stuk klinkt een hobo. Pas dan houdt ook het fluiten op. Alsof het blaasinstrument het sein geeft dat het allemaal voorbij is. De tonen sterven weg, de laatste is van een half verstikte viool.

Als de verbinding verbroken wordt, blijft ze een seconde staan voor ze de app probeert waarmee je muziek kunt herkennen. Het lukt niet. Zodra ze de geluidsopname opent, wordt de app uitgeschakeld. Ze beseft dat ze twee apparaten nodig heeft.

Als ze Sixten heeft uitgelaten en hem bij de buren heeft afgeleverd, rijdt ze naar het politiebureau van het dorp, haalt de deur van het slot en glipt naar binnen. Ook al schijnt buiten de zon, binnen is het schemerig, maar ze laat de lichten uit om geen aandacht te trekken.

Als ze langs Antons bureau loopt, stoot ze per ongeluk tegen de ingelijste foto's die er keurig staan opgesteld. Ze vallen om, en ze doet haar uiterste best om ze weer netjes op hun plek terug te zetten. Sommige zijn van zijn kinderen, welvarend met rozige wangen. Op een van de foto's staat Antons vrouw Ellen in de zon bij een zwembad van een vakantiehotel, ze houdt een groot glas met een roze drankje en een parapluutje omhoog en lacht naar de camera. In een andere lijst heeft hij een foto van zijn jachtclub gedaan. Anton staat in het midden van een groepje mannen in camouflagekleding, op de grond voor hen liggen diverse vogels. Ze onderscheidt patrijzen, fazanten en misschien een korhoen. Naast hen staan een paar jachthonden.

Ze gaat achter haar eigen bureau zitten, zet haar computer aan en opent haar mailprogramma. Het geluidsbestandje dat ze naar zichzelf heeft gemaild, wacht in de inbox.

Ze opent het. De app die muziek kan herkennen, hapert eerst, schakelt zichzelf uit en wordt geüpdatet voor hij opnieuw begint. Daarna duurt het maar een paar seconden voor de draaiende cirkel op het scherm verandert in de drie puntjes die aangeven dat er gezocht wordt.

'Danse macabre', uitgevoerd door het Koninklijk Filharmonisch Orkest, gedirigeerd door James DePreist.
Ze heeft het stuk al vaker gehoord, in films en op de radio. Een stuk van de Franse componist Camille Saint-Saëns, gebaseerd op de legende over de dans van de doden in de nacht voor Allerheiligen. Twaalf slagen op iets wat als een harp klinkt, geven aan dat het middernacht is. Daarna volgen de gruwelijke tonen als de Dood zijn viool stemt. De muziek beschrijft de kreten en het geweeklaag in de graven voordat de doden uit de aarde omhoogkomen en gaan dansen. De wind krijst, alle bomen kermen terwijl de Dood stampt met zijn rammelende voet.
Ze legt het mobieltje terug op haar bureau. Opeens voelt het krap en benauwd in de kamer, hoewel ze alleen is.
Ze denkt aan hem, aan Jack.
De doden mogen niet rusten in hun graven.
Niemand mag het vergeten.

Een poosje later draait haar Volvo bij de opgeheven bushalte van de provinciale weg af, op weg naar de verlaten boerderij, waar ze Eir zal ontmoeten, Anton en de groep meisjes met hun brommers. Ze gaan met de meisjes praten over de loop van de gebeurtenissen toen ze Pascal hadden ontdekt, hun vragen de plek aan te wijzen waar Pascal voor het eerst opdook en hoe hij daarna is gelopen. Hun verhalen over wat er gebeurde toen ze Pascal ontdekten, komen met elkaar overeen, behalve op dat ene punt – waar precies bij de boerderij ze hem voor het eerst hebben gezien.
Eenmaal aangekomen beseft ze dat ze de eerste is. De bekende contouren van de open plek. Wat hiervoor de werkplek van de technische recherche was, met afzetlinten en onderzoeksmateriaal, is nu weer van de natuur. De deuropening en zwarte vensters zijn gapende leegtes. Ze heeft al tijd gehad een rondje om de gebouwen te lopen als Eirs auto aan komt rijden en ze uitstapt. Samen lopen ze om het woonhuis en de bijgebouwen heen. Sanna weet dat ze Eir eigenlijk over die vreemde telefoontjes zou moeten vertellen, haar gewoon de geluidsbestanden zou moeten laten horen die ze met

haar mobiel heeft opgenomen, of in elk geval tegen haar zou moeten zeggen dat ze ervan overtuigd is dat Jack ergens is. Dat hij nog leeft. Maar ze zegt niets. Ze weet zeker dat hij het is, maar tegelijk vertrouwt ze zichzelf niet. Er zit iets in waarvoor ze zich schaamt, hoe grenzeloos alles werd, hoe ze zich door hem voor de gek heeft laten houden. Ze is bang dat Eir zal denken dat ze zit te fantaseren, dat ze nog steeds niet helder kan denken als het Jack betreft.

In plaats daarvan zegt ze ten slotte: 'Die roofvogelbotten in die bunker, Sudden heeft bevestigd dat die van een buizerd zijn.'

'Oké, die zijn hier toch heel gewoon?'

Sanna knikt.

'Dus misschien is het alleen maar iets wat van de jacht is overgebleven, of zoiets? Niet iets geheimzinnigers dan dat, bedoel ik.'

'Misschien.'

'Toch idioot...'

Sanna denkt aan de vogelbotten en het lint dat eromheen was gebonden. Bijna als een behoedzame handeling, respectvol.

Verbonden.

'Toen jij en Niklas op de club met Daniel praatten, toen zag je toch jodium en zwachtels in zijn tas zitten? Dat zorgde er toch voor dat je dacht dat er iets met hem aan de hand was? En wat maakte dat je hem bent gaan volgen?'

'Ja... Wat denk je nu dan? Dat Daniel iets met die moorden te maken heeft?'

Sanna schudt haar hoofd.

'Alleen maar dat we nog eens met hem zouden moeten praten. Hij is namelijk de enige van wie we weten dat hij zowel contact had met Pascal als met Axel.'

Eir knikt langzaam terwijl ze een sms'je naar Niklas stuurt om te vragen of hij een gesprek met Daniel kan regelen.

'Waar heb je Sixten vandaag gelaten?' vraagt ze.

'Hij ontbijt samen met Margaret Thatcher.'

Eir checkt de tijd op haar mobiel.

'Waar blijven die meisjes nou?' zegt ze. 'Hadden die nu niet al hier moeten zijn?'

'Die zullen elk moment wel komen.'
De meisjes met hun brommers. De meesten van hen zijn heel gewone tieners. Er zijn er drie die zich van de rest onderscheiden. Nina, met haar chaotische achtergrond. Hedda Ellman Jensen, het meisje met het halflange roze haar, dat op een stretcher in het washok van het gezin slaapt. Onbegrepen in een liefdevol huis met meerdere jongere broertjes en zusjes, klassieke muziek en raw food. Ze komt dikwijls uitgehongerd en agressief naar het jongerencentrum en laat niet zelden gebroken borden en glazen achter. Tuva Edwardson is de jongste van de meisjes; zij heeft al verschillende keren vastgezeten voor winkeldiefstal. Bij de winkeliers in het dorp staat ze bekend onder de bijnaam 'De Parasiet'.

Eir loopt verder. Ze kijkt door de deuropening het woonhuis in.

'Je realiseert je toch wel dat je in praktische zin deel van het rechercheteam uitmaakt, ook al doe jij net alsof dat niet zo is?'

Sanna schudt haar hoofd. 'Ik heb al die tijd gezegd dat ik mee wil doen als ik jullie kan helpen, dat is niet hetzelfde.'

'Hoe voelt het dan om hier weer zo bezig te zijn? Ik bedoel, heb je geen nachtmerries over deze plek gehad?'

'Nee.'

'Ik heb vannacht wakker gelegen. Kon niet ophouden te bedenken hoe ver die parkeerplaats en bunker hiervandaan zijn. Als de dader Pascal in die bunker heeft overrompeld, waarom heeft hij hem dan helemaal hiernaartoe gebracht? Van alle mogelijke plekken? Waarom heeft hij hem juist hier gedumpt?'

'Misschien heeft hij hem niet hier gedumpt, misschien is het hem gelukt hier ergens in de buurt te vluchten?'

'Jij denkt dat de dader hier in de buurt woont? Maar hier in de directe omgeving woont toch geen hond, en buurtonderzoek in een wijdere cirkel heeft ook niets opgeleverd...'

Eir bekijkt het woonhuis. De boerderij ziet er spookachtig uit, maar in het ochtendlicht toch op een bepaalde manier ook sprookjesachtig.

'Moet je je voorstellen dat je in je jeugd zo'n huis in de buurt had gehad. Met binnen nog steeds de oude meubels en andere spullen. Als een verdomd pretpark, een poppenhuis in grotemensenformaat.'

Een poppenhuis. Sanna laat alle indrukken tot zich doordringen, ze blijft hangen bij de foto van de pop die in het bos is gevonden. Het antwoord op de vraag wat Pascal bedoelde toen hij iets mompelde over het meisje, moet daar ergens liggen. Ergens achter het geweld en de onderaardse bunker bevindt zich het meisje over wie hij het had. Als ze tenminste echt bestaat.

Eir krijgt een berichtje van Vivianne. Als ze uitgepraat is, zucht ze.

'Wat is er?' vraagt Sanna.

'Vivianne is klaar met haar voorlopige onderzoek naar de dood van Axel.'

'En?'

'Hij is gedood door een klap tegen zijn hoofd: een gebroken schedel, een hersenschudding en een bloeding... Gezien de huid- en haarresten die we hebben aangetroffen op de steen waarnaast hij is gevonden, is het mogelijk dat hij daarop gevallen is.'

'Ook sporen van geweld op zijn lichaam?'

'Niets.'

'Niets?'

'Nee, maar dat verandert niets aan het feit dat hij met een hoofdwond dood in het bos is gevonden en daar begraven is...'

'Ik weet dat dit nog steeds een moordonderzoek is.'

'Maar...?'

'Geen maar, ik bedenk alleen maar dat hij geprobeerd kan hebben zijn aanvaller te ontvluchten, daarbij gevallen is en...'

'Je probeert het als een ongeluk te zien.'

'Dat is niet onmogelijk.'

'Afgezien van het feit dat iemand hem heeft begraven.'

Er klinkt iets gereserveerds in Eirs stem wat maakt dat Sanna even blijft staan.

'En het tijdstip, kon Vivianne daar iets over zeggen?' vervolgt ze dan. 'Wanneer dacht ze dat de dood was ingetreden?'

'Donderdagavond.'

Sanna zucht.

'Heb je verder nog iets van Sudden gehoord?' vraagt ze. 'Heeft iemand al de eerste foto's uit de bunker?'

'Nog niet.'
'Oké.'
'Vraag je om een specifieke reden naar die foto's?'
'Nee, ik wil alleen weer even weten wat ik daar beneden heb gezien.'
'We schijnen ze morgen te krijgen.'
'En het onderzoek van Axels bezittingen en zijn werk? Is daar nog iets uit gekomen?'
'Alleen zijn computer, en die wordt op dit moment onderzocht. Zal interessant worden, denk ik. Hij was met de auto, dus zoeken we ook daarnaar. Die van hem en die van Pascal.'

In de verte klinkt geknetter. Als het dichterbij komt, wordt het bijna elektrisch. De meisjes stoppen een stukje verderop, zetten de motoren van hun brommers uit, maar blijven erop zitten. Het zijn er veel, meer dan Sanna zich herinnert. Het meisje met het halflange roze haar, Hedda, zit alleen op de zwarte Aprilia. Nina, die normaal bij haar achterop zit, is er niet bij. Pas als Hedda afstapt, doen de anderen dat ook. Anton komt er vlak achteraan in zijn pick-up. Hij klimt eruit met een energiedrankje in zijn hand.

Als ze zich allemaal voor het woonhuis verzameld hebben, trekt Anton zijn blikje open.

'Ik heb er in mijn auto nog meer liggen voor het geval iemand er een wil,' zegt hij.

Sanna richt zich tot Hedda.

'Zullen we beginnen?'

Hedda knikt, maar aarzelt voor ze antwoord geeft. 'We hebben toch alles al verteld? Dus we begrijpen niet wat jullie willen.'

'Neem ons even mee en vertel wat jullie hier met die drone deden.'

'Vliegen,' zegt Hedda.

'Ja, maar waarom vlogen jullie juist hier?'

'We nemen poolshoogte bij oude, verlaten boerderijen.'

'Waarom?'

'Wat denk je?'

De meisjes fluisteren onder elkaar.

'Kom op, meiden,' zegt Anton. 'We hebben het er toch over gehad dat jullie ons zouden helpen, voor Nina. Denk eens aan wat zij heeft doorgemaakt. Hoe sneller jullie alles vertellen, des te gauwer jullie hier weer weg kunnen.'

'Ik begrijp de fascinatie wel,' zegt Sanna. 'Vervallen plekken leven als het ware hun eigen leven.'

'Weg van alle shit in de wereld,' vult Eir aan.

Een mager meisje met een zelfverzekerde blik, haar ogen zwart en waakzaam, kauwt op haar wangen. Haar haar is kort en punkachtig. Tussen haar voortanden zit een flinke spleet.

'Wat dacht jij ervan?' zegt Sanna en ze vraagt haar aandacht. 'En hoe heet jij ook weer, jij bent toch Tuva…?'

'Ja?'

'Wat doen jullie hier in het bos, Tuva?'

Tuva haalt haar schouders op. 'We hebben een keer een vent gezien die de dakpannen van een gebouw af haalde,' zegt ze. 'Een andere keer zagen we een vrouw in het wit achter een raam.'

De andere meisjes wisselen snelle blikken uit.

'We vervelen ons kapot,' zegt Hedda terwijl ze zich tot Anton richt. 'Er valt namelijk niet zoveel te doen als je niet de hele tijd in zo'n waardeloos jeugdcentrum wilt rondhangen.'

Sanna zucht. 'Laten we het hebben over wat jullie hier precies hebben gezien. Misschien kunnen jullie beschrijven hoe Pascal zich bewoog. En waar hij op de boerderij was toen jullie hem voor het eerst zagen.'

Tuva wijst naar het woonhuis. 'Hij kwam zomaar opeens door die deuropening,' zegt ze. 'We vlogen er net met de drone boven toen hij naar buiten keek. Misschien had hij hem gehoord?'

'Nee, Tuva, idioot, hij liep immers het huis ín toen hij de drone zag,' zegt een van de andere meisjes terwijl ze een sigaret rolt en die aan Tuva geeft. 'Je was toch aan het pissen toen we hem voor het eerst zagen, dus waar praat je eigenlijk over?'

Hedda glimlacht geïrriteerd, haar lippen spannen zich om haar beugel. 'Schei uit. Hij liep erin en eruit over de drempel, naar voren en naar achteren.'

Hun stemmen klinken door elkaar wanneer ze onderling het verloop proberen vast te stellen. Terwijl ze discussiëren, slaat Eir een insect weg.

'Felle klotemeiden...' zegt ze en ze gluurt naar Anton.

Antons gezicht is moeilijk te lezen, evenals zijn lichaamstaal. Eir merkt op hoe hij de meisjes observeert. Zijn vingers spelen met het blikje energiedrank. Als Hedda hem strak aankijkt, stopt hij daarmee en neemt een flinke slok.

Het licht danst als de zon tussen de bomen door komt. Sanna dwaalt met haar blik langs de plaatsen rond de boerderij waar de meisjes zeggen Pascal voor het eerst te hebben gezien.

Opeens ziet ze iets bewegen. Ze focust haar ogen op de sparren rond het bijgebouw. Daar tussen de stammen is iets of iemand te zien.

Iedereen wordt doodstil. Aan de bosrand verschijnt een wezen. Het is een klein meisje. Haar blote voeten zitten in leren sandalen. Misschien is ze vijf of zes jaar oud. Ze draagt alleen een zomerjurkje en een katoenen vestje. Over haar smalle schouders golven haar hoogblonde haren. Ze loopt langzaam naar hen toe. Als ze op een paar meter afstand blijft staan, is haar blik verlegen en gesloten. Haar blik gaat heen en weer tussen Sanna en de boerderij achter haar. Sanna zet langzaam een paar stappen in haar richting en gaat voorzichtig op haar hurken zitten.

'Heb jij hier in het bos een pop verloren?'

23

Het kleine meisje blijft zwijgend staan, haar gezicht is onbeweeglijk. Sanna laat haar hand in haar jaszak glijden en pakt haar mobiel vast. Langzaam haalt ze hem tevoorschijn, scrolt naar de foto van de pop en houdt die voor het meisje omhoog.

'Ik heet Sanna en ik ben van de politie.'

Het meisje doet een stap achteruit.

'Je hoeft niet bang te zijn,' zegt Sanna en ze laat haar politielegitimatie zien. 'Achter mij staan Eir en Anton, die zijn ook van de politie. En die meisjes zijn hier alleen maar om ons een paar dingen te laten zien.'

Het meisje gluurt naar de anderen.

'Hoe heet jij?' vervolgt Sanna.

Nog een stapje naar achteren.

'Woon je hier in de buurt?'

Niets.

Sanna glimlacht. 'Ik zal ervoor zorgen dat je je pop terugkrijgt.'

Er rust een zekere helderheid op het gezicht van het meisje, op haar hele verschijning. Ze is schoon en haar kleren zijn heel.

'Hoe zei je dat je heette?' probeert Sanna weer.

De lichte ogen van het meisje knipperen.

'Ik heb hem gezien.' Ze knijpt haar handen dicht. 'Ik heb hem hier gezien.'

'Je hebt hem...'

'Die man zonder kleren. Daarom zijn jullie toch hier?'

Sanna staat langzaam op. Steekt haar hand uit, maar het meisje deinst terug.

'Het is oké,' zegt Sanna.

Eir nadert het meisje vanaf de andere kant. Sanna wil haar tegenhouden, maar ze durft haar blik niet af te wenden van de kleine gestalte voor haar.

'Je bent moedig,' zegt ze. 'Om hiernaartoe te komen om ons te helpen.'

De ogen van het meisje glijden langs de konijnenholen, alsof ze daar beneden iets zoekt.

'Waar precies heb je hem gezien?' vraagt Sanna.

Het meisje draait zich om en wijst naar een bosje struiken iets verderop. Lage struiken, dicht in elkaar gegroeid. Het struikgewas strekt zich uit tot ver achter het woonhuis en het bijgebouw.

'Daar kwam hij vandaan kruipen.'

'Uit die bosjes?'

Een zwak knikje.

Sanna denkt aan de politiehonden. Toen de omgeving door de honden werd afgezocht had zelfs de dapperste zich niet tot midden in het struikgewas gewaagd. Het was ondoordringbaar. De doornige stekels kunnen afschuwelijk scherp zijn. Pascal Paulson had wonden op zijn lichaam gehad, maar niet van dat soort stekels.

'Weet je het zeker?' vraagt Sanna.

Opnieuw een knikje. Daarna nog een stap achteruit. Naar de bosrand waar ze zich het eerst had vertoond, tegenover de struiken. Sanna doet een paar stappen naar haar toe. Zich er akelig van bewust dat het meisje hen probeert te misleiden, steekt ze haar hand uit.

'Je hoeft nergens bang voor te zijn,' zegt ze voorzichtig. 'Hier bij ons ben je veilig...'

Het meisje springt naar achteren en vliegt weg. Eir en Sanna hollen achter haar aan. Takken zwiepen tegen hun armen en slaan in hun gezicht terwijl ze zich snel voortbewegen. Eir denkt nog dat ze haar nooit zullen inhalen, tot ze zich realiseert dat Sanna haar voorbijgesprint is en zich op het meisje werpt, dat zich echter vrij worstelt en verder rent. Sanna wrijft over haar borst, maar vliegt achter haar aan.

Algauw wordt het bos dichter en donker. Het is onmogelijk om verder dan een paar meter vooruit te zien. Af en toe zien ze de jurk van het meisje tussen de stammen voor zich fladderen, als de vlam van een kaars. De grond wordt zachter, en hun voetstappen worden almaar zwaarder. Eir vloekt binnensmonds.

Als het meisje ten slotte uit het zicht verdwijnt, stoppen ze met rennen en tasten elk naar een boomstam. Eir hurkt op de grond en veegt met de mouw van haar shirt over haar gezicht. Haar rug doet pijn, alsof de zenuwen bezig zijn het te begeven. Ze kijken elkaar net aan, als ze het jurkje weer zien, ver weg tussen de sparren. Eir pakt Sanna's arm.

'Blijf jij maar hier...'

Maar Sanna slaat haar arm weg en samen hollen ze verder.

Plotseling lopen ze onder een blote hemel. Een uitgehakte gang door het bos. Wielsporen. Een hoog hek waar het pad uitkomt op een smalle opening.

Eir verstuurt per sms een verzoek om versterking. Ze trekt haar dienstwapen en volgt de wielsporen door de opening.

Na een paar meter nog een hek, dat is afgesloten met een stevig hangslot. Ervoor en erachter is de aarde kapotgereden. Aan de andere kant van het hek is een open plek.

Iets verderop staat een klein boerderijtje van grijs geworden hout. Verweerd, maar met netjes opgelapte dakpannen en goten, een klein aantal ramen en een deur van pas geteerd hout.

'Wel godallemachtig,' fluistert Eir en ze laat haar wapen zakken. 'Dit gebouw staat op geen enkele kaart...'

Ze zwijgt als ze achter het gebouw een bestelwagen ziet staan. De laaddeuren zijn open, ernaast staan een vuilniszak, een grote jerrycan en een plastic bak met een dweil die over de rand is gehangen. De dweil is tot op de draad versleten en doordrenkt van iets wat op de grond druppelt.

Ze horen voetstappen en oud hout dat kraakt onder menselijk gewicht. In de deuropening verschijnt een man. Als hij opkijkt en hen ziet, blijft hij staan, zijn ogen tot spleetjes geknepen terwijl hij naar hen kijkt.

'Dit is particulier terrein...' zegt hij en hij loopt naar hen toe.

'Wij zijn van de politie,' zegt Eir en ze verbergt haar pistool achter haar rug.

In de deuropening achter de man verschijnt het meisje in de zomerjurk. Direct daarachter staat nog een meisje, een paar jaar ouder, magerder, maar met dezelfde gelaatstrekken. Kortgeknipt haar en een verbleekt T-shirt onder bretels. Ze gaat voor haar zusje staan, haar voeten in hoge schoenen gestoken.

'Jullie hebben hier niets te zoeken,' zegt de man terwijl hij iets van zijn broek veegt en de kraag van zijn polo rechttrekt. In zijn hals heeft hij dikke, donkerblauwe aderen.

'Mogen we even binnenkomen?' vraagt Eir.

Met tegenzin loopt hij naar voren, maakt het hek open en laat hen erin.

Terwijl Sanna met hem praat en vraagt of hij in de omgeving iets verdachts heeft gezien, voert Eir snel het kenteken van de bestelwagen in en zoekt daarna in het politieregister op de naam van de eigenaar. Hij is wegens diverse jachtovertredingen beboet. Ook staat hij op een heel ander adres ingeschreven dan hier. Dat is geen verrassing, omdat ze al weet dat dit boerderijtje niet te vinden is op een van de documenten over het bos die ze tijdens het vooronderzoek hebben doorzocht. Net op het moment dat ze hem een paar vragen wil stellen, merkt ze dat de meisjes naar de achterkant van het gebouw zijn gelopen, naar de bestelwagen. Een van hen houdt de plastic bak ondersteboven, waardoor er bruingeel water op het gras stroomt.

'Wat doen jullie?' vraagt Eir terwijl ze naar hen toe loopt.

'Wacht,' roept de man hard.

De toon van zijn stem maakt dat Eir langzaam haar dienstwapen heft.

'Waarom maken jullie die laadruimte schoon?' vraagt Sanna.

'Naar binnen,' schreeuwt de man tegen de meisjes. 'Nu!'

Ze blijven dicht bij elkaar staan, maar gehoorzamen niet. Eir nadert de bestelwagen en kijkt in de laadruimte. Niets. Alle oppervlakken zijn brandschoon.

Haar oog valt op een zak die naast een van de wielen staat, en ze reikt ernaar. Er liggen gekreukelde witte keukenhanddoeken in, geborduurd met een vijfhoekige ster.

'Laat jullie handen eens zien,' zegt ze kalm tegen de meisjes.

Ze gehoorzamen niet. In plaats daarvan haalt een van hen een doosje lucifers uit haar zak. De blik van de ander dwaalt naar een olievat.

'Nee,' schreeuwt de man en hij rent op hen af.

Eir springt naar voren en probeert de hand van het meisje vast te pakken, maar ze wurmt zich los, steekt een lucifer aan en gooit die in het vat.

De hoge vlammen dwingen iedereen een stap achteruit te doen. Het schijnsel maakt het gezicht van de meisjes hard en onherkenbaar.

'Nu is het genoeg,' zegt Eir hijgend, met haar dienstpistool geheven. 'Wat zat er in dat vat?'

Sanna belt de wachtcommandant van het bureau om te horen waar de versterking is en of ze erin geslaagd zijn hun exacte positie te bepalen. Terwijl ze wachten, valt haar oog op het hek. Ze begrijpt niet hoe ze dat bij binnenkomst gemist kunnen hebben. De bovenste balk van het hek is omwikkeld met prikkeldraad. Met haar telefoon in de hand loopt ze ernaartoe. Ze houdt een hand boven haar ogen tegen de zon en kijkt met half dichtgeknepen ogen naar het bloed op de scherpe ijzeren stekels.

24

Het boerderijtje en het erf worden doorzocht. De eigenaar van het gebouw, Johan Nielsen, wordt direct als verdachte aangemerkt, aangehouden en in verzekerde bewaring genomen. Het verhoor van hem duurt een paar uur. Sanna en Eir stellen om de beurt vragen. Daarna lopen ze de kamer van Niklas in.
Via een openstaand raam waait een windje Niklas' werkkamer binnen. De muren zijn pas geschilderd. Ook al is hij nog maar een paar dagen op het bureau, toch heeft hij zijn spullen al uitgepakt. Aan de wand naast zijn bureau hangt eenzaam een schilderij. Een vrouwenportret, waarvan de kleuren Sanna doen denken aan Claude Monets portret van diens overleden vrouw Camille.
Niklas staat recht voor het raam en kijkt uit over de zee terwijl Eir de deur dichttrekt.
'Dus, een man van tweeënveertig, weduwnaar met twee kinderen, woont in een eenzaam boerderijtje in het bos,' zegt hij. 'We hebben in elk geval sporen van bloed op het prikkeldraad... Hoe ver zijn jullie gekomen?'
Sanna en Eir laten zich beiden op een stoel zakken.
'Hij heeft bekend dat hij Pascal in die bestelwagen heeft gehad,' begint Eir. 'Maar hij beweert dat hij hem midden in de nacht heeft opgeraapt, nadat hij hem langs de provinciale weg had aangereden.'
'Opgeraapt?'
'Hij zegt dat hij dacht dat Pascal stoned was, en dat hij pas nadat hij hem in de laadruimte gelegd had, gezien heeft dat hij gewond was.'
'Allemachtig...' Niklas zucht. 'Wie rijdt er nou iemand aan en neemt hem dan mee, in plaats van te bellen voor hulp?'
'Dezelfde persoon die met zijn gezin naar het bos verhuist omdat

hij geen vertrouwen in de samenleving heeft...' zegt Sanna.

'Hij had illegaal geschoten wild in zijn auto, dus durfde hij de politie niet te bellen, daarom reed hij met Pascal naar zijn huis,' onderbreekt Eir haar. 'Eenmaal thuis heeft hij Pascals pols gevoeld en gedacht dat hij dood was. Hij dronk zich een stuk in de kraag en daarna is hij aan de slag gegaan, trok Pascals kleren uit en gooide die naast de bestelwagen in een olievat. Hij was ook van plan zich die avond nog van hem te ontdoen, maar besefte dat hij te dronken was om te rijden. Hij liep het huis in en is in slaap gevallen. Toen hij de dag daarop terugkwam, was Pascal verdwenen.'

'Dus hij beweert dat hij helemaal niets met Pascal te maken had totdat Pascal op de weg voor zijn auto terechtkwam?'

Eir knikt.

'Hij werd doodsbang toen hij in de krant het bericht las over een jonge man die dood in het bos was gevonden, hij was bang dat hij verdacht zou worden en is dus de auto helemaal gaan schoonmaken. Toen hij en zijn kinderen eerder vandaag de auto's en de brommers in het bos hoorden, heeft hij zijn jongste dochter naar de verlaten boerderij gestuurd om ons te misleiden.'

'Oké,' zegt Niklas. 'Over die kinderen gesproken... Kunnen we teruggaan naar Pascals laatste woorden voor hij stierf? "Het meisje"?'

'Ja, nu hebben we haar in elk geval gevonden,' zegt Eir. 'Hij moet natuurlijk een van die dochters hebben bedoeld?'

'Maar heeft Pascal een van die twee überhaupt wel ontmoet, hij was immers niet meer dan een paar uur op die boerderij en bevond zich bovendien in die bestelwagen?'

'Volgens de kinderrecherche geeft het jongste kind aan dat ze vroeg in de ochtend geluid in de bestelwagen heeft gehoord. Het lukte haar niet om haar vader of zusje wakker te maken, dus is ze in de bestelwagen gekropen om te zien of er misschien wat van het geschoten wild was bijgekomen... Toen ze de deuren openmaakte, zag ze in plaats daarvan Pascal.'

'Allemachtig...' zegt Niklas.

'Ja,' zegt Eir, 'arm kind...'

'En die handdoeken, wat hadden die ermee te maken?'

'Het oudste dochtertje is gefascineerd door de Satan en zwarte magie, ze leest er alles over, schrijft, tekent en borduurt... Haar vader laat haar haar gang gaan, maar verafschuwt het; dus die handdoeken gebruikte hij als dweil om de auto na de jacht mee schoon te maken... Die tas stond in de bestelwagen toen Pascal weer bij bewustzijn kwam.'

Niklas zucht.

'En wat vinden we van dit alles?'

Eir haalt haar schouders op.

'We zijn bezig zijn alibi te controleren.'

'En dat is?'

'De oudste dochter, die al de schoolleeftijd heeft, krijgt thuisonderwijs. Hij zegt dat een mevrouw bij Digerhorn hem schoolboeken verkoopt, en dat hij daar afgelopen donderdag was.'

'Digerhorn? Dan moet hij toch de veerboot over de noordoostelijke zeestraat hebben genomen?'

Eir knikt. Ze is nog nooit op het kleine eilandje in het noorden geweest, dat slechts een korte overtocht hiervandaan ligt. De autoferry doet er maar een paar minuten over. Maar ze heeft zich nog nooit laten verleiden erheen te gaan. Hoewel Fabian al diverse keren heeft voorgesteld om de boot ernaartoe te nemen en op een van de grote witte zandstranden daar te gaan zonnebaden.

'Ze registreren tegenwoordig de auto's op de veerboot nadat een van de mannen die er werkt een keer te maken heeft gehad met verbaal geweld en zich bedreigd voelde. We hebben er een patrouillewagen naartoe gestuurd om de kentekens van de auto's te checken die die dag zijn meegevaren, en wanneer ze zijn teruggekomen.'

'Ik denk dat hij de waarheid spreekt,' zegt Sanna.

'We wachten op de informatie over zijn alibi en bespreken die met elkaar zodra we meer weten,' zegt Niklas.

'En wat gebeurt er met die meisjes?' vraagt Eir.

'Die zijn bij familie ondergebracht,' antwoordt Niklas. 'Een onderzoek naar hun situatie is in gang gezet.'

Sanna maakt aanstalten iets te zeggen, maar bedenkt zich.

'Wat?' vraagt Niklas.

'Hoe is het met Daniel Orsa?' vraagt ze. 'Is het gelukt een afspraak met hem te maken? We willen hem namelijk graag spreken om te horen of hij meer te vertellen heeft, omdat hij beide slachtoffers kende.'

'Het is nog niet gelukt om contact met zijn familie te krijgen, maar we zijn ermee bezig.'

'En hoe is het met de computer van Axel Orsa gegaan?' zegt Eir.

'De IT-afdeling van het forensisch lab werkt eraan.'

De deur gaat open en Alice komt binnen.

'De patrouille bij de zeestraat heeft gebeld, het klopt dat de eigenaar van die boerderij en zijn bestelwagen die dag zijn overgevaren. Hij is bijna de hele dag op het eilandje geweest. Donderdagavond laat is hij teruggevaren.'

'Oké,' zegt Niklas. 'We moeten nog uit hem zien te krijgen waar hij Pascal precies heeft aangereden, zodat we daarvandaan verder kunnen werken.'

'Is al gebeurd,' zegt Alice.

Ze legt een groot vel geprint papier op Niklas' bureau, op zo'n manier dat ze het allemaal kunnen zien. Een kaart. Langs de provinciale weg die van zuid naar noord recht over het eiland loopt, staat ergens een kruis.

'De plek waarvan Johan Nielsen zegt dat Pascal voor zijn auto rende,' zegt ze.

Eir pakt een rode pen van het bureau. Tekent drie cirkels.

'Dit zijn de drie plaatsen waarvan we weten dat Pascal er is geweest.'

De eerste cirkel waarnaar ze wijst, is om de bunker gezet.

De tweede cirkel die ze aanwijst is de omgeving rond de plek waar Pascal is aangereden. Die strekt zich uit over bos, een woonwijk en de weilanden langs de kust.

'Pascal Paulson is van de bunker meegenomen naar een plaats ergens hier in de buurt. Er is een bepaalde situatie ontstaan waarbij met een mes in zijn buik is gestoken. Maar het is hem gelukt te ontsnappen. Hij is de weg op gerend en daar aangereden.'

De derde cirkel is het bosgebied waar zowel de verlaten boerderij ligt als die kleine boerderij van Johan Nielsen.

'Pascal Paulson komt bij, naakt en gewond, in een bestelwagen voor een kleine boerderij diep in het bos. Hij slaagt erin nogmaals te vluchten. Hij loopt naar de verlaten boerderij, waar de meisjes met hun drone hem in het oog krijgen.'

Ze gaat terug naar de cirkel rond de plaats waar Pascal is aangereden. Die plek gaapt hen aan, leeg en nietszeggend.

'Wat is daar nog meer?' vraagt ze terwijl ze op haar ellebogen vooroverleunt.

Alice wijst naar een camping. En een paar boerderijen.

Eir geeuwt.

'Sorry,' zegt ze en ze doet het nogmaals.

'Ik stel voor dat Sudden een kijkje gaat nemen in de omgeving waar Pascal door die bestelwagen is aangereden,' zegt Niklas. 'Maar dat het buurtonderzoek en de verdere research al bij het krieken van de dag beginnen.'

Eir knikt. 'Ben ik de enige die barst van de honger?'

'Ik geef je wel een lift naar huis,' zegt Sanna. 'We kunnen onderweg wel ergens stoppen, zodat je iets binnenkrijgt.'

Terwijl Alice en Eir naar de gang verdwijnen, pakt Niklas Sanna bij de arm, houdt haar even tegen.

'Heb je er nog over nagedacht bij ons terug te komen?'

'Ik ben er toch...'

'Je weet best wat ik bedoel,' onderbreekt hij haar.

Eir is even te zien in de gang. Ze trekt haar jack aan, haar armen zijn stijf wanneer ze die in de mouwen wurmt. Heel even wrijft ze over haar rug.

'Als het niet voor jezelf is, dan misschien voor haar?' zegt hij.

'Ik heb haar nog gesproken, nadat ze had gezwommen. Ze had zich nogal ingespannen. Misschien is dat het enige waar ze last van heeft.'

Niklas knikt. 'Denk je niet dat het goed zou zijn als je bij ons komt en jij en Eir samen het onderzoek leiden?'

'Nee, dat denk ik helemaal niet...'

'Goed, dan doen we het zo.'

'Maar...'

'Regel het even met je collega in het dorp, en als hij daar behoefte aan meer mankracht heeft, dan lossen we dat op. Bespreek het zo snel mogelijk met hem, vanavond als het nog kan, dan bel ik hem morgenochtend vroeg.'

Het geluid van voetstappen. Eir komt naar hen toe terwijl ze nog steeds in haar telefoon praat. Ze zegt geluidloos dat het Fabian is en dat hij veel te zeggen heeft.

'Oké,' zegt Sanna en ze kijkt naar Niklas. 'Maar ik vertel het haar zelf.'

*

Sanna rijdt langzaam naar de wijk waar Eir woont. Eir zit zwijgend op de stoel naast haar terwijl ze Fabian een sms'je stuurt. Als ze klaar is, wendt ze zich tot Sanna.

'Hij is onderweg.'

'Mooi. Hoe voel je je?'

'Gewoon moe.'

'Weet je zeker dat je thuis nog wat in de koelkast hebt?'

'Als dat niet zo is, vraag ik hem even wat te gaan halen.'

In de wijk met huurflats waar ze doorheen rijden is het rustig. Er gaat alleen een briesje door de boom verderop op een grasveld.

'Het wordt waarschijnlijk algauw kouder,' zegt Sanna aarzelend.

Eir knikt.

'Dus je komt echt bij ons terug?'

'Alleen voor dit onderzoek.'

Eir glimlacht. 'We zien wel.'

Sanna parkeert.

'Wil je misschien dat ik mee naar boven ga en wacht tot Fabian komt?'

Eir schudt haar hoofd.

'Sixten moet je vast missen, dus ga nu maar. Fabian kan elk moment hier zijn.'

Een paar blokken verderop draait Sanna het terrein van het benzinestation op. Achter de grote glazen ruiten ziet ze mensen. Ze duwt de deur van de shop open en koopt een kop koffie. Haar blik valt op een blauwe rugzak die een stukje bij de kassa vandaan in een van de gangen eenzaam op de grond staat. De kassière schraapt haar keel, Sanna rommelt in haar portefeuille en betaalt.

Haar blik stuit weer op de rugzak. Jack had er net zo een. De gedachten aan hem verdringen zich in haar hoofd, willen niet tot rust komen. Ze blijft staan, onrustig.

Plotseling komt er een jongen aanrennen, die de rugzak oppakt. Hij werpt een snelle blik op haar. Daarna is hij weg.

Eenmaal buiten in het donker passeren sporadisch fietsers en auto's. Een oudere dame met een soort mijnwerkerslamp op haar hoofd loopt achter twee kleine hondjes die ze aan de lijn heeft, hun gekef veroorzaakt een reeks snelle echo's. Bij de ingang van het benzinestation hangen een paar jongeren rond. De koffie brandt in haar mond als iemand haar op de schouder tikt.

Ze draait zich om en kijkt in Fabians lachende ogen. Hij steekt zijn handen uit en geeft haar een knuffel. De koffie gutst over zijn schoenen.

Hij moet lachen en schudt met zijn voet. 'Hoe gaat het met je?'

Haar wangen gaan iets omhoog terwijl ze knikt. 'Met mij gaat het goed,' zegt ze. 'Een beetje saai dat je net besluit om vrij te nemen op het moment dat ik hier aankom om weer even mee te doen.'

Hij lacht weer.

'Zeg, doe nou niet net alsof dit alleen maar een "invalbeurt" is, jij en ik weten best dat je hier thuishoort tussen het kwaad en de dood, en samen met Eir, natuurlijk.'

'Ze zit op je te wachten,' zegt ze en ze voelt de blijdschap van zich af glijden.

'Dat weet ik, ik heb haar net nog gesproken. Daarom ben ik hier, ze vroeg me ijs en snoep mee te brengen.'

'Zeker omdat dat zo goed tegen rugpijn is...'

Hij grijnst. 'Ik doe altijd wat ze zegt, maar ik koop ook veel fruit, ik ben nu eenmaal zo...'

Sanna glimlacht gelaten.

'Ik maak me ongerust over haar,' zegt ze. 'Ze zou zowel haar rugpijn als die vermoeidheid moeten laten onderzoeken.'

Fabian zucht. 'Ja, ik heb geprobeerd haar te laten ophouden met die waanzin...'

'Je bedoelt het zwemmen.'

'Ja.'

'Hoewel dat als het ware een deel van haar is...'

'Ik weet het,' zegt hij glimlachend. 'Die koppigheid... Ze is soms net een puber, vind je ook niet?'

Zijn blik licht op, zijn ogen glinsteren als hij over Eir praat. Hij vertelt dat hij voor Eir een paar nieuwe gymschoenen had gekocht, betere dan de oude waarop ze altijd loopt, maar dat ze ze zonder iets te zeggen naar de winkel heeft teruggebracht. Samen lachen ze. De luchtigheid in zijn stem elke keer als hij haar naam noemt, die is besmettelijk.

'Nee, nu moet ik ervandoor om daarbinnen de vriezer leeg te halen,' zegt hij ten slotte en hij knikt naar de shop.

Het licht van de lamp valt over de bank in de woonkamer, waar Eir half liggend naar de tv kijkt. Ze heeft haar voeten op de salontafel liggen. Over haar benen ligt een deken. Op de vloer staat een zak chips en een halfvol flesje frisdrank. Het geluid van de voordeur die dichtvalt. Ze steekt haar hand uit naar het flesje en neemt een paar grote slokken, vertrekt haar gezicht van de zoetigheid die in haar mond prikkelt. Fabian komt dichterbij, laat een tasje op de grond zakken en legt van achteren zijn armen om haar heen.

'Ook al frisdrank?' zegt hij.

'Ik weet het,' zegt ze met lome opstandigheid. 'Maar het flesje lag in de koelkast, helemaal achterin. Cecilia moet hem daar hebben neergelegd. Ik had zo verdomd veel zin in iets echt kouds.'

'Misschien moet ik hiernaartoe verhuizen, zodat ik alle plekjes kan controleren waar jij je zoetigheid verbergt,' zegt hij, en ze weet dat hij glimlacht.

Ze duwt zijn armen weg, geeuwt. Hij loopt om de bank heen en

laat zich naast haar zakken. Zijn hand landt op haar knie.
'Je gaapt wel erg veel, misschien zou het een goed idee zijn je bloedwaarden eens te laten onderzoeken?'
'Ja, misschien,' zegt ze.
Fabian lacht warm naar haar.
'Wat is er?' vraagt ze en ze geeuwt opnieuw.
'Neem je morgen een vrije dag?'
'Vergeet het maar.'
'Rust uit, ga naar een dokter. Sanna kan morgen alles regelen nu ze terug is.'
Ze schrikt op. 'Hoe weet jij dat? Heb je haar ontmoet?'
Hij knikt.
'Hoe kwam ze op je over? Blij dat ze terug was? Ze was vast blij, toch?'
'Zeg,' zegt hij, 'zou je niet even een warme douche nemen en daarna gaan slapen?'
'Hou op met me in de watten leggen.'
'Hou jij op met zo koppig zijn, je maakt dat ik me als een ouwe, zeurende man ga voelen,' zegt hij met een glimlach.
'Misschien moet jij ook maar wat frisdrank nemen en leren wat losser te worden?' zegt ze lachend. 'Wat voor ijs heb je gekocht?'
Fabian pakt haar hand en kust hem.
'Ik heb het vandaag met een makelaar over de villa gehad,' zegt hij. 'Die zegt dat hij diverse potentiële kopers heeft.'
Eir schuift langzaam de deken van haar benen en gaat rechtop zitten.
'Maar er is toch geen haast bij? Je kunt nu eindelijk zelf van het huis gebruikmaken, na al die jaren dat het verhuurd is geweest. Misschien kun je een andere manier bedenken om het zo te verhuren dat alle kosten gedekt zijn...'
'Het is tijd, ik wil het geld gebruiken om zelf iets anders te kopen.'
Haar adem stokt in haar keel. Ze weet waar hij naartoe wil, alweer.
'Misschien kun jij me helpen met het vinden van een geschikte plek, voor ons?' vervolgt hij en hij lacht die glimlach die maakt dat ze een trilling in haar borst voelt.

'Ik weet het niet, alleen wonen is me altijd goed bevallen,' zegt ze. 'Alles delen, zeg maar... dat loopt altijd mis. Er is altijd wel iemand die uiteindelijk meer wil.'

'Je kunt het in elk geval toch wel een kans geven, gewoon meegaan naar een paar bezichtigingen?'

'Ik ga misschien toch maar douchen,' zegt ze en ze staat op.

Hij pakt haar hand vast.

'Doe niet zo kinderachtig...'

'Nee,' zegt ze en ze trekt haar hand terug.

'Doe nou niet zo...'

Haar keel wordt dichtgeknepen van angst. Ze kan hem alleen maar haar rug toekeren en naar de badkamer lopen.

25

Sanna schakelt naar een hogere versnelling. Ze weet dat ze naar huis zou moeten rijden, maar Kai en Claes hebben ge-sms't dat Sixten het prima naar zijn zin heeft. Hij en Margaret Thatcher slapen weer op de bank, hun buik volgegeten met sardientjes met rijst. Ze aarzelt, dan neemt ze bij een van de rotondes buiten de stad de weg naar het noorden. Er is bijna geen verkeer en haar auto maakt weinig geluid. Ze zet haar koptelefoon op, laat Robert Johnson and Punchdrunks de eenzaamheid verdrijven.

Haar ogen rusten op het wegdek, de weg die over het hele eiland loopt. Dezelfde weg die zich vanaf de vuurtoren op het zuidelijkste puntje van het eiland naar het noorden kronkelt, via het dorp waar ze woont en werkt, langs de stad tot aan de zee. De weg die verschillende industrieterreinen op het eiland met elkaar verbindt, die zich vertakt in smallere wegen, grindwegen en tractorwegen, die zich door verschillende dorpen slingert en langs kleine groepen boerderijen. Ze heeft deze weg al zo vaak afgelegd dat ze hem vanbinnen en vanbuiten kent. Als ze naar huis zou zijn gegaan, was ze naar het zuiden gereden. In plaats daarvan gaat ze nu in tegengestelde richting, naar de plek waar Pascal de weg op is gerend en werd aangereden.

Als ze ruim een halfuur later uitstapt, is alles om haar heen donker en stil. Behalve het geritsel van de bomen en het ruisen van de zee, dat is het enige wat ze hoort. Aan de ene kant van de weg gloeit in een paar boerderijen hier en daar wat licht. Aan de andere kant is de zijweg die naar de kust loopt. Ze blijft staan. Iets verder naar het noorden komt de volgende afslag, de weg die naar de oude camping leidt. Solviken. Daar wil ze vanavond nog naartoe om na te gaan of iemand iets gezien of gehoord heeft, maar ze weet dat het een bezoek is dat ze beter met iemand samen zou kunnen doen, en bij daglicht.

In plaats daarvan stapt ze uit en begint ze te lopen met haar blik op het asfalt gericht. Remsporen.

Johan Nielsen heeft gezegd dat hij langs de provinciale weg in zuidelijke richting reed toen Pascal opeens voor zijn auto stond. Óf hij was er door iets of iemand naartoe gejaagd, óf hij was voor de auto gesprongen in de hoop dat iemand zou stoppen om hem te helpen. Ze hebben geen getuigen, nog niet. Maar de verklaring van de eigenaar van het boerderijtje, namelijk dat hij de politie niet had gebeld omdat hij illegaal geschoten wild in zijn auto had, klinkt niet onwaarschijnlijk. Sanna kan de situatie voor zich zien. Het is laat op de avond. Midden op de weg staat een man. De botsing duurt een paar seconden. Niet veel meer. De shock en de schrik wanneer je buiten de bewoonde wereld woont en twee kinderen hebt die thuis op je wachten, kinderen die afhankelijk van je zijn. Dat je dan de gewonde man meeneemt terwijl je piekert over wat je verder moet doen, hoe je met de situatie moet omgaan, is niet moeilijk te begrijpen.

Het geluid van een auto. Ze bekijkt hem terwijl die in de berm parkeert. Als het portier aan de bestuurderskant opengaat, ziet ze dat het een van Suddens technisch rechercheurs is. Een jonge, kale man. Ze herkent hem van de verlaten boerderij. Hij schuift zijn bril op zijn voorhoofd en kijkt haar strak aan. Ze knikt zwijgend naar hem, loopt iets terug, stapt in haar auto en rijdt in zuidelijke richting.

Het is helder als ze de parkeerplaats passeert. Daar ergens in het bos zit het luik naar de onderaardse bunker. Ze mindert vaart en laat de auto stil uitrijden. Tussen de bomen branden nog steeds de lampen van de technische recherche. Ze laat haar blik de andere kant op gaan, in de richting van het bos aan de andere kant van de weg. Haar ogen vangen daar iets op. Een fiets. Tegen de rand van de greppel gegooid. Misschien is die daar alleen maar gedumpt door iemand die langs de weg een lift heeft gekregen. Of er is iemand in het bos. Iemand die daar niet hoort te zijn.

De lucht tussen de dennenbomen is vochtig. Het vocht kruipt onder haar kleren en maakt dat ze een beetje zweet terwijl ze tussen de takken naar voren sluipt. Plotseling ziet ze een gestalte. In het schijnsel van de lampen van de technisch rechercheurs kan ze zien hoe een jonge man vlak achter de afzetting tegen een boom leunt. Het lijkt alsof hij een hand tegen zijn gezicht houdt.

'Hallo,' zegt ze.

Hij draait zijn hoofd om. Veegt zijn wangen droog. Ook al zijn er een paar jaar voorbijgegaan, toch herkent ze hem: het is zonder enige twijfel Daniel Orsa.

'Je herkent mij misschien niet. Ik heet Sanna Berling, inspecteur van politie. We hebben elkaar een paar jaar geleden ontmoet, op het politiebureau.'

Als hij niet reageert, vervolgt ze: 'Ik heb toen die moorden onderzocht...'

Achter hem ziet ze dat de technisch rechercheurs hen hebben opgemerkt en ze steekt haar hand omhoog om aan te geven dat alles oké is.

'Wat doe jij hier?' vraagt ze.

Over een van zijn wangen rolt een traan, die hij onmiddellijk wegveegt.

'Ik kan je wel met de auto naar huis brengen,' zegt ze.

Hij draait zijn hoofd naar de technisch rechercheurs. Een van hen, een jonge vrouw, staat voor de dode boom. Ze doet iets met een wit vlaggetje dat vastzit op de kale stam. Sanna herinnert zich de spijker die daar uitsteekt.

'Daniel?' zegt ze.

Hij draait onrustig heen en weer.

'Dus hier hebben jullie hem gevonden, mijn broer?'

In het donker kan ze zien dat hij zijn ogen openspert. Er klinkt gesnotter, misschien hoest hij.

'Ja,' antwoordt ze.

De gezichten en gestaltes van de technisch rechercheurs verspreiden zich. Nu iets verder weg. Een van hen loopt terug, werpt een blik op Sanna en Daniel. Heel even lijkt het of ze allemaal fluisteren.

Dit is een plaats delict. Met in potentie veel sporen. De technisch rechercheurs mogen daar zijn, de plek maakt deel uit van het ecosysteem van justitie. Maar Daniel mag eigenlijk niet over de afzetting komen.

'Dit is nu alleen nog maar een plek waar de recherche zijn werk doet,' probeert ze. 'Ik begrijp dat het moeilijk is, maar je broer is hier niet meer. Kom, dan breng ik je naar huis.'

'Hij heeft de laatste tijd veel over jullie allemaal geschreven,' zegt hij. 'Jullie en alle politici die alles kapotmaken... Jullie zullen nu wel blij zijn.'

Het licht van de technici komt weer dichterbij en verspreidt een gloed over Daniels gezicht. Sanna ziet dezelfde gelaatstrekken die ze een paar dagen geleden bij zijn oudere broer heeft gezien, toen die op de tv werd geïnterviewd. Als Daniel over zijn kin en mond wrijft, herkent ze die nog meer. Het gebaar is hetzelfde als het gebaar dat ze zag toen Axel Orsa over de kalkwinning discussieerde.

'Je broer was een bekwame journalist, hij heeft zijn stempel gedrukt...'

Geen reactie. Ze zou hem meer willen vragen over zijn broer, en over Pascal. Zien of degene die hen beiden gekend heeft iets meer te vertellen heeft. Het gesprek waar Niklas probeert een afspraak voor te maken, misschien is het er nooit van gekomen of is het uitgesteld tot een later moment. Dit is misschien hun enige kans, maar ze weet niet of ze het durft aan te kaarten.

'Ik weet wat je denkt,' zegt hij. 'Je staat daar en bedenkt dat Axel mijn broer was en dat ik gevochten heb met die andere jongens die Pascal allemaal graag mochten; dus ik zou meer moeten weten? Is dat de reden dat jullie proberen een afspraak met me te maken? Mijn moeder zegt dat iemand van de politie steeds maar weer belt, omdat ze me willen spreken...'

Ze wacht af, het duurt een paar seconden voor hij verdergaat.

'Ik heb al tegen je collega Eir gezegd dat ik Pascal niet echt kende. Dat vroeg ze me toen zij en een vent in een net pak met mij in de club hebben gepraat.'

'Oké. We wilden alleen maar zien of je misschien iets meer kon bedenken, omdat jij een van de weinigen bent die met beiden contact had.'

Hij veegt een insect van zijn wang.

'Ze hadden iets gemeenschappelijks, naast het feit dat ze mij kenden,' zegt hij.

'Ja?'

'Het waren allebei klootzakken.'

Ze schrikt.

'Harde woorden over je broer... Heeft hij door zijn werk niet veel gedaan voor de zwakkeren op het eiland? Ik heb een artikel van hem gelezen over pesten en...'

'Misschien, maar hij was gemeen.'

'Hoe bedoel je dat?'

Een geluid, misschien haalt hij zijn neus op.

'Nu herinner ik me jou weer,' vervolgt hij.

'Oké.'

'Het ging allemaal over die jongen met een wolvenmasker, hè? Dat was het enige waar jullie almaar over zaten te zeuren. Wie hij was...'

Daniel heeft gelijk. Tijdens het onderzoek van drie jaar geleden was ze bij haar vragen aan de kinderen nooit dieper op de gebeurtenissen ingegaan. Alles ging toen alleen maar over Jack.

'Herinner je je nog dat ik een varkensmasker droeg op die foto van het zomerkamp?'

Ze knikt. Voor haar geestesoog duikt die foto op. De zeven kinderen voor een verweerde, gebarsten muur van kalksteen. Ze hadden allemaal onder het bloed gezeten en een dierenmasker voor het gezicht gehad. Ze moesten de dieren voorstellen die de zeven hoofdzonden symboliseren. In hun handen hadden ze de oogbollen van dieren die ze gedwongen hadden moeten slachten. De angst in hun opengesperde ogen was iets wat ze nooit meer was vergeten.

'Heb je enig idee waarom juist ik het masker van een varken op moest?' gaat hij verder.

'Voor alles wat daar gebeurde was waarschijnlijk geen enkele redelijke reden...'

'Vraatzucht. Dat was mijn zonde. En weet je waarom die dominee dat bepaald had?'

De gedachte aan Holger Crantz en aan het walgelijke, onvergeeflijke vergrijp daar in dat kamp zorgt dat haar slapen beginnen te bonken. Ze schudt haar hoofd.

'Ik stal. Pikte dingen. Geef het maar een naam. Daarom heeft mijn moeder me toen naar dat kamp gestuurd. Alles waar ik aan kon komen, stopte ik in mijn mond of in mijn zak.'

'Je was nog maar een kind.'

'Ik deed het niet eens voor mezelf. Axel dwong me ertoe. Als ik niet deed wat hij zei, kreeg ik klappen. Zelfs toen mijn vader en moeder dreigden me weg te sturen, nam hij niet de verantwoordelijkheid op zich, maar trok zich stiekem terug.'

'Het spijt me. Dat moet heel naar voor je...'

'Toen ze me "als probleemkind" naar dat zomerkamp stuurden, heeft hij me alleen maar uitgelachen, mijn broer.'

Hij krabt aan zijn slaap.

'Hebben jullie ooit die dominee nog nader onderzocht, na die moorden?'

De vraag verrast haar. 'Crantz?'

'Ja.'

Ze wil antwoorden dat de dominee die hem, Jack, Mia en de andere kinderen aan onvergeeflijke dingen heeft blootgesteld, dood is. Maar ze weet wel beter. Ze weet dat er bepaalde dingen zijn die niet afgelopen zijn als iemand sterft.

'Is er iets speciaals waar je aan dacht?'

Bijna onmerkbaar schudt hij zijn hoofd.

'Wat weten jullie dan over Jack?' vraagt hij.

Op hetzelfde moment dat hij de vraag stelt, vliegt zijn hand weer naar zijn slaap. Vergelijkbare lichaamstaal als toen hij het over zijn broer had. Bijna identiek.

'Waarom vraag je dat?' vraagt ze terwijl ze hem aankijkt.

Geen antwoord. Zonder eerst na te denken pakt ze hem bij de arm.

'Weet jij iets?'

Hij trekt zich los.
'Daniel?'
Maar hij loopt al weg tussen de bomen.

Even later staat ze oog in oog met een van de technisch rechercheurs. Hij doet informeel verslag over de afwezigheid van bruikbare sporen.
'Het is bijna nacht, dus wij gaan zo weg,' zegt hij.
Zuchtend kijkt ze naar de grond.
'Misschien hebben jullie geluk en komt er nog iemand naar jullie toe, iemand die iets gezien heeft?' vervolgt hij.
Ze dwaalt met haar blik langs de bomen, naar de gebroken takken en twijgen waarvan ze weet dat die naar het meer leiden. Ze denkt opnieuw aan de vogelkijktoren. Herinnert ze zich het goed, dat je daarvandaan de parkeerplaats duidelijk kunt zien? Ze aarzelt even, dan loopt ze dieper het bos in.

26

Rond de vogelkijktoren hangen mistflarden. Helemaal bovenin ziet ze iets gloeien. Een vurig puntje achter de smalle planken. Ze zwaait met haar hand een irritant insect weg. Aarzelt. Gry zou haar misschien iets kunnen geven wat het onderzoek vooruithelpt. Als ze afgelopen donderdag op het juiste moment op de toren was, kan ze de dader op de parkeerplaats bij het meer hebben gezien. Maar ze zou ook weer in de war kunnen zijn en kunnen schrikken als Sanna opeens verschijnt. Er komen onlustgevoelens opzetten, maar die schudt ze van zich af.

Gry reageert nauwelijks als Sanna omhoogklimt. Ze doet haar lippen uit elkaar, laat pufjes rook uit haar mond komen. De spleetjes tussen haar tanden zijn donker, de rimpel rond haar mond is diep. Ze zit met haar zware lichaam op de vloer.

'Gry…'

Haar hand is vast als ze Sanna de sigaret aanreikt.

'Nee, dank je wel.'

Sanna gaat naast haar zitten. Tussen hen in ligt een klein hoopje gloeiende as.

'Hij komt zo hiernaartoe en zeurt dan weer dat ik naar huis moet komen,' zegt Gry. Haar stem is kalm. 'Ik weet dat ik bezig ben mijn verstand te verliezen, alles wordt troebel.'

'Ga je daarom hiernaartoe, om je dingen te herinneren?'

'Thuis verandert er niets. Einar zorgt dat alles op dezelfde plek ligt, manisch.'

'Om jou te beschermen.'

Ze neemt een trekje.

'Hierboven kan ik soms mensen zien.'

Ze beweegt haar sigaret in de lucht.

'Ik zie ze parkeren bij het meer. Rondjes rennen, bezig met zo'n oriënteringsloop, of wat ze ook doen. Het is tenminste iets.'

'Gebeurt er weleens iets?'

'Ja.'

Haar stem heeft een heldere klank. Maar dat kan snel veranderen. De volgende seconde kan ze met haar gedachten heel ergens anders zijn. Sanna draait zich naar haar toe.

'De laatste keer dat we hier waren, wilde ik je vragen of je hier vorige donderdagavond was geweest.'

Gry pakt een volgende sigaret en steekt hem aan.

'Of je toen een auto hebt gezien,' gaat Sanna verder. 'Misschien een man van in de twintig? Goedgetraind, donkerbruin haar?'

Ze heeft haar blik strak gericht op een scheur in een vloerplank. Geen woord.

'Of wat je dan ook gezien hebt? Wat dan ook?'

Geen reactie. Dan glimlacht Gry tussen de rookslierten.

'Hoor je hem komen?' zegt ze.

Het geluid van voetstappen beneden. Kort daarna duikt Einar op.

'Aha,' zegt hij verbaasd als hij Sanna in het oog krijgt. 'Ik was in het bos waar onze technische recherche aan het werk is, liep een rondje en zag dat Gry hier boven was.'

'Het is al laat,' zegt hij en hij streelt Gry over haar haren.

Gry draait haar hoofd weg, buiten zijn bereik.

'Schat,' zegt hij. 'Je hebt je slaap nodig.'

Hij pakt de aansteker uit haar hand. Ze probeert hem terug te pakken en krabt naar hem.

Sanna schrikt even en wendt zich tot Einar.

'Kan ik hier misschien nog een minuutje met Gry blijven zitten? Dan komen we daarna samen naar beneden. We zaten net over donderdagavond te praten...'

'Het is al laat,' herhaalt Einar en hij kijkt naar Gry. 'Je bent doodmoe, dat zie ik.'

'Een paar minuten maar?' zegt Sanna.

Einar pakt Gry's sigaret uit haar hand, breekt hem in tweeën en laat de stukjes in het hoopje as vallen. Met zijn laars trapt hij ze uit.

Gry pakt een nieuwe sigaret. Rolt hem heen en weer onder haar neus en ademt diep in.

'Drie minuten,' zegt Einar zuchtend en hij klimt omlaag.

Als Sanna zich weer naar Gry omdraait, zit ze onbeweeglijk, met de sigaret tegen haar bovenlip gedrukt. Haar neusvleugels trillen. De sigaret valt op de grond.

'Ik heb ze gezien,' fluistert ze.

'Wat zei je?'

'Ik heb ze gezien.'

'Wie?'

'Hij, de man die je net beschreef. Ik zag in elk geval iemand die er zo uitzag. In de twintig, gespierd en met donker haar.'

'Wanneer?'

'Vorige donderdagavond.'

'Weet je het zeker?'

Ze krabt aan haar borst, wiegt van voren naar achteren.

'Wie zag je nog meer? Kun je nog iemand anders beschrijven die je toen hebt gezien?'

Gry schudt haar hoofd.

'Of de auto?' probeert Sanna.

Gry schommelt een beetje van voren naar achteren. Sanna legt een hand op haar schouder.

'Je hoeft je niet op te winden.'

Gry wrijft over de rug van haar hand.

'Het is oké...' zegt Sanna.

Gry haalt diep adem, gaat staan, ademt uit. Dan begint ze mechanisch te tellen. Sanna herkent de klanken van de vorige keer dat ze elkaar gezien hebben. Fragmenten van woorden, of misschien alleen maar letters die door elkaar heen uit haar mond komen. Onbegrijpelijke lettergrepen. Ze knijpt haar handen samen terwijl ze brabbelt. Het is alsof haar gedachten automatisch uit haar mond glijden.

Ze kijkt Sanna recht in de ogen. De snelheid van de klanken neemt af, en plotseling krijgt een van die onbegrijpelijke lettergrepen een vorm. Het klinkt alsof ze iets probeert te spellen, misschien het

woord 'geel'. Sanna wil haar hand vastpakken, maar ze durft niet. In plaats daarvan buigt ze zich voorzichtig naar haar toe.
'Géél?'
Gry knikt langzaam. De eerste aanzet tot een glimlach, die snel weer verdwijnt.
Dan klinkt beneden weer het geluid van voetstappen.
Gry knippert met haar ogen, buigt zich naar voren, de woorden komen uit haar mond als gefluister.
'Wat zal er met mij gebeuren?'

27

Sanna stapt voor de villa van Anton uit haar auto. Op de brede oprijlaan verdringen zich een paar pick-ups. Een bronskleurige staat helemaal achteraan, bijna op straat. De raampjes zijn open. De leren stoelen glanzen. Geen pluisje stof te bekennen. Als er niet een ouder dashboard in had gezeten, had je kunnen denken dat de auto nieuw was. Achter het keukenraam staat Anton met zijn rug naar haar toe. Er klinkt geluid van stemmen en gelach. Ze loopt naar de voordeur en doet hem open.

'Hallo,' roept ze.

De hal staat vol met laarzen en schoenen. In de lucht hangt de geur van bier en snus. Helemaal achter in de woonkamer flikkert het licht van de tv.

Anton kijkt naar haar.

'Ik vroeg me net af waar je bleef,' zegt hij. 'Het is al een poosje geleden dat je zei dat je een keer langs zou komen.'

Ze knikt. 'Dit duurt maar een paar minuten.'

'Ach, we zitten hier alleen maar een beetje te kletsen. Ellen en de kinderen zijn bij Ellens moeder. Kom verder.'

Een paar van Antons vrienden zitten om de keukentafel. Ze herkent ze van de foto van het jagersteam op zijn bureau. Maar sommigen zijn ook weleens op het bureau geweest, hebben Anton opgehaald om samen te gaan lunchen of om hem te herinneren aan de volgende jachtpartij. Als ze haar hoofd om de hoek steekt, gaan hun handen omhoog om haar te begroeten, maar eigenlijk zonder echt op te kijken. Behalve één: Antons vriend Thomas, die zijn gezicht naar haar omdraait. Zijn kleine ogen zijn diep ingebed boven zijn bebaarde wangen.

'Kom zitten, we hebben hier gewoon ons vaste naaikransje,' zegt hij en hij laat een hikkende lach horen.

Het gegrinnik verspreidt zich rond de tafel. Ze klinken allemaal hetzelfde.

Anton leunt met zijn zware lijf tegen de deurpost.

'Zo, zeg op,' zegt hij. 'Waar wil je het over hebben?'

Ze schudt haar hoofd.

'Ik wilde je alleen maar even vertellen dat ik vanaf nu een beetje anders ga werken. Ik ga tijdelijk mijn tijd verdelen tussen de stad en het bureau hier in het dorp.'

'Uiteraard. Zoiets had ik al min of meer begrepen.'

'Is het nodig dat mijn chef ter vervanging extra personeel naar het dorp stuurt? Voor die korte periode...?'

Anton kijkt naar de grond. 'Luister, ik denk dat ik wel alleen kan fiksen wat nodig is. Maak je maar niet ongerust, oké?'

'Ik wilde alleen maar dat je het nu gelijk zou weten.'

'Dus dat was de enige reden dat je hiernaartoe bent gekomen?'

'Ja.'

'Hoe gaat het nu dan, met alles? Is er vandaag iets gebeurd, bedoel ik?'

Ze schudt haar hoofd. Er is geen reden om Anton niet over de laatste stand van zaken rond het onderzoek te vertellen, maar ze heeft het gevoel dat de mannen om de tafel meeluisteren.

'Als je ergens hulp bij nodig hebt, dan weet je me hier wel te vinden,' zegt Anton.

'Ja, één ding, ken jij iemand met een gele auto?' vraagt ze.

'Joost mag het weten,' reageert hij. 'Denk van niet. Hoezo?'

'Nee, zomaar...'

'Alle auto's van de thuiszorg hier in het dorp zijn geel... En verder hebben we nog dat nieuwe elektriciteitsbedrijf, die hebben toch ook gele auto's?'

'Daar heb ik niets aan,' zegt ze. 'Het gaat me gewoon om iets wat iemand gezien heeft wat te maken zou kunnen hebben met het onderzoek...'

'Wie dan?'

'Een getuige die misschien niet eens helemaal te vertrouwen is. Ik wilde het alleen maar even aan jou vragen voor het geval het om iemand uit deze streek gaat met wie er problemen zijn geweest voordat...'

'Iemand die in een gele auto rijdt? Nee... Daar kan ik niet zo een-twee-drie op komen... Of, wacht even...'

Hij vertrekt zijn mondhoeken. 'Hé, Thomas?' Zijn stem klinkt zacht.

Thomas kijkt op.

'Laat maar,' onderbreekt Sanna hem. 'Dit is geen geschikt moment om dat allemaal te bespreken.'

Maar het is al te laat.

'Heb jij thuis in de schuur geen oude gele auto staan?' vraagt Anton terwijl hij Thomas aankijkt.

Thomas moet lachen.

'Word ik soms ergens van verdacht?'

'Wat is dat voor auto, die daar bij jou staat te roesten?' dringt Anton aan.

Sanna buigt haar hoofd, ze realiseert zich dat ze al te veel heeft gezegd. Als Gry's waarneming iets waard is, kan ze zojuist een gerucht de wereld in hebben gebracht dat ook de dader ter ore kan komen. Vergezocht, ja, maar toch.

'We onderzoeken een waarneming door iemand van een gele auto, in verband met een paar diefstallen in het noorden,' haast ze zich te zeggen.

Thomas kijkt haar glimlachend aan.

'Zijn jullie nu echt serieus?'

Anton slikt. Het besef dat hij onzorgvuldig is geweest straalt uit zijn ogen.

'Ik heb een oude Cabby Nova,' zegt Thomas. 'Met een geeloranje streep.'

'Een caravan,' zegt Sanna.

'Ja. Maar ik heb hem op mijn vorige misdaadronde mee gehad, dus ik zou wel gek zijn om hem nu weer te gebruiken...'

Overal klinkt gelach.

Thomas steekt een sigaret op en leunt op zijn ellebogen voorover. Draait zijn gezicht naar haar toe.

'Trouwens, hoe gaat het tegenwoordig met de Führer?'
Sanna staat op.
'Jon Klinga,' voegt Thomas eraan toe.
Ze bedenkt dat Jon oorspronkelijk uit dit dorp komt. Hij is de zoon van een bestuurder van bosbouwmachines, maar ze weet dat hij als tiener naar de stad is verhuisd.
'Ken je Jon?' vraagt ze.
'Als zand in m'n bed.'
Gedempt gelach rond de tafel.
'Wat zei je?'
'Niemand kent Jon,' verzucht Anton terwijl hij de koelkast opent, een blikje energiedrank pakt en het opentrekt. 'Het is lang geleden dat hij hier woonde.'
Als Sanna door de deur naar buiten loopt, galmt het gelach door de keuken. Ze blijft staan bij de bronskleurige pick-up. In het maanlicht lijkt de lak bijna van goud, met een beetje fantasie bijna donker – donkergeel. Verder valt haar een sticker op met het logo van Thomas' timmerbedrijf, dat een zon voorstelt.
'Ik was thuis bij mijn gezin,' zegt Thomas plotseling achter haar.
Ze draait zich om.
'Dat is toch wat je me wilt vragen als je zo naar mijn auto staat te kijken en je je afvraagt of die als geel kan worden beschouwd? Waar ik afgelopen donderdagavond was, toen die dief er in het bos vandoor ging?'
Zijn lippen vormen een streep. Zijn blik op haar is ijskoud.
'Die dief?' zegt ze.
'Kom op nou, het is toch bepaald geen geheim dat hij een knul was die nergens van af kon blijven, Pascal Paulson. En mij kon je daarbinnen niet voor de gek houden, toen je probeerde je vraag naar die gele auto weg te wuiven. Ik herken domme smerissen gelijk als ik ze zie, en zo een ben jij er niet. Natuurlijk snap ik dat je bezig bent met die dode jongen en niet met diefstallen.'
'Wat weet je nog meer over Pascal Paulson?'
'Ik weet dat hij het verdiende om te sterven.' Hij loopt om haar heen naar de pick-up. Zijn vingers sluiten zich om de kruk van het portier.

'O ja?'
'En dat weet jij ook.'
Hij pakt een sigaret.
'Heb je Jon Klinga gevraagd waar hij donderdagavond was?' vraagt hij terwijl hij zijn sigaret aansteekt.
'Vind je dat ik dat zou moeten doen?'
Met de sigaret tussen zijn lippen hijst hij zich in zijn stoel. Slaat het portier dicht en start de motor. Hij steekt zijn hoofd door het raampje en grijnst naar haar. Dan kijkt hij in zijn spiegel en rijdt achteruit weg.

*

Terug in haar auto zoekt ze op Jons naam in de politiebestanden. Niets. Thomas had over Jon gezegd dat hij 'als zand in zijn bed' was. Dus iets hinderlijks waar je niet vanaf komt. Ook had hij naar Jon verwezen als de 'Führer'. Ongetwijfeld heeft dat iets te maken met het hakenkruis dat Jon op zijn borst had gehad, de tattoo die tegenwoordig alleen nog maar een litteken is. Een verwijderde tatoeage waar iedereen van weet, maar waar weinigen over praten. Als Thomas iets over Jon wist, dan moet het iets zijn wat lang geleden is gebeurd, toen Jon nog een kind was, of een tiener. Daarna is hij verhuisd.

Ze zoekt op haar mobiel naar het archief met artikelen van de twee lokale kranten. Ze zoekt en zoekt, maar vindt niets. Tot ze een drietal speciale zoektermen invoert: 'tienerjongens', 'hakenkruis' en 'zand'.

Het artikel dat ze vindt gaat over twee broers van wie de namen niet worden vermeld. De zoons van een bosarbeider. Tieners. Samen met een bende vrienden treiterden ze een even oude jongen die tegenover de rector van de school had verraden dat een van hen een tatoeage had, een hakenkruis op zijn borst, en dat de vriendengroep een fascinatie koesterde voor Hitler. Op een dag na schooltijd had de bende de jongen ingehaald, het was uitgelopen op een vechtpartij, waarna ze de jongen hadden opgesloten in een bak met strooizand langs de provinciale weg. Ze hadden hem daarin laten zitten tot iemand van de gemeentelijke dienst voor de openbare ruimte hem daar had gevonden. Hij had wel dood kunnen gaan, maar had geen klacht durven indienen. In plaats daarvan waren de pesterijen jarenlang doorgegaan. Ze stuurden hem foto's van lantaarnpalen met een strop eraan. Tot hun schooltijd voorbij was. Hoeveel jongens van Jons leeftijd zouden er zijn met zo'n tatoeage? Niets van wat ze gelezen heeft klinkt onwaarschijnlijk als het om Jon gaat, in elk geval niet als je bedenkt dat hij toen jonger was. De vraag is echter of dat hem interessant maakt voor het moordonderzoek.

Het is bijna middernacht als ze in het dorp door het laatste blok rijdt, op weg naar huis. Het gesprek met Gry dringt zich aan haar op. Ze krijgt een merkwaardig benauwd gevoel in haar borstkas. Alsof iets haar insluit.
Het geluid van stemmen. Iemand die lacht. Ze remt. De tienermeisjes komen uit een rijtjeshuis in de buurt. Ze lopen de straat op, waar hun brommers zijn geparkeerd. Hedda verschijnt en gaat schrijlings op de glanzend zwarte Aprilia zitten. Kort daarna Nina. Ze is bij hen terug en kijkt in Sanna's richting. Ze gebaart naar Hedda, die de motor start en hem hard stationair laat draaien. Nina leunt naar voren en zegt iets. Daarna draait Hedda de Aprilia in de richting van Sanna. Sanna doet het portierraampje open.
In de gebreide trui van Nina zit een scheur. In haar hals zit iets wat eruitziet als een zuigplek. Haar gezicht is bleek. De zwarte eyeliner rond haar ogen is vervaagd.
'Is er iets gebeurd?' vraagt ze vermoeid, bijna zweverig.
'Hoe gaat het met je?'
Kleine, amper zichtbare trillingen in haar gezicht voor ze haar schouders ophaalt. Dan ziet Sanna dat ze haar haar heeft afgeknipt. De ongelijke pieken steken onder haar helm uit.
'Het is niet veilig voor jullie meisjes om zo laat nog buiten te zijn.'
Nina lacht schamper.
'Het is voor niémand veilig,' zegt ze.

Sanna haalt Sixten op en praat nog een paar minuten met Kai, die vertelt dat iemand in het portiek zijn kat dood heeft aangetroffen. Misschien door rattengif. Kai nodigt haar uit een glas wijn te komen drinken, maar ze bedankt, ze is moe.

Als ze haar sleutel in het slot duwt en de deur van haar appartement opent, merkt ze onmiddellijk dat er iets niet klopt. Een luchtstroom. Het geluid van de krekels is veel te duidelijk. Zonder haar schoenen uit te doen loopt ze in het donker door de hal en de woonkamer in. Haar hand tast instinctief naar haar dienstwapen, hoewel ze weet dat haar pistool achter slot en grendel in de wapenkast op het bureau ligt. Sixten probeert langs haar te lopen, maar ze pakt zijn halsband vast. Ze zoekt het lichtknopje op de muur en doet de lamp aan.

De balkondeur staat weer open.

Gefrustreerd loopt ze ernaartoe en trekt hem dicht en draait de sleutel om. Ze voelt aan de deurkruk, die weigert mee te geven. Ze haalt de deur van het slot en voelt dat de kruk dan wel meegeeft. Ze blijft staan, draait haar rug naar het balkon en belt de woningbouwvereniging; ze laat een bericht op de voicemail achter, vraagt of er iemand bij haar langs kan komen om na te gaan of er iets aan de balkondeur mankeert. Nadat ze de verbinding heeft verbroken, belt ze Niklas.

'Ja?' zegt hij.

'Ik heb vanavond Gry Kristoferson gesproken.'

Niklas zwijgt.

'De vrouw die af en toe op die vogelkijktoren staat,' gaat ze verder. 'Je weet wel, de toren die Eir en ik vanaf de parkeerplaats bij het meer hebben gezien.'

'Ja?'

'Ik ben ernaartoe gegaan om te checken of je daarboven inderdaad helemaal tot het meer en de parkeerplaats kunt kijken. Daar trof ik Gry aan.'

'Oké.'

'Ik denk dat ze de dader heeft gezien en denk ook dat ze probeerde te zeggen dat zijn auto geel was.'

Er valt weer een stilte.

'Ik weet het,' zegt Sanna. 'Ze is misschien niet volledig toerekeningsvatbaar, maar ik vermeld het toch. Ik vond dat ze helder overkwam toen ik met haar praatte.'

'Oké. Natuurlijk noteren we het en we vertellen het morgen aan de anderen.'

Nadat Sanna heeft neergelegd probeert ze zich die ochtend voor de geest te halen, of ze misschien toch de balkondeur zelf heeft opengezet en vergeten is hem dicht te doen voor ze naar buiten ging. Ze kan het niet voor zich zien, maar dat maakt het niet onmogelijk.

Ze loopt het balkon op en leunt over de rand. Beneden tekent de grond zich af als een groot donker kleed. Een klein stukje verderop springt een kat tussen een paar vuilcontainers door, maar er is geen mens te zien. In de verte klinkt het knetterende geluid van een brommer met opgevoerde motor. Sixten gromt tegen het donker daarbuiten. Snel loopt ze terug naar binnen, trekt de deur dicht en draait de sleutel om.

28

Het is kort na zeven uur in de ochtend als haar telefoon gaat. Sanna tast ernaar.
'Ja?' zegt ze slaperig. 'Oké, ik zit over vijf minuten in mijn auto.'

De kiezelstrandjes liggen er verlaten bij als ze een uur later over de wildroosters rijdt, het natuurreservaat in op het noordelijkste deel van het eiland. Langs de grindweg ziet ze dwergpijnbomen, jeneverbesstruiken en hier en daar de silhouetten van verweerd drijfhout. Ze passeert het gebied met de vreemd gevormde kalksteenformaties die eruitzien alsof ze uit de zee omhooggroeien. De geur van zeewier dringt de auto binnen. Een paar honderd meter verder ziet ze de stille blauwe zwaailichten bij de heuvel die omlaag naar de grotten leidt.

Vlak voor ze aankomt, belt Sudden weer. Hij legt uit dat er een hoge piet van de NOA onderweg is en dat het goed zou zijn als ze zich haastte, zodat ze nog op tijd binnen de afzetting is.

Ze parkeert naast de witte bestelwagen van de technische recherche. Groet de geüniformeerde agenten, toont haar legitimatie en duikt onder het afzettingslint door.

De heuvel is steil en bedekt met steen en verweerde aarde. Ze glijdt omlaag en schaaft daarbij haar handen.

Sudden staat voor de opening van de grote grot. Hij steekt zijn hand op als groet.

'Daar ben je dus,' klinkt zijn dreunende stem.

'Ik moest Sixten nog bij de buren brengen,' zegt ze terwijl ze de helm en een paar latex handschoenen aanneemt die hij haar geeft. 'Heb daarna zo hard mogelijk gereden.'

'Jaja,' zegt hij en hij geeft haar een schouderklopje. 'Kom nu maar mee, zodat ik je niet in mijn overall hoef te verstoppen als die hoge mieter van de NOA opduikt.'

Ze volgt hem naar de opening in de rotsgrond. De grotten hier zijn ontoegankelijk en berucht wegens hun gevaarlijke tunnels, waarin de zee op elk willekeurig moment kan binnendringen. Wat zuidelijker op het eiland bevinden zich de grotere, drukbezochte grottenstelsels met parkeerterreinen, restaurants en gidsen. Maar hier komen geen toeristen, en voor zover ze weet ook amper speleologen of ervaren grotbezoekers.

Sudden had gestrest geklonken toen hij haar zo vroeg had gebeld en gezegd had dat ze zich moest haasten. Hij had iets gezegd over restanten, en had de naam Jack Abrahamsson genoemd.

'Een stel onbezonnen jongeren hebben de vondst gedaan,' zegt hij. 'Ze zijn al verhoord en zijn daarna weggereden.' Vervolgens gebaart hij haar voorop te lopen.

Ze klimt naar binnen en gaat rechtop staan, laat haar ogen wennen aan het duister. Sudden overhandigt haar een zaklamp en wijst het donker in.

Al na een paar stappen daalt de temperatuur. De kale stenen wanden lijken op glanzende gordijnen. Gedurende duizenden jaren heeft het water zich hier naar binnen geperst, is het omlaaggesijpeld en heeft het in het kalksteen van het eiland deze grotten uitgehold. Gangen, kamers en zalen, zelfs meren verbergen zich diep in de stenen grond.

Naast iets wat eruitziet als de ingang van een tunnel zit een nummerbordje op de wand. Sanna loopt ernaartoe en schijnt met haar zaklamp het donker in. Ze doet een stap naar binnen en gaat op haar hurken zitten.

Delen van een skelet, omringd door iets wat eruitziet als stukken kleding. Lange, op een buis lijkende botten, misschien een bovenarm, een hand en vingers. Iets verderop nog een paar delen van het skelet, waarschijnlijk een dijbeen, een onderbeen en een voet met tenen. Een paar korte botten liggen dicht bij elkaar, waarschijnlijk een pols. Het schouderblad. Het borstbeen. Een paar kleine, onregelmatige botten, de wervels van de ruggengraat. Het duurt een paar seconden voor ze beseft dat nergens de schedel ligt, dat die ontbreekt.

Een merkwaardig gevoel van leegte. Een paar seconden is alles stil. De koude lucht, als van een koelkast, doet haar rillen.

'Waarom zou hij het zijn?' vraagt ze.

'Je weet wel waarom.'

Ze kijkt om zich heen. De bodem van de grot is nat. Buiten klinkt het geluid van de zee. Op elk moment kunnen Sudden en zij door het zeewater moeten waden. De stromingen rond het eiland zijn sterk en onvoorspelbaar.

'Dat zou immers de meest waarschijnlijke theorie onderbouwen,' vervolgt Sudden.

Sanna antwoordt niet. Net als alle anderen heeft ze de film gezien van de beveiligingscamera op het vasteland, het filmpje waarop Jack Abrahamsson te zien is terwijl hij over een hoog hek klimt en tussen de boten verdwijnt. Een van die boten is later leeg teruggevonden, met de stroom meegedreven iets ten noorden van deze grotten.

'Jullie denken dat zijn lichaam hier naar binnen is gespoeld?' zegt ze.

Sudden zucht. 'Je moet in elk geval het forensisch laboratorium een kans geven,' zegt hij. 'Het onderzoek zal misschien een paar weken duren, daarna weten we hopelijk iets meer.'

'En jij? Wat denk jij?'

'Een smal bekken, botten die er sterk uitzien,' verzucht hij. 'Alles wijst erop dat het een jonge man is, misschien een tiener.'

Het vocht begint haar lijf koud te maken. Het gevoel bekruipt haar dat er naar haar gekeken wordt. Ze werpt een blik over haar schouder, de duisternis verder de grot in is compact.

'Maar als het water hem hier naar binnen heeft gespoeld, zou het hem er dan ook niet weer uit gespoeld moeten hebben? We hebben immers een paar flinke stormen gehad…'

'Deze plek is verraderlijk, er zijn overal gaten, openingen in tunnels die elkaar kruisen… Het water komt langs de ene weg naar binnen, maar perst zich er via een andere weer uit. Gelet op het feit dat het skelet nog zo intact is, is het lichaam hier waarschijnlijk naar binnen gespoeld, vast komen te zitten en daardoor blijven liggen. Mijn vermoeden is dat het hier maanden heeft gelegen, misschien nog langer, omdat er alleen nog botten over zijn.'

Ze draait zich om naar het skelet. Hoort het geluid van Suddens vingers die tegen zijn overall trommelen.

'Ik bel je zodra ik meer weet,' zegt hij. 'En dan bellen we later ook over die bunker.'

Sanna buigt zich voorover. Ze laat haar blik dwalen over wat eens een mens is geweest.

'En de schedel?' zegt ze terwijl ze overeind komt. 'Waar is die?'

'Daar zoeken we nog naar.'

'Maar je hebt geen vermoeden?'

Sudden schudt zijn hoofd.

'Ook al is er aanzienlijke kracht nodig om een hoofd van een lichaam te scheiden, we weten niets over wat er op die boot is gebeurd, of over hoelang hij in het water heeft gelegen voor hij hier terecht is gekomen. Er kan hem van alles overkomen zijn.'

'Wat denk jij dat de kansen op identificatie zijn? Ik bedoel, zonder hoofd, zonder tanden...'

'Er is een kans dat ze het DNA kunnen bepalen.'

Ze lopen weer naar buiten en Sanna zet haar helm af, doet haar handschoenen uit, veegt met haar hand over haar voorhoofd. Sudden draait zich naar haar toe.

'Laten we hopen dat hij het is, dat dit het einde is,' zegt hij. 'Zodat jij eindelijk een beetje rust kunt krijgen.'

Terug in haar auto blijft ze een minuutje zitten. Laat haar blik over het kale landschap gaan. Boven de voorruit vliegt een zeearend de lucht in en drijft verder over de blauwgrijze zee. De vogel is op jacht. Ze volgt hem met haar blik tot hij één wordt met de hemel.

Als ze haar hoofd weer omdraait, meent ze verderop op de heuvel iets te zien bewegen.

Het is net alsof ze iets over de rand kan zien kruipen, iets wat opstaat en verder het licht in loopt.

29

De regen druipt in dunne stroompjes over de voorruit als Sanna ruim een uur later langs het trottoir voor Eirs woning stopt. Het is warm in de auto. Ze doet het raampje open. De regendruppels vallen op haar knieën en dijen. Haar gevoelens botsen met elkaar. De delen van het skelet hebben haar gedachten niet meer losgelaten nadat ze over de wildroosters naar het zuiden is gereden, het natuurreservaat uit, met de grijze kiezelstrandjes in haar achteruitkijkspiegel.

Ze wordt overspoeld door een gevoel van onwerkelijkheid. Het is alsof ze zich in een soort parallelle realiteit bevindt. Alsof er iemand in een droom om haar heen sluipt. Dan kijkt ze op haar mobiel en opent de map met gespreksopnames. Die zitten daar echt in. Ze is niet gek.

Als het Jacks botten in de grot zijn, die aan land zijn gespoeld, wie is dan degene die haar steeds belt? Is het iemand die iets van haar wil, probeert haar iets te vertellen? Of is het de een of andere idioot? De vragen blijven komen. Elke vraag roept weer een nieuwe op. Is dit het eigenlijke doel, de definitieve vernedering: haar tot waanzin drijven?

Sudden zei dat het het skelet van een jonge man was.

Een jonge man.

De uitputting overvalt haar en langzaam komen beelden uit haar herinnering bij haar boven. Ze is in het ziekenhuis. Jack staat bij de rand van haar bed. In zijn leven heeft hij niemand anders dan haar. In zijn helderblauwe ogen staan tranen. Zijn gezichtsuitdrukking is kinderlijk. Hij moet ver weg. Naar een jeugdinrichting waar men gespecialiseerd is in de zorg en behandeling van ernstige trauma's. Zijn schouders schokken als ze elkaar omhelzen. Ze fluistert dat ze hem nooit zal vergeten, dat belooft ze.

Ze hoort voetstappen. Als ze Eir in het oog krijgt terwijl die naar haar auto toe komt, doet ze het raampje omhoog en duwt alle gedachten aan Jack weg, net als alle twijfel. Ze buigt zich over de passagiersstoel en opent het portier.

Eir laat zich op de stoel zakken. Mompelt een soort groet, waarna ze haar gordel omdoet.

'Zo, hoe is het gegaan?' vraagt ze. 'Heb je het gezien?'

Sanna knikt. Ze heeft de delen van het skelet nog helder en duidelijk voor ogen.

'Tof van Sudden om je toch te bellen, ze willen immers eigenlijk niet dat iemand van ons in de buurt komt van dat...'

Sanna kijkt naar buiten.

'Laten we hopen dat hij het is...' vervolgt Eir. 'Heeft Sudden nog gezegd hoelang het gaat duren voor ze hem kunnen identificeren, als hij het al is?'

Ze geeuwt. Sanna gluurt naar haar.

'Wat is er?' vraagt Eir geïrriteerd.

'Niks.'

'Zit je me aan te staren?'

'Heb je geslapen?'

'Als een baby.'

'Oké.'

'Ik heb Fabian al in mijn nek als een natte deken. Dus als je het goedvindt, wil ik dat je ophoudt me te ontzien.'

'Oké.'

'Ik heb gewoon een aanval van vermoeidheid. Ik heb gelezen dat er virussen zijn die zich op je spieren vastzetten waardoor je pijn krijgt en moe wordt.'

Sanna rijdt over de rotonde buiten de stad en neemt de afslag in noordelijke richting. Eir zet de radio aan. Er wordt gepraat over een staakt-het-vuren op het Europese vasteland. Regeringsleiders van diverse landen hebben opgeroepen tot capitulatie en rust in afwachting van bemiddeling. Tegelijk woedt er een debat over waarheid en leugen, waarbij verschillende centra voor strategische communicatie beweren dat de videoclip die verspreid wordt, gemanipuleerd is met behulp van de meest recente vorm van deepfaketechniek, gemaakt met algoritmes en kunstmatige intelligentie.

'Ik heb begrepen dat ze mensen kunnen creëren,' zegt Eir. 'Ik hoorde over een vent die meende dat hij een bekende vrouw in een pornofilm had gezien, tot hij merkte dat haar gezicht als het ware niet één gezicht was, maar uit meerdere gezichten bestond. Haar oren hadden een heel andere vorm, de ogen een andere kleur en daarna zag hij dat ze twee linkerhanden had... In dat geval was het dus goed dat hij zat te kijken naar iets waar hij eigenlijk niet naar hoorde te kijken...'

'Ik heb gelezen dat Stalin er al voor zorgde dat alles op zijn foto's werd weggeretoucheerd – variërend van pokkenlittekens op zijn gezicht tot ontrouwe medewerkers,' zegt Sanna. 'De mens heeft misschien altijd al geprobeerd dingen te wissen en te veranderen...'

'Arme mensen die daar nu moeten leven, midden in zo'n conflict,' zegt Eir. 'De koude rillingen lopen over mijn rug als ik denk aan hoe bang die moeten zijn. Bedenk dat je iets ziet, een video, en niet durft te geloven dat het echt levende mensen zijn naar wie je kijkt... Dat je helemaal niet weet wie je nog kunt vertrouwen...'

De radiozender gaat over op het lokale nieuws. De naderende verkiezingen en het gebrek aan belangstelling voor de mogelijkheid om al vooraf je stem uit te brengen. Hoe het bedreigen van politici toeneemt. Er wordt een wethouder geïnterviewd die tijdens een verkiezingsbijeenkomst eieren naar zijn hoofd gegooid kreeg.

Het volgende item gaat over een groeiend probleem op het eiland: mensen die zonder vergunning ergens met een woonboot aanmeren. Soms gaat het zelfs om half afgebouwde huizen of schuurtjes op pontons. Tijdelijke woonruimte zonder toilet, water of elektriciteit. Een grondeigenaar vergelijkt degenen die op die boten wonen met daklozen, en die nederzettingen noemt hij dievenhavens. Een paar weken geleden is er een deurwaarder op een van die plekken geweest. Die heeft overal papieren op geplakt met het bericht dat er een inval door de politie wordt voorbereid om de bewoners eruit te zetten en de boten af te breken, als de bewoners niet uit vrije wil zouden vertrekken. De dag van de geplande uitzetting nadert en een paar woonboten zijn al vertrokken. De eigenaar van de grond wijst erop dat ze gewoon van de ene plek naar de andere varen. Een kat-en-muisspel, waarbij de overheid altijd een stap achter ligt.

'De plek die ze beschrijven ligt in het gebied waar wij nu ook naartoe moeten,' zegt Sanna. 'Dus daar gaan we daarna ook heen.'

Eir knikt. 'Klinkt goed.'

Ze legt een hand op haar buik, verplaatst hem daarna naar haar rug en vertrekt haar gezicht.

'Kun je misschien zwanger zijn?' vraagt Sanna.

Eir schrikt. 'Maak je soms een grapje?'

Sanna reageert niet.

'Nee,' zegt Eir. 'Dat kan niet.'

Ze slaat haar ogen neer.

'Ik kan geen kinderen krijgen,' mompelt ze.

Er valt een stilte tussen hen. Sanna vindt het moeilijk de situatie in te schatten, weet niet wat ze moet zeggen. Hoewel ze elkaar al jaren kennen, hebben ze het hier nog nooit over gehad.

'Weet je dat zeker?' vraagt ze.

'Ik heb een knobbeltje op de verkeerde plaats in mijn baarmoeder, geloof ik.'

'Maar dat kunnen ze toch wel met een operatie weghalen?'

Geen antwoord. Aan Eirs gezicht valt niets af te lezen, maar Sanna begrijpt het toch.

'Althans, als je kinderen wílt,' antwoordt ze uit zichzelf.

Eir knikt.

'Weet Fabian het?' vraagt Sanna.

'Uiteraard. Dat stond in mijn "gebruiksaanwijzing" toen hij me kocht.'

'Het was maar een vraag.'

'Het is mijn lichaam.'

'Oké.'

'Oké.'

'Ik bedoelde niet dat...'

'Ik slik ook de pil.'

'Maar...'

'Want je weet maar nooit.'

'Oké...'

Sanna stuurt de auto naar de kant van de weg. Ze stopt en zet de motor uit.

'Rustig ademhalen...' zegt ze zacht.

Eirs ogen worden nat. Sanna zoekt naar woorden.

'Het komt vast wel goed...'

Eir droogt haar gezicht af met haar mouw. Lacht een beetje tussen het gesnotter door.

'Als hij weer over kinderen begint te zeuren, weet ik dat ik het hem moet vertellen. Ik weet alleen niet precies hoe.'

'Misschien is het het beste om het gewoon te zeggen. Ik bedoel, als kinderen krijgen voor hem iets belangrijks is, dan is het misschien wel zo eerlijk om...'

'Ik weet het.'

Sanna legt een beetje onhandig haar hand op Eirs been, en geeft er een klapje op. Eir moet lachen en duwt hem weg.

'Ach, hou op,' zegt ze. 'Anders begin ik nog echt te denken dat je je zorgen maakt.'

Sanna wil zeggen dat ze zich inderdaad zorgen maakt, maar ze zegt niets en rijdt weer weg.

Eir wijst naar de inkt op Sanna's hand. De vage resten van de woorden van de ochtend voor de ijzerwinkel.

'Wat is dat?' vraagt ze.

'Niets,' antwoordt Sanna. 'Gewoon een telefoongesprek met iemand, en ik had niets om op te schrijven...'

Ze krabt op de rug van haar hand en probeert de mouw van haar shirt omlaag te trekken.

'Rij weer naar de kant van de weg,' zegt Eir.

'Wat is er?'

'Nu,' zegt Eir.

Als de auto stilstaat, pakt Eir Sanna's hand. Sanna probeert zich los te trekken, maar Eir kan nog net lezen wat er staat.

'"De zon"?' zegt ze en ze laat haar hand los. 'Wat betekent dat in godsnaam?'

'Niets...'
'Ik heb al een tijdje het gevoel dat er iets aan de hand is, wat is er?'
'Niets.'
'Hoezo "niets"? Denk je soms dat ik een gaatje in mijn hoofd heb?'
'Rustig maar, ik wil niet dat je je zo druk maakt, je voelt je toch al niet goed...'
'Ik heb alleen een beetje rugpijn, ik lig verdomme niet op sterven. Is dat de reden dat je voortdurend iets voor me verborgen houdt?'
Sanna geeft geen antwoord.
'Kom op...' zegt Eir.
Sanna zucht, draait haar gezicht langzaam naar haar toe.
'Nou?' zegt Eir, ook zuchtend. 'Vertel het me nou maar gewoon, wat het ook is.'
'Er is iemand die me steeds belt...'
'O ja?'
'Ik denk dat hij het is.'
Eir staart haar aan. Het is alsof ze het niet goed begrijpt. In haar voorhoofd verschijnt een diepe rimpel, dan slaat ze haar armen over elkaar.
'Oké,' zegt ze. 'Wat bedoel je?'
'Hoezo "bedoelen"?'
Eir zucht opnieuw.
'Wat bedoel je met dat hij je belt? Bedoel je dat je gelooft dat hij nog leeft? Denk je dat Jack Abrahamsson nog in leven is?'
Voor Sanna tijd heeft antwoord te geven, legt Eir haar hand op haar arm.
'Je hebt toch dat filmpje gezien van die beveiligingscamera in de passantenhaven?' zegt ze. 'Die film hebben we toch samen bekeken en we hebben toch besproken dat hij degene geweest moet zijn die die boot heeft gestolen? Het kan toch niemand anders zijn geweest in die verdomde boot die daar op het water dreef...?'
Sanna slaat haar ogen neer. 'Ik weet het, maar er is iets bijzonders met die telefoontjes...'
Eir haalt diep adem en slaat haar ogen ten hemel. 'Godallemachtig...'

'Eh...'
Eir gebaart naar Sanna dat ze verder moet praten.
Sanna vertelt haar hoe het begonnen is. Het eerste telefoontje, dat vroeg op een ochtend was gekomen, dat ze had neergelegd, maar dat er was teruggebeld, keer op keer. Hoe haar intuïtie haar er geleidelijk van had overtuigd dat degene aan de andere kant van de lijn Jack was. Dat ze begonnen was aantekeningen te maken van de geluiden, het Flashbackforum had doorgeploegd en alle plaatsen waar men hem gezien meende te hebben met kruisjes op een kaart had aangegeven. Hoe alle kruisjes op de kaart ten slotte een cluster hadden gevormd rond een klein plaatsje in Midden-Zweden, een paar kilometer landinwaarts vanaf de oostkust van het vasteland. Dat ze geprobeerd had er met de NOA over te praten, maar dat niemand haar serieus had genomen.

Als ze vertelt over het telefoontje dat ze heeft opgenomen, en daarna over de muziek die ze heeft weten thuis te brengen, staart Eir haar weer aan.

'Waarom heb je niks gezegd?' vraagt ze. 'Hoe kun je in vredesnaam zoiets voor jezelf houden?'

'Ik was bang dat ik voor gek zou worden versleten, en dat ze me weer zouden dwingen me ziek te melden. Bovendien wilde ik jou er niet mee belasten, je hebt al genoeg aan jezelf.'

'Hoe zeker ben je van je zaak?' vraagt Eir. 'Dat hij degene is die je belt?'

'Na vandaag... tja, weet ik het niet meer... Ik weet het eigenlijk helemaal niet.'

'En wat heb je daar op je hand geschreven? Waarom heb je "de zon" opgeschreven? Wat heeft dat te betekenen?'

'Ik weet niet wat het betekent, maar een van de keren dat hij me belde, riep iemand op de achtergrond iets in het Ests en daarna iets in het Engels wat klonk als "verzamelen" en "zon". Daarvoor hoorde ik kettingen rammelen, of misschien waren het kletterende plastic kratten, en zeemeeuwen... Ik kan me natuurlijk vergissen, maar misschien bevindt hij zich op een schip, een Estlands schip dat ergens vaart...'

'Godsamme... Ik ga Niklas bellen, misschien kan hij ervoor zorgen dat de NOA dit serieus neemt. Ook al zou je het mis kunnen hebben, ze moeten toch wel naar die gesprekken luisteren? En uiteraard moeten ze nagaan of jij niet op de een of andere manier beveiligd moet worden.'

Sanna knikt, opgelucht omdat Eir haar verhaal niet wegwuift.

Als ze de motor weer start en de weg op rijdt, belt Eir met Niklas, zet hem op de speaker en laat Sanna haar verhaal vertellen.

Als Sanna daarmee klaar is, geeft ze Eir haar mobiel en laat ze haar de geluidsbestanden naar Niklas sturen en een paar aantekeningen en een foto van de kaart die ze een week geleden heeft gemaakt. Net voordat Eir neerlegt, zegt ze dat Sanna misschien beveiliging nodig heeft.

'Ja,' zegt Niklas. 'Ik zal ons team van persoonsbeveiligers vragen om een analyse van de situatie te maken en een voorstel voor maatregelen te doen.'

'Ik heb geen beveiliging nodig,' zegt Sanna.

'Wil je niet in dienst blijven?' vraagt Niklas.

'Jawel, maar...'

'Dan moet je mij, als jouw chef, de verantwoordelijkheid voor jouw veiligheid laten nemen. We zullen ook alles doen wat we kunnen om zo snel mogelijk dat skelet te laten analyseren, zodat we kunnen uitsluiten dat het Jack is die jou steeds belt. Maar die telefoongesprekken moeten in elk geval worden gecheckt.'

Als ze de verbinding hebben verbroken, schudt Eir haar hoofd en kijkt dan naar Sanna.

'Er is toch niet nog meer wat je voor me verzwijgt, hè?'

Sanna denkt aan wat er op haar voordeur is gekrast en wat op een kruis lijkt, ook herinnert ze zich het kleine houten kruisje dat ze op de vloer van haar auto heeft gevonden. Jack heeft al zijn slachtoffers de keel doorgesneden met een horizontale en een verticale snede, als een kruis. Ze schuift onrustig heen en weer. Besluit dat dit niet het juiste moment is om daarover te beginnen. Ondanks alles beeldt ze het zich misschien alleen maar in. Ze neemt zich voor het aan Eir te vertellen als zich nogmaals zoiets voordoet, iets concreets.

'Je bent heus niet alleen, hoor,' zegt Eir. 'Dat weet je best. En Niklas is hartstikke goed. De NOA wil misschien wel naar het verhaal over Jack luisteren als hij het vertelt.'

Er valt een stilte, en Sanna trommelt met haar vingers op het stuur. De NOA zal het vast niet serieus nemen voordat het forensisch lab het skelet heeft onderzocht. Maar ze wil het er niet meer over hebben.

In plaats daarvan zegt ze: 'Ik heb gisteravond Gry Kristoferson gesproken.'

'Wat? Wanneer dan? Ben je er zonder mij naartoe gegaan?'

'Onderweg naar huis zag ik Daniel Orsa bij de afzetting rond de bunker. Dus ben ik uitgestapt en heb even met hem staan praten. Daarna ben ik naar de parkeerplaats bij het meer gelopen en verder naar de vogelkijktoren. En daar was Gry.'

'Wat deed Daniel daar in het bos?'

'Weet ik niet, ik denk dat hij het maar moeilijk kan accepteren dat zijn broer dood is.'

'Heeft hij nog iets gezegd?'

Sanna schudt haar hoofd. 'Hij vertelde alleen dat Alex gemeen tegen hem was toen hij nog klein was.'

'Alle kinderen zijn weleens gemeen tegen elkaar, vooral broertjes en zusjes.'

'Misschien.'

'En bij Gry, was het weer zo'n circus?'

'Nee, ze was eigenlijk best helder, althans een poosje.'

'En?'

'Ze had iemand op de parkeerplaats gezien. En ik geloof dat ze probeerde te zeggen dat ze een auto had gezien. Een gele auto.'

'Geel?' Eir draait haar hoofd. 'Zei ze géél?'

Sanna knikt, en zakt een beetje onderuit. Ze denkt aan Gry met haar gloeiende sigaret en aan hoe ze de hele tijd probeerde haar gedachten te ordenen. Haar gevecht met de tijd.

Eir legt een hand op Sanna's arm.

'Wacht even... Ik heb een oude, geelbruine wagen bij hen zien staan, een soort quad.'

'Waar dan?'

'In de schuur van Einar, toen ik een beetje aan het rondneuzen was nadat we bij hen binnen waren geweest.'

'Oké... Maar ik kan me nauwelijks voorstellen dat iemand op een quad...'

'Nee, maar stel je nou eens voor dat ze probeert ons iets te vertellen over haar eigen kerel?'

Sanna moet lachen.

'Hij woont immers dicht bij die bunker,' zegt Eir.

Ze buigt zich over haar mobiel en geeft Jon de opdracht om met spoed na te gaan of Einars naam in een van de politiebestanden voorkomt. En om daarna een lijst samen te stellen van alle gele auto's op het eiland. Als ze heeft neergelegd, zucht Sanna.

'Als Einar een bunker zou willen hebben, zou hij oneindig veel mogelijkheden hebben om zoiets op zijn eigen terrein uit te graven, dat zou hij nooit in het bos van een ander doen.'

'Misschien.'

'En er staan op het eiland veel gele auto's geregistreerd. Denk alleen maar aan alle auto's van de thuiszorg.'

'Dat was precies wat Jon ook zei.'

Jon. Sanna denkt aan wat Thomas de avond daarvoor had gezegd, wat zij over Jon had gelezen en de jongen die hij samen met zijn broer en zijn vrienden had gepest. Terwijl ze op de provinciale weg afslaat naar de woonwijk in de buurt van de plek waar Pascal is aangereden, vertelt ze het aan Eir.

'Ik heb altijd al gevoeld dat er iets niet deugt aan hem,' zegt Eir verbeten. 'Er is echt iets mis met die knul.'

Het buurtonderzoek in de wijk rond de plek waar Pascal is aangereden levert niets op. Niemand heeft iets gezien en bijna niemand is die donderdagavond of -nacht buiten geweest. Iemand heeft zijn hond uitgelaten, maar heeft daarbij voortdurend lopen telefoneren zonder op te kijken. Een jong meisje was na een feestje midden in de nacht thuisgekomen, maar haar noch de taxichauffeur die haar had afgezet was iets bijzonders opgevallen.

Terwijl Sanna en Eir van deur naar deur gaan, verhoren Niklas en Alice journalisten uit de kring van Axel Orsa. Zowel de redactie waarvoor hij werkte als collega's die net als hij freelancers waren. Ze checken al zijn contacten, maar vinden niets. Axel Orsa werkte het meest alleen.

Ze gaan verder met het analyseren van de financiën van de trainingsclub, zoeken naar schulden en doen onderzoek naar de financiële situatie van de familie. Kinderrechercheurs voeren gesprekken met alle jongens die in verband kunnen worden gebracht met de vechtkring, maar ook dat levert geen nieuwe informatie op. Pascal Paulsons criminele leven en netwerk zitten ingewikkeld in elkaar en zijn moeilijk te doorgronden.

Nadat Sanna en Eir bij de laatste deur van de buurt hebben aangebeld, hangt de hemel onrustbarend donker boven de zee. Het weerbericht voorspelt regen. Sanna wendt haar blik naar de blauwgrijze horizon terwijl ze probeert de gedachten en beelden in haar hoofd te ordenen.

De blauwe plek op Pascals slaap. De steekwond in zijn buik. De schaafwonden op zijn armen en benen. De remsporen van de banden op het asfalt van de weg. De handdoek met de vijfpuntige ster. De weerhaken van het prikkeldraad. De plek waar hij op zijn hurken tegen de muur zat, zijn hand die hij naar haar uitstak, kort voordat het allemaal voorbij was.

Eir wenkt haar vanuit de auto.

'Kom je nog? Zullen we nu de mensen van die boten gaan ondervragen?'

Sanna knikt. De illegale haven waarover ze op de radio hebben gehoord, ligt vlakbij. De mensen die hun schuurtje op een ponton hebben gezet en zonder vergunning ergens hebben aangemeerd, zullen niet erg blij te zijn met het bezoek van de politie. Maar ze hebben geen keus.

Bij het water is het stil en verlaten. Sanna parkeert bij een paar struiken. Een oudere man komt voorovergebogen de deur van een schuurtje uit. Hij schuifelt vooruit op twee niet bij elkaar passende laarzen en in een smerig reflecterend hesje met een capuchon. In zijn hand heeft hij een emmer, en ze vangen een glimp op van een vissenstaart die heen en weer slaat tegen de rand. Achter hem ligt een houten steigertje. Het donkere hout drijft op het water. Op vlotten en pontons staan half afgebouwde krotten.

'Dit beneemt je toch de adem,' zegt Eir.

Sanna knikt.

Ze stappen uit en lopen over de steiger naar iets wat er meer als een woonboot uitziet dan de andere tijdelijke behuizingen.

Aan een lijn hangt een eenzame, vuile handdoek. Overal liggen planken, onderdelen van pallets en beschimmelde kussens. Binnen is iemand aan het rommelen.

'Hallo?' roept Sanna. 'Wij zijn van de politie.'

Als niemand reageert, loopt ze richting iets wat eruitziet als een smerig raam. Ze kijkt naar binnen. Daar is het donker en kaal. Midden op de vloer staat een ijzeren bed, de veren die door het matras steken, zijn zichtbaar door de deken die erop ligt. Op het gekreukte kussen en overal rond het bed liggen gehavende pocketboekjes. Bruine druppels vallen met regelmatige tussenpozen van het plafond in een verroeste emmer.

Er klinkt het geluid van een piepende deur, waarna er een man naar buiten komt. Het wit van zijn ogen is bloeddoorlopen en hij heeft grote pupillen. Zijn gezicht is bruinverbrand door de zon.

'Ze zijn hier al geweest om ons te waarschuwen,' zegt hij.

'Kunnen we even een paar woorden wisselen?' vraagt Sanna. 'Het gaat niet over jullie woonsituatie.'

Hij knikt zwijgend. Loopt naar hen toe, gekleed in een gewatteerd jack dat vol vlekken en etensresten zit. Hij is klein. Op zijn wang zit een olievlek. De slingerende loopplank piept onder zijn voetstappen. In zijn hand heeft hij een schroevendraaier. Zijn kapotte en opgezwollen vingertoppen zijn roodbruin, misschien van bloed.

'Ik ben aan het schoonmaken,' zegt hij en hij steekt de schroevendraaier tussen zijn broekriem. Hij veegt zijn handen af aan zijn jack. 'Waar gaat het over?'

'Donderdagavond, wat heeft u toen gedaan?'

Zijn ademhaling maakt een piepend geluid.

'Hoezo?'

'We onderzoeken een misdrijf en hebben daarbij alle hulp nodig die we kunnen krijgen. Heeft u hier afgelopen donderdag iemand gezien die hier niet thuishoort? Hier of misschien ergens anders in de buurt?'

Een scheef lachje. 'Nee.'

Sanna wendt haar blik van hem af. De omgeving rondom hen is dichtbegroeid met kreupelhout en je moet je nek flink uitrekken om het struikgewas te kunnen zien waar ze de auto naast hebben geparkeerd. Achter die struiken glinstert iets, misschien een beek, maar ze kan niet zien waar die heen stroomt. Op de steiger iets verderop staat een teil. Vol jonge visjes. De koppen en staarten verdringen zich aan de oppervlakte. Ze rilt. De gedachte aan kinderen op de steiger, op hun knieën met hun blik op het bruine water gericht.

Ze recht haar rug en draait haar hoofd weer naar de man. 'Hoe heet u?'

'Tommy.'

'Kunt u ons even voorstellen aan de anderen hier, Tommy?'

Behalve een vrouw van middelbare leeftijd, die maar niet kan ophouden met praten over muggen en het gezoem in haar oren, wil niemand iets zeggen. Niemand heeft Pascal gezien, of iemand anders.

'Mocht iemand van jullie zich later toch nog herinneren iets gezien te hebben, mijn naam is Sanna Berling en dit is mijn collega Eir Pederson,' zegt Sanna tegen Tommy. 'We zijn dankbaar voor elk beetje informatie. Niemand hoeft ervoor naar het bureau, wij kunnen zo nodig gewoon hier terugkomen.'

Tommy wijst met zijn hand naar een kleine motorboot die een stukje verderop in het riet ligt. Het eenvoudige vaartuig is oranje.

'Als ik die eenmaal een beetje heb opgeknapt, pak ik m'n boeltje bij elkaar en vertrek naar een andere plaats.'

'Wat een mooie boot,' zegt Sanna. 'Is die van u?'

Hij kijkt haar aan. 'Soms heb je geluk,' zegt hij dan.

'Met hoeveel zijn jullie hier nu nog?' vraagt Eir.

Hij haalt zijn schouders op. 'Onze samenstelling verandert voortdurend. Als iemand zich niet goed gedraagt, raakt ons dat allemaal. Je kunt je maar beter netjes gedragen.'

'Worden jullie het niet zat?' vraagt Eir. 'Om steeds maar weer van plek te moeten veranderen?'

'Jawel,' zegt hij met een waterige blik. 'Maar wat voor keus hebben we?'

'De daklozenopvang?'

Hij haalt zijn neus op. 'De samenleving treitert ons, vervolgt ons. Waarom zouden we ons laten opsluiten?'

'Ik begrijp het,' zegt Eir.

'O ja?' Hij bekijkt haar nauwkeurig. 'Jij bent toch ook een van hen?'

'Wij zijn geen vijanden,' zegt Sanna.

'Iedereen die voor de overheid werkt, is een vijand,' zegt hij. 'Maar op een dag zullen we wapens hebben, dan zullen jullie nog eens wat zien.'

Eirs mobieltje laat een pingelend geluid horen en ze checkt haar berichten. Ze draait zich om en verstuurt snel een antwoord. Tommy peutert met zijn nagel aan een tand.

'Wat was dat?' vraagt hij als Eir zich weer omkeert.

Ze stopt haar mobiel weg.

'Wat?' vraagt hij weer.

'Gewoon iets van mijn werk,' zegt Eir en ze richt zich tot Sanna. 'Zullen we?'

'Wacht,' zegt Tommy. 'Waar ging dat berichtje over?'

Zijn stem klinkt vlak. Eir kijkt hem aan.

'Het was een collega van het bureau...'

'De deurwaarder heeft tegen ons gezegd dat we meer tijd krijgen,' zegt hij en hij slikt. 'Dus waarom roep je dan versterking op?'

Sanna steekt haar hand uit, maakt een kalmerend gebaar. 'Niemand heeft iets opgeroepen. Tijdens ons werk communiceren we voortdurend met collega's.'

'Wat heb je dan ge-sms't? Rapporteer je wat ik gezegd heb?'

Zijn gezicht boven het dikke jack verandert van kleur.

'Geef mij je mobiel,' zegt hij en hij spuugt op de steiger naast Eir.

'Wat?' zegt Eir, waarna ze wegloopt.

Hij doet een paar stappen en gaat voor haar staan, zijn lichaam wiebelt voor hij op de ongelijke planken zijn evenwicht hervindt. De schroevendraaier heeft hij weer in zijn hand.

'Jullie zitten overal, denken jullie dat ik dat niet weet?' zegt hij.

Sanna's ogen blijven kalm op hem rusten. 'Wij zijn hier alleen maar omdat we proberen uit te zoeken wat er gebeurd is met een jonge man die...'

Meer kan ze niet zeggen voor Tommy Eir vastgrijpt. Hij wrijft met zijn hand over de zak waarin haar mobiel zit.

'Godverdomme,' schreeuwt ze en ze duwt hem van zich af.

'O ja...?' briest hij.

Sanna duwt Eir voor zich uit. Ze stappen van de steiger af en haasten zich naar hun auto.

'Wachten jullie maar af,' brult Tommy hen na. 'Dan zullen jullie nog eens zien...'

Even later zitten ze in hun auto.

'Ik baal ervan dat ik zo woedend werd,' zegt Eir en ze slaat met haar vuist tegen het portier. 'Het zijn namelijk juist mensen zoals hij die ons nodig hebben.'

Ze doet het raampje open. Sanna keert de auto terwijl ze over haar schouder kijkt, naar de steiger en de schaduwen die zich om Tommy heen verzamelen.

'Oké, zullen we de camping hier in de buurt ook even doen?' zegt Eir.

Sanna knikt. De laatste keer dat ze de camping gezien heeft, was gisteravond in een tv-reportage. Ava Dorn voor het verroeste bord. Haar reptielachtige gezicht en de sterke, getatoeëerde handen waarmee ze druk gebaarde terwijl ze haar gal spuwde over Mia Askar. En daarna Jacks laatste telefoontje.

'Wat is er?' vraagt Eir.

Sanna concentreert zich.

'Heb je gisteravond die reportage op tv gezien?' vraagt ze.
'Met die heks, bedoel je? Nee, maar ik heb erover gehoord...'
'Dan weet je dus ook dat ze hier woont?'
Eir knikt. 'Ik had gehoopt dat ze verschrompeld was.'
'Vlak na dat programma heeft Jack me gebeld.'
'Denk je dat hij die reportage ook gezien heeft? Dat hij je daarom belde?'
Sanna hoort hoe dat klinkt. Maar, denkt ze, na Holger Crantz was Ava Dorn waarschijnlijk degene op aarde die Jack het meest haatte. Misschien heeft hij het op haar voorzien.
'Oké...' verzucht Eir. 'Dus op naar de caravans?'
'Je kunt in de auto blijven zitten, als je dat wilt.'
Eir moet lachen.
'Rij nu maar, voor het noodweer wordt.'

De zeemist zweeft boven het gras als ze het bord en de roestige slagboom passeren op weg naar camping Solviken. Als ze er aankomen, ligt alles er verlaten bij; geen mens te zien, alleen een paar schaarse rijen caravans.

Als ze uitstappen, ruiken ze een geur, misschien hasj.

'Hoe kunnen we het hier het beste aanpakken?' vraagt Eir terwijl ze onrustig om zich heen kijkt.

Sanna steekt haar hand in haar jas en haalt de foto van Pascal tevoorschijn.

'We lopen gewoon een rondje en kijken of iemand met ons wil praten.'

Er klinkt het knarsende geluid van een deur.

'Aha, hier lopen jullie dus gezellig rond,' klinkt een hese stem achter hen.

Ava Dorn. Ze stapt uit een caravan. Bleek en pezig, met een uitdrukkingloos gezicht. Achter een van haar oren heeft ze een sigaret. Haar kleren hangen wijd om haar heen en vertonen rafels aan de naden.

'Wat doen jullie hier?' vraagt ze.

De opeenhoping van littekens op haar beide wangen. Die koele blik. Eir herinnert zich haar alsof het onderzoek naar de wraakzuchtige moorden gisteren heeft plaatsgevonden.

Het geluid van zoemende vliegen. Op een krukje naast de deur van haar caravan staat een bord met rauw gehakt en een vork, naast een glas met iets wat eruitziet als heel donker bier, misschien port.

'Ik heb bloedarmoede,' zegt Dorn en ze glimlacht naar Eir zodat haar tanden zichtbaar worden.

Sanna houdt de foto van Pascal omhoog.

'Herkent u deze man? Heeft u hem misschien hier ergens in de buurt gezien?'

Ava Dorn steekt haar sigaret aan. Zuigt de rook diep haar longen in en houdt hem daar even vast. Terwijl ze hem uitblaast, kijkt ze hen door de rook strak aan. Schudt haar hoofd.

'Wie is hij?'

'Hij heette Pascal Paulson,' zegt Sanna. 'Hij is dood. Wij denken dat hij ergens hier in de buurt een ongeluk heeft gehad.'

Dorn knikt. 'Ja...'

'Ja?' zegt Eir. 'Weet u iets?'

Een kort, hol lachje, dat overgaat in gehoest.

'Moeten jullie niet vragen of ik hem heb gedood?'

Sanna en Eir wisselen een blik. Dorn steekt drie vingers in de lucht. De krachtige getatoeëerde hand is robuust vergeleken met haar pezige onderarm.

'Jullie hebben dat moordenaarsjoch drie jaar geleden zomaar laten ontsnappen... En als ik jullie bel en om hulp vraag omdat ik me bekeken voel, dan komt geen van jullie smerissen opdagen. Maar nu staan jullie hier wel, voor jullie eigen doel. Geweldig. Willen jullie misschien even binnenkomen voor een kop koffie, zodat we eens goed kunnen praten over wat júllie nodig hebben?'

Sanna stopt de foto van Pascal weg.

Eir slaat haar blik neer in een poging nergens op in te gaan. Ze zou eigenlijk willen zeggen dat Dorn het verdient om met haar angst te leven, nadat ze een volwassen man geholpen heeft bij misdrijven tegen kinderen. Maar in plaats daarvan houdt ze haar lippen stijf op elkaar.

'Wat bedoelt u als u zegt dat u zich bekeken voelt?' vraagt Sanna.
Dorn houdt de rook weer vast in haar longen.
'Ach, ik ben niet zo gemakkelijk bang te maken…'
Sanna gebaart naar Eir dat ze verder moet lopen.
Het wit van Dorns ogen is door de rook te zien.
'Het is dat varkensjoch,' zegt ze. 'Ik werd wakker doordat hij door het raam naar me stond te staren. Maar het is een laffe klootzak. Hij rende snel weg.'
'Daniel Orsa? Weet u dat zeker?'
'Misschien moet ik vanaf nu met een mes onder m'n kussen gaan slapen,' zegt Dorn terwijl ze haar sigaret uitdrukt.
'Ik zal met Daniel gaan praten,' zegt Sanna.
De rimpels rond Dorns ogen breiden zich uit tot haar haargrens.
'Het is jullie niet gelukt die eerste jongen vast te houden, dus waarom zou ik erop vertrouwen dat jullie die andere wel kunnen tegenhouden?'

30

Sanna en Eir lopen zwijgend door de lichte foyer van het politiebureau. Net op het moment dat de deur van de lift achter hen dichtgaat, dringt Farah nog naar binnen.

'Aha, hoe gaat het?' vraagt ze terwijl ze zich met haar bloes van chiffon wat koelte toewappert.

'De technische recherche is nog in de bunker aan het werk,' zegt Eir. 'Tot nu toe zijn er geen sporen meer gevonden. Niets.'

'Wat hebben jullie dan nog nodig van een bezwete officier van justitie, hoe kan ik nog helpen?'

Eir schudt haar hoofd.

'De kartonnen doos met munitie die jullie in die bunker hebben gevonden,' zegt Farah. 'Hebben we die doos nog in verband kunnen brengen met een handelaar of een bedrijf?'

Sanna schudt haar hoofd. 'Oud karton. De kogels hadden geen merktekens.'

Farah zucht. De liftdeur gaat open.

'Hou me op de hoogte,' zegt ze terwijl ze snel wegloopt, het geluid van haar naaldhakken echoot door de receptie.

In de recherchekamer is iedereen al aanwezig behalve Niklas, die als laatste binnenkomt en de deur dichtdoet.

'Allemaal bedankt voor jullie harde werk,' zegt hij. 'Ik heb vergeefs naar Sudden lopen zoeken voor een update en ik heb net Vivianne gesproken.'

'Nog nieuws?' vraagt Eir.

Niklas schudt zijn hoofd. 'Hoe is het jullie vergaan?'

'Niet écht geweldig,' zegt Eir. 'Niemand heeft Pascal gezien. We zijn bij die illegale haven geweest en op de camping, hebben buurtonderzoek gedaan en ja, zo'n beetje alles…'

'En dan hebben we Gry Kristoferson nog,' zegt Niklas en hij richt zich tot Sanna. 'We hebben steeds gehoopt dat zij in staat is te vertellen wat ze vanaf die vogelkijktoren heeft gezien.'

'Ja, en het zou kunnen dat zij heeft gezien dat iemand Pascal in een gele auto heeft geduwd,' zegt Sanna.

'Zoals ik aan de telefoon al zei, rijden er op het eiland veel gele auto's rond,' zegt Jon.

Eir kijkt naar de vloer.

'En de thuiszorg, met al hun gele auto's?' zegt ze. 'Kunnen we daar enige hulp van verwachten?'

Jon lacht honend.

'Kom op,' zegt Eir.

Jon kijkt haar strak aan.

'Dat zijn toch allemaal van die kleine autootjes. Ik denk niet dat iemand zo'n wagentje gebruikt kan hebben om er Pascal Paulson mee te vervoeren. Maar toch heb ik een lijst gemaakt van alle medewerkers die in zo'n auto rijden en heb vervolgens hun namen in ons strafregister gecheckt.'

'Niets?' vraagt Sanna.

'Niets.'

'En Einar Kristoferson?' zegt Eir.

'Voor zover we in het register hebben kunnen zien, is ook op zijn naam niets opmerkelijks gevonden.'

Jon steekt zijn hand uit naar een glas water op tafel. Daarbij dwingt hij Sanna, die daar staat, een stap opzij te doen.

'Misschien riskant om te luisteren naar iemand die ze niet allemaal op een rijtje heeft,' mompelt hij.

Sanna gaat weer op haar oude plek staan.

'Gry Kristoferson is vooralsnog onze enige getuige,' zegt ze. 'Ongeacht haar psychische toestand kunnen we wat ze gezien heeft niet zomaar terzijde schuiven.'

Jon glimlacht loom, hooghartig.

'Alice, wat heb jij?' vraagt Niklas.

'Ik heb met de redactie van Axel Orsa gepraat en met journalisten uit zijn directe omgeving, maar niets. We moeten in zijn computer zien te komen...'

'Daar wordt aan gewerkt,' zegt Niklas.

De deur gaat open en de receptionist komt binnen, hij overhandigt Alice een stapeltje uitvergrote foto's. Ze begint ze meteen op het whiteboard vast te maken, en geleidelijk verschijnt het beeld van de bunker.

Niklas' mobiele telefoon gaat. Hij kijkt op het display, legt het toestel op tafel en zet de speaker aan.

'Sudden,' zegt hij. 'We zijn hier allemaal, dus ga je gang.'

'De bloedspatten in de bunker waren waarschijnlijk van Pascal, misschien van de klap die hij op zijn hoofd heeft gekregen. We moeten uiteraard de DNA-analyse nog afwachten, maar we hebben ook een bloedige afdruk gevonden van een van zijn handen, ik vermoed dat hij misschien een poosje op de grond heeft gelegen, bewusteloos na die klap.'

'Dat verklaart hoe de dader tijd kan hebben gehad om zich met Axel Orsa bezig te houden,' zegt Eir. 'Terwijl Pascal buiten westen was en misschien in de bunker was opgesloten.'

'Nog meer, Sudden?' vraagt Niklas. 'Wat kun je over de bunker zelf en over hoe die is gebouwd vertellen?'

'We onderzoeken nog steeds de constructie, maar het ziet ernaar uit dat we te maken hebben met metalen platen die aan elkaar zijn gelast. We hebben sterke, dragende stalen buizen gevonden en een goed verborgen, tamelijk geavanceerd luchtfiltersysteem. In een doos hebben we tekeningen aangetroffen van een klein regenwatersysteem en om de bunker zo om te bouwen dat die een extra uitgang krijgt, een nooduitgang dus.'

'En wat de andere zaken betreft die ons misschien kunnen helpen – hebben jullie geen tekeningen gevonden, kaarten of wat dan ook, iets wat kan verklaren waar die bunker voor bedoeld was?'

'Niets.'

'Misschien zijn die er nooit geweest,' zegt Sanna. 'Aantekeningen, bedoel ik. Ergens.'

'Je bedoelt dat Pascal Paulson misschien helemaal geen groter plan had?' zegt Niklas.

Sanna haalt haar schouders op.

'De samenleving maakt een soort crisis door, of niet soms? We zien bijna dagelijks mensen die hun vertrouwen in alles en iedereen zijn verloren...'

Niklas knikt alsof hij het daarmee eens is.

'Oké,' zegt Sanna. 'Laten we het verder over de bunker hebben... Ben je nog iets meer te weten gekomen over de botten van die dode vogel?'

'Helaas niet,' zegt Sudden. 'We hebben er niets aan kunnen ontdekken, of aan het lint dat eromheen gewikkeld zat. Maar jullie weten vast wel dat gedroogde kippenpoten goed zijn voor honden, weinig vet en rijk aan kalk. In sommige landen zijn gefrituurde vogelpoten ook een delicatesse...'

'Mijn ex-vrouw komt uit Tsjechië,' zegt Niklas. 'Ze vertelde onze dochter altijd sprookjes. Een van die verhaaltjes ging over een heks die in het bos woont met een hek van mensenbotten rond haar huis, ze heet Baba-Jaga of zoiets. Mijn dochter was doodsbang voor haar toen ze klein was. Baba-Jaga, of hoe ze ook heet, heeft blijkbaar een bek die zo groot is dat die helemaal tot in de hel reikt – ja, het is haar schuld dat de aardkorst op bepaalde plaatsen gebarsten is.'

'Oké, bedankt,' zegt Eir en ze kijkt enigszins verward.

'Wacht even,' zegt Niklas. 'Mijn punt was alleen maar dat de heks in een huis van kippenpoten woont, zodat ze in alle richtingen kan kijken. Misschien gaan die vogelpoten in de bunker over zoiets, een soort bijgeloof? Of ze fungeren alleen als een herinnering, of een soort waarschuwing?'

Jon kijkt grijnzend naar de grond.

'Die klotesprookjes ook, geen wonder dat we allemaal een beetje gestoord zijn...' zegt Eir.

'Als jullie nog meer te vragen hebben... Ik blijf hier nog een tijdje in het lab,' zegt Sudden.

Niklas bedankt Sudden voor het feit dat hij gebeld heeft en zegt tegen de anderen dat het tijd is voor een korte pauze voor ze verdergaan. Iedereen loopt de gang op, tot alleen Niklas en Sanna er nog zijn.

Sanna staat voor de foto's van de bunker, met haar blik op de poten van de roofvogel gericht.

'Gek eigenlijk, hè…' zegt Niklas. 'Overal gebruiken we veren voor, in onze jacks en onze kussens, we eten vlees van dieren die nog nooit de zon hebben gezien… Maar als we naar deze botten kijken, zien we opeens iets heel anders…'

'Dan zien we onze eigen wreedheid,' zegt Sanna.

Niklas stopt zijn handen in zijn zakken en zucht.

'Tja,' zegt hij. 'Moet jij niet ook even vijf minuten pauzeren?'

Sanna aarzelt.

'Ik heb met de NOA gepraat,' vervolgt Niklas. 'Daarna ben ik bij een twee uur durende bespreking geweest met het team dat zich bezighoudt met de zaak-Jack Abrahamsson.'

'En?'

'Ze hebben alle informatie aangenomen, maar wachten nu eerst op de uitkomst van het onderzoek van het skelet dat in de grot is gevonden.'

Hij legt vervolgens uit dat ze allemaal bang zijn om te gehaast te werk te gaan, om nog meer fouten te maken in die zaak.

'Jij krijgt een alarmtelefoon,' zegt hij. 'Je weet hoe die werken, hè?'

Sanna knikt. Ze heeft die zwarte telefoons met zo'n grote rode knop al vele malen tijdens haar werk gezien, maar had nooit gedacht dat ze hem ooit zelf nodig zou hebben.

'Die is uitgerust met gps,' vervolgt Niklas. 'Zorg ervoor dat je hem altijd bij je hebt. Daarna zien we wel of we nog meer maatregelen moeten nemen.'

Ze knikt en loopt naar de deur.

'Nog één ding,' zegt hij. 'Je hebt hierbij mijn toestemming overal je dienstwapen te dragen, ook als je geen dienst hebt.'

In de personeelskamer draait Eir de kraan dicht en droogt haar mond af met de mouw van haar shirt. Ze kijkt om zich heen. De witte muren, de ronde tafel van licht hout en de bijbehorende stoelen met gecapitonneerde zittingen. Ze vraagt zich af of iemand die ooit gebruikt, zelf doet ze dat nooit.

Op de vensterbank zit een kleine mus. Het is een vrouwtje. Vaalbruin en lichtgrijs, maar mooi getekend. Heel even zit ze daar, dan is ze weg.

Eir zet haar mobieltje aan en gaat het internet op, zoekt op Flashback naar de berichten over Jacks verdwijning. Net als de vorige keer dat ze daar zocht, geven al die opmerkingen haar een akelig gevoel. Een lange lijst, vol speculaties, een wirwar van anonieme stemmen. Een ervan trekt haar aandacht. Iemand die zich 'Släckaren666' noemt, beweert dat Jack gemanipuleerd is om die moorden te plegen, eerst door Mia Askar, daarna door Sanna Berling.

Als Sanna de personeelskamer binnenkomt, legt Eir direct haar mobieltje weg en doet de koelkast open.

'Honger?' vraagt ze.

Sanna schudt haar hoofd.

Aan de andere kant van het raam glijdt langzaam een zwarte terreinwagen voorbij. Als de auto precies voor het raam stopt en het portier geopend wordt, stroomt er harde klassieke muziek naar buiten, misschien Beethoven. Er stapt een man uit. Hij is lang en mager, gekleed in een chino en een poloshirt. Zijn hoofd is kaalgeschoren. Aan zijn pols heeft hij een groot, sportief horloge. Als hij zijn armen achter zijn rug uitrekt, worden zijn pezige spieren duidelijk zichtbaar. Kort daarna verschijnt Jon, die naar hem toe loopt. Ze omarmen elkaar met een klap op elkaars rug, waarna de man Jon een envelop overhandigt.

'Verdacht,' zegt Eir en ze geeft Sanna een kop hete, dampende koffie. 'Ik heb nagedacht over wat je me over Jon verteld hebt, over toen hij nog klein was, hoe ze die arme jongen hebben getreiterd... En die tattoo die hij heeft gehad, dat hakenkruis...'

'Ja?'

'Ik denk aan de wapens waarover we het hebben, in welke kringen hij heeft verkeerd. Misschien dat hij weet...'

Jons stem in de gang maakt dat ze verder zwijgt. Een seconde later staat hij bij het aanrecht en vult een glas met water.

'Wie is die weldoener van zonet?' vraagt Eir.

'Gewoon een oude vriend,' mompelt Jon.

'Die je onder werktijd witte enveloppen komt toestoppen, nounou...'

'Van bepaalde oude zaken kom je nooit af, toch?' zegt Jon terwijl hij zijn blik op Sanna laat landen.

Aan de andere kant van het raam gaat het portier van de terreinwagen open en de man stapt weer uit. Hij doet het achterportier open en buigt zich naar binnen. Hij zoekt naar iets op de vloer. De achterbank staat vol drank. Wodka, rum en diverse flessen gin. Hij slaat het portier weer dicht, blijft een ogenblik staan, draait zich dan om en kijkt omhoog naar het raam, recht in Sanna's gezicht.

'Wat wilde hij dan?' vraagt ze terwijl ze zich omdraait naar Jon.

'Hoezo? Wat bedoel je?'

'Die oude vriend van je, wat wilde hij?'

'Daar heb jij toch niets mee te maken, of wel soms?'

Sanna haalt haar schouders op.

'Of wel soms?' herhaalt Jon.

Hij kijkt haar uitdrukkingloos aan.

'Zullen we weer naar binnen gaan?' vraagt Eir en ze glimlacht gemaakt.

'Is het iemand die je van lang geleden kent?' gaat Sanna verder.

'Wat bedoel je?' zegt Jon. 'Waar ben je op uit?'

'Ik weet het niet...'

'Wat weet je niet?' Jons stem klinkt beheerst maar gespannen.

'Iedereen weet dat je een hakenkruis hebt gehad en voor skinhead hebt gespeeld toen je jong was,' zegt Eir. 'Ik denk dat ze wil weten of je contacten hebt met iemand die de samenleving wantrouwt of zich met wapens bezighoudt...'

Jon glimlacht schuins naar Sanna.

'Jij bent echt ongelooflijk...' zegt hij. 'Moet je me ook niet vragen waar ik donderdagavond was, nu je toch bezig bent?'

Sanna wacht rustig af.

'Ben je nou echt serieus?' De glimlach verdwijnt langzaam van zijn gezicht.

Sanna zet haar koffiekopje weg. Jons blik krijgt iets benauwds.

'Ik was die avond thuis, heb met een paar vrienden whisky zitten drinken,' zegt hij. 'En de reden dat mijn oude vriend hier langskomt, is dat hij gaat hertrouwen en mij een uitnodiging voor de bruiloft is komen brengen.'

Ze zwijgen. Sanna kijkt hem na terwijl hij door de deuropening de kamer uit loopt. Zijn uniform, dat strak om zijn armen zit, de kaarsrechte nek.

Ze wacht tot hij verdwenen is en wendt zich dan tot Eir.

'Heb jij zijn vrienden weleens ontmoet?'

'Dat heeft waarschijnlijk niemand van ons.'

Eirs ogen worden somber.

'Hé, ik zag dat je met Niklas stond te praten?' zegt ze.

Sanna knikt. 'De NOA wacht af.'

'Maar je krijgt nu wel een soort beveiliging, voorlopig?'

'Ik heb een alarmtelefoon gekregen, en toestemming om continu mijn dienstwapen te dragen.'

'Je kunt mij ook altijd bellen; beloof je dat je dat doet als je voelt dat er iets niet in orde is?'

Sanna geeft geen antwoord.

'Ik zeg niet dat ik het geloof, maar áls hij nog leeft, als hij onderweg is, terug naar het eiland, dan is niemand veilig,' vervolgt Eir. 'Ook jij niet.'

'Waarom zou hij mij opzoeken om me iets aan te doen? Het enige wat ik ooit heb gedaan, is hem helpen...'

'Kom op nou, je hebt hem bijna achter slot en grendel gezet. Maar je hebt toch nog steeds medelijden met hem? En je denkt toch dat hij iets van je wil? Is dat de reden dat hij je belt, dat hij jouw hulp wil?'

Sanna zegt niets, staat daar alleen maar.

'Wacht nou even,' zegt Eir. 'Verdomme, je denkt toch niet dat je hem iets verschuldigd bent omdat hij die pyromaan voor zijn rekening heeft genomen?'

'Ik ben niemand iets verschuldigd...'

'We hebben het over een seriemoordenaar. Ik wil niet dat je opneemt als hij weer belt. Niet voordat de NOA zich ook met de zaak bezighoudt. Hoor je wat ik zeg?'

'We zien elkaar zo in de recherchekamer,' zegt Sanna en ze loopt weg.

Eir kijkt om de hoek van Niklas' kamer en klopt op de open deur. Hij legt zijn mobiele telefoon weg.

'Ik heb net met Sanna gepraat.' Ze slaat haar armen over elkaar. 'Over die telefoontjes en het...'

'Ze is niet bang,' zegt hij.

'Ze is zo verdomd eigenwijs...'

Hij gebaart dat ze moet gaan zitten.

'Het is het meest waarschijnlijk dat het de een of andere kwajongen is.'

'Wie zegt dat? Jij of de NOA?'

Hij haalt zijn schouders op.

'Tijdens een telefonisch overleg met de NOA vroegen ze me wat het Jack zou opleveren om contact met Sanna op te nemen, en op die vraag had ik geen goed antwoord. Waarom zou hij een politie-inspecteur bellen en het risico lopen zijn verblijfplaats te onthullen? Via een telefoongesprek kan de beller immers worden opgespoord.'

'Waarom moeten we risico's nemen door proberen te raden wat een psychopaat wil?'

Haar oog valt op een map naast zijn toetsenbord. Een stukje van een geprinte foto steekt eruit. Iets blauws met bloemen erop. Ze krijgt een onbehaaglijk gevoel.

Hij volgt haar blik en duwt de foto terug de map in.

'De NOA heeft me die gestuurd voor ons overleg...' zegt hij, bijna verontschuldigend.

Zonder na te denken pakt ze de map van zijn bureau en klapt hem open.

De foto's van de plaatsen delict van drie jaar geleden.

Bovenop Marie-Louise Roos. Boekenantiquair. Ze ligt op haar gigantische sofa. Een arm bungelt omlaag naar de vloer. De blauwe kimono met geborduurde bloemen zit als een hoes om haar magere lichaam. Haar borstkas is aan flarden gescheurd door ontelbare wilde messteken. In haar hals zitten twee sneden in de vorm van een kruis.

De volgende is het tafereel dat ze nooit meer uit haar hoofd heeft kunnen zetten. De tienerkamer van Jack Abrahamsson. De muren, de vloer en het plafond zijn bedekt met bloedspetters. Op het bed ligt het lichaam van een vrouw. Rebecca Abrahamsson, Jacks moeder. Ook zij heeft ontelbare steken in haar hartstreek gekregen en ook bij haar is er een kruis in haar hals gesneden. De arm met de hand die over de rand van het bed hangt, zit onder de snijwonden, verwondingen die ze heeft opgelopen toen ze zich wilde verweren. Tot op het laatst heeft ze geprobeerd zich te verdedigen tegenover haar dertienjarige zoon, die op haar bleef inhakken.

Niklas klapt de map dicht en trekt hem uit Eirs handen.

'Ik denk dat Sanna ervan overtuigd is dat Jack haar nooit iets zal aandoen,' zegt hij.

'En jij vertrouwt op haar oordeel? Nadat je dat hebt gezien?' Ze knikt naar de map.

'Dat heb ik niet gezegd...'

'Wat zeg je dan?'

'Maak je maar niet ongerust.'

'Niet ongerust?'

'De NOA zegt hetzelfde, Jack heeft geen reden om Sanna iets aan te doen...'

'Ze heeft hem bijna achter slot en grendel gezet. Je bedoelt dat dat niet voldoende reden is?'

Eir denkt aan het lichaam van Rebecca Abrahamsson, aan het bloed op de lakens. Kort nadat ze Rebecca hadden ontdekt, hadden ze Jack gevonden. Hij had ineengedoken in een garderobekast gezeten, slechts een paar meter bij het lichaam van zijn moeder vandaan. Gekleed in een pyjamabroek en een shirt had hij zich bevend van hen afgewend. Van iedereen, behalve van Sanna. Daar en toen had hij haar gekozen, op dat moment. Daarna was ze steeds in zijn buurt gebleven en had het onderzoek geleid dat zijn veroordeling tot gevolg had gehad.

'Ik weet het,' zegt Niklas. 'Maar...'

'Wat "maar"?'

Ze staat op en schopt tegen haar stoel. Door de luchtstroom valt de map open en de foto's verspreiden zich over het bureau.

'Het beste wat we volgens mij kunnen doen, is haar steunen terwijl we op de NOA wachten,' zegt Niklas kalm.

'En wat doen we als het allemaal totaal niet opschiet?'

Hij staat op, loopt naar haar toe en legt een hand op haar schouder. Langzaam draait ze haar hoofd naar hem om.

'Ik geloof niet dat je begrijpt hoe gevaarlijk hij is,' zegt ze. 'Ze heeft medelijden met hem.'

'Misschien is hij het ondanks alles toch niet.'

Ze duwt zijn hand weg.

'Maar als hij het wel is, wat dan?'

Terug in de recherchekamer gaat Sanna voor de foto's van de binnenkant van de bunker staan. Daarna verplaatst ze haar blik naar de foto's van Pascals appartement. Ze blijft staan bij een close-up van de voorraadkast. Dan loopt ze verder naar de hal en de badkamer in. Af en toe kijkt ze terug naar de foto's uit de bunker. Close-ups van de planken en van wat erop staat, alles van glazen potten met linzen tot de vacuümverpakte kleren en dekens. De kleine nummerbordjes van de technische recherche bij de bloedvlekken op de vloer, bij de plek die eruitziet als een afdruk van een voet of een hand, en close-ups van de gedroogde roofvogelbotjes. Terwijl zij de foto's bekijkt, discussiëren de anderen over vervreemding, over mensen die de staat niet vertrouwen. Niklas vertelt over zijn ervaringen, onderzoeken naar misdrijven waarvan de daders zijn geïnspireerd door samenzweringstheorieën. Eir vertelt over hun bezoek aan de illegale haven.

'Er zijn heel wat mensen die de regering als hun vijand beschouwen,' zegt ze, 'die zich het liefst willen ingraven en pistolen hamsteren. De droom om jezelf te bewapenen suddert hier en daar. We hebben geen idee wie Pascal Paulson kan hebben geholpen die bunker te bouwen, het zou in feite bijna iedereen daar in dat dorp of op de boerderijen eromheen geweest kunnen zijn...'

Ze raakt de draad kwijt als ze merkt dat Sanna niet luistert, maar zich focust op de foto's uit Pascals appartement.

'Wat is er?' vraagt ze.

Sanna reageert niet, maar belt weer met Sudden en zet de speaker van haar telefoon aan.

'Er lag toch een EHBO-doos in de bunker?' vraagt ze.

'Ja,' antwoordt Sudden, en ze hoort hem in papieren graaien. 'De inhoud was niets bijzonders. Gewone pijnstillers, jodium en zo.'

'Waren er nog andere doosjes met medicijnen, zalf of iets dergelijks?'

'Je bedoelt dingen die je alleen op recept kunt krijgen? Nee, dan had ik dat wel gelijk gezegd...'

'Waar ben je naar op zoek?' vraagt Eir.

Sanna legt haar telefoon opzij, met Sudden nog steeds aan de lijn. Ze loopt naar de foto van Pascals badkamer. Haalt de foto van het badkamerkastje van het whiteboard en legt hem midden in de kamer op tafel. Wijst op vier doosjes met oogdruppels die naast elkaar staan.

'Ja, hij had problemen met zijn ogen,' zegt Eir. 'Rosacea, niet op de huid, zoals bij de meeste patiënten, maar bij hem zat de aandoening op zijn ogen. Blijkbaar kwam het af en toe opzetten en verdween het dan weer.'

'Mijn man had dat ook,' zegt Sanna. 'Als het weer oplaaide, was het erg lastig, dan kon hij absoluut niet zonder zijn oogdruppels.'

'Dus je bedoelt dat als Pascal zo'n oogkwaal had, hij er toch voor gezorgd zou moeten hebben dat die druppels ook in de bunker lagen? Net zoals hij een kleine voorraad thuis in zijn appartement had?'

'Niet dan?'

'Wat nog meer?'

Sanna wijst naar de planken in de bunker, en daarna naar de planken in Pascals keuken en verder naar het aanrecht, dat vol staat met voedingssupplementen, proteïnepoeder en proteïnerepen.

'Pascal trainde hard, ja. Maar hij kan toch haast niet alleen op linzen en zaden geleefd hebben. In zijn keuken liggen producten voor spierversterking, voor het optimaliseren van hormoonniveaus en testosteron. Niet dat ik geloof dat hij die bunker volgeladen zou moeten hebben met supplementen, maar zelfs geen enkele proteïnereep? Niets uit een reformwinkel of een van de producten die hij thuis in overvloed had?'

'Als die bunker niet van Pascal was, wat deed hij daar dan?' vraagt Eir.

Sanna pakt nog een andere foto en legt hem op tafel. Ze pakt een pen en trekt een cirkel om iets in de bunker, een blik bakpoeder.

'Waarom zou iemand daar in die bunker bakpoeder moeten hebben?' zegt ze.

'Misschien om dingen schoon te maken,' zegt Alice. 'Er bestaan immers talloze huishoudelijke tips...'

'Misschien,' zegt Sanna. 'Maar kijk hier eens naar...'

Ze steekt haar arm in de lucht.

'Dit is ongeveer de afstand van de grond tot aan de plank waar dat bakpoeder staat. Pascal was iets langer dan ik, dus als hij zijn hand ernaar zou uitsteken, of het snel zou willen terugzetten, dan zou hij het ongeveer daar neerzetten.'

Ze wijst met haar pen. Achter het blik bakpoeder ligt iets. De boeken. Die hebben niets met eten te maken, noch met schoonmaken.

'Sudden,' zegt ze. 'Die bloedvlek zat toch onder de plank met boeken? Dat wil dus zeggen dat Pascal daar is neergeslagen.'

'Ja.'

'Jij denkt dat Pascal in die bunker was om iets op te halen, dat blik met bakpoeder?' zegt Eir. 'En daarbij werd betrapt en neergeslagen?'

Sanna schudt haar hoofd.

'Ik denk dat Pascal in die bunker was om iets terúg te halen,' zegt ze. 'Iets wat hij daar had afgeleverd toen Nina hem bij de bunker zag. Later die avond verscheen hij opeens met een hoop contant geld.'

'Hij had zijn vader en Sonja horen ruziemaken over geld en was van plan terug te halen wat hij eerder had verkocht, om het daarna nogmaals te verkopen?' zegt Eir.

Sanna knikt en tekent vervolgens een cirkel op een andere foto.

Nog een blik bakpoeder, maar dit blik is onder een plank naar achteren gerold.

'Nina heeft gezegd dat hij in een supermarkt was,' zegt ze.

'Verrek,' zegt Eir. 'Hij moest de bunker in om dat blik te vervangen. Hij was dus in die winkel om bakpoeder te kopen...'

'Heb je dat nog gecheckt?' vraagt Eir terwijl ze zich tot Jon richt. 'Ik heb je toch gevraagd om in de winkel aan de andere kant van het plein na te gaan wat Pascal daar gekocht heeft?'

'Je kunt het ook helemaal mis hebben,' zegt Jon en hij staart Sanna boos aan. 'Het kan wel een gewoon blik zijn geweest...'

'Als ik gelijk heb, zit het antwoord in dat blik met bakpoeder, het blik dat op die plank in de bunker stond,' zegt Sanna. 'Sudden?'

Geen reactie. Wel klinken er voetstappen. Handen die in zakjes wroeten, ritselende geluiden, daarna hoort ze een deksel die wordt opgetild.

'Sudden,' zegt Niklas. 'Ben je daar?'

'Ja...' zegt Sudden.

'Wat zit er in dat blik?' vraagt Sanna.

'Amfetamine...' zegt Sudden. 'De duivel mag me halen als dit geen amfetamine is...'

'Kun je dat echt met het blote oog vaststellen?' vraagt Niklas.

'Ik heb vijftien jaar bij het Nationaal Forensisch Centrum gewerkt,' zegt Sudden. 'Heb daar bijna dagelijks amfetamine gezien. Uiteraard moeten we de definitieve screening afwachten, maar ik ben er zo zeker van als wat.'

Eir vloekt hardop.

'Die bunker is dus misschien niet van Pascal,' zegt ze. 'Dan beginnen we dus weer helemaal opnieuw.'

'Misschien niet helemaal,' zegt Sanna en ze pakt nog een foto van de bunker en legt hem op tafel.

De boeken.

'Eerst realiseerde ik het me niet...' zegt ze.

'Wat is het dan?' vraagt Eir.

'Geschiedenis, talen, voedingsleer... Survival, en hier ligt een boek over Latijn...'

'Ja?' zegt Eir ongeduldig en ze gaat naast Sanna staan. 'Het is toch niet zo vreemd dat iemand die een ondergrondse bunker bouwt, boeken heeft over voeding en survival? Of dat hij belangstelling heeft voor geschiedenis als hij vindt dat het tegenwoordig allemaal shit is?'

'Dat is het niet.' Sanna wijst naar een van de boeken, *The Nuer* van E.E. Evans-Pritchard. De anderen buigen voorover, zodat ze het kunnen zien.

'Dit boek is echt oud…' zegt ze. 'Uit een andere tijd, net als de andere…'

'Je bedoelt dat hij een ouder iemand is?'

Sanna denkt even na.

'Of dat hij ze gekocht heeft van iemand die oud is?'

Alice zucht en schudt haar hoofd.

'Wat?' vraagt Eir.

'Ik weet het niet, maar het is moeilijk om dit alles te zien en niet iemand voor ogen te hebben die verdrinkt in eenzaamheid, iemand die bezig is zijn perspectief te verliezen op wat de wereld is, op zichzelf…'

'Iemand die verstoten is?' zegt Niklas.

'In elk geval iemand die zich niet verbonden voelt met het heden en met andere mensen,' zegt Alice. 'Waarom zou hij anders een gat in de grond graven, voedsel hamsteren en oude boeken lezen over geschiedenis en andere culturen en beschavingen?'

'Maar wat moet hij dan met die amfetamine?' zegt Eir. 'Om wakker te blijven, ja, maar waarom dan in godsnaam helemaal onder de grond?'

'Omdat hij bang is?' zegt Alice. 'Als er iets gebeurt wat hem ertoe brengt naar beneden te klimmen en in die bunker te blijven, dan neemt hij misschien aan dat hij min of meer dag en nacht wakker moet blijven? Om de wacht te houden?'

Sanna knikt. 'Het is mogelijk dat hij bang is, op een bepaalde manier gekweld…'

'Misschien is dat in alle opzichten waar,' zegt Eir. 'Maar vergeet niet dat hij ook iets anders is…'

'Wat dan?' vraagt Alice.

'De grootste verschrikking van de wereld. Een eenzame, moordzuchtige gek. In oorlogen gebruikt men soms drugs om te kunnen doden.'

31

Niklas bestelt diverse broodjes voor de recherchekamer. Sanna nipt aan haar koffie en luistert terwijl de anderen zich van eten voorzien. De korte verhalen over elkaars privéleven, de kinderen of hun ouder wordende vaders en moeders, het verkeer en het weer. Eir glimlacht naar haar vanaf de andere kant van de tafel. De kamer is goed geventileerd en fris. De luxaflex is opgetrokken en de ramen staan open. Niklas zegt iets tegen de receptionist, die zijn headset om zijn nek hangt, lacht en even aan de piercing in een van zijn oorlelletjes trekt. Hij heeft lijnen in zijn gezicht die haar nooit eerder zijn opgevallen. Overal herinneringen aan het feit dat de dingen nu anders zijn. De aanwezigheid van Niklas heeft iets losgemaakt, misschien een zekere luchtigheid, hoop.

'Eir?' zegt hij. 'Ging het goed bij Farah?'

'Ja, onze geliefde officier van justitie verwerkt alle informatie over Pascal en wat we weten over de amfetamine. Ze gaat mensen en middelen inzetten om die te vergelijken met alle andere vragen die we nog hebben, zodat die ons mogelijk verder kunnen helpen. Als er een verband bestaat tussen de amfetamine van Pascal en dealers uit ander onderzoek, zal ze dat vinden.'

Niklas knikt. Terwijl Eir een kaneelbroodje in haar mond propt, schrijft hij drie woorden op het whiteboard: RECHTS-EXTREMISME, JIHADISME en LINKS-EXTREMISME.

'Voorbeelden van extremisme in ons land die geweld verheerlijken,' zegt hij. 'We hebben niets wat erop wijst dat we met een van deze categorieën te maken hebben, maar omdat we niet weten wat voor wapens er eventueel in de bunker hebben gelegen, is er een speciale eenheid van de inlichtingendienst ingeschakeld.'

'Internetonderzoek?' vraagt Alice.

Niklas knikt. 'We moeten maar afwachten of ze iets kunnen vinden wat in verband met het eiland kan worden gebracht, bijvoorbeeld iemand op een forum of iets dergelijks. Wie weet.'

'Laten we het eens wat meer over Axel Orsa hebben,' zegt Eir. 'Hij heeft zich in nogal sterke bewoordingen uitgelaten over de kalkwinning en mensen op het eiland die worden misleid en misbruikt.'

'Ja,' zegt Sanna, 'maar is dat iets waarom iemand hem zou vermoorden? En was het wel de bedoeling dat hij dood zou gaan, of was het misschien een ongeluk?'

Eir zucht en eet nog een kaneelbroodje. 'Wat zeiden ze op de redactie waar hij werkte, en wat zeiden de andere journalisten die jullie gesproken hebben?' vraagt ze met haar mond vol.

'Axel werkte meestal alleen,' zegt Alice. 'Hij deed intensief onderzoek naar verschillende zaken.'

'Wat voor zaken?' vraagt Eir.

Alice haalt haar schouders op.

'Zijn chef-redacteur zegt dat hij vooral over politiek schreef, de laatste tijd met name over de verkiezingen,' zegt Niklas. 'Maar daarnaast werkte hij ook op freelancebasis voor verschillende opdrachtgevers. Daarbij was hij blijkbaar extreem voorzichtig om mensen iets te vertellen voor hij een zaak helemaal rond had. Dus ja, misschien verbergt de dader zich ergens in een bestand op zijn computer.'

'En hoe gaat het daarmee?' vraagt Sanna.

'De forensische IT-afdeling is het nog niet gelukt erin te komen,' zegt Niklas.

Jons blik dwaalt onzeker in de richting van de gang, alsof hij bang is dat daar iemand staat mee te luisteren.

'Ik denk nog aan iets anders,' zegt hij terwijl hij zijn hoofd laat zakken en naar zijn schoenen kijkt. 'Mijn broer heeft een paar jaar geleden in de stad in een van die kringloopwinkels gewerkt. Hij vertelde me over een gozer die alle dozen met boeken kocht die ze uit een nalatenschap hadden gekregen, dozen waarvan de meeste nog niet eens waren opengemaakt. Ja, hij had een van die boeken op een plank zien staan en vroeg toen of er ergens nog meer van dezelfde overledene waren.'

'O ja?' zegt Sanna.

Jon draait zich met tegenzin naar haar om en kijkt op zodat hun blikken elkaar ontmoeten.

'De reden dat hij me dat vertelde, was waarschijnlijk alleen maar om op te scheppen omdat hij er veel geld voor had gekregen.'

Hij krijgt opeens een zwaar gevoel in zijn benen, zoals hij daar tegen de muur staat. Sanna laat zijn woorden tot zich doordringen. Ze heeft altijd geweten dat Jon een broer heeft. Plotseling herinnert ze zich dat die er niet alleen bij was toen ze die jongen hadden opgesloten in een bak met strooizand, maar dat hij later ook was veroordeeld wegens mishandeling. Er was een vechtpartij ontstaan toen hij in de shop van een benzinestation een zak chips had meegenomen zonder te betalen en de nachtwaker hem in zijn kraag had gegrepen.

'Degenen die in zulke winkels werken, mogen niet iets verkopen als de chef er nog geen prijs voor heeft vastgesteld,' zegt Jon. 'Maar deze knul had mijn broer er zoveel geld voor geboden dat hij hem via de achterdeur had binnengelaten om zaken met hem te doen.'

'En jij denkt nu dat deze boeken daarvandaan komen?'

Jon haalt zijn schouders op.

'Boven in een doos lagen meerdere exemplaren van eenzelfde boek, daarvan gooide die vent er een naar mijn broer om zelf te houden. Mijn broer had natuurlijk geen zin om het te lezen, dus heeft hij het bij mij achtergelaten.'

Sanna schuift de foto van de boeken uit de bunker naar Jon. Hij tikt met zijn vinger op *The Nuer*. 'Dat kloteboek.'

Sanna en Eir rijden zwijgend en bevrijd van al het gekeuvel naar de lammerenboerderij waar Jons jongere broer, Tobias Klinga, tegenwoordig werkt. Ze passeren de slagboom van het boerenbedrijf. Eir buigt naar voren en zet de radio aan. Het nieuws schalt door de auto terwijl ze door het mooie natuurlandschap rijden. Nog steeds niet veel over Pascal Paulson, noch over Axel Orsa. De conflicten op het Europese vasteland blijven het nieuws domineren en tussendoor sijpelen de binnenlandse politieke speculaties over de verkiezingen binnen, aangedikt, luid en duidelijk.

Eir kijkt om zich heen. Hier en daar liggen hoopjes grind, die erop duiden dat de weg wordt gerepareerd. De weilanden zijn intensief begraasd, het dode gras is geel en stoppelig. Tussen de bomen rusten de lammeren. Bij een gat in het hek is een jonge man aan het werk. Eir draait de achteruitkijkspiegel zo dat ze hem nog een paar seconden langer kan zien.

'Ik hoop dat dit geen tijdverspilling is,' zegt ze.

Ze naderen een erf waar een vuur brandt. Een oudere vrouw rijdt er met een kruiwagen vol kranten en afval naartoe. Zwarte rook stijgt op naar de hemel. Iets verderop, voor een brede, overdekte houtberging, staan twee mannen messen en scharen te slijpen.

Zodra Sanna en Eir uitstappen, klinken er dierengeluiden, diep en hees geblaat. Door een kier in de deur van een grote schuur is een deel van de ooien te zien.

'Wat komen jullie doen?' vraagt de vrouw zonder de kruiwagen los te laten.

'We zoeken Tobias Klinga,' zegt Eir.

Een van de mannen loopt naar hen toe. Zijn ogen zijn strak op Eir gericht.

'Ik ben Tobias,' zegt hij.

'Wij zijn van de politie,' zegt Eir. 'We hebben geprobeerd je op je mobiel te bellen.'

'Aha, dat waren jullie dus... Ik neem nooit op als ik niet weet wie het is. Waar gaat het over? Is er iets gebeurd?'

Hij heeft een kromme nek. Zijn haren hangen als lange oren op zijn schouders. Zijn ruwe handen zitten vol kleine wondjes. Als hij een doosje snus tevoorschijn haalt en een portie onder zijn lip duwt, valt Sanna het kleine litteken op zijn bovenlip op, in de vorm van een halve cirkel.

'We willen graag even met u praten over iets wat een paar jaar geleden is gebeurd toen u in de stad bij een kringloopwinkel werkte,' zegt Eir. 'Heeft u een momentje?'

'Eh, ja?'

Zijn ogen zijn leeg. Sanna probeert enige overeenkomst met Jon te ontdekken, maar vindt niets. Behalve zijn stem. Die doet niet alleen denken aan die van Jon, het zou zelfs Jons eigen stem kunnen zijn.

'Het heeft te maken met een lopend onderzoek en we willen alleen maar even praten, er is helemaal niets waarover u zich ongerust hoeft te maken,' zegt ze. 'Misschien herinnert u zich iets wat ons kan helpen.'

'Neem me niet kwalijk, maar ik begrijp er niets van, waarover precies wilt u het met me hebben?'

Bij het vuur achter Tobias loopt de vrouw de rook in en uit. Haar grijze haar ziet eruit als veren in de beroete damp. In de lucht zindert een geur van verbrand plastic. Sanna wil iets over het vuur opmerken, maar ze houdt zich in.

In plaats daarvan zegt ze: 'Heeft u er bezwaar tegen als we even naar een wat rustiger plekje gaan om te praten?'

'Natuurlijk niet,' zegt Tobias en hij loopt in de richting van een geteerd bijgebouwtje.

Plotseling geroep maakt Eir aan het schrikken en ze kijkt naar een garage die een eindje verderop staat. Het geluid van twee motoren die gelijktijdig worden gestart.

Binnen in het bijgebouwtje staan een tafel en een paar stoelen. Op de tafel staan een waterkoker, enkele mokken en een blik oploskoffie. Op een wand achterin ziet Sanna een oud, zwart-geel, met punaises opgehangen reclameaffiche voor een album van The Doors, *L.A. Woman*. Op het affiche staat een vrouw die aan een telefoonpaal is gekruisigd.

'Ik zou u wel echte koffie willen aanbieden, maar dit is alles wat we hier hebben,' zegt Tobias terwijl hij naar de waterkoker wijst en op een van de stoelen gaat zitten. Direct springt er een dikke kat op zijn schoot, die begint te spinnen.

'Uw broer Jon werkt nu bij ons,' begint Eir. 'Hij heeft ons verteld dat u een keer boeken uit een nalatenschap heeft verkocht aan een man die bij u in de kringloopwinkel kwam.'

'O ja, heeft hij dat verteld?' zegt Tobias en hij slaat zijn armen over elkaar.

'Wilt u daar iets over vertellen?'

'Ik weet niet waar jullie het over hebben…'

'U kunt ons helpen bij een lopend moordonderzoek,' onderbreekt Eir hem. 'Het kan ons echt geen bal schelen of u daar in die winkel de regels van uw werkgever heeft overtreden, we willen alleen met u praten over de man die toen is binnengekomen.'

Zijn lege ogen worden groter.

'Wat voor moordonderzoek? Gaat het om die jongen die in het bos is gevonden?'

'Wilt u ons vertellen wat u zich herinnert van de man aan wie u die boeken heeft verkocht?' zegt Sanna.

Tobias zucht luid.

'Ik herinner me niet veel… Niet meer dan dat het zo'n dag was waarop we veel nieuwe spullen moesten uitpakken en in de winkel zetten. Ik stond bij de boeken een doos uit te pakken en opeens stond hij daar naast me, die vent, en wilde een van de boeken hebben die ik in mijn hand had.'

'Wat was dat voor boek?'

'Dat weet ik niet meer, iets over antropologie, geloof ik.'

'Hoe zag hij eruit?' vraagt Eir. 'Die vent, hoe zag hij eruit?'

'Weet ik niet meer, ik geloof dat hij donker haar had, of donkerblond, of roodblond… Ik weet het verdomme echt niet meer en ik ben slecht in kleuren.'

'Vergeet die kleuren dan, kunt u hem op een andere manier beschrijven? Zijn ogen? Was-ie groot of klein?'

'Nee, ik weet het niet, hij zag er misschien niet bijzonder uit, denk ik.'

'Misschien herinnert u zich iets over zijn manier van praten?'

Hij knippert met zijn ogen. 'Het is ook zo lang geleden.'

'Jon vertelde dat u aan die man diverse dozen boeken hebt verkocht. Hoe kwam dat zo?'

'Misschien heeft hij me gevraagd of ik nog meer van die archeologieboeken had…'

'Archeologie?' zegt Eir gefrustreerd. 'Zonet had u het toch over antropologie?'

'En u zei dat u alleen over hém wilde praten, niet over die verdomde boeken.'

'Oké,' zegt Sanna en ze steekt haar hand op om hem te kalmeren.

'Ik herinner het me eigenlijk niet,' zegt Tobias. 'Maar ik geloof dat ik gezegd heb dat die doos boeken van een nalatenschap afkomstig was en toen vroeg hij alleen maar of er uit het huis van de overledene misschien nog meer boeken waren. Toen heb ik hem meegenomen naar het magazijn, ja, achter de winkel hadden we alles opgeslagen. Eigenlijk was het meer een garage.'

Hij denkt na, gooit zijn hoofd in zijn nek.

'Had die zaak geen beveiliging?' vraagt Eir.

'Waarom denkt u dat ik die boeken rechtstreeks aan hem durfde te verkopen?'

'Zou u toch nog eens willen proberen hem te beschrijven?' vraagt Eir met een koel glimlachje.

Tobias schudt zijn hoofd.

'Littekens of tatoeages?'

'Niet dat ik me kan herinneren.'

'Hoe oud zou u zeggen dat hij was?'

'Misschien in de dertig of zo'n vijfendertig, maar wat weet ik er nou van...'

'Was hij lang, klein...?'

'Hij was groot, had veel spieren... Ik weet het niet...'

'En de manier waarop hij praatte? Een dialect misschien? Sprak hij woorden op een speciale manier uit?'

De lege ogen glimmen.

'U bedoelt ongeveer zoiets als in een film, dat hij een bepaald woord overal verkeerd zei?' Zijn tanden lichten op in het halfdonker terwijl hij achteroverleunt.

'Wat dan ook,' zegt Eir geïrriteerd.

Hij zet de kat op de vloer en gaat staan.

'Ik weet eigenlijk niets meer. Het leek alsof hij precies wist wat hij wilde hebben, geen lulkoek zeg maar.'

Eir zucht. 'Dus verder niets?'

De kat strijkt langs zijn benen. Hij pakt hem op en aait hem weer even.

'Hoe gaat het eigenlijk met Jon?' Zijn stem klinkt rustig.

'Vraag het hem zelf maar,' zegt Eir.

'Ach,' zegt hij. 'Niemand maakt zich ooit druk om hem. Iedereen heeft altijd gedacht dat ik de oudste ben, hoewel het precies andersom is.'

Hij masseert de nek van de kat.

'Ik vermoed dat hij een hoop onzin over mij heeft verteld voor jullie hiernaartoe gingen.'

'Maakt u zich daar maar niet druk over,' zegt Eir. 'We wilden alleen maar weten wat er met die vent in die winkel is gebeurd.'

De kat ziet er in de armen van Tobias opeens komisch uit, bijna als een knuffeldier. Zijn poten zijn slap, onbeweeglijk. Tobias merkt dat Eir naar het dier staart en hij tilt zijn hand iets op van de kattennek. Het beestje zet direct zijn tanden erin en springt uit zijn armen.

'Heeft hij nog iets bijzonders over mij gezegd?' vraagt hij.

'Jon heeft eigenlijk helemaal niets gezegd,' zegt Sanna naar waarheid.

Hij kijkt naar de plek op zijn hand waar de kat hem heeft gebeten.

'Hij heeft nog nooit een meisje gehad,' zegt hij.

'Is er nog iets meer wat u zich herinnert of over die vent kunt vertellen?' vraagt Eir.

'Nadat onze moeder ervandoor is gegaan, heeft hij nooit meer iemand kunnen vertrouwen.'

'Oké,' zegt Eir en ze draait zich om naar Sanna. 'Zullen we gaan?'

Tobias laat een lach horen. 'Ik vertel dat alleen maar zodat jullie weten met wie je samenwerkt.'

'Bedankt voor uw tijd,' zegt Sanna. 'Als u zich nog iets herinnert, bel ons dan even.'

'Onze moeder had een nieuwe man ontmoet, we wisten dat ze er vroeg of laat vandoor zou gaan. Maar Jon, die altijd een slapjanus is geweest, heeft elke nacht liggen huilen. Toen hij op een dag uit school kwam, was ze in de slaapkamer bezig haar koffer te pakken. Toen deed hij haar deur op slot, huilde nog meer en smeekte haar om te blijven of hem met zich mee te nemen. Ze beloofde bij hem te blijven als hij de deur openmaakte, wat hij deed. Het rotwijf duwde hem opzij en is de deur uit gerend. Hij was pas acht.'

Eir slikt, ze heeft kippenvel op haar armen, ondanks de warmte. 'Misschien had ze het echt nodig om daar weg te komen.'

Tobias loopt naar de deur en duwt hem open.

'Dat is nu juist het probleem met alle wijven,' zegt hij. 'Jullie zijn allemaal hetzelfde. Jullie zijn geen van allen te vertrouwen.'

Terug op het bureau loopt Eir langs de werkkamer van Farah. De deur staat open. Farah kijkt niet op.

'Hoe staat het ervoor?' mompelt ze terwijl ze iets opschrijft.

'We wachten tot we in de computer van Orsa kunnen komen, dat is op dit moment misschien wel onze beste kans,' zegt Eir.

Farah schudt haar hoofd. 'Daar zullen we drie keer zoveel IT-specialisten voor nodig hebben…'

Eir loopt de deur uit, verder de gang in. In de recherchekamer treft ze Alice, die over haar laptop gebogen zit.

'Ha,' zegt Eir en ze laat zich op een stoel zakken.

Alice kijkt op van haar computerscherm terwijl ze tussen een paar papieren op tafel tast en iets doorstreept op een lijstje.

'Wat heeft hij gezegd, die broer van Jon?' vraagt ze.

'Niet veel. Wat ben jij aan het doen?'

Alice draait haar computer zodat Eir het scherm kan zien. Het hele beeld wordt gevuld met een wirwar van discussielijnen, categorieën en ondercategorieën van een of ander forum.

'Echt?' zegt ze. 'Niklas heeft toch gezegd dat de IT-afdeling het internetonderzoek gaat uitvoeren en jij…'

'Ik kijk alleen maar een beetje rond,' onderbreekt Alice haar ruw. 'Ik heb dit eerder gedaan.'

Sanna slentert naar binnen met haar thermosfles en een tasje met fruit, dat ze op de tafel uitspreidt.

'Zullen wij ook op forums gaan zoeken, kijken of we daar iets kunnen vinden wat ons verder leidt?' zegt Eir.

Sanna knikt zwak. 'Nog nieuws over de computer van Axel?'

Eir schudt haar hoofd, ze trekt een laptop naar zich toe en klapt hem open. Ze graait naar een appel en zet haar tanden erin.

'Alice?' zegt Sanna. 'Wil jij ook iets?'
Alice kijkt op haar horloge. 'Nee, dank je, ik heb eten bij me.'
Ze verdwijnt door de deur naar buiten en komt kort daarna terug met een glas water, een mes en een boterham en een ei op een bord. Eir hangt iets voorover, haar armen rusten op het tafelblad, ze kauwt luidruchtig op haar appel.

'Wat heb je daar voor een feestmaaltijd,' zegt ze tegen Alice. Terwijl ze lacht vallen er kleine stukjes appel uit haar mond.

Alice pelt voorzichtig haar ei, en nadat ze haar mes in het glas water heeft gedoopt, snijdt ze het in dunne plakjes. Daarna snijdt ze de boterham in kleine, perfect vierkante stukjes. Ze legt de plakjes ei erop en eet ze een voor een op, langzaam.

Eir lacht weer, maar Alice glimlacht niet. Als ze klaar is, verlaat ze de kamer met haar bord. Ze is na een kort moment terug en gaat weer aan het werk.

De uren gaan voorbij terwijl ze verschillende forums bezoeken en langs discussielijnen scrollen. Ze tillen als het ware de ene na de andere deksel op in een wereld die zowel fascinerend als angstaanjagend is.

Zich een weg banen door de rechts-extremistische websites is het moeilijkst. Overal steunbetuigingen aan wat er op het Europese vasteland gebeurt, de rechts-extremistische groepen die iedereen de mond hebben gesnoerd. Verder de ene bijdrage na de andere over rassenideologie en hoe immigratie en de multiculturele samenleving het land kapotmaken, hoe extreem altruïsme en de toenemende verloochening van onze eigen geschiedenis en ons cultureel erfgoed de nationale identiteit uithollen. Leedvermaak over terroristische aanslagen overal ter wereld en schietpartijen in kwetsbare gebieden in het eigen land. De waarde van een mens wordt bepaald door de kleur van zijn huid, en wit is sterk in opkomst.

Bepaalde discussielijnen bestaan slechts uit vragen, geen constateringen. Mensen die op zoek zijn naar verbinding, veel vragen er naar groepen of organisaties die proberen leden te werven die bereid zijn om tot handelen over te gaan als dat nodig is. Sanna speurt naar leidraden die erop wijzen dat iemand zich op het eiland bevindt of naar informatie over het eiland op zoek is. Eir onderzoekt chats over wapens of het uitwisselen van wapentuig. Alice probeert alles te vinden wat mogelijk met Pascal of Axel te maken kan hebben. Niets.

'Ik ben net langs honderden bijdragen gescrold waarin beweerd wordt dat mannen geen mannen meer zijn,' zegt Alice.

'Is er echt geen mogelijkheid om dieper in te duiken op wie deze mensen zijn?' vraagt Sanna. 'Sommige dingen die hier geschreven worden, zijn namelijk… Ik weet niet eens hoe ik het moet noemen…'

'Er bestaan statistieken en er worden voortdurend analyses gemaakt van patronen in het internetverkeer,' zegt Alice. 'Maar veel mensen surfen anoniem en maken gebruik van versleutelde browsers…'

'Kijk hier nou,' zegt Alice en ze draait haar scherm naar de anderen. 'Kijk hoe het maar dóórgaat…'

In een discussielijn onder de naam 'Zweedse vrouwen houden van terreur' stromen de bijdragen achter elkaar binnen. Een stortvloed van commentaren dat vrouwen die vluchtelingen helpen, verdienen te worden verkracht en gedood.

'En zo gaat het de hele dag door… Het houdt nooit op.'

Eir klapt haar laptop dicht en rekt zich uit. Haar schouders doen pijn. Ze loopt naar het whiteboard en de collage met foto's van de bunker en het bos.

Het donkerblauwe lapje gebreide stof. Ze herinnert zich hoe het eruitzag toen het aan die tak vastzat, als een veer. Het had er best met de wind naartoe kunnen zijn gewaaid, heel ergens anders vandaan.

Haar blik gaat verder, naar de gedroogde botjes van de poten van een roofvogel, waarvan Sudden bevestigd had dat ze van een buizerd afkomstig waren.

'Macaber gedoe…' mompelt ze.

Ze verkreukelt het lege fruittasje, smijt het in een van de prullenbakken in de kamer en kijkt bedachtzaam naar Alice en Sanna.

'En wat gaan we nu doen?'

Alice kijkt op de klok en staat op. 'Ik neem vijf minuten pauze,' zegt ze.

Eir zucht en kijkt sceptisch naar Sanna.
'Zou jij misschien ook niet eens een fijngehakte boterham moeten eten? Zal ik voor ons allemaal een liniaal gaan halen?'
Alice loopt zonder een woord te zeggen naar de deur.
'Wat is er met haar aan de hand?' zegt Eir. 'Geen humo...'
'Hou je kop er even bij,' zegt Sanna.

Buiten voor de voordeur staat Alice op haar mobiel te kijken. Eir gaat naast haar staan.
'Niet iedereen kan net zo perfect zijn als jij...' zegt ze en ze slaat haar armen over elkaar. 'Ik heb waarschijnlijk constant een soort zuurstofgebrek in mijn hersenen, wat maakt dat ik voortdurend stomme dingen zeg... Sorry.'
'Mijn hele tienertijd en ook nog een heel poosje toen ik al in de twintig was, heb ik aan anorexia geleden,' zegt Alice. 'Ik ben nu gezond, maar mijn eetroutines zijn met regelmatige tussenpozen weer net zo dwangmatig... Als alles om me heen te ingewikkeld wordt, vormen die als het ware een soort houvast voor me...'
'Ik had geen idee,' zegt Eir. 'Het is me nooit eerder opgevallen dat je bezig was dingen te snijden... Tot vandaag.'
Alice schudt haar hoofd. 'Ik heb het ook heel lang niet meer gedaan. Pas de laatste paar dagen begon ik het weer te voelen, en dan moet ik me aan die routines vastklampen.'
'Hoe slecht ben je eraan toe geweest?'
Alice laat haar hand met het mobieltje zakken en houdt het stil tegen haar dijbeen.
'Ik was misschien net twintig, ik had mijn eerste eigen appartement en woonde er ongeveer een halfjaar. Ik zat op een avond tv te kijken toen er aangebeld werd. Voor de deur stond een man die ik nog nooit had gezien, twee politieagenten, een paar ambulancemedewerkers en mijn moeder. Ik kreeg een paar minuten de tijd om mijn tas te pakken met spullen die ik mee mocht nemen.'
'Wat? Werd je gedwongen opgenomen?'
'Elf weken in een psychiatrische kliniek.'
Een paar seconden staat alles stil.

'Hoe heb je dat in godsnaam gerooid?'
Ze haalt bijna onzichtbaar haar schouders op.
'Ik heb geleerd bepaalde gelaatsuitdrukkingen te verbergen... Ik mocht geen bezoek ontvangen. Ten slotte ben ik begonnen met bidden...'

Haar gezicht krimpt ineen, ze zwijgt. Eir herinnert zich dat zij en Alice een keer tijdens het onderzoek naar de oude moorden ruzie hadden gehad over religie. Hoe ze het nooit had kunnen begrijpen, Alice als een gelovig mens. Misschien dat ze elkaar daar hadden ontmoet, in een vaal kamertje van een psychiatrische inrichting, Alice en God.

'Ik zou het erg op prijs stellen als dit tussen ons kan blijven,' zegt Alice. 'Ik schaam me nergens voor, maar op dit moment heb ik niet het gevoel dat ik het aankan om er ook met andere mensen over te praten.'

Ze checkt haar mobieltje, maar op haar scherm zijn geen nieuwe berichten verschenen.

'Is er op dit moment iets bijzonders aan de hand, iets wat maakt dat je die routines weer nodig hebt, bedoel ik?' vraagt Eir.

Alice schudt haar hoofd. 'Of, jawel, ik mis mijn ex...'

Eir knikt, ze wil iets zeggen, maar ze kan zich er niet toe zetten. In plaats daarvan bijt ze op haar lip.

'Heb je contact met een arts of een therapeut voor het geval de routines je niet zouden helpen?'

'Ik ga nooit meer naar een dokter of therapeut. Zelfs als ik mijn hand zou breken, zou ik dat niet doen.'

'Oké, maar wat doen we als dat niet meer helpt...?'

'Het helpt.'

Eir haalt diep adem, probeert haar stem in bedwang te houden. 'Als je weer eens het gevoel hebt dat alles om je heen te ingewikkeld wordt, dan zeg je het tegen mij, zodat we elkaar kunnen helpen.'

Eir kijkt om zich heen, haar oog valt op een vrachtwagen die aan de overkant geparkeerd staat. Op de bestuurdersstoel zit een man te eten. Om de andere hap morst hij op zijn dubbele kin en veegt hem weer schoon.

'Sluiten ze ook mensen op die te veel eten?' zegt ze en ze gebaart naar de vrachtwagen. 'Ik bedoel, in ons deel van de wereld moeten er waarschijnlijk meer mensen zijn die eerder sterven doordat ze te veel wegen dan te weinig?'

Alice knippert met haar bleke ogen.

Eirs mobiel trilt, ze opent het sms'je van Fabian met een link. Het is een advertentie voor een rijtjeshuis.

'Fabian wil dat we gaan samenwonen. Voor dit huis is er volgende week een bezichtiging.'

'Het ziet er goed onderhouden en mooi uit...' zegt Alice.

Eir knikt. 'Een ríjtjeshuis? Wie denkt hij wel dat ik ben?'

Alice pakt het mobieltje uit haar hand en scrolt door de foto's van de advertentie. Ze stopt bij de foto van een kleedkamer.

'Kijk, hier heb je plaats voor al je vieze gymschoenen, zowel de linker als de rechter.'

Eir moet lachen. 'Verrek... Het is alsof hij denkt dat we een oude trein zijn, alsof we roesten wanneer we stil blijven staan.'

'Zullen we weer naar binnen gaan?' zegt Alice met een glimlach. 'Verdergaan met die andere nachtmerrie?'

Op het bureau gaat de middag over in de avond. De chaos in de recherchekamer wordt groter, met koffiekopjes, waterglazen en lege borden.

Eir steekt haar armen omhoog en geeuwt. Alice kamt haar haar, zet haar bril recht en leunt voorover op haar ellebogen. Eir gluurt naar haar scherm, waarop een taart te zien is die versierd is met een hakenkruis.

Sanna zit aan de andere kant van de tafel en scrolt koortsig.

'Wat is er?' vraagt Eir.

'Ik weet het niet, er is hier een persoon die vraagt of iemand weet hoe je je eigen zelfmoord live op internet kunt zetten...'

Eir staat op, loopt om de tafel heen en gaat naast Sanna zitten. Ze leest de ene bijdrage na de andere waarin verschillende leden van het forum reageren met adviezen en aanwijzingen hoe je op de gemakkelijkste manier een einde aan je leven kunt maken en het tegelijk op internet uitzendt. De laatste bijdrage is een maand geleden geplaatst.

Ze herinnert zich dat ze de sociale media van Mia Askar had doorzocht toen ze drie jaar geleden aan het onderzoek naar die moorden werkte. Daarbij had ze de chats gelezen tussen Mia en onbekende mensen die het meisje tips hadden gegeven over afgelegen wateren rondom het eiland. De met water gevulde kalkgroeve waar het lichaam van Mia was aangetroffen, was een van die plekken.

Sanna zet haar computer uit en staat op.

'Het wereldje dat in zulke forums wordt opgebouwd, wordt hun héle wereld... Zelfs als je dood wilt is er niemand die daar iets tegen inbrengt,' zegt ze. 'Niemand die een alternatief aandraagt.'

'Als je verder niets anders in je leven hebt, kunnen sociale media, zoals dit forum, gemakkelijk het grootste deel van je bestaan worden,' zegt Alice. 'Er zijn daar veel mensen bij die geen contact hebben met familie, vrienden of werk...'

Er klinken voetstappen, daarna zien ze Jon in de deuropening staan.

'Het is de forensische IT-afdeling gelukt om in de computer van Axel Orsa te komen,' zegt hij. 'Ze hebben iets gevonden.'

32

Op de forensische IT-afdeling komt hun klassieke muziek en de geur van warme chocolade tegemoet. Een man van middelbare leeftijd met donkerblond, enigszins dun haar verwelkomt hen en stelt zich voor als Mateo Månsson, het nieuwe hoofd van de afdeling. Zijn wangen zijn bol en rozig als hij praat. Op hetzelfde moment dat hij hen een raamloze kamer binnenloodst, trilt in zijn zak hardnekkig zijn mobiele telefoon. Op een tafel in de kamer staat een dunne, zilverkleurige laptop open. Sanna's oog valt op een kleine sticker naast het toetsenbord. Een wit hoofd met fel gemarkeerde zwarte ogen en over de ene helft van het gezicht een rood net. Een zombie.

'Wat krijgen we te zien?' vraagt Eir.

Mateo wijst naar een map op het bureaublad van de computer.

'Wat is het? Ik wil hem niet openen als er lugubere foto's in zitten of iets dergelijks.'

Hij buigt zich naar voren en klikt op de map en daarna op een document.

'Het begin van een reportage,' zegt hij. 'Over een ultramasculiene stroming die zich voorbereidt op de naderende ineenstorting van de samenleving door spieren te ontwikkelen en zich te trainen in seksuele discipline.'

'Hier op het eiland?' vraagt Sanna.

'Over de hele wereld,' zegt Mateo.

'Wat bedoel je met "ultramasculien"?' vraagt ze.

Mateo schudt zijn hoofd, zucht diep.

'Axel Orsa beschrijft het als een soort geloof in de evolutionaire en biologische rol van de man. Het belang van een lichamelijk en moreel gezonde leefwijze, fysieke kracht en mentaal uithoudingsvermogen. Mannen moeten porno weerstaan, lange, ijskoude douches nemen, uitsluitend voedsel eten dat hun lichaam sterker maakt... Een soort masculiniteitscultus, het gaat erom je mannelijkheid terug te vinden.'

'En hij heeft daarvan sporen op dit eiland aangetroffen?'

'Hij heeft ontelbare geruchten over personen en groepen nagetrokken, maar het is het verhaal over één man dat steeds terugkomt. Een kluizenaar. Iemand van wie gezegd wordt dat hij traint zoals ze bij de special forces doen, almaar harder en harder. En vanaf hier wordt het interessant... De man koopt wapens van verschillende leveranciers en het gerucht gaat dat hij in het bos voor zichzelf een eigen ondergrondse wereld bouwt.'

'De bunker,' zegt Sanna. 'Axel had over die bunker gehoord en was ernaar op zoek.'

'Het klinkt als iets waarmee ze kinderen bang maken,' zegt Eir. 'Pas goed op, zodat de ondergrondse man je niet te pakken krijgt...'

Ze scrolt naar het einde van het document.

'En wat is dit?' vraagt ze.

De tekst gaat over in een opsomming. Namen van plaatsen, sommige met een routebeschrijving.

'Een poging om de plek te achterhalen,' verzucht Mateo. 'Een soort inventarisatie van de honderden verlaten militaire bunkers en andere plekken op het eiland... Die liggen allemaal ver verwijderd van de bunker die jullie gevonden hebben.'

Hij buigt weer voorover en opent een andere map. Foto's en tekeningen van militaire bunkers. Ook van verlaten huizen en gebouwen op het hele eiland.

'Check de data van de bestanden,' zegt Alice. 'Daar ergens moeten we toch iets vinden wat hem naar de juiste plaats in het bos heeft geleid? Hij is er immers gekomen.'

Als ze verder scrollen realiseren ze zich al snel dat er niets te vinden is wat erop wijst dat Axel Orsa de kluizenaar op het spoor was.

'Gaan jullie ook na wat Axel gewist heeft?' zegt Alice.

'Dat hebben we al gedaan,' zegt Mateo. 'Het meeste bestaat uit duplicaten van foto's die jullie al gezien hebben, een pdf-bestand dat gegevens blijkt te bevatten van een docent ideeëngeschiedenis aan de universiteit en een rapport van het militair wetenschappelijk onderzoeksinstituut.'

Eir staat op.

'Maar hoe kwam hij daar dan terecht, precies voor die bunker in het bos?' zegt ze. 'Als hij hem niet op het spoor was?'

'Kunnen we in zijn mail?' vraagt Sanna.

'Daar wilde ik net aan beginnen toen jullie kwamen...' zegt Mateo.

Alice buigt zich naar voren en klikt op het mailprogramma.

'Maar...' zegt ze wanneer het is geopend. 'De meeste mails hier heeft hij naar zichzelf gestuurd...'

'Zijn collega's hebben me verteld dat hij extreem voorzichtig was, dus zal hij zijn gegevens wel op verschillende plaatsen hebben bewaard,' zegt Eir.

'Wanneer heeft hij de laatste mail aan zichzelf gestuurd?' vraagt Sanna.

'Allemachtig... Donderdagavond, kort na negen uur,' zegt Alice terwijl ze het bericht opent.

'Wat zijn dat?' Sanna wijst naar de bestanden die als bijlagen zijn toegevoegd.

Alice opent ze allemaal tegelijk.

Het hele scherm wordt gevuld met foto's. Van een afstand gemaakt, voor de club. Foto's van Pascal Paulson. Hij houdt zijn mobiel tegen zijn oor, en de volgorde van de foto's laat zien hoe hij in zijn auto stapt. Op de laatste foto is alleen nog zijn linkerbeen te zien dat omhoogkomt; de schaduw op de grond lijkt op een staart voor hij in de auto verdwijnt.

Alice opent meer mails die Axel aan zichzelf heeft gestuurd. Ze bevatten allemaal foto's van Pascal, gemaakt voor de club, voor zijn huis en 's avonds op andere plekken.

'Hij lijkt hem een hele poos gevolgd te hebben...' zegt ze.

Eir fronst haar wenkbrauwen en kruist haar armen voor haar borst.

'We kennen slechts twee mensen die die bunkerman, die gek, kunnen hebben gezien. Beiden zijn nu dood.'

Ze staat op en grijpt naar haar rug.

'Het is idioot...' zegt ze. 'Een mythe. We maken jacht op een verrekte mythe.'

'Hij is daar ergens,' zegt Sanna. 'Hij bestaat echt.'

'Verdraaid goed signalement. Dan hebben we hem natuurlijk binnenkort,' zegt Eir.

Ze mompelt dat ze ervandoor moet en verlaat de kamer.

Terwijl Alice ervoor kiest nog een poosje te blijven, lopen Sanna en Mateo de gang op. Eir is al met de lift naar beneden gegaan, de rode cijfers knipperen en vertellen dat ze op de begane grond is. Terwijl Sanna naar de lift loopt en op de knop drukt, blijft Mateo even staan bij een schilderij aan de muur, dat hij een beetje rechter hangt.

Bekende zwarte tekens tegen een witte achtergrond. In de rechterbovenhoek twee ogen, de oogleden zijn vastgetapet, zodat ze niet dicht kunnen. Alsof de kunstenaar de toeschouwer wil dwingen die blik van boven te ontmoeten.

'Het eerste bericht is opgesteld in morsecode, vertolkt door een jonge kunstenaar van het vasteland,' zegt Mateo.

'Wat wordt er gezegd in die boodschap?'

'Ik geloof dat het uit de Bijbel afkomstig is. Het is waarschijnlijk onmogelijk te vertalen, maar het betekent zoiets als: "Is het geen wonder van God?"'

Hij kijkt naar de vloer en begint te fluiten. Er is iets met dat geluid wat maakt dat Sanna's gedachten op hol slaan. Ze moet vechten tegen de impuls zijn arm vast te pakken. Misschien is het zijn simpele gefluit op zich, misschien is het wát hij fluit. De tonen, het ritme.

'Is het geen wonder van God?' zegt hij weer en hij kijkt op. 'Zo klinkt het in morse, dat wat er op dat schilderij staat.'

Sanna pakt haar mobiel, zoekt het geluidsbestand, het telefoongesprek dat ze heeft opgenomen.

'Luister hier eens naar,' zegt ze. 'Fluit hij alleen maar, of hoor jij iets anders?'

Mateo buigt zich voorover en kijkt onderzoekend naar het scherm terwijl hij luistert. Hij ziet er grappig uit, opeens verlegen.

'Hij zegt iets, hè?' zegt Sanna.

Mateo knikt. 'Het is een vraag…'

'Hoe luidt die vraag…?'

Het wordt stil. Ze meent aarzeling in zijn ogen te zien.

'"Welke kleur heeft Gods hand?"' zegt hij. 'Dat is wat ik hoor: "Welke kleur heeft Gods hand?"'

'Weet je het zeker?' vraagt ze.

Hij lacht en knikt. 'Wat het ook moge betekenen, maar ik neem aan dat jij dat wel weet, omdat je zo reageert.'

Sanna ziet het boek voor zich, *Het paradijs verloren* van John Milton. Het boek dat Jack verbrandde nadat hij zijn eigen moeder had vermoord. In dat boek komt een demon voor die het over Gods rode hand heeft. De goddelijke wraak.

Zonder verder nog iets tegen Mateo te zeggen loopt ze naar de lift. Ze haalt diep adem terwijl ze de liftdeur opent. Ze herinnert zich zijn blik, die ogen die niet wegkijken. Jack leeft en hij is nog niet klaar. Ze kan het van alle kanten bekijken, maar ze weet het al. Hij leeft nog, en er zullen meer mensen sterven.

33

De ochtend daarna komt de regen weer terug. Boven het hele eiland hangt een zoele sluierbewolking. Terwijl het team rechercheurs naar Niklas luistert, stroomt het water over de ruiten van het politiebureau.

Niklas vertelt dat op de bodem van het meer bij de bunker twee auto's zijn gevonden, de technische recherche is onderweg om vast te stellen of het de auto's van Axel en Pascal zijn. Nog steeds zijn Axels mobiele telefoon en zijn camera spoorloos.

Sanna neemt een slokje koffie en kijkt om zich heen, naar haar collega's, die om haar heen staan en zitten. Haar ogen blijven hangen bij Niklas, die op ernstige toon uitlegt dat hij om extra mensen en middelen van het vasteland heeft gevraagd om meer vaart in het onderzoek te brengen. Zijn haar is perfect achterovergekamd en zijn warme ogen glanzen terwijl hij praat.

Ze mag hem graag. Hij is slim, geduldig. Open en zonder vooroordelen. Gisteravond laat hebben ze meer dan een uur met elkaar gebeld, hij wilde alle informatie hebben over wat ze in de computer van Axel en in zijn mail gevonden hebben. Ook heeft ze hem verteld over het fluiten en Mateo's interpretatie ervan. Natuurlijk heeft hij haar eraan herinnerd dat de telefoontjes die ze heeft ontvangen pure kwajongensstreken zouden kunnen zijn. Maar hij had geluisterd en had later zelfs bevestigd dat hij haar informatie aan de NOA had doorgegeven.

Niklas rondt af en Alice neemt de briefing van hem over. Ze neemt een aantal zaken door die ze op de diverse forums op internet hebben gelezen.

'Veel bijdragen aan de discussies worden gerechtvaardigd als een vorm van "zelfverdediging",' zegt ze. 'Mensen moeten worden opgejaagd en gemarteld... Dat soort dingen. Maar er zijn geen verwijzingen naar georganiseerde bewegingen op dit eiland, in welke vorm dan ook...'

Eir gluurt naar de klok, en daarna naar het dienblad met ontbijt dat Niklas heeft geregeld en dat voor hen op tafel staat. Terwijl Alice haar informatieronde afsluit, verdwijnt Eir de kamer uit en komt een paar seconden later terug met een mes. Ze pakt twee kadetjes met kaas en snijdt ze in kleine stukjes, elk op een schoteltje. Ze overhandigt een van de schoteltjes aan Alice en begint zelf aan het kadetje op het andere schoteltje. Jon fronst zijn wenkbrauwen. Eir gooit een klein stukje naar hem toe.

'Proef maar, zo smaakt het veel beter,' zegt ze.

'Jon?' zegt Niklas. 'We hebben het toch over een mogelijke beweging gehad, dat de dader misschien gelijkgezinden zou kunnen zoeken in fitnesscentra of sportscholen? Als een natuurlijke stap om samen sterker te worden? Heb jij die sportclubs nog gecheckt?'

'Ja, maar dat heeft niets opgeleverd,' zegt Jon. 'Niemand die ik tot nu toe heb gesproken heeft iets gemerkt van een soort rekrutering, of heeft ook maar iets gezegd over trainingen zoals bij elite-eenheden. De meesten die er trainen, zijn eigenlijk gewone mensen.'

In de gang klinkt ergens het geluid van een deur die wordt opengegooid, gevolgd door de stem van Farah. Er blijkt een patrouille klaar te staan om naar de kleine illegale haven te gaan om de deurwaarder te helpen de laatste mensen uit hun tijdelijke drijvende huisjes te zetten, voordat deze gebouwtjes in beslag worden genomen en gesloopt. De ernst die doorklinkt in Farahs stem terwijl ze de gang in loopt en de patrouille laat weten dat ze hun discussies ergens anders moeten voeren, zodat zij ze niet hoeft te horen, maakt dat Sanna de deur dichtdoet.

'Ze stelen dingen, zagen bomen om voor hout in hun brandgevaarlijke kacheltjes...' zegt Jon. 'Het enige wat er slecht is aan wat er vandaag gebeurt, is dat ze niet met wortel en tak worden uitgeroeid, want vroeg of laat duiken ze weer ergens anders langs de kust op.'

'Ja hoor,' zegt Eir. 'Het is echt verschrikkelijk, hoe ongelooflijk groot het ruimtegebrek langs de kust op dit eiland is...'

'Ze pissen en schijten ook op het strand,' bijt Jon van zich af. 'Vind je dat ook oké?'

Eir haalt een paar bankbiljetten uit haar zak en smijt ze voor hem op tafel.

'Hoeveel denk je dat zo'n mobiel toilet zal kosten?'

'Rekrutering,' zegt Niklas fel. 'Nog iemand anders?' Hij kijkt de kamer rond.

Sanna is in gedachte bij die haven. Tommy. Het gezicht van de man, strak en met zonverbrande jukbeenderen. Zijn ontstoken, gezwollen vingertoppen. Zijn vijandige blik. Hij had naar zijn bootje gewezen en had iets gezegd over voor zichzelf zorgen, dat dat het veiligste was.

'Een van de mensen in die illegale haven zei dat ze zich voortdurend opsplitsen; als iemand zich niet behoorlijk gedraagt, hebben ze daar namelijk allemaal last van.'

'Interessant,' zegt Niklas. 'Alleen zijn ze dus het sterkst? Misschien wil de dader die we zoeken wel helemaal geen groep of beweging vormen.'

'Hoewel de vent die jullie in die illegale haven hebben gesproken misschien aan de drugs is en 's avonds koperdraad steelt,' zegt Jon. 'Niet bepaald iemand die in staat is om een bunker te bouwen en voedsel en materiaal te hamsteren zonder ontdekt te worden, of wel?'

'Toen ik op het vasteland werkte om criminele netwerken in kaart te brengen, heb ik dat vaak gezien,' zegt Alice. 'Grote organisaties vallen makkelijk uit elkaar als ze geïnfiltreerd worden of in gevaar worden gebracht door de politie of de inlichtingendienst. In kleine groepen opereren kan een manier zijn om je kracht te behouden en potentiële schade te beperken...'

'Dus wat wil hij dan, deze kluizenaar?' onderbreekt Jon haar. 'Ik snap het niet... Als hij geen deel wil uitmaken van een soort revolutie of wil vechten in een burgeroorlog?'

Het wordt even stil in de kamer. Iets in Jons blik kruipt bij Eir onder haar huid, brengt haar terug naar het opgeheven zwembad, de jonge jongens.

'Misschien traint hij enkel en alleen om te kúnnen vechten?' zegt ze.

'Ja, misschien wil hij alleen maar gereed zijn, voor als het op een dag nodig is,' zegt Sanna.

Ze kijkt naar de foto's van Axel Orsa en Pascal Paulson op het whiteboard.

'Axel volgde Pascal,' zegt ze. 'Eenmaal bij de bunker duikt plotseling de dader op, overrompelt Pascal en slaat hem bewusteloos. Axel probeert te vluchten, maar valt en komt met zijn hoofd op een steen terecht en overlijdt. De dader begraaft Axel, probeert zijn lichaam te verbergen. Hij neemt Pascal en de wapens mee. Hij laat al het andere achter en gaat ergens anders ondergronds.'

'Wat als hij gewoon verdwijnt?' zegt Eir. 'Hij kan immers overal zitten waar hij wil, en misschien ook zo lang als hij wil?'

Sanna draait haar hoofd naar de foto's van de bunker. Haar blik strak op de gedroogde botten van de roofvogel gericht. Daarna inspecteert ze de wanden. De vloer, het plafond. Geen ramen. Het grauwe licht. Op de planken een levenloze wirwar. Een doofstomme wereld onder de grond.

Daar kan een mens overleven. Alleen. Gevangen in de leegte.

Maar ook in iets anders.

De waanzin.

34

De middag komt en gaat en tegen vijven trekt Sanna haar jas aan en loopt naar de shop van het benzinestation om een kop koffie te halen en meteen wat frisse lucht binnen te krijgen.

Op de terugweg valt haar oog op Farah in een klein park. Ze zit op een bankje onder een boom, heeft haar schoenen met naaldhakken uitgeschopt. Als Sanna naar haar toe loopt, maakt ze de bovenste knoop van haar bloes los. Ze begroeten elkaar even en Sanna gaat naast haar zitten.

'Ik hoorde dat je boos was toen de patrouille die naar de illegale haven moest voor de deur van je kamer stond te discussiëren...'

'Ik vind uitzettingen en huiszoekingen altijd onaangenaam,' zegt Farah en ze trekt haar schoenen weer aan. 'Er zijn er die denken dat ik immuun ben voor menselijkheid, alleen maar omdat ik officier van justitie ben...'

Sanna knikt. Het is iets afschuwelijks om het huis van een vreemde binnen te moeten gaan, misschien zelfs te moeten wroeten tussen hun kleren, ondergoed en etenswaren. Ook al hoefde Farah vandaag zelf niet mee, toch was het voor haar misschien al genoeg om de agenten erover te horen praten.

Farah steekt haar hand uit naar Sanna's kop koffie. Zonder iets te vragen neemt ze een slokje.

'Ik heb een hekel aan mijn kamer op het politiebureau,' zegt ze. 'Ik heb een hekel aan al het werk daar. Heb je die muren gezien, hoe lelijk die zijn? Alles straalt er het gevoel uit van een instituut, de kleur en de lelijke kunst die overal hangt, als de onderbouw van een middelbare school of zoiets. Ik haat het om in die gang naar het toilet te gaan. Om het te moeten delen met allerlei mensen die ik eigenlijk niet ken...'

'En toch ben je altijd op het bureau,' zegt Sanna met een glimlach. 'Eir zegt dat je altijd als eerste aankomt en als laatste weggaat.'

Farah haalt haar brede schouders op.

'Ja, omdat ik geloof in de openbare orde.'

'Maar soms is het moeilijk...'

'Ja, soms is het moeilijk... Hoe gaat het bij jullie met het onderzoek?'

Sanna schudt haar hoofd.

Er loopt een jonge vrouw langs, gekleed in een dunne, rode katoenen jas met capuchon; ze duwt een winkelwagentje voor zich uit. Er liggen flessen wijn en dozen met taart in. Als ze merkt dat Sanna en Farah naar haar kijken, draait ze haar hoofd en glimlacht naar hen.

Het lijkt alsof Farah op het punt staat iets tegen Sanna te zeggen, maar ze bedenkt zich kennelijk.

'Wat is er?'

'We hebben het er een andere keer wel over.'

'Nee, zeg gewoon wat je wilde zeggen.'

'Niets. Of jawel – als je klaar bent met dit onderzoek, zou ik je graag willen betrekken bij iets anders.'

'O ja?'

'Ja, maar we hebben het er dan wel over.'

Sanna knikt, weet niet wat ze moet zeggen. Ze wil liever niet aan nog meer onderzoeken meedoen. Aan de andere kant is ze dankbaar voor het feit dat iemand anders dan Eir en Niklas haar bij iets wil betrekken.

Eir verlaat het bureau tegen een uur of acht. De lucht is plakkerig. De steeg kronkelt steil vanaf de noordelijke poort in de stadsmuur tussen de kleurige gevels van de binnenstad door, de kasseien zijn vochtig na de regen. Vanaf de terrassen op de binnenplaatsen klinkt het geluid van stemmen en glasgerinkel.

Ze loopt wat sneller als ze de zee ziet en gaat recht op de steiger af. Ze kijkt naar de horizon. De stromingen onder het groenblauwe wateroppervlak roepen haar en ze zuigt de geur van zeewier haar longen in, houdt hem daar vast terwijl ze zich uitkleedt. Trekt zich er niets van aan dat de zoute spetters alles al vochtig hebben gemaakt terwijl ze haar jack, shirt, broek en schoenveters aan het trapje vastknoopt.

De zuiging van het water trekt haar omlaag en ze moet zich naar de oppervlakte vechten om vaart te kunnen maken. Haar hartslag dreunt in haar oren, tot die overgaat in een regelmatig ritme en ze ten slotte in zichzelf gekeerd raakt. Ze zwemt zo ver als ze kan. Tot haar aderen bijna barsten als glas en ze gedwongen is om te keren.

*

Haar lichaam doet pijn als ze thuiskomt. Ze heeft al duizenden keren gezwommen, maar deze keer zorgt de uitputting ervoor dat haar rug bijna gevoelloos wordt. De pijn zeurt en steekt af en toe. Van een afstand hoort ze het geluid van voetbal, Fabian zit met zijn iPad in de slaapkamer in bed.

'Nog heel even,' roept hij. 'Strafschoppen.'

Ze hangt haar jack op, waarbij ze per ongeluk het zijne eraf laat vallen. Als ze hem oppakt, voelt ze iets in zijn zak. Ze aarzelt, maar haar nieuwsgierigheid wint het. Ze haalt een klein tinnen blikje tevoorschijn in de vorm van een cilinder met een dekseltje met een gevlochten reliëfversiering en een sluiting met een haakje. Zonder na te denken maakt ze het open. Een ring.

Twee seconden later staat ze naast het bed. Het blikje landt op zijn knie.

'Wat is dat?'

Hij zet zijn iPad uit en gaat op de rand van het bed zitten. Hij pakt haar hand. Ze kan zien dat hij vecht tegen de neiging om te glimlachen, om haar in zijn armen te nemen.

'Oké...'

'Wie denk je verdomme dat je bent?' De angst maakt haar boos. 'Als je weet dat ik niet wil...'

Ze smijt de deur achter zich dicht zodat het geluid echoot tussen de muren.

Een seconde later staat hij achter haar.

'Draai je om,' zegt hij.

Ze staat op het punt in huilen uit te barsten.

'Waar ben je eigenlijk geweest?' gaat hij verder.

'Hou op...'

'Waarom doe je zo?'

'Zo ben ik nu eenmaal. Nu hoef je je niet meer druk te maken over het waarom.'

'Ik hou van je, snap je dat niet?' fluistert hij.

'Pak je spullen.'

Opeens pakt hij haar pols vast en draait haar naar zich toe.

'Wat zeg je?'

'We wisten allebei dat het ooit een keer afgelopen zou zijn.'

'Omdat het altijd zo eindigt?'

Ze slaat haar ogen neer.

'Kijk me aan.'

'Ik wil geen ruzie maken,' zegt ze. 'Ik wil gewoon niets.' Ze trekt haar pols weg.

Hij doet een stap in haar richting. Als hij heel dicht bij haar staat, legt hij zijn hand onder haar kin en dwingt haar hem aan te kijken, zijn blik is warm.

'Dacht je nu echt dat ik je ten huwelijk wilde vragen?'

'Hou op,' zegt ze en ze duwt hem van zich af.

'Hij is van mijn moeder geweest,' zegt hij. 'Ik wilde alleen maar dat jij hem zou dragen. De ring, het kleine blikje, haar naam is aan de binnenkant van het dekseltje gegraveerd... Natuurlijk, als je met me zou willen trouwen, zou dat een bonus zijn, maar dat is geen must, ooit...'

Ze probeert wanhopig te bedenken wat ze moet zeggen.

'Hij is mooi,' krijgt ze eruit. 'Maar...'

Hun schaduwen worden één in het gedempte licht.

'Het is me nog nooit gelukt iets lang te laten duren...' zegt ze.

Nog voor ze tijd heeft zich af te wenden, kust hij haar. Ze probeert achteruit te lopen, maar hij grijpt haar vast. Zijn stem kruipt bij haar naar binnen als zijn lippen haar oor raken, zijn woorden zijn als een zee die haar aderen binnendringt, met volle kracht. Ze rukt zijn kleren uit als hij haar optilt en tegen de muur drukt. Het draaierige gevoel wanneer hij bij haar binnendringt. De duizeling, de roes en de onmacht. Hun ademhalingen vullen de ruimte, warm en zwaar. Ze wil hem blijven vasthouden, alsof hij alles is wat ze heeft. Haar hele lichaam schreeuwt erom. Dan ziet ze haar eigen schaduw op de vloer, alsof haar leven van haar af glijdt.

Als hij haar loslaat, is het alsof alles is uitvergroot. Het geluid van het water dat buiten door de regenpijp stroomt en de takken die tegen de gevel slaan. Het maanlicht maakt strepen op Fabians gezicht en zijn blote schouders.

Ze trekt haar spijkerbroek aan. Hij kust haar wang en loopt dan naar de keuken, haalt eieren uit de koelkast en een koekenpan uit het keukenkastje. Hij vindt een fles wijn op het aanrecht en komt met een glas naar haar toe. Ze pakt het van hem aan en laat zich op de vloer zakken, de muur is koud tegen haar rug. Ze hoort het geluid van de brekende eierschalen tegen de rand van het gietijzer, zijn geneurie. De wijn glijdt omlaag door haar borstkas en de warmte verspreidt zich overal. Ze zou hier nu zo in slaap kunnen vallen, denkt ze, halfnaakt op de vloer.

Fabian werpt haar vanuit de keuken een glimlach toe. Ze weet dat ze nu zou horen te ontspannen, alles is immers zoals het moet zijn. In plaats daarvan ziet ze de tranen vanaf haar gezicht op haar handen druppelen.

'Ik kan het niet...' zegt ze. 'Ik meende wat ik zei.'

Hij blijft staan. Dan draait hij het gas uit en schuift de koekenpan van de kookplaat. Als hij zich voor haar op zijn knieën laat zakken, voelt ze een stekende pijn in haar huid, alsof die in brand staat. Hij neemt haar handen in de zijne.

'Oké,' zegt hij en hij kust haar voorhoofd. 'Het is oké.'

Het geluid uit de slaapkamer wanneer hij zijn spullen bij elkaar pakt. Als hij door de deur verdwijnt, hoeft ze zich niet meer in te houden. De tranen stromen over haar handen. De deur valt met een klap achter hem dicht. Daarna de leegte.

35

Grijsblauw avondlicht sijpelt door de ruiten van de auto naar binnen. Een blaffende hond ergens in de verte doet Sanna aan Sixten denken. Ze is bijna thuis. Ze ziet al voor zich hoe hij een paar rondjes draait om zijn slaapplaats in gereedheid te brengen op de dikke mat naast haar bed, voor hij zijn stijve oude poten buigt en zich laat zakken. Zoals zovele keren daarvoor zal ze in slaap vallen bij het geluid van zijn ademhaling.
 Ze kijkt naar haar mobiel op de stoel naast zich. Geen telefoontjes meer van Jack. Ze denkt aan de tonen van de 'Danse macabre', de valse en holle klanken. Aan de doden die uit hun graf worden geroepen om weer te dansen. Aan Mia Askar, die niemand mag vergeten. Aan de regels uit *Het paradijs verloren*, de regels die ze weer in het boek had opgezocht om te zien of ze ze zich juist herinnerde. Ja, het citaat staat haar nog helder voor de geest:
 Wat zou er van ons worden als zijn adem die hun wrede vuren ontstak, hen tot zevenvoudige razernij zou aanwakkeren en ons in de vlammen zou storten? Als ingehouden wraak van boven weer zijn rode hand zou wapenen om ons te kwellen?
 Ze kan de muziek horen, kan hem horen fluiten. Maar op de achtergrond hoort ze ook iets anders. Die stem. Toen ze het gesprek opnam en had afgeluisterd, had ze hem gehoord, de mannenstem. Die spreekt, ver weg, bijna onhoorbaar op de achtergrond. Maar hij is er.
 Ze verbindt haar mobiel met de geluidsinstallatie van de auto, zoals ze Nina heeft zien doen, en drukt op het geluidsbestand. Ze zet het volume hoog. Laat het bericht keer op keer afspelen. Daar is hij, die stem. Ze buigt voorover en zet het geluid nog harder. Het klinkt alsof hij getallen opsomt, in het Engels, misschien zijn het

coördinaten, maar exact welke coördinaten is onmogelijk vast te stellen. Daarna een naam.

Nu hoort ze het.

Kristina. De man noemt de naam Kristina.

De coördinaten doen haar denken aan de zee, daarna aan de herinnering dat Jack belde toen zij en Sixten voor de deur van de ijzerhandel stonden. Ze denkt aan de geluiden die ze toen op de achtergrond hoorde. Zeemeeuwen, ratelende kettingen en misschien plastic kratten die op elkaar werden gestapeld. Het geluid van een boot.

Dan gaat haar telefoon. Het is Niklas. Ze neemt op via de luidspreker.

'Rij naar de kant,' zegt hij voor ze tijd heeft gehad iets te zeggen.

'Luister...' zegt ze terwijl ze de auto naar de rand van het trottoir stuurt.

'Ik heb net contact gehad met het vasteland,' onderbreekt hij haar. 'Ze hebben het DNA kunnen bepalen van die delen van het skelet, het is veel sneller gegaan dan ze gedacht hadden. Het is niet het DNA van Jack Abrahamsson, maar van een andere jonge man wiens gegevens in ons bestand zitten. De NOA heeft extra middelen toegezegd voor een follow-up van de telefoongesprekken die jij hebt ontvangen. Ze gaan je geluidsopnames nu analyseren.'

'Hij zit op een Estlandse boot met de naam Kristina of zoiets,' onderbreekt ze hem.

Geen reactie.

'Ik heb diverse keren nauwkeurig naar de opnames geluisterd; er praat iemand op de achtergrond, een mannenstem die een soort coördinaten noemt die verder niet te onderscheiden zijn, dat hoorde ik net, maar daarna hoorde ik ook een naam: Kristina.'

'Wacht even...'

'Tijdens de gesprekken heb ik af en toe ook geluiden gehoord. Sommige kunnen geluiden van de zee zijn, of van een boot. Ik heb stemmen gehoord die Ests praten.'

'Maar...'

'Ik denk echt dat hij op een boot zit, een Estlandse boot, die mogelijk Kristina heet.'

Niklas legt neer nadat hij beloofd heeft direct de NOA te bellen en daarna weer contact met haar op te nemen.

Ze blijft een paar minuten zitten met haar handen op het stuur voor hij haar een sms'je stuurt waarin hij bevestigt dat de NOA op de hoogte is gesteld en contact met haar zal opnemen als men haar wil spreken. Hij vraagt haar haar mobiel aan te laten. Direct daarna krijgt ze nog een sms. Men heeft een Estlandse vissersboot geïdentificeerd die Kristina heet; men heeft ook contact gehad met de Estlandse politie en kustwacht en hun verzocht na te gaan waar de boot zich nu bevindt.

Ze draait de weg weer op. Haar armen voelen krachteloos en stijf. Ze kan niet vaststellen of het opluchting is of een nieuw soort ongerustheid. Maar nu kan ze verder niets meer doen dan afwachten.

Haar aandacht wordt getrokken door iets wat ze in haar zijspiegel ziet. Nina en de andere brommermeisjes verdringen zich op de oprit van een vervallen villa uit de jaren veertig.

De deur van de villa wordt geopend en er komt een vrouw naar buiten. Ze is in de dertig, misschien iets ouder. Haar blonde piekhaar komt deels onder een capuchon uit. Ze heeft iets in haar hand. Na een paar snelle stappen is ze bij Nina, die haar open hand ophoudt. Het overhandigen is in een paar seconden voorbij, gevolgd door een hoofdknik, waarna de vrouw weer naar binnen verdwijnt.

Sanna aarzelt, overlegt met zichzelf terwijl de brommers langs de straat wegrijden. In het vage licht van de straatlantaarns rijdt ze achter hen aan. Er volgen korte stops bij twee huizen, een soort leverantie. Beide keren is het Tuva, het meisje met de ravenzwarte ogen, die iets aflevert. Ze verplaatst zich haastig als een magere schaduw in het donker, naar het huis en weer terug naar de andere meisjes, die staan te wachten. Sanna vraagt zich af of wat ze ziet iets te maken heeft met wat Sudden verteld heeft over de inbraak in het ziekenhuis, de pillen die zijn gestolen. Ze kijkt naar Nina, ziet de rusteloze blik die ze af en toe over haar schouder werpt. De broosheid. Maar er zit ook iets stoutmoedigs in die donkere ogen. Hedda rijdt haar, waakt over haar. Nina bevindt zich in het midden van de groep, maar zij is zonder enige twijfel hun leider. Met Hedda als een soort lijfwacht of beschermer.

Bij het volgende huis is het Hedda's beurt. De witte houten villa wordt geflankeerd door donkere, ongetemde coniferen en struiken. Achter de ramen brandt geel licht. De scharnieren maken veel herrie als Hedda het hek achter zich loslaat. Ze klimt naar de bovenste trede van de buitentrap en slingert haar halflange roze haar over haar schouder. Bij de deur blijft ze staan, verwikkeld in een soort discussie. De man die heeft opengedaan, heeft het licht in zijn rug en is achter in de twintig. Hij heeft baardstoppels en dik donker haar, dat in een slordige knot in zijn nek zit. Hedda zegt iets en hij zwaait met zijn hand. Als ze zich omdraait om weg te lopen, houdt hij haar tegen en knikt gelaten.

Sanna pakt haar mobiel en belt weer met Niklas.

'Ga naar huis,' is zijn enige reactie nadat ze in een paar seconden de situatie heeft uitgelegd.

'Wat bedoel je? We moeten toch iets doen. Ik weet niet wat ze afleveren, maar het is iets en we kunnen toch niet zomaar...'

Hij zucht en zij zwijgt.

'Wat hou je voor me achter?' vraagt ze.

'Farah en ik hebben het erover gehad jou hierbij te betrekken, maar sindsdien is de tijd voorbijgevlogen en hebben de andere rechercheurs de zaak overgenomen...'

'Mij betrekken bij wat?'

Ze herinnert zich dat Farah zei dat ze haar ergens bij wilde hebben, maar ze heeft nooit details gekregen.

'Een paar jongeren zijn een paar weken geleden laat op een avond blijkbaar in hun kraag gegrepen bij het milieustation hier in de stad, vlak achter de renbaan,' zegt hij. 'Dat was net voordat ik hier in dienst kwam, maar ik heb begrepen dat het om een grote zaak gaat...'

Sanna weet het nog. De jongeren waren betrapt met een grote hoeveelheid pillen en capsules – tramadol en pregabaline, gelooft ze, en nog ander spul.

'En nu denkt Farah dat het nog iets meer is, georganiseerde misdaad,' hoort Sanna zichzelf zeggen.

'Ja, dat is het waarschijnlijk. Daarom moet jij nu een stap terugdoen, tot we beter weten hoe de vork in de steel zit. Als dat wat jij nu gezien hebt te maken heeft met die jongeren in de stad, moet het behoedzaam worden aangepakt, als deel van iets groters...'

'Waarom hebben jullie mij dat de afgelopen dagen niet verteld? Deze meisjes worden misschien al lang misbruikt...'

'We weten nog niets. Dit ligt op Farahs bord en ze is tot nu toe extreem voorzichtig geweest, dus daarom vraag ik je nu naar huis te gaan...'

'Maar het kan toch op de een of andere manier ook met de dood van Pascal te maken hebben? Hij hield zich immers met amfetamine bezig en...'

'Nee, Farah heeft alle verbanden in beeld en ze heeft mij verzekerd dat dat niet het geval is en dat...'

De verbinding is slecht en zijn laatste woorden zijn onverstaanbaar.

'Luister je naar me?' zegt hij.

'Ik hoor je...' antwoordt ze terwijl ze de verbinding verbreekt.

In de villa gebeurt iets. Hedda heeft een stap de verlichte hal in gezet en heeft de deur opengelaten. Ze leunt met haar rug tegen de muur en trekt haar rok omhoog tot boven haar heupen. Ze sluit haar ogen en knipt met haar vingers. De man draait zich niet eens om naar de meisjes op de oprit. Hij laat zich alleen op zijn knieën zakken en begraaft zijn hoofd tussen haar benen.

Sanna doet haar ogen dicht om het niet te hoeven zien. Ze pakt haar mobiel om Niklas terug te bellen, om iemand te bellen, wie dan ook. Maar de verbinding is nog steeds slecht. Als ze haar blik weer op Hedda richt, ziet ze iets in haar gezicht, misschien een glimlach. Haar hand die op haar sleutelbeen rust. Haar lippen gaan uit elkaar als ze klaarkomt.

De andere meisjes wachten op hun brommer voor het hek. Als Hedda is klaargekomen, duwt ze de man van zich af. Terwijl ze haar rok omlaagtrekt, gooit ze iets voor hem op de vloer.

Het geluid van stemmen bij de brommers. Als ze weer op het zwarte beest zit, draait Hedda zich om, lacht naar Nina en start de

Aprilia. De huid van Nina's gezicht is zacht, bijna pastelkleurig als ze haar helm opzet en haar gezicht in de schaduw laat verdwijnen.

Sanna legt haar handen op het stuur, ze haalt diep adem. Gevoelens van gelatenheid en woede. Zo blijft ze een moment zitten, in een soort waas.

De geluiden van de brommers brengen haar terug naar de realiteit. De impuls om hen te volgen neemt het over.

Ze rijden verder, van het ene blok naar het andere, zonder nog meer stops. Af en toe gaan ze langzamer rijden en geeft een van hen een harde trap tegen een lantaarnpaal, die dan uitgaat. Sanna heeft het eerder gezien: kinderen, jongeren, die precies weten op welke plek van het onderhoudsdeurtje ze hun schop moeten richten.

Plotseling houden ze stil bij het gebouw van een kleuterschool, waar de lichten uit zijn. Op een bank zit een man te slapen met zijn hoofd in een vreemde hoek. Tuva springt van de brommer, loopt op een drafje naar hem toe en geeft hem een duw. Hij wordt wakker, doet zijn benen uit elkaar en trekt een grote petfles uit een plastic tasje onder de bank. In ruil daarvoor krijgt hij een paar bankbiljetten. Alles is binnen enkele seconden achter de rug.

De rit gaat verder en algauw gaat de hoofdstraat over in de bredere provinciale weg en de straatlantaarns worden schaarser rond de zwerm van rode achterlichten.

Ze naderen het verlaten zuivelbedrijf buiten het dorp, een lichtgroen fabrieksgebouw, dat een eenzaam gelegen terrein domineert. De poorten en het laadperron zijn er nog, hoewel de fabriek al in de jaren zeventig is opgeheven.

Sanna parkeert een stukje verderop en duikt weg achter de voorruit. Ze kijkt de meisjes na tot de laatste van hen door een van de poorten is verdwenen. Ze stapt zo stil mogelijk uit en sluipt naar een van de vensters. Achter de gebarsten glazen ruit heerst duisternis, die uitsluitend hier en daar wordt doorbroken door de mobieltjes die daarbinnen als vuurvliegjes oplichten. Het geluid van stemmen. De neonbuizen gaan aan, waardoor het donker verandert in een zee van licht. Tuva loopt zigzaggend door de ruimte en schopt lege limonadeblikjes, sigarettenpeuken en gebroken glas de hoek in.

De meisjes lopen heen en weer tussen donkere vlekken op de vloer. Ze roepen naar elkaar terwijl een van hen een paar dingen uitrolt die eruitzien als wollen dekens en kussens. Tuva draait de dop van de petfles, houdt hem even onder haar neus, brengt hem dan naar haar mond en neemt een paar slokken, waarna ze hem doorgeeft. De een na de ander laat zich op de dekens zakken. De enige die blijft staan, is Hedda. Zij doet de neonverlichting uit en rommelt met iets wat eruitziet als een lamp of een projector en haar mobiel. Plotseling begint het ding in haar hand te flikkeren, waarna op een van de witbetegelde muren een projectie verschijnt, dat verder omhooggaat naar het plafond. De meisjes gaan liggen en een voor een doen ze hun oortjes in. Hun blikken zijn gericht op de carrousel van licht op het plafond.

Een website. Een lappendeken van foto's en films die ronddraait terwijl Hedda scrolt. Sanna probeert te begrijpen wat ze ziet. Particuliere huizen, opritten, restaurants, parkeerterreinen en laad-en-losplaatsen. In een tuin een vlag die wappert in de wind. Boten die in een jachthaven tegen elkaar aan dobberen. Een vrouw stopt nylon kousen in kleine doosjes die op een lopende band langs haar heen schuiven. Op een andere lopende band worden piepkleine kuikentjes gesorteerd, sommige gaan gewoon verder op de band, andere worden er spartelend af geduwd en verdwijnen in een trechter met scherpe draaiende tanden. Snel worden de videofilms vervangen door andere, beginnend bij een wit zandstrand met parasols van bamboe die zich aftekenen tegen een nachtelijke hemel. Dan volgt een steeg waar roze neonverlichting flikkert; een vrouw in een open zilveren jas, die op hoge hakken in haar slipje staat te roken.

Beveiligingscamera's.

Foto's en films, live uitgezonden vanuit de hele wereld. Sanna heeft weleens horen praten over websites die materiaal van duizenden open camera's tonen en dat je de beelden kunt sorteren per land, stad en soms zelfs per soort plaats. Maar ze heeft het nog nooit met eigen ogen gezien. Het is bijna alsof ze de muziek in Nina's oortjes kan horen. De zachte, diepe tonen. De hypnotische, opzwepende geluiden. De vertroosting in het zinloze bestaan.

Terug in haar appartement sluipt het bekende gevoel van uitputting bij haar binnen. Ze geeft Sixten water en aait hem even over zijn rug. Gaat aan de keukentafel zitten en verstuurt verschillende sms'jes naar Niklas, beschrijft wat ze die avond heeft gezien, de personen, de adressen en bij benadering de tijdstippen.

Daarna belt ze hem op om te horen of iemand van de NOA nog iets teruggekoppeld heeft over Jack en de boot Kristina.

'Wat is er gaande?' vraagt ze.

'Ze denken dat de boot zich ergens in de Golf van Riga bevindt, maar er wordt niet gereageerd als hij per radio wordt opgeroepen.'

'Varen ze er niet naartoe? Hij kan daar immers zijn, op die boot...'

'Ze gaan erheen,' onderbreekt Niklas haar. 'En ze hebben beloofd me op de hoogte te houden.'

Ze zucht.

'Ik beloof je te bellen als ik iets heb gehoord.'

Als ze heeft neergelegd blijft ze een minuut zitten, misschien twee. Ze toetst het nummer van Eir in.

'Ik heb het al van Niklas gehoord,' zegt Eir. 'Zowel over het skelet als over Jack... Dus je hebt die stem op de achtergrond de naam van die boot horen zeggen, dat is toch idioot...'

'Ja, ik hoorde eerst iets wat klonk als coördinaten en daarna zei hij "Kristina". Ik heb een paar keer moeten luisteren om het te verstaan, maar inderdaad...'

Ze zitten een poosje zwijgend aan de lijn, elk alleen op hun eigen plek. En ten slotte hangen ze op.

Sanna kijkt naar de vloer. Ze weet niet wat ze moet denken. Voelt opeens haar vermoeidheid weer. Misschien hoeft ze alleen maar een paar uur te slapen om weer helder te kunnen denken.

Ze geeuwt. Doet overal in het appartement de lichten uit, behalve in de woonkamer, die lamp laat ze aan voor Sixten. Onderweg naar de slaapkamer roept ze hem en hij sjokt achter haar aan.

Ze ligt op haar zij in bed, met haar gezicht naar hem gericht terwijl hij zich naast haar op de grond laat zakken. Hij brengt zijn kop naar haar toe. Ze voelt de warmte van zijn neus, ze ruikt de geur van zijn vacht als ze haar ogen sluit.

Achter haar oogleden kruipt de slaap binnen. Ze probeert zich te herinneren of ze de veiligheidsketting op de buitendeur heeft gedaan, vecht om weer wakker te worden, maar haar vermoeidheid is sterker. Ze valt diep de zwarte leegte in.

Het geluid van hondenpoten, het klinkt alsof het uit de hal komt. Ergens vanuit het donker komt een wolf op hoge poten aangerend. Erachter bevindt zich een brandend veld. Het geluid van haar zoon die haar roept in de nacht. Mannen met breekijzers en bijlen in hun handen. Een mijnwerkerslamp, de schaduw van iemand die op zijn hurken zit, heen en weer wiegt en onsamenhangende woorden mompelt.

Als ze wakker wordt, is het nog steeds donker. Ze steekt haar hand uit naar haar mobiel en kijkt hoe laat het is, het is nog maar vier uur. Haar oogleden zijn zwaar, maar erachter dringen de nachtmerries door. Het is lang geleden dat ze zo opdringerig waren. Ze schudt de lichte stem van zich af, herinnert zichzelf eraan dat het niet de zijne is.

Haar gedachten dwalen af naar Nina en de andere meisjes. Verspreid over de vloer van de fabriek, dronken en in dekens gehuld. De beelden van vreemden die als een sterrenhemel boven hun hoofden werden geprojecteerd. Ze pakt haar mobiel weer om Niklas nog een bericht over gisteravond te sturen en merkt dan dat Sixten niet meer naast haar bed ligt. Misschien is hij water aan het drinken, of heeft hij gewoon zijn slaapplek naar de woonkamer verplaatst.

Plotseling ruikt ze een zwakke geur. Brandend hout of verbrand zaagsel. Misschien teer. Ze kijkt om zich heen in de slaapkamer, die ziet er merkwaardig leeg uit zonder Sixten. Alsof de ruimte alleen nog maar een schil is. De verhoudingen lijken verwrongen, het plafond lijkt scheef. Ze gaat rechtop in bed zitten, wrijft in haar ogen. Net als haar voeten de vloer raken, voelt ze iets. Gruis. Ze leunt voorover en beweegt haar tenen. Het zijn slechts een paar korrels en een klein steentje. Sixtens grote poten, ze veegt ze altijd schoon, maar misschien is ze gisteravond een beetje slordig geweest.

Haar hand tast naar de lamp op het nachtkastje, maar in plaats daarvan raakt ze de kleine spiegel. Die is gedraaid, misschien heeft ze dat in haar slaap gedaan. Ze pakt haar mobiel om voor ze het vergeet het geplande berichtje naar Niklas te versturen. Het licht van het display is fel en het duurt even voor ze ziet dat ze direct in haar fotoarchief terechtkomt.

Dan ziet ze het.

De foto.

Iemand heeft een foto van haar gemaakt terwijl ze sliep. Het dekbed tot haar middel omlaaggeschoven en haar verwarde haar. Haar ogen dicht.

Haar blik vliegt naar de woonkamer. Buiten is het donker. Het besef dringt tot haar door. Iemand heeft de lamp uitgedaan die ze altijd aan laat. Met de angst bonkend in haar borst rent ze naar de deuropening.

'Sixten?' roept ze.

Daarna vloeit alles in elkaar over. De paniek als ze Sixten tussen de bank en de salontafel ziet liggen. Zijn achterpoten trillen. Ze roept hem, maar haar stem reikt niet ver genoeg. De hoop als hij zich opricht op zijn voorpoten en kokhalzend iets uitspuugt wat op een klein stukje bot lijkt, voor hij in elkaar zakt met het wit van zijn ogen naar het plafond gericht. Haar armen trillen als ze 112 intoetst en het uitgilt.

36

Sanna zit op het ziekenhuisbed. De onderzoeken hebben uitgewezen dat ze fysiek in orde is. Haar moeite met ademhalen en de druk op haar borst die ze voelde toen de politie haar appartement binnenkwam, hadden niets met haar hart te maken, maar waren vermoedelijk veroorzaakt door een paniekaanval. Een verpleegster heeft net gezegd dat Niklas heeft gebeld. Hij is onderweg naar het ziekenhuis en zij mag straks naar huis.

Op de stoel in de hoek ligt haar jas. Uit de zak steekt een stuk van Sixtens riem. Ze haalt diep adem, wil er niet aan denken wat hem had kunnen overkomen.

Via de verpleegsters heeft ze ook een bericht gekregen van Eir, die de hele ochtend bij Sixten in de dierenkliniek is gebleven. De krampen, het schuim op zijn bek, de geïrriteerde ogen en zijn instabiliteit: alles wijst op vergiftiging. Maar na een injectie met een braakopwekkend middel om zijn maag te legen, en intensief onderzoek, staat hij nu weer op zijn poten, drinkt en eet hij weer. Nog niet helemaal fit, maar zonder symptomen.

Ze werpt een blik op het lege koffiekopje dat op het tafeltje naast haar bed staat. Daarna loopt ze naar het dagverblijf.

Op een van de banken daar zit een meisje ineengekropen onder de arm van haar vader. Zijn jack ligt over haar benen. Hij zit op zijn mobiel te kijken. Sanna ziet op zijn scherm vaag foto's van opgeblazen gebouwen en levenloze lichamen in de straten van een grote stad op het Europese vasteland. Een wrede oorlogsscène. In een met kogels doorzeefde auto zit een gezin, iedereen is dood.

Als het meisje merkt dat ze hen zit te observeren, kijkt ze op naar Sanna met het gezicht van een klein gewond vogeltje.

Achter in de kamer staat een thermoskan. Het licht van de grote tv valt over Sanna heen als ze ernaartoe loopt en koffie in een kartonnen bekertje pompt. Verstrooid neemt ze een slokje terwijl haar blik op het scherm rust.

Een extra nieuwsuitzending. Beelden van lege viskisten die in het zeewater ronddrijven enkele tientallen kilometers voor de kust van de Estlandse stad Pärnu, in de Golf van Riga. De reddingsbrigade had een alarm ontvangen, maar kort daarop was de verbinding met de boot verbroken. Vliegtuigen, helikopters en andere vissersboten hebben bij de reddingsactie geholpen met zoeken naar de bemanning. Maar die is, evenals de boot, spoorloos verdwenen. Beelden van een stuk zee met olie die vanuit de diepte omhoog borrelt. Een man van de reddingsbrigade vermoedt dat de olie afkomstig is van de boot, die tot op de zeebodem gezonken is. Mannen hebben eindeloos naar overlevenden gezocht, hopend dat ze een reddingsboot of vlot zouden vinden. Zonder resultaat. Een visser in Pärnu verklaart dat de boot vaak met illegale arbeidskrachten uitvoer, dikwijls mensen zonder papieren en lui die om welke reden dan ook onder de radar moesten blijven.

Dan ziet ze het, in de ondertiteling staat de naam van de boot. De Kristina.

Het meisje dat ineengekrompen op de bank zat, staat opeens voor haar met de afstandsbediening in haar hand. Ze kijken elkaar aan zonder iets te zeggen.

Even later is Sanna terug in haar kamer. Het raam staat open en er waait frisse lucht naar binnen. Op het bed zit Niklas, met zijn handen gevouwen op zijn dijen. Zijn gezicht heeft een gepijnigde uitdrukking.

'Is het waar?' vraagt ze.

Hun ogen ontmoeten elkaar. Elke spier in haar lijf trekt zich samen. Ze kan zien hoe hij zijn handen in elkaar knijpt. Er gaat een huivering door haar heen.

'Ja...'

Ze legt een arm voor haar ogen, doet haar best om haar stem rustig te laten klinken.

'Maar je hebt toch gezegd dat ze ernaartoe zouden gaan, dat de

NOA gezegd had dat de Estlandse politie en kustbewaking onderweg waren...'
'Ik heb nog geen zinnige antwoorden...'
'En hoe zeker weten we of Jack echt aan boord was? Alles wat we hebben is mijn geluidsopname...'
Hij overhandigt haar zijn mobiel.
'Dit is van vier dagen geleden, in de haven van Pärnu. De Kristina werd als laatste gelost. Ik heb deze beelden net van de NOA ontvangen, die ze van de politie in Estland heeft gekregen.'
Een korrelige video die eruitziet alsof hij van een beveiligingscamera afkomstig is. Een kade in het donker. Diverse grote vissersboten op een rij. Een groepje mannen staat dicht op elkaar voor een kleiner vaartuig.
'Je zult het zo zien,' zegt Niklas.
Langzaam gaat het groepje uit elkaar. Een van de mannen lijkt om te kijken. Hij is lang, gespierd en heeft brede schouders; hij draagt een blauwe pet die zijn gezicht in schaduwen hult, op zijn pet staat KRISTINA. Opeens draait hij zich naar de camera, het is alsof hij in de lens kijkt. Zijn ogen zijn licht. Hij heeft een bruinverbrand voorhoofd en een smalle, karakteristieke neus. Hij kijkt haar recht aan, wendt zijn blik niet af. Het is Jack Abrahamsson.
Niklas observeert haar.
'Je kunt best trots zijn, zonder jou had de NOA geen idee gehad waar hij zich bevond,' zegt hij.
Ze blijft staan en staart leeg voor zich uit.
'We moeten het nog hebben over wat er bij jou thuis is gebeurd...' zegt Niklas en hij kijkt er ernstig bij. 'Heb je enig idee wie het kan zijn geweest? Want Jack was het niet.'
'Nee... Dat heb ik vanochtend ook tegen de politie gezegd. Ik weet echt niet...'
Haar stem valt weg. Ze ziet de foto voor zich. De foto van haar terwijl ze slaapt, het dekbed omlaag en haar ogen dicht. Iemand heeft boven haar gestaan en die foto gemaakt, er is iemand in haar woning geweest. Ze is de afgelopen tijd zoveel bezig geweest met Jack en het lopende onderzoek dat ze geen aandacht aan haar andere

zorgen heeft besteed. Nu komen de herinneringen weer naar boven. Het kruis dat op haar voordeur is gekrast, het kleine houten kruis in haar auto. De vreemde geur van verbrand zaagsel in de hal. Sixten op de vloer. Degene die haar iets aan wil doen, is er dus nog steeds.

'Is het eerder gebeurd?' vraagt Niklas. 'Zoiets als vanochtend, bedoel ik?'

'Nee... Of, ik dacht af en toe dat er iemand voor mijn deur stond, maar dan was er niemand. Soms stond mijn balkondeur open als ik thuiskwam, maar ik weet niet... Ik heb echt geen flauw idee.'

Niklas zucht.

'Ik wil nu echt naar Sixten,' zegt ze.

Niklas knikt, maar hij lijkt te aarzelen.

'Ik wil hem ophalen en mee naar huis nemen,' zegt ze.

'We hebben een andere woning voor je geregeld...'

'Nee, ik woon thuis.'

Hij knikt met tegenzin. 'Je hebt nieuwe sloten gekregen en ik zet buiten een auto neer.'

'En ik wil gewoon verdergaan met mijn werk,' zegt ze.

'Ik denk niet...'

'Ik zal een afspraak maken voor een gesprek met een psycholoog van het crisis- en traumacentrum,' zegt ze.

'Prima.'

'En terwijl die zich een oordeel vormt, ga ik gewoon verder met mijn werk in het rechercheteam.'

Hij kijkt haar aan en knikt daarna weer, waarna hij haar een mobiel overhandigt.

'De technische recherche heeft jouw... Alles is natuurlijk gekopieerd, je hebt nog je gewone nummer en alle contacten zitten er nog in...'

'Hebben de technisch rechercheurs nog iets gezegd? Hebben ze bij mij thuis iets gevonden?'

'Ze hebben een aantal sporen in je appartement en op je mobiel veiliggesteld. Met een beetje geluk zullen we hem snel te pakken krijgen.'

'Hebben ze mijn deuren gecontroleerd en het merkteken gevonden dat erop is gekrast?'

'Ja, waarschijnlijk is dat gemaakt met een heel klein instrumentje. Geen mes, maar eerder iets wat een meubelmaker zou kunnen gebruiken. Heb jij onlangs zo iemand kwaad gemaakt of zo?' Zijn glimlach zit ergens diep vanbinnen, maar ze stelt het op prijs dat hij het probeert.

'Oké,' zegt hij ten slotte. 'Je weet waar je me kunt vinden en we doen alles voor je. Je kunt altijd met me praten, over wat dan ook. Ik moet nu terug naar het bureau, maar Alice staat buiten op je te wachten. Zij brengt je even naar de dierenkliniek.'

Ze trekt haar jas aan.

'Wat gebeurt er nu met Nina en haar vriendinnen?' vraagt ze. 'Heb je wat ik je gisteren heb gestuurd aan Farah doorgegeven?'

Hij knikt.

'En?'

'Je kunt met Farah praten wanneer je maar wilt, als je bent uitgerust.'

'Hoe dan ook, we moeten ze wel in de gaten houden, zodat we die meisjes niet uit het oog...'

Hij kijkt haar indringend aan.

'Het komt met hen wel goed, dat zul je zien.'

'O ja?'

Hij wacht even, lijkt te twijfelen voor hij verdergaat.

'Toen ik jong was, stalen mijn vrienden ik 's nachts op zaterdagen auto's.'

'Ja hoor, tuurlijk...'

'Nee,' zegt hij met een ernstige blik. 'Ik maak geen grapje.'

'Jíj stal auto's voor géld?'

'Nee, helemaal niet. Het was een spel. We reden een paar uur rond met harde muziek, probeerden meisjes te imponeren voor we de auto's weer dumpten. Als we daar zin in hadden, sneden we de zittingen kapot of trokken de radio eruit, maar verder lieten we hem gewoon ergens staan en liepen moe naar huis.'

'Waar waren jullie ouders dan?'

Hij haalt zijn schouders op. 'Thuis, neem ik aan. Ik was een heel gewoon kind uit een middenklassengezin.'

Ze knikt langzaam.

'De meesten van ons komen ten slotte op hun pootjes terecht,' zegt hij.

'Maar niet allemaal,' zegt ze. 'Lang niet allemaal.'

Als ze door de deuren van het ziekenhuis naar buiten loopt, prikt de zon in haar ogen. Het voelt raar om weer terug te zijn in het daglicht. Ze krijgt Alice in het oog.

'Allemachtig, hoe gaat het met je?' vraagt Alice.

'Tja... Alleen een beetje overstuur, verder niets aan de hand.'

'Kom, mijn auto staat daar.'

In de auto voelt ze de vermoeidheid in haar hele lijf, het is bijna ondraaglijk. Ze zet het raampje iets verder open en haalt een paar keer diep adem.

'Wil je erover praten?' vraagt Alice.

Sanna schudt haar hoofd. Ze heeft geen puf meer. In plaats daarvan rekt ze zich uit en legt haar handen in haar schoot.

'Is er op het bureau nog iets bijzonders gebeurd?' vraagt ze.

'Niets, behalve dat de bandensporen op de plek waar Pascal is overreden overeen blijken te komen met die van de bestelwagen.'

'En de spullen van Axel Orsa?'

Alice schudt haar hoofd. 'Daar ook niets nieuws.'

Sanna kijkt naar buiten, naar de stadsmuur, kleine vogeltjes vliegen van de grijsgroene stenen op naar de strakblauwe hemel.

'Wil je onderweg even stoppen voor een kop koffie?' vraagt Alice voorzichtig. 'We kunnen even naar het benzinestation, dan kan ik gelijk mijn auto laten wassen, en heb jij vijf minuten de tijd om jezelf een beetje bij elkaar te rapen voor we naar de dierenkliniek gaan.'

Sanna knikt dankbaar.

Een paar minuten later staan ze samen voor de wasstraat van het benzinestation. Sanna met een kop koffie en Alice met een flesje water.

'Stel je voor dat alles met Jack nu voorbij is,' zegt Alice aarzelend. 'Dat jij in elk geval niet meer bang hoeft te zijn dat hij het was die... Ik bedoel, heb je enig idee wie het kan zijn? Degene die bij jou binnen is geweest, bedoel ik?'

Sanna's blik valt op de kop van een lokale krant in het tijdschriftenrek. De tekst verwijst naar het feit dat het bijna drie jaar geleden is dat Jack Abrahamsson zijn eerste moord pleegde, die op de gepensioneerde antiquair Marie-Louise Roos.

'Jij denkt dat het daar iets mee te maken heeft?' zegt Alice voorzichtig.

Sanna slaat haar ogen neer.

'Er zijn zoveel gefrustreerde mensen...'

'Bange mensen misschien, maar wat jou is overkomen heeft daar misschien niets mee te maken.'

Sanna haalt haar schouders op.

'Heb je iemand met wie je kunt praten?' vraagt Alice.

Sanna drinkt haar laatste beetje koffie op en verkreukelt het kartonnen bekertje.

'Bedankt,' zegt ze.

Alice draait zich om naar de wasstraat, daarbinnen klinkt het zwakke geluid van de waterspuit.

'Weet je,' zegt Alice. 'Ik ben geboren op dezelfde dag dat jaren geleden het bombardement op Guernica heeft plaatsgevonden.'

Sanna kijkt haar aan. Het bijzondere aan wat Alice net heeft gezegd, overrompelt haar, maakt haar onzeker. Ze ziet het schilderij van Picasso voor zich, de terreur en de angst, de huilende moeder. Alice kijkt naar de grond en schopt tegen een steentje, dat wegvliegt in de richting van een van de bezinepompen.

'Mijn hele leven lang heeft mijn moeder me daaraan herinnerd.'

Het gerammel van de deuren van de wasstraat die opengaan. Alice pakt de autosleutel uit haar zak en kijkt er even naar.

'Iedereen houdt van zijn kinderen,' zegt ze. 'Ik weet dat ik het nooit eerder tegen je heb gezegd, maar ik vind het zo treurig dat jouw zoon niet langer heeft mogen leven.'

Sixten ophalen in de dierenkliniek is een shockerende ervaring. Zijn grote, borstelige lijf is stijf en zijn kop hangt omlaag. De dierenarts legt aan Sanna uit dat dat komt door het kalmeringsmiddel dat hij tijdens de onderzoeken heeft gekregen. Dat zit nog een poosje in zijn bloed. Hij zal de komende uren nog veel slapen.

Als Eir Sanna helpt hem in de taxi te krijgen, glijden zijn achterpoten weg, en samen met de chauffeur moeten ze hun uiterste best doen hem erin te tillen. Voordat Sanna in de auto gaat zitten omarmt Eir haar.

'Verdomme,' mompelt ze. 'Weet je zeker dat ik niet met je mee naar huis moet?'

Sanna schudt haar hoofd.

'Anton komt naar me toe.'

'Oké, zeker?'

Sanna knikt en belooft haar later te bellen. Als de taxi wegrijdt, bezorgt het leugentje over Anton haar een slecht geweten. Maar ze heeft er behoefte aan om alleen te zijn, samen met Sixten.

Voor haar appartement ontmoet ze de agent die haar nieuwe sleutels heeft. Hij laat haar binnen en hij verzekert zich ervan dat ze helemaal in orde is voor hij vertrekt en door de deur verdwijnt.

Ze doet de deur achter hem op slot en loopt de woonkamer in, waar Sixten voor de bank staat. Ze haalt alle kussens eraf, legt haar jas neer en helpt hem erop. Als hij is gaan liggen, probeert ze hem wat water te geven. Hij drinkt een beetje en zakt dan weg in een diepe slaap. Met haar hand op zijn kop laat ze zich op de vloer zakken. Ze bedenkt dat als hij kon praten, hij zou kunnen vertellen wat er is gebeurd.

Ze kijkt om zich heen. Alles is nog hetzelfde, maar toch ook niet. Op de tafel en planken staan de weinige spullen die ze heeft op een andere plek. Alles is door de technische recherche onderzocht. Ze hebben zelfs de lakens van haar bed gehaald. Eerst is er niets dan de stilte, daarna het geluid van kinderstemmen in het trappenhuis.

Ze doet haar ogen dicht en leunt tegen Sixten aan. De vermoeidheid zakt als een zwaar gewicht over haar heen. Vanuit het donker stijgt een felgeel licht op. Ze probeert haar hand omhoog te steken om het tegen te houden, maar haar spieren gehoorzamen niet, de uitputting overwint, ze kan zich niet bewegen.

Het geluid van een slinger, of een klok. Iemand schuift een stoel naar achteren. Een stem, het is die van haarzelf. Ze begroet iemand, iemand die niet reageert. Ze doet haar ogen open. Voor haar in de oude, vale verhoorkamer zit Jack. Hij is klein. Zijn schouders hangen slap omlaag. Om zijn ogen zitten rode vlekken en zijn wangen zijn mat van het zout van zijn tranen. Het blonde haar valt over zijn helderblauwe ogen. De greep om het potlood in zijn hand is stevig. Hij trekt de blocnote dichter naar zich toe en begint te tekenen. Plotseling beginnen zijn handen te beven, zo hevig dat de blocnote opzij schuift. Ze buigt voorover en raakt hem aan. Zijn tranen vallen op haar handen.

'Het is oké,' zegt ze. 'Hier ben je veilig. Hier kan niemand je iets doen.'

Snotterend veegt Jack zijn gezicht af. Dan schrijft hij: 'Ik ben moe.'

'Dat begrijp ik. Maar als je het probeert, gewoon één keer, en echt je best doet...'

Hij spant zijn spichtige handen. Dan doet hij zijn ogen dicht, tast met zijn hand over de blocnote en begint langzaam iets te tekenen. De contouren van een paar ogen.

Dan hoort ze zichzelf weer. 'Hier ben je veilig. Hier kan niemand je iets doen...'

Jack begint almaar sneller te tekenen. Op het papier verschijnt een wolf. Puntige oren en een smalle, karakteristieke neus. De ogen zijn intens licht, maar omgeven door inktzwarte lijnen. Als ze zich vooroverbuigt om ernaar te kijken, ritselt het onder haar voeten. De vloer ligt bezaaid met zelfportretten die half klaar zijn. Alle ondertekend met het handschrift van een kind.

Ze hoort een bons tegen het raam en gaat in de eenvoudige woonkamer meteen rechtop zitten. Als Sixten zijn kop optilt, gaat ze staan en loopt naar het raam. Ze kijkt naar buiten, maar ziet niets. Ze begint in haar appartement rond te dwalen, maar voortdurend loopt ze weer terug naar het raam, als een eenzame vogel die probeert door het glas een weg naar buiten te vinden.

37

Op het plein in de binnenstad wordt een boerenmarkt gehouden, ook is het een drukte van belang rond de verkiezingskramen van diverse politieke partijen. De zon schijnt boven de grote kerkruïne die het zuidelijke deel van het plein afgrenst. Eir tuurt naar de bomen langs de enorme gevel, sommige ervan beginnen al gele en wijnrode bladeren te krijgen. Als ze een geluid hoort, staat ze even stil; bij een van de bomen staat een man naar een videoscherm te kijken waarop een groep mannen op zoek is naar vrijwilligers voor een gewapende troepenmacht op het Europese vasteland.

'Kom je nog?' vraagt Niklas.

Ze banen zich een weg door de mensenmassa, langs de verkiezingskraampjes, de stemmen en aansporingen van de verkiezingsmedewerkers, langs verkopers met tafels die tot aan de rand zijn gevuld met schapenvachten, breigaren in schitterende kleuren, kazen, honing, groenten en kruiden.

Niklas blijft bij een kraam staan met verschillende handgebreide kleren van lokale wol. Hij voelt aan een donkerpaarse trui.

'Zouden we niet iets voor bij de koffie meenemen om iedereen een beetje op te monteren?' zegt Eir. 'Waar is dan dat koffiehuis waar je het over had?'

Het prijskaartje van de trui maakt dat ze haar ogen ten hemel slaat, maar Niklas koopt hem zonder hem eerst te passen.

'Wil je er niet ook zo een?' zegt Eir terwijl ze naar een muts wijst met geborduurde lammetjes erop.

Net als ze dat gezegd heeft, gaat een paar honderd meter verderop de deur van de apotheek open en komt Fabian naar buiten, met zijn blik vast op zijn mobiel gericht. Hij verdwijnt in een van de steegjes.

'Was dat niet jouw…?' zegt Niklas.

'Niet meer.'
'Oké.'
'Is niet belangrijk, ik heb geen zin om erover te praten.'
Plotseling komt er een klein groepje demonstranten het plein op. Ze lopen langs Niklas en Eir, en delen flyers uit die oproepen om te protesteren tegen de uitbreiding van de militaire aanwezigheid op het eiland.

'Dat ze dat nog kunnen opbrengen,' mompelt Eir. 'Ik had verdomme nooit gedacht dat ik dat nog eens zou zeggen, maar met wat er in de wereld gebeurt, hebben we echt militairen nodig.'

'Heb je nog iets van Sanna gehoord?' vraagt Niklas.

'Ze heeft me ge-sms't.'

'Wat vind jij er dan van?'

'Hoe het met haar gaat, bedoel je?'

'Ja.'

'Ik weet het niet... Maar dit is iets wat niet te vergelijken is met wat ze heeft meegemaakt met haar zoon, die brand...'

Hij knikt zwijgend. Ze lopen een zijstraat in. Niklas opent een deur met een bordje erop en hij wijst Eir de weg een trapje af.

'Hier hebben ze de beste fruitbeignets,' zegt hij.

Beneden is een kleine koffiebar. Op de toog staan onder een glazen schaal gesuikerde beignets en verschillende koekjes met ingebakken kleurige snoepjes. Eir kijkt om zich heen, ze vindt het moeilijk te begrijpen hoe Niklas deze plek heeft gevonden.

Overal in de ruimte liggen boeken verspreid tussen varens en palmen. Uit de luidsprekers stroomt muziek van Billie Holiday. Niklas bestelt en het jonge meisje achter de toog legt de beignets en de koekjes voorzichtig in een bruine papieren zak.

Aan de muur achter de kassa hangen foto's van presidenten, astronauten en filmsterren. Een vergeelde foto stelt een vrouw voor die gekleed is in een jurk met lovertjes; haar ogen zijn fel opgemaakt met glitters in dezelfde kleur als de stof van haar jurk. De foto brengt Eir terug naar de villa van Fabian, de foto van het kind en het glinsterende gezicht.

Als ze zich weer omdraait naar Niklas, ziet ze dat hij oog in oog staat met een jong meisje. Gekleed in een zwarte broek en een witte bloes met korte mouwen kijkt ze vanaf het trapje op hem neer. Ze heeft haar gezicht niet opgemaakt en haar haar niet geborsteld. In haar armen heeft ze een laptop vol met krabbels en stickers. Pas als Eir dichter bij hen komt, ziet Eir hoezeer ze op elkaar lijken.

'Dit is Wilma,' zegt Niklas. 'Mijn geliefde dochter, die een hekel aan me heeft.'

'Vlei jezelf niet met de gedachte dat me dat ook maar iets kan schelen,' zegt Wilma en ze werpt een blik op het meisje achter de toog. 'Sorry dat ik laat ben.'

'Hoe gaat het met je?' vraagt Niklas.

Ze steekt haar middelvinger naar hem op, loopt langs hem heen en verdwijnt achter de toog.

Buiten op het trottoir zoekt Eir naar woorden.

'Je maakte kennelijk geen grapje toen je me vertelde dat ze een hekel aan je heeft…'

Niklas glimlacht, maar zijn ogen staan verdrietig.

'Toen ik een tiener was, was ik ook heel gemeen tegen mijn vader,' zegt Eir. 'Ik woog amper vijftig kilo, maar als ik nijdig was sloeg ik met de deuren als een sumoworstelaar.'

'Was jouw vader ook een klootzak?'

Ze port hem met haar elleboog in zijn zij. 'Ach…'

'Ik heb haar moeder bedrogen…' vervolgt hij.

Eir wacht een seconde.

'Oké, ja, voor zulke mensen is er in de hel een speciaal plekje…'

'Constant, na de geboorte van Wilma.'

Hij gluurt naar de deur van de koffiebar.

'Toen ze klein was, dansten we altijd samen in de keuken op de muziek van James Brown, en we grapten dat ze haar hele leven thuis zou blijven wonen. Toen ze een tiener was, begon ze te gamen en bracht ze steeds meer tijd buitenshuis door. Ten slotte kwam ze een keer helemaal niet meer thuis; toen ze meer dan twee weken verdwenen was, hebben haar moeder en ik haar kamer doorzocht en haar dagboek gevonden. Daaruit bleek dat ze al jaren voor ze was weggelopen wist over mijn affaires.'

'Godsamme...'
'Ik weet het.'
Eir is een poosje stil.
'James Brown? Echt?'
Met moeite weet hij weer een glimlach op zijn gezicht te toveren. Plotseling klinken er geluiden van stemmen en herrie. Een tumult bij hen in de buurt.

Op het plein maakt een van de demontranten ruzie met een oudere vrouw. De vrouw staat met haar rug naar haar kraam, waar ze doosjes met slagroomsoezen verkoopt. De mensen die geduldig staan te wachten, vormen een lange rij. De man zegt iets tegen haar en plotseling geeft ze hem een duw, zodat hij achterover op het terras valt. Hij zwaait met zijn armen en schreeuwt tegen haar. De stemmen en het lawaai van tafels en stoelen die omvallen, zorgen ervoor dat er meer mensen op afkomen. De sfeer is vijandig.

Als Niklas en Eir te kennen geven dat ze politieagenten zijn en zich tussen de mensen mengen om de ruzie te beëindigen, kalmeert de vrouw en trekt ze zich terug.

'Ik zou normaal niet zo boos zijn geworden,' zegt ze. 'Maar iedereen in uniform verdient respect, mijn zoon is bij de politie en ik ben voortdurend ongerust over zijn veiligheid...'

Een paar uur later is iedereen, behalve Sanna, weer bij elkaar in de recherchekamer. Niklas vertelt over de Kristina en het ongeluk. Daarna neemt hij de procedure door die de NOA is begonnen om het zoeken naar Jack Abrahamsson te staken.

'We kunnen algauw een nieuwe start maken, zonder de schaduw van het oude onderzoek in onze nek,' zegt hij als hij klaar is.

'Stel je voor dat die klootzak nu weg is,' mompelt Jon.

Niklas vertelt vervolgens wat Sanna het afgelopen etmaal is overkomen. Eir observeert hem. Zijn aanwezigheid en de warmte in zijn lichaamstaal. Ze kan hem zich maar moeilijk voorstellen als een overspelig persoon, iemand die zijn genoegens buitenshuis zoekt.

'Ik wil niet dat we hierin verstrikt raken,' zegt hij. 'Maar ik wil natuurlijk wel dat we Sanna allemaal steunen. En als iemand iets weet, of bepaalde ideeën heeft waarvan je denkt dat die ons kunnen helpen degene te vinden die bij haar heeft ingebroken, wil ik dat je met mij komt praten, vertrouwelijk uiteraard.'

'Was het een waarschuwing?' zegt Alice. 'Om bij haar naar binnen te sluipen en zo'n foto van haar te maken? Iemand wil haar kennelijk laten weten dat hij haar te pakken kan nemen wanneer hij maar wil.'

Niemand zegt iets.

'Ze denkt zelf dat het iets te maken heeft met de moorden van drie jaar geleden,' vervolgt Alice. 'Dat er iemand rondloopt die er via de media achter is gekomen dat Jack Abrahamsson destijds is ontsnapt, iemand die woedend of gefrustreerd is. Maar in dat geval moeten we misschien allemaal over onze schouder kijken als we 's avonds naar huis gaan; bijna iedereen van ons was toen bij dat onderzoek betrokken.'

'Sanna is degene die al die tijd voor Jack alle shit over zich heen heeft gekregen,' zegt Eir.

'Wat ook niet zo vreemd is,' zegt Jon, 'toch?'

Niklas steekt zijn hand op om ze te laten ophouden.

'Sanna voelt zich naar omstandigheden goed en ze wil haar werk gewoon voortzetten,' zegt hij. 'Net zoals wij nu moeten doen. Eir?'

Ze knikt. Kijkt naar het whiteboard en vangt de blik op van Pascal, wiens foto daar hangt. Daarna kijkt ze naar die van Axel. Ze blijft een seconde lang denken aan Axels nervositeit als journalist, aan het feit dat hij zijn materiaal op verschillende manieren en plaatsen bewaarde. Misschien een oude, degelijke paranoia, misschien wist hij dat hij echt dicht bij een doorbraak was. Dat zijn graafwerk tot een onthulling zou kunnen leiden.

'Axel Orsa heeft lang gewerkt aan zijn onderzoek naar die kluizenaar, en de ultramasculiene stroming waaruit deze man waarschijnlijk afkomstig was. Uit Axels naspeuringen blijkt dat we te maken kunnen hebben met een man die in een soort toestand van voorbereiding leeft. Spieren, discipline en uithoudingsvermogen betekenen alles. Een zuivere levenswijze, afzien van porno en misschien zelfs een bepaald dieet. Fysieke kracht is ongelooflijk belangrijk, een militaire training of voorbereiding is niet onwaarschijnlijk.'

'Ja, misschien zouden we het even over zijn training moeten hebben?' zegt Niklas.

Eirs mobiel gaat, het is Sanna. Een paar seconden later legt ze haar mobiel midden op tafel, met de luidspreker aan.

'Hallo Sanna,' zegt Niklas. 'Hoe gaat het met je?'

'Goed. Eir zegt dat jullie het over de training van de dader hebben?'

'Jon en ik hebben keer op keer de fitnesscentra gecheckt,' zegt Alice. 'En nergens hebben we beetgehad, niet op sportscholen, noch bij personal trainers, wat Jon al eerder heeft verteld. Hoewel dat natuurlijk niets hoeft te betekenen. Hij kan immers overal trainen, waar dan ook, zonder met mensen te praten over het hoe en waarom.'

'Klopt,' zegt Eir. 'Hij kan ook wel thuis zijn eigen fitnessapparatuur hebben.'

'Maar als hij echt hard wil trainen, zijn een paar apparaten in een garage waarschijnlijk niet voldoende,' zegt Jon. 'Niet als je wilt trainen als een lid van de special forces, zoals Axel beweerde dat hij doet.'

'Er zijn tegenwoordig ook meer geavanceerde fitnesscentra in de openlucht,' zegt Niklas. 'Hebben we die ook in het vizier?'

'Misschien hebben jullie allemaal gelijk,' zegt Sanna. 'Maar als we de band nou eens terugspoelen en proberen na te gaan hoe hij zijn plekken uitkiest?'

'Je denkt aan de manier waarop hij de plek voor die bunker heeft gekozen. Aan het feit dat de oude man die de eigenaar van juist dat stuk bos is, in een bejaardenhuis zit?' zegt Niklas.

'Precies.'

'Ik heb de bezittingen van die oude man gecheckt,' zegt Alice. 'Hij bezit niet nog meer grond.'

Er valt even een stilte voor Sanna verdergaat.

'Weten we hoe hij aan die grond is gekomen, die oude man dus?'

Alice klapt haar laptop open, zet hem op tafel en logt in, begint te zoeken.

'Hier staat dat hij die grond van zijn moeder heeft geërfd.'

'Heeft hij broers of zussen?'

Iedereen wacht terwijl Alice verder zoekt.

'Een zus...' Ze scrolt nog wat langer. 'Ziet ernaar uit dat ze in het buitenland woont.'

'En heeft zij ook grond geërfd toen haar moeder is overleden?' vraagt Sanna. 'Ergens in de buurt van die bunker?'

Alice' ogen worden groter terwijl ze op haar toetsenbord tikt.

'Ja,' zegt ze.

Ze drukt op een toets om iets te printen, verdwijnt in de gang en komt terug met twee vellen papier. Ze legt het eerste vel op tafel. Een kaart van het kadaster.

'De oude man uit dat tehuis, dit is zijn grond,' zegt ze en ze tekent een kruis op de kaart. 'Daar ligt de bunker.'

Ze legt het andere vel ook neer. Ook een kaart van het kadaster. Meer bos, maar ook een meer.

'Dit is de grond van de zus die in het buitenland woont,' zegt Alice en ze voegt de twee kaarten samen. 'Haar grond grenst aan het bos waar de bunker zich bevindt. En kijk...'

Ze omcirkelt iets. Eir buigt zich voorover. Aan de rand van het meer op de grond van de zus, precies aan het water, staat een klein gebouwtje.

'Een boothuis.'

Ten oosten van de bunker zoekt de groep rechercheurs, samen met vijf zwaarbewapende agenten in uniform, het bos af. Na een paar kilometer duikt het meer op. Onderaan bij het water ligt een klein vervallen schuurtje, met ernaast een oude roeiboot.

'Wie komt er nou op het idee een boothuis te bouwen bij een meertje dat zo diep in het bos ligt?' zegt Eir terwijl ze een insect in haar nek doodslaat. 'Wie wil er nou met een bootje in zo'n muggengat gaan varen?'

'Misschien zit het er wel vol met kreeft,' fluistert Alice.

Ze lopen verder, op een afstandje van het water, verborgen tussen de bomen. Alles is er stil. Eir kijkt langzaam om zich heen. Het meer ligt er spiegelglad bij, er is geen enkel rimpeltje te zien op het zwarte oppervlak.

'Denk je dat het heel erg diep is?' vraagt Alice, haar stem niet meer dan gefluister.

'Denk je dat mij dat iets kan schelen?'

'Ik dacht dat jij van water hield?'

Eir reageert niet. De zee, ja. Maar ze heeft nooit begrepen waarom mensen meren aantrekkelijk vinden.

De grond onder hun voeten is drassig, het water sijpelt hun schoenen in, almaar meer, bij elke voetstap.

Niklas blijft staan, zijn blik dwaalt heen en weer tussen de sparren. Voordat Eir tijd heeft om te vragen waarom, loopt hij verder. Ze voelt met haar hand aan haar dienstwapen. Vraagt zich af wat of wie hen daar in het bos gadeslaat.

Als ze allemaal rond het boothuis hun positie hebben ingenomen, kijkt Niklas naar Eir. Ze houdt haar pistool met beide handen vast.

'Politie!' roept ze.

Ze wachten een paar seconden voor ze aan de deur voelen. Die glijdt open.

De geur van vermolmd hout komt hun tegemoet. Eir loopt de donkere ruimte in, gevolgd door agenten met vuurwapens en zaklampen.

'Leeg,' zegt ze en ze laat haar wapen zakken terwijl ze een spinnenweb wegveegt dat op haar voorhoofd kriebelt.

Ze leent een zaklamp en schijnt recht voor zich uit. Water. Slechts een paar meter vanaf de plek waar ze staat, zien ze onder twee vergrendelde houten deuren door het water naar binnen komen. Het beweegt zich bijna onmerkbaar heen en weer.

'Kijk hier,' zegt Alice.

Eir draait zich om en schijnt met haar lamp op de dichtstbijzijnde grijs geworden wand. Rode, getekende kolommen. Tabellen.

'Tijden en gewichten,' zegt Alice ademloos. 'Resultaten...'

Op de vloer onder de tabellen ligt een zeildoek dat op zijn plaats wordt gehouden door oude houten kratten en grote stenen. Alice duwt een paar kratten opzij en trekt het zeil omhoog. Eronder ligt een verzameling halters, gewichten, stangen om gewichten op te schuiven en een kettlebell van ijzer.

Alice leest de cijfers die erop staan.

'Deze zijn extreem zwaar...' zegt ze en ze schijnt op de andere gewichten.

Eir gaat verder met het doorzoeken van het boothuis met Niklas naast zich. Overal zijn verschillende trainingstoestellen. Rekken om je aan op te hijsen, turnringen, en nog meer extreme gewichten. Alles wat nodig is voor het trainen van kracht, explosiviteit, coördinatie en lenigheid.

Terwijl Niklas rondloopt, belt hij Sudden met het verzoek om een team technisch rechercheurs te sturen en loopt Eir naar Jon, die bij het water naar beneden staat te kijken.

'Wat is er te zien?' vraagt ze.

Als hij geen antwoord geeft, gaat ze op haar knieën zitten en kijkt over de rand. Een smal rek dat omlaag het donker in verdwijnt is alles wat ze kan zien. Jon duwt haar iets opzij en wijst naar de buitenwand van het boothuis. Aan een haak hangt iets van zwart aluminium wat eruitziet als een zaklantaarn.

'Een duiklamp,' zegt ze en ze gebaart naar hem. 'Geef hem eens aan.'

Ze vindt de schakelaar op de lamp en test hem, de batterijen werken nog.

Voorovergebogen over de kant laat ze het witte licht van de lamp zo ver mogelijk het water in schijnen. Maar het water is te troebel. Ze wil het net opgeven, als de lichtbundel op iets valt wat eruitziet als het dak van een grote kooi. Die is leeg. De kooi is aan het boothuis vastgemaakt met twee lange kettingen, die hem op zijn plaats houden. Aan de ene korte kant zit een opening zonder luik, waardoor je er gemakkelijk in en uit kunt komen. Aan de binnenkant van de opening zitten twee handgrepen. Ze begrijpt dat wat ze ziet nog een trainingstoestel is, waarschijnlijk om het mentale uithoudingsvermogen te vergroten.

Ze doet de lamp uit en gooit hem naar Jon.
'Wat gebeurt hier?' vraagt Niklas, die terug is komen lopen.
'Daar onder water zijn nog meer spullen,' zegt ze. 'Spullen waarvan ik niet eens wil weten hoe ze worden gebruikt.'
Jon roept hen naar zich toe. Uit een luik in de vloer van het boothuis haalt hij een EHBO-doos tevoorschijn. Behalve drukverband, koelbandages en pleisters zitten er ook sterke pijnstillers in.
'Sudden komt zo,' zegt Niklas. 'Niemand raakt nog iets aan.'

Sanna heeft net Sixtens eten klaargemaakt en vermengd met een portie van hetzelfde eten als dat ze voor zichzelf heeft opgewarmd. Kwiek springt hij van de bank af, loopt naar de keuken en snuffelt met gebogen kop aan de grote schaal. Als hij begint te eten, slaagt ze erin te glimlachen. Hij is bijna weer zichzelf, denkt ze, en ze wrijft met haar hand over zijn borstelige kop.
Terwijl ze hem aait, rust haar blik op het deurtje van een van de keukenkastjes, het deurtje waarachter ze haar aantekeningen verbergt. Ze maakt het open, trekt het vastgetapete papier met al haar gekrabbel eraf en gooit het in de afvalbak. Ze trekt de lade open en doet hetzelfde met de kaart.
Ze denkt aan Jack. Dat hij nu dood is. Ze heeft zich heel vaak de dag voorgesteld dat alles voorbij zou zijn. Maar nooit op deze manier.
Maar tegelijk heeft hij haar meegesleurd in weer een ander gewelddadig incident. En heeft hij de herinnering aan haar zoon besmeurd, bezoedeld. Ze hoort zichzelf ademhalen terwijl ze de walging in haar maag voelt, die haar woedend maakt.
Nadat Mårten Unger dood was gevonden, wreed vermoord, had ze zich afgevraagd of de politie die als eerste ter plaatse was, slordig was geweest. Of dat de technische recherche die naar de plaats delict was gekomen, iets verplaatst had van wat men gevonden had.
Ze denkt opnieuw aan de doos die midden in de kamer had gestaan, gevuld met Mårten Ungers trofeeën van zijn slachtoffers, maar niets wat van Erik was geweest. Jack was er geweest, in het huis van Mårten Unger, hij moet die doos hebben gezien, heeft hem

misschien wel hebben opengemaakt. Op sommige van Eriks spullen van thuis die hij meenam naar de kleuterschool, stond zijn naam. Als Mårten Unger iets had gestolen wat van Erik was, kan dat in die doos hebben gelegen, met zijn naammerkjes erop. Zou Jack dat misschien hebben gezien? Het mogelijk zelfs hebben meegenomen, als een soort absurde trofee voor zichzelf? Binnen in haar raast iets als ze bedenkt dat niet één moordenaar, Mårten Unger, maar ook nog een andere, een minstens even wrede, misschien iets heeft bewaard wat van haar kind was. De gedachte dat Jack iets in zijn hand heeft gehad wat van Erik was, bezorgt haar een zwaar gevoel in haar lijf.

Als haar mobiel begrint te trillen, schrikt ze op. Het is Eir. Sanna pakt een glas water terwijl ze opneemt.

Nadat ze een heel poosje over Jack hebben gepraat en Sanna daarna een update heeft gekregen over het boothuis, gaan ze over op alledaagse dingen, bijvoorbeeld hoe het met Sixten gaat. Eir is opgelucht als ze Sanna hoort vertellen dat hij weer eet.

'Over eten gesproken,' zegt ze. 'Niklas en ik waren vandaag op het plein. Hij moest zo nodig zijn dochter pesten en vruchtenbeignets kopen in het koffiehuis waar ze werkt. Op het plein ontstond ruzie toen een paar demonstranten het aan de stok kregen met een van de verkoopsters daar. Je zou het gezien moeten hebben, die verkoopster was echt een kenau, ze had een beangstigende kracht in haar armen...'

Sanna ziet dat Sixten zijn schaal leeg heeft en neemt snel een paar hapjes van haar eigen eten. Daarna schuift ze de rest ervan in zijn schaal en spoelt haar bord af.

'Luister je wel?' zegt Eir.

'Sorry,' zegt Sanna. 'Hebben jullie iemand moeten aanhouden?'

'Alles was al snel weer rustig.'

'Oké.'

'Maar je kunt die Anton wel feliciteren met het feit dat hij zo'n imposante moeder heeft...'

'Anton?'

'Ja, het was zijn moeder die een van die demonstranten een oplawaai verkocht.'

'Weet je dat zeker? Ik dacht dat ze haar arm had gebroken en de laatste tijd in bed heeft gelegen...'

Eir moet lachen. 'Nee hoor, ze stond kaarsrecht en verkocht roomsoezen, kokosmakronen en al dat andere zoete spul waar iedereen hier op het eiland zo gek op is... En ze ging los op die knul als een vijfentwintigjarige...'

Als ze hebben neergelegd, denkt Sanna aan de dag dat Pascal bij die verlaten boerderij in het bos opdook. De wachtmeester die haar gebeld had en vroeg of zij ernaartoe wilde gaan, had gezegd dat Anton niet bereikbaar was. Diezelfde avond was Anton bij haar thuis langsgekomen; hij had naar zweet geroken en had gezegd dat hij de hele dag bij zijn moeder was geweest, omdat ze haar arm had gebroken en op bed moest blijven. Ze vraagt zich af waarom hij gelogen heeft.

De avondlucht is zoel als Sanna en Sixten door de buurt wandelen en de hoofdstraat in lopen. Alle winkels zijn gesloten en er loopt niemand op het trottoir. De maan schijnt fel, de daken en ramen baden in wit licht. Alleen de paar wijnrode bladeren die her en der tegen de gevels groeien, getuigen ervan dat het herfst aan het worden is, anders zou het elke willekeurige voorjaarsavond kunnen zijn.

Sanna geeuwt. Ze moesten maar eens teruggaan. Om de politieauto te ontwijken die Niklas voor haar flatgebouw heeft laten stationeren, nemen ze een omweg. Ze weet dat dat verkeerd is, maar ze heeft er behoefte aan een halfuurtje alleen met Sixten te zijn zonder gezelschap of vermaningen. Langzaam kort ze zijn riem in.

'Tijd om naar huis te gaan,' zegt ze en ze krabt hem achter een oor.

Maar als hij zijn neus boven het asfalt houdt en aan de riem trekt om de straat over te steken en de andere kant op te gaan, laat ze hem voor haar uit lopen. Ze zoekt naar een zijstraat waarvan ze weet dat ze die ook kan nemen, ook al is het een omweg.

Ze passeren villa's met verlichte tuinen. Hagen van buxus, taxus en conifeer. De smalle trottoirs zijn zorgvuldig geveegd. Sixten trekt haar verder en ze realiseert zich dat ze maar een paar straten van Antons huis zijn verwijderd.

Ze besluit om er even langs te gaan en aan te bellen. Anton verschijnt in de deuropening, met een brede glimlach. Hij nodigt haar uit binnen te komen, maar ze zegt dat zij en Sixten naar huis moeten, dat ze hem alleen even iets wil vragen. Anton steekt zijn voeten in een paar versleten gympen en ze lopen naar de oprit.

'Ik ben niet bij je langsgekomen omdat je er zo duidelijk in was dat je thuis wilde uitrusten,' zegt hij. 'En ik wist ook dat ze een auto voor je flatgebouw hebben neergezet...' Hij blijft staan. 'Wacht even, mag je hier zomaar alleen zonder toezicht lopen?'

Achter een van de ramen is Antons vrouw Ellen te zien. Ze zwaait vrolijk naar Sanna en verdwijnt dan achter de gordijnen.

'Ik wilde alleen maar even vragen hoe het met je moeder is,' zegt Sanna.

De glimlach verdwijnt van zijn gezicht, zijn blik gaat terug naar het huis. Hij legt zijn hand op de hare en trekt haar met zich mee van de oprit af. Ze staan midden op straat en Sanna kort Sixtens riem nog verder in, kijkt om zich heen of er geen auto's aan komen.

'Ik wist al wel dat je dat zou vragen, mijn moeder heeft me eerder gebeld en verteld dat ze op het plein met de politie te maken heeft gehad. Natuurlijk heb je daarover gehoord...'

'Waarom heb je tegen me gelogen?'

'Ik heb niet gelogen. Of ja, oké, ik heb gelogen. Maar mijn moeder was echt gevallen en dacht echt dat ze haar arm had gebroken, we zijn nog bij de spoedeisende hulp geweest.'

'Afgelopen vrijdag?'

Zijn blik gaat opnieuw terug naar de geverniste voordeur.

'Oké, oké... Nee, dat was het weekend daarvoor.'

'Dus waar was je afgelopen vrijdag toen de wachtmeester en later ook ik geprobeerd hebben je te bereiken?'

Er flikkert iets van angst in zijn ogen.

'Ach, verdomme...'

Sanna neemt Sixten mee terug het trottoir op. Anton loopt er ook direct heen en gaat naast haar staan.

'Het was niet de bedoeling dat het zou gebeuren, maar een poosje geleden heb ik in de ijzerwinkel een meisje ontmoet...' zegt hij gestrest. 'Ellen zeurde al maanden dat we het hek in de achtertuin tussen ons en de buren moesten vernieuwen, daarom was ik in die winkel om te vragen of ze houten palen hadden, en toen stond ze daar opeens. Aan de andere kant van het geïmpregneerde...'

'Dus je gaat naar bed met een van die jonge meisjes die daar in het magazijn werken? Ben je niet goed bij je hoofd? Die zijn amper ouder dan je oudste dochter!'

'Nee, nee... Ze is leraar en we hebben elkaar alleen daar ontmoet. We begonnen te praten, ze had kortgeleden bij haar thuis een nieuw hek geplaatst en we hebben telefoonnummers uitgewisseld. Daarna begonnen we te sms'en en ja... Nu kan ik er geen einde meer aan maken en dat is echt een hel.'

'Dus daarom nam je die dag niet op, omdat je bij haar was?'

Hij knikt. 'Het is helemaal ontspoord. Ik bedoel, de seks met haar is ongelooflijk, totaal niet zoals met Ellen, moet je weten, die wil het liefst helemaal niet...'

Sanna steekt haar hand op, ze wil het niet horen.

'Maar dat meisje wil niet dat ik het uitmaak,' vervolgt hij. 'Ze dreigt het aan Ellen te vertellen, aan iedereen in het dorp, en ik ben bang dat Ellen de kinderen van me afpakt...'

Zijn stem hapert af en toe als hij praat. Hij leunt tegen zijn auto, die langs het trottoir staat, en vertelt over alle manieren waarop hij geprobeerd heeft uit die situatie te komen. Eerst luistert Sanna nog, maar dan ziet ze iets over zijn schouder.

Op de passagiersstoel van de auto, half verscholen onder een trui, ligt haar thermosfles. Die ze 's avonds altijd omspoelt voor ze naar bed gaat. Die ze gisteravond had omgespoeld en op het aanrecht had gezet, voordat er iemand 's nachts bij haar had ingebroken. Een deel van haar wil – maar durft niet – te vragen of hij in haar appartement is geweest. Of hoe het anders mogelijk is dat er iets uit haar huis in zijn auto terecht is gekomen. Anton merkt dat ze niet meer luistert en stopt met praten.

'Waar kijk je naar?' vraagt hij en hij draait zich om naar zijn auto, kijkt door het raam.

Ze staart naar de thermosfles. Vraagt zich af of ze zich vergist.

Misschien heeft ze hem gisteravond helemaal niet op het aanrecht gezet, maar is ze hem ergens vergeten, misschien op het politiebureau. Anton moet hem voor haar hebben meegenomen, om hem aan haar terug te geven.

'Ja, inderdaad, ik heb een extra thermosfles voor je gekocht,' barst hij uit. 'Dacht dat je er misschien twee nodig had nu je meer rondholt? Wacht, dan haal ik even mijn autosleutel...'

Het gevoel van opluchting is snel voorbij en maakt plaats voor een dof gebonk in haar achterhoofd. Ze voelt de schaamte achter haar oogleden opkomen en vraagt zich af hoe ze in vredesnaam ook maar een moment heeft kunnen denken dat Anton iets met de inbraak in haar huis te maken had.

'Dat doen we wel een andere keer,' zegt ze.

Hij blijft staan en draait zich om. 'Zeker?'

Ze knikt. 'Bedankt voor je goede zorgen, dat is aardig van je.'

'Moet ik niet met je mee naar huis lopen?'

Als ze haar hoofd schudt, loopt hij naar haar toe en omarmt haar. 'Zorg nu maar voor je gezin,' mompelt ze in zijn stevige nek.

Terug in haar woning vult ze een glas met water en neemt een pil tegen de hoofdpijn, en daarna nog een. Ze zegt iets tegen Sixten, die hoopvol bij de koelkast wacht. Een minuut later maakt ze op de bank voor hen beiden het bed op, zet de tv aan en gaat haar tanden poetsen. Voor ze de badkamer in loopt, checkt ze nogmaals of ze de voordeur op slot heeft gedaan en of ook de ketting erop zit. Haar bewegingen zijn mechanisch. Misschien heeft ze zich ermee verzoend dat ze in reservetijd leeft, misschien dat ze daarom niet meer bang is.

Als ze terugkomt, heeft Sixten zich al op het hele laken uitgestrekt. Ze trekt de deken naar zich toe en laat zich in plaats daarvan in de fauteuil zakken. Ze kijkt door het zwarte raam naar buiten en vraagt zich af hoe het op dat moment met Eir is.

Ze kijkt naar Sixten, die op de bank ligt te snurken. Ze trekt een van de kussens weg, zodat hij meer ontspannen kan liggen. Kijkt nog een keer door het zwarte raam naar buiten. Het geluid van de tv op de achtergrond.

Ergens in haar onderbewustzijn komt een gevoel opzetten, zo vaag dat het bijna weer verdwijnt. Ze staat op en loopt naar de keuken. Ze speurt het aanrecht af, ze opent het kastje waar de weinige mokken en glazen in staan die ze bezit, kijkt in de vaatwasser. Ze draait zich om naar de keukentafel en de lijst die de technische recherche heeft achtergelaten, de opgave van de spullen die ze hebben meegenomen. Maar hij staat niet op de lijst. Ze blijft zoeken, zonder hem te vinden. Haar thermosfles is weg.

38

Het is een paar minuten voor vijf in de ochtend als haar mobieltje overgaat. Voor Sanna opneemt, gaat ze rechtop zitten en aait Sixten over zijn kop. Hij doet zijn ogen open en kwispelt loom met zijn grote staart.

Haar mobiel blijft hardnekkig rinkelen en ze neemt zuchtend op.
'Ja?'
'Je zei me dat ik je moest bellen,' zegt de hijgende stem aan de andere kant van de lijn.

Sanna kijkt op haar display en ziet een nummer dat ze niet herkent.
'Sorry?'
'Als hij hier weer zou zijn,' schreeuwt de stem. 'Dat klotejoch!'

Sanna rijdt de donkere camping op. De politieauto volgt haar op zekere afstand, de auto die Niklas voor haar huis heeft laten stationeren.

Uit een enkele caravan komt een bleek streepje licht. Misschien een gezicht, een hand die over een beslagen ruit veegt. De caravans staan ver uit elkaar. Hier en daar hangt vergeten wasgoed, dat ronddraait aan bruingroene waslijnen. Het is windstil en het ruikt er bedompt.

Ava Dorn staat voor haar caravan. Gekleed in een ochtendjas, in de taille losjes vastgebonden, en met een sjaal om haar hoofd. De brandende sigaret gloeit in haar getatoeëerde hand. Als Sanna uitstapt, steekt ze haar kin naar voren.

'Hij stond daar bij mij naar binnen te gluren,' zegt ze terwijl ze naar een klein zijraampje wijst. 'Met een soort sjaal over zijn mond.'

Sanna loopt naar het raam. Ze voelt met haar hand aan de rand.

'Als hij zijn gezicht zo bedekt had, hoe weet u dan dat het Daniel Orsa was? Het kan toch iedereen zijn geweest?'

De peuk van haar sigaret zeilt naar de grond en wordt onder haar pezige voet uitgedrukt. Sanna herinnert zich het moordonderzoek van drie jaar geleden. Fysieke pijn doet Dorn niets, misschien dat ze er zelfs van geniet. Dorn doet een paar stappen in haar richting.

'Ik weet het gewoon,' zegt ze. 'Ik vergeet nooit een blik. Vooral niet die van die verdomde jongeren. Die hebben mijn leven kapotgemaakt.'

Sanna wil haar corrigeren door te zeggen dat het juist omgekeerd is. Toen Dorn Crantz had geholpen door dierenmaskers te maken voor Jack, Mia, Daniel en de andere kinderen, bewees ze niet alleen een pedofiel een dienst, maar was ze ook medeschuldig aan het trauma van zeven kinderen. Een trauma dat hun gevoel van eigenwaarde voor altijd had vernietigd. Een trauma dat een moordenaar had voortgebracht.

In plaats daarvan zegt ze alleen maar: 'Ik zal met Daniel gaan praten. Misschien heb je het verkeerd gezien.'

In de rimpels rond een oog is een zenuwtrekje te zien.

'Heb je er ooit weleens over nagedacht dat júllie het verkeerd hebben gezien?'

Sanna werpt een blik opzij, steekt haar hand omhoog om haar tegen te houden. Maar Dorn houdt niet op.

'Holger deed alles voor die jongeren,' vervolgt ze. 'Zijn hele leven heeft hij opgeofferd voor ondankbare dorpsschoffies…'

Die woedende blik in haar ogen, Sanna herinnert zich hem maar al te goed, ze weet dat die op elk moment kan omslaan in iets ergers. Tijdens het onderzoek in de zaak-Crantz had Ava Dorn op een gespannen moment een klodder snus in Eirs ogen gespuugd.

'Hij heeft zijn eigen gezicht van ellende kapotgekrabd,' gaat Dorn verder.

'Wie?'

'Holger.'

Sanna schudt haar hoofd. De dominee, de pedofiel Holger Crantz, stierf in zijn bed, ten gevolge van een hartinfarct.

De blik in de ogen van Dorn is koud. 'Ik droom er nog over,' zegt ze. 'Over hoe hij zijn gezicht heeft opengekrabd...'

Sanna zucht.

'Ik kan u bellen nadat ik met Daniel heb gepraat, als dat u geruststelt?'

Dorn lacht honend.

'Jij denkt dat ik het verzin?'

Sanna draait zich om om weg te lopen.

'Ik praat wel met Daniel,' zegt ze.

Dorn haalt haar schouders op.

'Hij is misschien ergens bezig om iets te stelen, of...'

Ze duwt de deken opzij die voor de ingang van haar caravan hangt en verdwijnt naar binnen. Sanna wacht om te zien of ze nog terugkomt. Als ze dat blijkbaar niet van plan is, gebaart Sanna naar haar politiebeschermer dat ze oké is en loopt aarzelend achter Dorn aan.

Wanneer ze de caravan binnengaat, komt haar de lucht van terpentine tegemoet.

Het kleine keukentje ligt bezaaid met vergeeld krantenpapier, verschrompelde stukken keukenrol en kwasten in oude glazen potten en conservenblikjes. Op de kleine keukentafel liggen viltstiften, dunne penselen en staan schaaltjes met troebel water. In een kom ligt een verzameling met de hand beschilderde eieren. Tussen de vage penseelstreken door zijn de contouren van heel kleine handjes zichtbaar, die zich tegen de eierschaal lijken te drukken.

Ze hoort het geluid van iets wat over het linoleum schraapt. Van onder een versleten bank trekt Ava Dorn een koffer tevoorschijn. Ze maakt hem open, legt een paar blocnotes aan de kant en haalt er een schilderij uit, dat ze aan Sanna geeft.

Als ze het schilderij in haar handen heeft, gaat er een rilling door haar armen.

De zeven kinderen.

Het is lang geleden dat ze er voor de eerste keer voor stond, maar ze vergeet het nooit. Ze was thuis in de villa van het eerste slachtoffer.

Maria-Louise Roos lag dood op de bank in haar luxe woonkamer, en ver achter in een smalle gang die naar een dure verzameling boeken leidde, had dit schilderij gehangen. Het schilderij van de zeven kinderen met ieder een ander dierenmasker op.

'Ze heeft het in haar testament aan mij nagelaten.'

'Dat begrijp ik niet,' zegt Sanna. 'Marie-Louise heeft het schilderij aan jou teruggegeven?'

Dorn knikt. 'Die jonge klootzak heeft het erop voorzien.'

'Waarom zou hij?'

'Hij wil zijn mes erin zetten.'

Sanna weet niet wat ze moet zeggen. Ze geeft het schilderij terug aan Dorn. Ze heeft frisse lucht nodig en loopt naar de deur.

'Als kind kon hij met zijn kloterige vingertjes al nergens van afblijven, om die reden is hij namelijk...'

'Zo is het wel genoeg,' zegt Sanna. 'Ik zal met hem praten.'

Het gezicht van Daniel is uitdrukkingloos. Als hij de deur opent, trek hij een trui over zijn hoofd en knikt naar Sanna om aan te geven dat ze mag binnenkomen.

'Goedemorgen,' zegt ze.

'Als je mijn pa of ma wilt spreken, moet je ze maar bellen, ze moesten naar de begrafenisondernemer...'

'Ik wil juist met jou praten, als je een paar minuten tijd hebt?'

'Ik heb les, moet nu weg.'

'We kunnen wel samen lopen, als je dat wilt?'

Hij kijkt naar haar, dan gebaart hij naar de keuken. 'M'n moeder zet altijd te veel koffie, dus er is nog genoeg...'

Onderweg door de hal ziet ze een paar vuilniszakken staan. Overal liggen kleren en schoenen verspreid. In een verhuisdoos liggen boeken, mappen, papieren en diploma's door elkaar heen. In de chaos is vaag een brillenkoker te zien.

Sanna condoleert hem nogmaals met het overlijden van Axel terwijl ze aan de keukentafel gaan zitten.

'Jullie zijn begonnen zijn spullen in te pakken?' zegt ze aarzelend. 'Ik zag de zakken in de hal staan...'

'Dat doe ik. Mijn vader en moeder zijn tot niets in staat. Ik zet alleen al zijn spullen in de schuur, zodat ze die niet elke dag hoeven te zien...'

'Hoe vond je het dat hij weer thuis kwam wonen? Ik hoorde van mijn collega's dat hij pas weer hiernaartoe verhuisd was...'

Daniel antwoordt niet. Hij staat op, schenkt een kop koffie voor haar in en leunt dan tegen het aanrecht.

'Nou, waar gaat het over?' vraagt hij.

'Ava Dorn zegt dat je vannacht bij haar caravan bent geweest, of preciezer: vanochtend vroeg.'

Geen reactie.

'Waarom was je daar?'

Geen reactie.

'Ze denkt dat je een schilderij wilt stelen dat ze daar heeft...'

Hij lacht gelaten.

'Het is ernstig, ze kan bij de politie een aanklacht tegen je indienen als je ermee doorgaat,' vervolgt ze.

Hij knippert zwijgend met zijn ogen.

'Beloof je me dat je daar wegblijft?'

Niets.

'Bewijs jezelf een dienst en blijf weg bij die camping,' zegt ze.

Ze heeft het gevoel dat hij iets wil zeggen. Ziet dat hij aarzelt, met zichzelf overlegt.

'Waar denk je aan?' vraagt ze.

Het blijft een poosje stil.

'Hebben jullie nog iets meer over mijn broer gevonden?' vraagt hij dan.

'Nog niet.'

Hij heeft een vorsende blik in zijn ogen.

'Wat denken jullie dan?'

'Op dit moment gaan we diverse sporen na.'

Hij knikt.

'Ik beloof je dat we alles doen wat we kunnen om degene te vinden die Axel vermoord heeft,' zegt ze.

Geen reactie.

'Als er iets is wat jij weet, iets wat je wilt vertellen, wat ons kan helpen...'
Hij kijkt haar een seconde onderzoekend aan.
'Iedereen is bang voor iets,' zegt hij dan. 'De telefoon die in het donker overgaat. Het rooster van de afvoer dat trilt. Als jij de enige van de kinderen bent die merkt dat jullie met z'n zevenen zijn, niet met zes...'
'Iedereen behalve Axel?'
Hij wacht even.
'Toen we klein waren, liepen we op een avond naar huis en kwamen langs een gebied met kaalslag,' zegt hij dan. 'We waren jong, hij had me de hele dag gepest en ik wilde iets terugdoen om hem bang te maken. Dus wees ik naar een plek tussen de boomstronken en schreeuwde dat er een man stond. Ik had verwacht dat hij het op een lopen zou zetten of zoiets.'
'Maar dat deed hij niet?'
'Nee, hij liep er juist naartoe, in het donker, om die man te zoeken...'
Het geluid van zijn stem sterft weg. Hij ziet eruit alsof hij diep nadenkt, alsof hij wegglijdt.
'Is er iets wat ik voor je kan doen?' vraagt ze. 'Hebben ze je iemand aangeraden om mee te praten, behalve je familie, bedoel ik?'
Hij haalt zijn schouders op, met zijn blik naar het plafond gericht.
'Oké,' zegt ze.
Wanneer ze opstaat, maakt hij de koelkast open en haalt er een fles uit met iets wat eruitziet als wortelsap. Hij schenkt een glas in en drinkt.
'Het was jouw kind, hè, dat daarbinnen verbrand is?' vraagt hij.
Haar reactie is fysiek, alsof hij haar een draai om de oren heeft gegeven. Misschien omdat het zo onverwachts was. Ze kijkt naar de vloer. Die zit vol krassen. Vanuit haar ooghoek ziet ze dat hij weer tegen het aanrecht leunt.
'Ik heb hem een keer ontmoet,' zegt hij. 'Hij heette Erik, hè?'
Ze knikt.
'Het was maar één keer,' zegt hij. 'Bij een uitje dat de sociale dienst

had georganiseerd. Jack en Mia waren er ook bij. Wij zaten in een groepje dat mee mocht om afval op het strand op te ruimen, samen met de Vereniging voor Natuurbescherming. Er was ook een priester bij, ik geloof dat zijn kerk het uitje samen met de sociale dienst had georganiseerd.'

De kerk. Dezelfde kerk die toen tegenover haar boerderij lag, de boerderij die afgebrand was, de brand die Erik van haar had weggerukt. Erik kwam veel bij die priester, en ze wist al dat de parochie af en toe kinderen opving die het nodig hadden een paar uurtjes van huis weg te zijn, en dat Mia Askar er ook geweest was. Maar ze wist niet dat Daniel er ook was geweest, en al helemaal niet dat Jack erbij was.

'Hij was een beetje vreemd, dat joch van jou.'

De herinneringen aan Eriks nachtmerries. Maar ook zijn griezelige relatie met spiegels. Hij zag er vogels in, in die spiegels, en hij praatte tegen ze.

'Maar we vonden hem aardig,' gaat Daniel verder. 'Dat vonden we allemaal, ontzettend aardig.'

Hij zwijgt, zijn intense blik ontmoet de hare.

'Hij heeft die dag een barnsteen gevonden. Die lag daar zomaar, in ondiep water. Niet groter dan de pit van een perzik, maar er zaten twee insecten in...'

'Een mier en een kever...' zegt ze.

Ze herinnert zich dat hij ermee thuiskwam, de barnsteen met de mier en het piepkleine kevertje. Ze waren zo klein, die diertjes, voor haar ogen waren het slechts kleine zwarte silhouetten, ze had een vergrootglas nodig gehad om ze goed te kunnen zien. Maar Erik hield van die steen. Hij lag warm in zijn hand. Hij nam hem overal mee naartoe. Stopte hem zelfs elke nacht onder zijn kussen, en als hij ergens ging logeren en hem niet kon meenemen, moest hij onder zijn kussen blijven liggen tot hij weer thuis was. Zijn oma had hem geprezen om zijn vondst, had hem verteld dat barnsteen je beschermt tegen tovenarij en boze geesten. Maar het enige waarover hij praatte, waren de diertjes erin. Miljoenen jaren oud, perfect bewaard, ingesloten in hun gouden omhulsel. In hun kleine hoekje, hun kamertje. Ze zaten naar elkaar toe gekeerd, de mier en het kevertje. En boven hun kopjes zaten kleine luchtbelletjes in de steen. Af en toe speelde hij dat ze met elkaar praatten, dan hield hij de steen tegen zijn oor om te luisteren. Soms lachte hij om ze, maar hij vertelde haar nooit wat ze gezegd hadden.

'Wij hadden natuurlijk geen idee wie jij was, alleen maar dat je een smeris was, want daar praatte hij over...' zegt Daniel. 'Hoe dan ook... Ik vertel dit alleen maar omdat je zo verdomd gedeprimeerd lijkt. Daarom vind ik dat je het moet weten, dat hij trots op je was, jouw kind. Hij had het er voortdurend over hoe moedig je was. En hij was die dag blij, hartstikke blij; hij liet ons die steen zien, we mochten hem allemaal even vasthouden om goed naar die kleine insectjes te kijken... Zelfs Jack...'

Ze weerstaat de drang om er dieper op in te gaan. Het zal haar niet verder brengen dan losgeraakte puzzelstukjes die ze nooit bij elkaar zal kunnen krijgen. Tegelijk merkt ze hoe iets onbehaaglijks zijn weg in haar bloed vindt en maakt dat alles langzamer lijkt te verlopen. Voldoende om ervoor te zorgen dat het bekende verstikkende gevoel haar kan besluipen. Er is iets met dat gevoel wat ze niet kan hanteren, hoe het op haar schouders klimt, zich om haar nek slingert en haar alle kracht ontneemt...

Heel even overweegt ze om Daniel te vertellen dat Jack dood is. Maar ze duwt die gedachte onmiddellijk van zich af.

'Jij was zijn held,' zegt Daniel dan. 'Jij was de held van die kleine knul... Maar dat weet je natuurlijk al...'

Ze knikt alsof ze het weet. Maar ze weet niets meer, herinnert zich zo weinig. De barnsteen, die was ze ook bijna vergeten. Alles vervaagt, meer en meer.

'Vreemd...' zegt hij.

Het is even stil voor hij verdergaat.

'Je had geen idee dat Jack jouw zoontje had ontmoet, hè?'

Kort daarna staat ze bij de lift te wachten. Als de deuren opengaan, loopt ze naar binnen. Net als ze op de knop voor de begane grond wil drukken, verstijft ze. Op de wand naast de knoppen zit een geprint vel papier dat haar niet is opgevallen toen ze omhoogging, waarschijnlijk omdat er toen een gezin met kinderen voor stond. Op het papier wordt vermeld dat iemand spullen weggeeft, de dozen staan buiten voor de fietsenstalling. Op het papier is ook een foto van een filmaffiche te zien. *Dawn of the Dead.*

De herinnering aan de laptop van Axel Orsa komt bij haar boven. De sticker met de zombiefiguur. De kleuren daarop waren identiek aan de foto van het affiche voor haar. Ze laat haar blik rusten op de woorden die helemaal bovenaan staan: When there's no more room in hell, the dead will walk the earth.

Daniels verhaal over zijn jeugd. De kaalslag en de man in het donker. Ze denkt aan het bos rondom de bunker en de dode boom ervoor. De naakte stam en de spijker. Daniel die in het donker naar de plaats delict staat te kijken, de afzettingen van de technische recherche, hij kijkt naar het witte vlaggetje op de kale, grijze stam.

De kale stam. De kaalslag. Dode bomen.

Ze gaat weer omhoog en drukt op de knop die de liftdeuren opent.

Terug in de woning loopt ze recht op hem af. Hij stapt niet achteruit, trekt alleen maar de rits van zijn windjack op.

'Je geeft de spullen van je broer weg?' zegt ze. 'Waarom loog je over die spullen in de hal, waarom zei je dat je ze daar alleen had staan om ze in de schuur te zetten? Waarom wil je al zijn spullen kwijt?'

Geen antwoord.

'Dat verhaal over die man bij de kaalslag. Dat heb je net verzonnen, hè?'

'Jij was het, hè, jij was degene die Axel de tip heeft gegeven dat Pascal iets zou afleveren bij die kluizenaar in het bos. Of niet soms?'

Hij doet zijn ogen dicht. Daarna knikt hij. Bijna onmerkbaar.

39

Daniel zegt geen woord onderweg naar het politiebureau. Als ze zijn moeder bij de receptie ontmoeten, slaat hij alleen maar zijn ogen neer en laat zich door haar omhelzen.

'Ik ben zo snel als ik kon gekomen,' zegt ze terwijl ze zich tot Sanna richt. 'Kunt u me vertellen wat er aan de hand is?'

Ze rekt zich uit. Haar ogen zijn bloeddoorlopen en eronder zitten grote donkere wallen.

'Dank dat u gekomen bent,' zegt Sanna. 'We begrijpen dat jullie het op dit moment ontzettend moeilijk moeten hebben.'

'Moet ik contact met een advocaat opnemen?'

'Helemaal niet. Daniel wordt niet van een misdrijf verdacht, we willen alleen met hem praten over de gebeurtenissen van de afgelopen week. Daarna kunnen jullie weer naar huis.'

De receptionist zegt dat Eir en Niklas op hen wachten in de werkkamer van Niklas, omdat alle andere kamers bezet zijn.

Iedereen begroet elkaar kort en Niklas vraagt Daniel en zijn moeder of ze iets willen drinken, maar beiden zeggen nee. Daniel laat zich op een stoel bij de muur zakken.

'We stellen het op prijs dat jullie hier zijn,' zegt Sanna. 'Het spijt ons van jullie verlies, en we begrijpen dat jullie je op dit moment beroerd voelen. Dit is, zoals gezegd, alleen een verhoor van Daniel als getuige. Een gesprek waarvan we hopen dat het ons kan helpen de omstandigheden rond Axels dood beter te begrijpen.'

Daniels moeder gaat op een stoel naast haar zoon zitten.

'Zullen we...?' zegt Sanna.

Daniel knikt.

'Wil je bij het begin beginnen?'

'Pascal vroeg me een klusje voor hem te doen,' zegt Daniel.
Hij is kalm, zijn stem is zacht. Zijn handen rusten op zijn dijen.
'Wat voor klusje?' vraagt Eir.
'Iets afleveren.'
Daniels moeder friemelt aan een pakje papieren zakdoekjes, haar hand trilt als ze een traan wegveegt.
'Wat afleveren?'
'Op een dag op de club vroeg hij me met hem mee naar de parkeerplaats te lopen, hij maakte de kofferbak van zijn auto open en liet me een boel spullen zien...'
'Wat waren het voor spullen?'
Geen antwoord.
'Daniel?' zegt Sanna.
Hij kijkt op.
'Het waren twee grote duffeltassen. In een ervan zaten wapens, vuurwapens.'
'Wat voor vuurwapens?' vraagt Niklas met een ernstig gezicht en hij gaat achter zijn computer zitten om iets te noteren.
'Dat weet ik niet... Ik geloof dat ik zo'n Remington zag. Het waren in elk geval vooral geweren. Maar ook pistolen. Alles zag er min of meer oud uit, donker hout... Niet versleten, maar oud. Je weet wel, zoals in oude gangsterfilms.'
Daniels moeder snuit haar neus. Sanna overhandigt haar een nieuw pakje zakdoekjes van Niklas' bureau. Ze knikt dankbaar en snuit weer.
'Hij vroeg me of ik die tassen ergens kon afleveren. De man die die spullen moest krijgen, wilde niemand ontmoeten, maar zou een kaart sturen en ergens een sleutel ophangen.'
'Een kaart?'
Daniel knikt. 'Toen realiseerde ik me dat hij het moest zijn, de vent naar wie mijn broer onderzoek deed.'
'Had Axel je verteld dat hij onderzoek naar iemand deed?'
'Niet direct, maar toen ik op een dag thuiskwam, was hij vergeten zijn computer uit te zetten... Toen zag ik hoeveel hij over die kerel verzameld had, hij was blijkbaar bezeten van hem. Ik heb hem er-

naar gevraagd en toen vertelde hij het me, maar hij gaf er natuurlijk een draai aan, hij zei dat hij bezig was het grootste geheim van de wereld te onthullen. Als hij die man maar kon vinden.'

'En je bedoelt dat je meteen begreep dat dat de man was voor wie die spullen bestemd waren, toen Pascal je vroeg die tassen af te leveren...'

'Een normaal iemand had toch gewoon een adres gestuurd, of een duidelijke routebeschrijving,' onderbreekt Daniel haar. 'Een kaart betekent dat die spullen ergens het bos in moesten of zoiets. De kaart plus die verdomde spullen die moesten worden afgeleverd, het was zo duidelijk als wat...'

'Wat heeft Pascal je nog meer over die man verteld?' vraagt Eir.

'Niets.'

'Als je zegt dat Axel bezeten was van die man met die bunker... Was dat dan de reden dat hij weer bij zijn ouders ging wonen, dat hij verder wilde werken aan dat verhaal, ook al wilde niemand hem voor dat werk betalen?' vraagt Sanna terwijl ze haar blik van Daniel naar zijn moeder laat dwalen.

Zij bedekt haar mond, snottert, veegt haar tranen weg.

'Mijn moeder wist er niets van...' zegt Daniel.

'En waarom wilde Pascal die spullen niet zelf afleveren?' vervolgt Eir. 'Heeft hij je dat gezegd?'

'De man had tegen hem gezegd dat het een eenmalige levering was, daar was hij erg duidelijk in geweest.'

'Je bedoelt dat Pascal niet dacht dat het iets was om verder uit te bouwen, dat hij met die man niet nog meer zaken zou kunnen doen dan deze ene keer; was dat de reden? Ik begrijp het niet...'

'Nee, ik bedoel dat die man heel dúídelijk was geweest.'

Eir kijkt hem vragend aan.

'Had hij Pascal bedreigd?' vraagt Sanna.

Daniel knikt.

'Hoe?'

'Hij had Pascal gewaarschuwd dat hij niets mocht proberen, niet de sleutel van het slot van de bunker mocht kopiëren of iemand iets over die plek mocht vertellen. Als hij Pascal te pakken wilde nemen, zou dat heel eenvoudig zijn, hij wist waar hij woonde, waar zijn vader en moeder woonden en al zijn broers en zussen, enzovoort...'

'Maar toch was Pascal met hem overeengekomen hem die spullen te verkopen?' zegt Niklas.

'Het ging om heel veel geld...' zegt Daniel.

'Waarvan jij een deel zou krijgen als jíj die spullen zou afleveren, maar je hebt nee gezegd?' vraagt Eir.

Daniel knikt. 'Ik had voor Pascal weleens eerder iets gedaan, maar dit was anders...'

Daniels moeder staat op en begint heen en weer te lopen. Niklas vraagt of ze frisse lucht nodig heeft en hij loopt samen met haar naar buiten. Als de deur achter hen dichtgaat, gaat Daniel verzitten.

'Het waren idiote spullen, die spullen die de man Pascal vroeg om te regelen, dingen die me misselijk maakten...'

'Amfetamine,' zegt Eir. 'We weten al dat Pascal dat in de bunker had afgeleverd.'

'Nee... Pascal moest ook amfetamine voor hem regelen, maar dat was het niet...'

Sanna observeert Daniel. Hij schuift onrustig op zijn stoel heen en weer.

'Wat zat er dan in die andere tas?' vraagt ze. 'Je zei dat er in de ene tas vuurwapens zaten. Wat zat er in die andere?'

Daniel slaat zijn ogen neer.

'Scheermesjes...'

'Scheermesjes?' zegt Eir luid. 'Waarvoor in godsnaam?'

'...en spijkers, metalen buizen en aluminiumpoeder.'

Eir schrikt op. 'Godverdomme,' zegt ze en ze loopt met snelle stappen naar de deur. 'Voeg kunstmest en een paar andere spullen toe en hij heeft verdomme een bom.'

Eir roept aan de andere kant van de deur Niklas, die op zijn beurt antwoordt dat hij de Säpo gaat bellen. Daarna vraagt Farah wat er aan de hand is.

Sanna gaat op de stoel naast Daniel zitten.

'Je begreep waar die spullen voor konden worden gebruikt, maar toch heb je niet de politie gebeld?'

Daniel geeft geen antwoord. Hij zit daar alleen maar, heel stil.

'Leg het me eens uit, zodat ik het begrijp,' vervolgt ze. 'Hoewel Axel zo gemeen tegen je deed toen je klein was, wilde je hem toch op het goede spoor zetten, ervoor zorgen dat hij die bunker kon vinden? Waarom was je zo aardig voor iemand die jou zo slecht behandeld had?'

Hij kijkt naar haar, uitdrukkingloos.

'Wie zegt dat ik het deed om aardig te zijn?'

40

Het is zes uur in de avond als Niklas en Eir klaar zijn met hun overleg met de Säpo en ze verzamelen het hele team in de recherchekamer. De Säpo is op de hoogte gebracht van wat Pascal in de bunker heeft afgeleverd. Ze zullen nu al het werk overnemen op het gebied van de wapens en springstoffen. Ook laten ze mensen van het vasteland naar het eiland komen, en dat zal snel gaan.

'Het onderzoek naar de moorden blijft op ons bord liggen,' zegt Niklas. 'Maar we zullen in nauwe samenwerking met de Säpo ons werk doen en uiteraard klaarstaan om hen te beschermen en te verdedigen, hen te steunen in alle operaties waarbij ze hulp nodig hebben.'

'Hoe heeft die jongen dit allemaal voor zich kunnen houden?' vraagt Jon. 'Wat is dat voor psychopaat?'

'Hij heeft het niet gemakkelijk gehad,' zegt Sanna.

'Verrassend dat je het voor hem opneemt,' zegt Jon snuivend. 'Enge kinderen zijn echt jouw specialiteit...'

'Zo is het wel genoeg,' zegt Niklas, en voor het eerst klinkt hij boos.

Sanna haalt diep adem. Jon heeft gelijk, het is moeilijk je voor te stellen dat een gezond iemand zijn mond houdt over een kofferbak vol wapens en onderdelen voor een bom. Zelf had ze het als vanzelfsprekend aangenomen dat Daniel thuis in het appartement Axels spullen wilde wegdoen omdat hij alles wilde vergeten, ze dacht dat hij zich schaamde of zich beroerd voelde omdat hij zijn broer de dood in had gestuurd. Daniel had daarmee weg kunnen komen, maar in plaats daarvan had hij ervoor gekozen haar te laten weten dat hij Axel de tip niet had gegeven om aardig te zijn, maar misschien om een heel andere reden: dat hij Axel dood wilde hebben.

Axel die Daniel als kind had getreiterd en die er medeschuldig aan was dat Daniel destijds in dat zomerkamp terecht was gekomen. Ze denkt aan Daniels vraag over Holger Crantz: '*Hebben jullie ooit die dominee nog nader onderzocht, na die moorden?*' Ze vraagt zich nog steeds af wat hij daarmee bedoelde. Misschien was Daniel toen ook misbruikt, misschien heeft hij het gevoel dat het voor hem nooit voorbij zal zijn.

'Sanna?'

Ze draait zich om en ziet dat de kamer leeg is, op Niklas na, die een paar stappen in haar richting doet.

'Nu de Säpo is ingeschakeld en we veel extra mensen tot onze beschikking hebben, vind ik dat jij en Eir nu maar naar huis moeten gaan, dan komen we hier morgenochtend weer bij elkaar, oké?'

Zijn mobiel trilt, hij verontschuldigt zich en neemt op. Nadat hij heeft neergelegd draait hij zich naar haar om.

'Ik heb goed nieuws,' zegt hij. 'We hebben de persoon geïdentificeerd die bij jou heeft ingebroken. Ene Monica Jonasson, zesentigjaar, woonachtig in het dorp. Tot een paar jaar geleden gaf ze daar les in handenarbeid aan de bovenbouw van de middelbare school. Tegenwoordig werkt ze freelance en doet timmerwerk voor diverse kleinere bouwbedrijven. Zegt die naam je iets?'

Sanna zoekt vergeefs haar geheugen af, schudt haar hoofd.

'Is het zeker dat zij het is?'

'Je hele appartement zit onder haar vingerafdrukken.'

Er bekruipt haar een onaangenaam gevoel. Ze herinnert zich de geur van zaagsel die ze in haar appartement had geroken en in het trappenhuis. Was het deze vrouw die om haar heen had geslopen?

Niklas legt een hand op haar arm. 'Ze heeft een strafblad, maar is nooit gewelddadig geweest. Dus waarschijnlijk ben je niet in gevaar geweest, misschien is dat prettig om te weten?'

Ze knikt, maar denkt tegelijkertijd dat er iets wringt aan wat Niklas haar vertelt. Ze begrijpt niet waarom een vrouw die ze nog nooit heeft ontmoet bij haar inbreekt en een foto van haar maakt terwijl ze slaapt.

'Waar is ze voor veroordeeld?'

'Ik heb niet zo een-twee-drie alle details, maar ik weet dat het om inbraken ging. Mannen die ze had ontmoet over wie ze waanvoorstellingen had, ze brak in bij hen thuis terwijl ze sliepen. Ook brak ze in bij vrouwen in hun omgeving van wie ze dacht dat de mannen haar ermee bedrogen. Dan nam ze trofeeën mee om de mannen te laten zien waartoe ze in staat was.'

'Ze is dus niet goed bij haar hoofd.'

'Ze is gedwongen onder psychiatrische behandeling geweest, maar dat was lang geleden.'

Iets wat Niklas zojuist had gezegd, maakt dat ze zich iets herinnert. Ze verontschuldigt zich en belt het nummer van Anton.

'Hoe gaat het met je?' vraagt hij en hij klinkt buiten adem.

'Die thermosfles in je auto, heb je ook daarover tegen me gelogen?'

Het wordt stil aan de andere kant van de lijn.

'Zij heeft hem aan jou gegeven, hè? Om je te laten zien dat ze mij te pakken kan nemen wanneer ze maar wil? De vrouw met wie je naar bed gaat? Monica, zo heet ze toch?' gaat Sanna verder. 'Monica Jonasson? Je zei dat ze lerares was, was ze lerares handenarbeid?'

'Hoe weet jij...?'

'Mijn appartement zat vol met haar vingerafdrukken. Er is nu een auto onderweg om haar aan te houden.'

'Sanna, sorry, ik weet niet wat ik moet zeggen...'

'Waarom heb je het mij niet verteld?'

'Dat durfde ik niet, ze zei dat ze alles aan Ellen zou vertellen... Dan kan ik mijn kinderen kwijtraken...'

Sanna loopt de kantoortuin van het bureau in. Eir zit achter haar computer een broodje te eten en gebaart dat ze moet gaan zitten.

'Wil je ook wat?' vraagt ze en ze zwaait met haar broodje.

'Wat een idioot,' mompelt Sanna.

'Wie is er een idioot?' vraagt Eir.

'Anton.'

'Anton?'

Sanna knikt. 'Ze hebben de vrouw geïdentificeerd die bij me heeft ingebroken. Anton heeft een relatie met haar... Ze is niet goed snik...'

'Godsamme...'

Sanna knikt.

'Bekijk het maar van de zonnige kant,' zegt Eir. 'Nu kom je in elk geval van die verrekte politiewagen af die je overal volgt.'

Sanna knikt weer, om van die bescherming af te zijn is ongetwijfeld heerlijk. Haar oog valt op de foto's en tekeningen van het boothuis op Eirs bureaublad.

'Heeft de vondst daarvan nog iets opgeleverd?' vraagt ze.

Eir schudt haar hoofd.

'We hebben geen idee waar die uitrusting vandaan komt, en wat de technische recherche heeft gevonden is ook onbruikbaar.'

'Oké.'

'En dan Daniel... De wapens, de scheermesjes, dat allemaal maakt me doodsbang...'

Sanna denkt weer aan Daniel, aan het zomerkamp en de kinderen, aan het feit dat wat er toen gebeurd is degenen die erbij betrokken waren misschien wel nooit meer zal loslaten. Dat het mogelijk Daniels wraak op zijn broer was om Axel achter Pascal aan te sturen, naar die bunker en de kluizenaar van wie hij wist dat die gevaarlijk was. Ze vraagt zich af hoe het nu verder zal gaan met Daniel. Samen met zijn moeder heeft hij het bureau verlaten, er zijn afspraken gemaakt voor gesprekken met de politie en de sociale dienst, en er is hun beloofd dat ze veel hulp en ondersteuning zullen krijgen. Maar hij had een lege blik in zijn ogen gehad. Daniel doet haar vreemd genoeg aan Jack doet denken. Natuurlijk, hij is een heel ander mens, maar ook hij is beschadigd, moeilijk te benaderen en ontzettend gesloten. Misschien is hij ook wreed, of zelfs gevaarlijk.

Ze kijkt door het raam naar buiten. Het is begonnen te schemeren. De stadsmuur vormt een silhouet tegen de blauwe zee in de verte.

'Denk je aan Jack?' vraagt Eir. 'Doe dat niet... Ik weet dat het moeilijk is, maar je moet het loslaten...'

Ze knikt langzaam.

'Ik ga naar huis,' zegt Sanna. 'Dat zou jij misschien ook moeten doen, dan beginnen we morgenochtend vroeg opnieuw. Nu Niklas en de Säpo aan de gang zijn gegaan.'

Eir schudt haar hoofd. 'Ik heb thuis niets om naartoe te gaan.'

'Is er tussen jou en Fabian iets gebeurd?' vraagt Sanna.

'Als het feit dat ik hem gevraagd heb op te sodemieteren in die categorie valt, is het antwoord ja.'

'Wat?'

'Hij heeft geprobeerd me een ring te geven.'

'O?'

'De ring van zijn moeder.'

'Dus?'

'Hou op met net te doen alsof je niet begrijpt wat het probleem is...'

Sanna reageert niet.

'Ach, verdomme...' zegt Eir onzeker, 'jij vindt dat ik het verkeerd heb aangepakt, hè?'

'Ik weet het niet.'

Eir vloekt een beetje in zichzelf, pakt daarna haar mobiel en loopt een eindje weg. Terwijl ze probeert Fabian te bellen, valt Sanna's oog op een velletje papier op Eirs bureau en ze trekt het naar zich toe. 'Sanna. Bel Gry', staat erop. Daaronder staat een nummer van een vaste telefoon. Sanna kijkt naar het papiertje. Dat Gry, die sinds de laatste keren dat ze elkaar gezien hebben bijna onbereikbaar was, geprobeerd zou hebben haar te bellen, lijkt onwaarschijnlijk. Sanna aarzelt, maar dan belt ze toch het nummer. Er wordt niet opgenomen. Ze stopt het papiertje in haar zak, samen met haar mobiel.

Eir bijt op haar nagels. Ze voelt zich nerveus, misschien zelfs een beetje moedeloos, terwijl de telefoon overgaat.

Fabian klinkt geïrriteerd als hij opneemt.

'Hallo,' zegt ze.

Hij antwoordt niet.

'Ik vroeg me alleen maar af of we elkaar even konden zien om te praten?'

'Ik ben bezig met schoonmaken en dingen inpakken.'

'Waar dan?'

'Ik ben in de villa.'

'Zal ik naar je toe komen?'
'Waarom?'
'Tja, eh...'
'Wat?'
Zijn stem klinkt scherp. De irritatie vlamt in haar op.
'Ach, laat ook maar...'
Ze wil net neerleggen als ze hem hoort zuchten.
'Sorry,' zegt hij. 'Ik vind het gewoon moeilijk je te volgen. De ene dag schop je me eruit, en nu wil je hiernaartoe komen...'
'Ik weet niet wat ik wil, maar ik dacht dat we in elk geval kunnen proberen elkaar even te zien?'
Het is een paar seconden stil.
'De jongens komen zo, ze moeten een hoop oude zooi uit de kelder meenemen. Ze hebben een bestelwagen gehuurd en ik kan ze dat niet zomaar alleen laten doen...'
'Het is al goed. Ik begrijp het.'
Weer stilte.
'Maar als je het niet erg vindt even te wachten terwijl wij aan het inladen zijn, kunnen we misschien daarna praten?'
Als het gesprek is afgelopen en Eir terugloopt naar Sanna, kan ze het niet laten te glimlachen.
'Goed gedaan,' zegt Sanna. 'Voel je je nu iets beter?'
'Ja, in elk geval voelt het niet verkeerd... Hij is de villa aan het opruimen, en ik ga er zo naartoe.'
Als ze op de parkeerplaats komen, geeft Eir Sanna snel een knuffel.
'Trouwens,' zegt Sanna. 'Ik zag dat papiertje op je bureau liggen waarop staat dat Gry heeft gebeld. Ik heb het gepakt en geprobeerd het nummer te bellen dat je hebt opgeschreven.'
'Ja, dat is goed.' Eir schudt langzaam haar hoofd. 'Ik begreep eerst niet wie het was, ik dacht dat ze niet eens zelf een nummer kon bellen...'
'Wat zei ze?'
'Ze wilde dat je zou terugbellen.'
'Over...?'
Eir haalt haar schouders op.

'Einar kwam naar haar toe en pakte de telefoon uit haar hand.'

'Maar ze was toch helder genoeg jou haar nummer te geven?'

'Nee, ik zag het op het display staan zodra ze werd doorverbonden en heb het opgeschreven...'

'En Einar, heeft die iets gezegd?'

'Hij was rustig en beheerst, zei dat ze moest rusten. Ik zei dat we morgen wel konden bellen en als er iets bijzonders was, zouden we er 's ochtends of zo wel naartoe kunnen gaan. Maak je dus maar niet ongerust. Oké?'

'Oké.'

'Mooi. Er was nog iets wat een beetje grappig was. Toen ik tegen Gry zei: "Ja, ik zal Sanna de groeten doen", begon ze dat kinderrijmpje weer op te dreunen. Die cijferreeks met "7, 8, 9"...'

Sanna schudt haar hoofd. De herinnering aan de stem van Gry.

'Wat was het ook weer...' zegt Eir en ze lacht erbij. '"7, 8, 9, de dood komt na de 10"?'

'Ja.'

'Die verrekte "7, 8, 9"... Ze heeft het zeker vier keer gezegd voordat Einar de hoorn uit haar hand pakte.'

Sanna knikt. 'Ga nu maar,' zegt ze. 'Doe Fabian de groeten.'

Als de achterlichten van Eirs auto van de parkeerplaats verdwijnen, blijft Sanna staan. Ze denkt aan Gry en Einar Kristoferson. Aan wat Gry eigenlijk wilde met haar telefoontje. Ze overweegt opnieuw haar terug te bellen, maar stapt in plaats daarvan in haar auto. Als ze alleen maar een korte stop maakt om te tanken en daarna direct doorrijdt, kan ze er binnen twintig minuten zijn.

41

Het is benauwd als Eir bij de villa uitstapt. Ze trekt haar jack uit, vechtend tegen de pijn die uit haar ruggengraat straalt. De zwarte gevel van de villa ziet er in het avondlicht onaanzienlijk uit. Ver beneden komt uit zee de mist opzetten, die zich al verspreidt over de weiden bij de kust. Algauw zal die over de steile helling omhoogkomen en voor de grote vensters blijven hangen.

'Daar ben je...'

Fabian houdt de deur open, zijn ogen glimlachen.

'Wat ziet het er hier in de avond mooi uit,' zegt ze.

'Kom binnen.'

Als ze hem haar jack aanreikt, merkt hij onmiddellijk hoeveel pijn ze heeft; hij verdwijnt even in de slaapkamer en komt terug met pijnstillers. Ze voelt zich opgelucht als ze ze met een beetje water heeft doorgeslikt.

'Dank je,' zegt ze en ze geeuwt.

'Waarom ga je niet even op de bank liggen bij het zwembad om een poosje uit te rusten, terwijl ik beneden aan het werk ben?'

Hij neemt haar bij de hand en leidt haar door het magnifieke huis. Als ze langs de oude bruiloftsfoto lopen, knijpt ze iets harder in zijn hand. Ze voelt gekriebel in haar maag als hij haar dichter tegen zich aan trekt.

Ze gaan op de bank bij het zwembad zitten. Het turquoise water glinstert in het schijnsel van de warme verlichting. Als Fabian de rugkussens herschikt heeft, drukt hij haar voorzichtig tegen zich aan.

'Kom hier,' zegt hij.

Hij is warm. Zijn kleren ruiken bedompt en vies. Zijn wangen zijn bedekt met baardstoppels en als hij haar voorhoofd kust, prikkelt het prettig.

'Hoelang ben je daar beneden eigenlijk al bezig?' vraagt ze.

'Ik weet het, ik heb een douche nodig... Er lijkt wel geen einde aan te komen...'

'Wat zijn het voor spullen?'

'Het meeste is om weg te geven, er gaat veel naar de vuilstort, maar verder zijn het dingen van mijn vader en moeder, een paar dozen met mijn oude speelgoed en kinderboeken... Toen mijn vader overleed hebben we dat bijna allemaal beneden in een afgesloten ruimte gezet. Ik heb nu een opslagruimte gehuurd, dus kan ik alles wat ik bewaard heb nog eens doornemen op een moment dat ik er de puf voor heb.'

Ze legt haar hand op zijn dij, krabt een beetje met haar vingers door het stof dat op zijn spijkerbroek ligt.

'We praten bijna nooit over onze ouders,' zegt ze.

Hij knikt. 'Wil je dat graag?'

Ze haalt haar schouders op. 'Mijn moeder is dood en mijn vader voelt heel ver weg...'

'Mis je hen?'

'Soms. Mis je die van jou?'

Hij wordt stil.

'We hoeven er niet over te praten...' zegt ze.

Hij pakt haar hand.

'Ik miste hem meer toen hij nog leefde dan nu hij dood is.'

'Wat deed je vader eigenlijk? Ik bedoel, ik weet dat hij een soort leidinggevende was, maar omdat jullie konden wonen op een plek als deze...'

'Hij heeft verschillende dingen gedaan, het meest voor farmaceutische bedrijven. Maar ook op het gebied van geavanceerde technologie. Hij was veel op reis. Als hij niet op reis was, zat hij meestal aan zijn bureau te werken, of probeerde hij buitenshuis te zijn, vrienden te ontmoeten...'

'En je moeder dan?'

'Die zat thuis met mij en mijn zus.'

'Was ze lief?'

'Ze was oké.'

'Oké? Wat bedoel je daar nou mee?'
'Ze was lief. We bakten met elkaar, maakten kleine mannetjes van kastanjes... We waren vaak buiten in de natuur. Ze leerde ons veel over bomen, en om alles wat leeft te respecteren.'
'Dus daarom eet je alleen maar falafel...' zegt ze lachend en ze probeert een geeuw te onderdrukken.
Als ze is gaan liggen, trekt hij een deken over haar heen.
'Ik hoef alleen maar even mijn ogen dicht te doen,' zegt ze en ze geeuwt weer.
'Natuurlijk, ik zal proberen zo veel mogelijk spullen bijeen te pakken als ik kan voordat de jongens komen, zodat ik er snel van af ben en wij de avond voor onszelf hebben.'
Ze knikt.
'In de kelder heb ik overigens een slechte verbinding,' vervolgt hij. 'Dus word niet boos als je me belt en ik niet opneem.'
'Luister,' zegt ze. 'Sorry voor... Ja, voor...'
Hij glimlacht. 'Je bent nu hier. Over al het andere praten we later. Oké?'
Ze knikt weer en doet haar ogen dicht, gaat voorzichtig op haar zij liggen. Bijt op haar tanden als ze de pijn weer voelt.
'Ik zeg wel tegen de jongens dat ze de kelderingang moeten nemen,' zegt hij voor hij verdwijnt. 'Zodat ze je niet wakker maken.'

Sanna stopt bij de shop van het benzinestation voor een kop koffie, dezelfde shop die ze altijd koos toen ze een paar jaar geleden nog in de stad werkte. De oudere man achter de kassa herkent haar en doet een dekseltje op haar dampende koffie.
'Verder nog iets?' vraagt hij korzelig.
Ze schudt haar hoofd. Haar blik valt op een rek met kranten naast de kassa. Op de cover van een tv-gids staat een collage van een documentaire over mensen die naar barnsteen zoeken. Ze tast in haar zak naar haar betaalkaart. Probeert de gedachten aan Erik van zich af te zetten, net als de gedachte aan Jack en Erik die samen hun dag doorbrachten op het strand.

De boerderij van Kristoferson is mooi verlicht als ze het laatste stukje ernaartoe aflegt. Het grote, uit meerdere verdiepingen bestaande gebouw van kalksteen ziet er in het maanlicht pompeus uit.

Hoewel er binnen in het huis licht brandt, doet niemand open als ze aanbelt. Voorzichtig voelt ze aan de deurkruk, maar de deur zit op slot.

'Hallo?' roept ze en ze laat haar blik langs de ramen gaan.

Niets.

Ze gaat de buitentrap af en loopt langs de gevel. Dan loopt ze verder het erf op, in de richting van de oude waterput, die ook van kalksteen is. Hij is hoog en breed, van respectabele omvang, met een paar zinken teilen eromheen met herfstasters, mooie kleine bloemen.

Eenmaal bij de put kijkt ze over de rand. Hij is gevuld met cement. Grijsbruin en hard. Ze steekt haar hand omlaag en voelt aan het ruwe oppervlak. Ze hoort geritsel van takken en draait zich om met haar rug naar de put. Aan de andere kant van het grindpad dat naar de boerderij loopt, vormt de rij bomen een soort muur; ertussen zijn vage schaduwen te zien, misschien vogels of andere dieren.

Terug bij de gevel van de boerderij gaat ze op haar tenen staan en kijkt door een raam naar binnen. De kamer waarin Gry verdween toen zij en Eir er waren. Op het bureau liggen de rode aantekenschriften, waarvan er één openligt, vol met letters en cijfers. Ernaast staat een glazen pot, tot aan de rand gevuld met paperclips, balancerend op de rand van het bureau.

Aan de achterkant van het huis is het minder licht. Ze doet een paar stappen en voelt aan de deur van de keukeningang, die zit niet op slot. Ze aarzelt even voor ze naar binnen glipt.

'Is er iemand thuis?' roept ze.

Haar stem echoot door het lege huis. Uit de keuken komt de geur van natte vacht, en als Sanna naar binnen kijkt, herinnert ze zich de honden; die zijn kennelijk ook niet thuis. In de woonkamer kijkt ze om zich heen, af en toe draait ze haar hoofd om en kijkt ze naar de hal en de voordeur. Ze beeldt zich in dat daarbuiten iemand staat.

Vlak voordat ze in de hal is, ziet ze een deur van een zolderopgang. Hoog en smal, zoals bij oude gebouwen. De sleutel zit erin en de deur staat op een kier. Achter de kier is een houten trap te zien, die steil omhoogloopt, bijna alsof die de duisternis in gaat. Voorzichtig doet ze de deur een klein stukje verder open.

'Einar?' roept ze.

Geen reactie. Ze pakt haar telefoon om Niklas te bellen, maar ze heeft hier geen bereik. Ze probeert een sms te versturen, maar die wordt niet verzonden. Ze vervloekt zichzelf omdat ze toen ze nog buiten was niet iemand heeft gebeld of een bericht gestuurd heeft om te laten weten waar ze is. Ze weet maar al te goed dat binnen in die oude huizen van kalksteen met hun dikke muren de ontvangst onbetrouwbaar is, ze had beter moeten weten, had iemand moeten bellen voor ze naar binnen ging. Ze overweegt terug naar haar auto te gaan, als ze een geluid hoort. Een bons van boven, van de zolder. Ze blijft doodstil staan, tot ze hetzelfde geluid weer hoort.

De zolderdeur gaat zonder te piepen open. Ze klimt de trap op. Het stof plakt aan haar handpalmen als ze tastend over de treden omhoogklautert. De ruimte daarboven is ruim en koel.

'Hallo?' roept ze weer.

In een hoek staat een tiental verhuisdozen. Ze gebruikt de lamp van haar mobiel om zich bij te lichten. Doet voorzichtig een van de dozen open. Het stof verspreidt zich als een wolk en ze moet een hand voor haar neus houden om niet te niezen. Ze tilt oude tijdschriften op over eten en feesten, alles voor een bruiloft. Haar handen betasten iets wat aanvoelt als kant, een trouwjurk. Ze legt alle spullen behoedzaam terug, vouwt de kleppen van de doos omlaag en duwt nauwkeurig op het deksel zodat hij weer goed dichtzit.

Dan hoort ze een schrapend geluid. Als nagels die over glas krassen. Onregelmatig. Het komt van een deel van de zolder dat ze niet kan zien. Ze sluipt in de richting van de stenen pilaar die stevig midden in de reusachtige zolderruimte staat. Er stroomt lucht over haar schouder, die over haar nek en keel trekt als ze dichterbij komt. Met één hand tegen de pilaar doet ze een stap naar voren.

Ze ziet een raam dat is afgedekt door een gordijn. Daarachter lijkt zich een gevecht af te spelen, het ziet eruit als een stel vleugels achter de gescheurde stof. Zonder om te kijken haast ze zich ernaartoe en ze schuift voorzichtig het gordijn opzij. Een uil slaat met zijn snavel hard tegen het glas vol krassen. Uitgeput doet hij een uitval naar haar en hij landt vervolgens in een hoek iets verderop.

Na wat trekken en duwen krijgt ze het raampje open. Met haar jas als een soort doek vangt ze het gespikkelde, grijsbruine wezentje en brengt het naar de opening. Eerst lijkt de vogel in shock, maar na een briesje avondlucht te hebben gevoeld slaat hij zijn vleugels uit en vliegt weg. Pas op dat moment voelt ze het windje in haar rug en begrijpt ze dat ze op de tocht staat. Ze hoort het gepiep van een scharnier en een deur die ergens ver weg dichtslaat. Ze sluit het raam en draait zich om.

Aan de andere kant van de gevel, recht tegenover de plek waar ze staat, meent ze iets te zien wat op twee afzonderlijke kamers lijkt. Wanden die uit de vloer omhoogkomen, twee grote kubussen van houten planken. Een ervan met een deur die op een kier staat.

Ze loopt er langzaam naartoe, duwt de deur open en loopt naar binnen. De lucht is er fris, als een bries uit het bos buiten.

Een ingerichte kamer. De wanden zijn voorzien van structuurbehang. Midden op de vloer bevinden zich een roze-blauw Chinees kleed, een forse bank van wijnrood leer en een kleine tafel van rookglas met een gouden rand. Tegen een wand staat een kleine eettafel van vurenhout met twee stoelen. Op de tafel ligt een stapeltje dat eruitziet als twee of drie keurig opgevouwen, pastelkleurige pyjama's. Ze draait zich om en ziet zichzelf in een spiegelwand. Ervoor staat een klein tafeltje met een Diavox-telefoon en een porseleinen zwaan met gedroogde bloemen erin.

Door een toog in de wand loopt ze de kubus ernaast binnen.

Een slaapkamer. Het tweepersoonsbed is opgemaakt met een abrikooskleurige sprei die van badstof gemaakt lijkt te zijn. Op de nachtkastjes staan slakvormige lampen. Ook deze kamer heeft een raam. Maar dat raam is dicht en voor de helft bedekt door pastelkleurige gordijnen met ruches.

Terug in de eerste kamer loopt ze naar het open raam. Op de vensterbank ziet ze iets glanzends. Twee haken. Als ze haar hoofd naar buiten steekt, ziet ze dat er vanaf de grond een trap omhoogloopt, stevig vastgezet met ijzeren klemmen. Nog voor ze zich kan omdraaien, hoort ze de holle stem.

'Hier sluip je dus rond.'

Einar kijkt toe hoe ze daar bij het raam staat. Zijn blik beweegt zich over haar schouders en gaat daarna verder naar de toog die naar de slaapkamer leidt.

'De keukendeur was niet op slot en ik...' zegt ze aarzelend.

'Ik heb Gry bij haar zus afgeleverd.'

'Hoe gaat het met haar?'

Ze hoort het geluid van de honden die op de begane grond staan te janken, hun nagels die op de houten vloer tikken.

'Mijn collega vertelde me dat Gry geprobeerd heeft mij te bellen?' gaat ze verder.

'Ben je daarom hier?'

Ergens in de verte klinkt vanuit het donker de roep van een dier. De boerderij ligt eenzaam, met uitsluitend dichte bossen eromheen. De dichtstbijzijnde boerderij ligt waarschijnlijk kilometers hiervandaan.

'Wat is dit voor kamer?' vraagt ze.

Hij loopt naar voren, pakt het stapeltje pyjama's op en zet een van de stoelen bij de vurenhouten tafel recht.

Sanna slikt. De kamers zijn als tijdcapsules. Iets klopt er hier niet.

'Je hebt het open laten staan...' zegt ze aarzelend en ze knikt naar het raam, naar de trap die vanuit de wereld daarbuiten naar binnen leidt.

'Daar heb jij niets mee te maken,' zegt hij.

'Nee...'

Het blijft even stil, dan zucht hij.

'Eerst begon ze alleen maar dingen te vergeten,' zegt hij. 'Ik probeerde het overzicht te houden. Toen ging ze meer tijd doorbrengen in haar jeugd, ik probeerde ernaar te luisteren en aan te knopen bij dingen die ze zei, maar dat lukte me niet. Geen namen, geen plaatsen, ik kon haar daarbij niet tegemoetkomen, ik was daar immers nooit met haar geweest... Dus heb ik oude fotoalbums tevoorschijn gehaald...'

Ze moest zich concentreren. De bank. De salontafel. Het kleed. De spiegelwand. De ouderwetse telefoon. De sprei op het bed. De pastelkleurige gordijnen met ruches. Dit kan niet Gry's huis uit haar kindertijd zijn. Het tijdperk klopt niet.

Alsof hij haar gedachten leest, perst hij zijn dunne lippen op elkaar.

'We hadden een kleine tweekamerflat gekocht, toen we net getrouwd waren...' zegt hij. 'Jij denkt nu waarschijnlijk dat ik ook gek ben. En misschien ben ik dat ook, omdat ik geloofde dat ik haar mogelijk weer terug kon krijgen, bij mij...'

Hij slaat zijn ogen neer, draait zich om en loopt met zware voetstappen de kamer uit. Ze twijfelt even voor ze achter hem aan loopt.

Op de benedenverdieping drukken de gladharige jachthonden zich tegen haar aan. Ze probeert ze weg te duwen, maar dat lukt niet.

In het kamertje van Gry staat Einar bij het bureau. Hij verzamelt Gry's rode aantekenschriften en geeft ze aan haar.

'Neem ze maar mee,' zegt hij. 'Een van de dingen die ze vanavond zei voor we weggingen, was dat ze wilde dat jij ze zou krijgen. Ofwel, "7, 8, 9", zoals ze je noemt.'

'Noemt ze mij echt zo?'

'Je vulde namelijk dat kinderversje aan, zulke dingen herinnert ze zich goed. Ze weet niet altijd wie of waar ze is, maar zulke kleinigheden kan ze zich herinneren...'

Sanna knikt.

'Ik zou het op prijs stellen als je niet meer onaangekondigd op bezoek komt,' vervolgt hij. 'Ik ben er niet aan gewend dat mensen zomaar langskomen...'

'Ik zal nu weggaan,' zegt ze. 'Maar als Gry wil dat ik naar haar toe kom, kun je me misschien even bellen om een tijd af te spreken...'

'Ze komt niet meer thuis,' onderbreekt hij haar. 'Ze heeft een plek in een tehuis gekregen en waarschijnlijk zal haar zus haar daar volgende week naartoe brengen.'

'Dat spijt me...'

Hij schudt zijn hoofd. 'Sorry voor mijn humeur,' verzucht hij.

'Dat geeft niets. Ik moet niet zomaar in huizen van mensen rondlopen...'

Ze blijven zo een poosje staan. Ze kijkt om zich heen. Het huis is warm en gezellig. De sierlijke meubels zijn schoon en gepoetst, sommige zijn echt oud, waarschijnlijk via diverse generaties overgeërfd. Op de bank liggen kussens, die hier en daar voorzichtig zijn gerepareerd, en een deken die eruitziet alsof hij met de hand is gebreid. Op de muur achter Einar hangt een foto van hem en Gry. Ze zijn jong en staan samen voor de put.

'Die put,' zegt ze aarzelend. 'Wat is daarmee gebeurd? Ik zag dat die dichtgemetseld is.'

Een van de honden loopt naar Einar toe en rolt bij zijn voeten op haar rug, met haar buik omhoog. Hij kietelt haar een beetje en ze draait zich om om dichter bij hem te komen.

'Het jaar dat Gry dingen begon te vergeten, heeft ze geprobeerd zich daar op te hangen,' zegt hij met gedempte stem. 'Ik heb haar op het laatste moment gevonden... Het touw was vastgebonden aan mijn auto, een paar meter van de put vandaan. Toen ze daarna een paar weken was opgenomen, heb ik hem dichtgemaakt, ik kon niet meer verder met de gedachte aan het water daarin, was niet meer in staat het geluid van de regen erin te horen als het slecht weer was.'

Zonder na te denken loopt ze naar hem toe en legt een hand op zijn arm. Hij vertrekt zijn gezicht.

'Ik heb gelezen over je gezin, over die brand. Ik vind het heel erg, wat er met je zoontje is gebeurd,' zegt hij. Zijn stem breekt en hij kijkt naar de vloer.

Het is al donkerder als Sanna de buitentrap af gaat en naar haar auto loopt. Ze voelt Einars blik in haar rug en voor ze het portier opent en instapt, draait ze zich om en knikt naar hem. Hij knikt terug. Daarna komt hij snel naar haar toe lopen.

'Mag ik je nog één ding vragen?' zegt hij.

'Ja?'

'Ik zie soms meisjes in het bos. Ik geloof dat ze drugs verkopen. Ze maken met hun drone het wild in het bos bang... Een van hen heeft lang haar tot op haar achterste en zo'n blik in haar ogen alsof ze iemand wil doden.'

Hedda, Nina en de brommermeisjes. Sanna kan alleen maar knikken.

'Met die meisjes valt niet te spotten,' vervolgt hij. 'Ik zag een van hen in het dorp haar eigen moeder omverduwen.'

Haar schouders zakken omlaag. Opeens herinnert ze zich Sonja in het ziekenhuis, haar pijnlijke arm.

'Ik zal iemand vragen met ze te praten,' zegt ze.

'Wacht,' zegt hij.

Hij haalt een autosleutel uit zijn zak, haast zich naar zijn auto en komt terug met iets in zijn hand.

'De laatste keer dat ik ze tegen het lijf liep met hun drone, is het me gelukt ze weg te jagen. Een van hen, een meisje met een grote tattoo in haar nek, heeft dit laten vallen.'

Hij opent zijn hand. Heel even wordt alles stil.

Een paar botjes van een buizerd. Oranjebruin met zwarte klauwen. Eromheen is een lint gewikkeld, met vlekken van vocht en aarde. Ze zijn iets kleiner, maar zonder twijfel gedroogd en behoedzaam bijeengebonden, exact als die in de bunker.

'Wat is dat voor heksenkunst?' mompelt hij.

Ze probeert ze zo min mogelijk aan te raken. Ook al zijn ze eerder door vele handen aangeraakt en kunnen er waarschijnlijk geen sporen meer op worden gevonden, toch kan ze daar niet zeker van zijn. Ze verontschuldigt zich even en verdwijnt in haar auto, zoekt in haar dashboardkastje naar een bewijszakje, dankbaar voor het feit dat Sudden haar er een paar heeft gegeven de laatste keer dat ze elkaar zagen.

Als ze de auto start, staat Einar er nog, met de honden tegen zijn benen aan. Zodra hij uit het zicht is, belt Sanna Niklas' nummer.

'Nina Paulson,' zegt ze. 'We moeten haar zien te vinden, onmiddellijk.'

Terwijl ze de provinciale weg op rijdt, denkt ze weer aan Nina's tatoeage.

Het meisje in de boom, lange, zwarte haren, de nagels zo lang als klauwen, met de twee menselijke schedels.

42

Ver weg in het donker klinkt het geluid van motoren. Eir doet haar ogen open, kijkt recht omhoog naar het plafond. De honderden zwarte ogen in de planken van vurenhout maken dat ze haar blik afwendt en rechtop gaat zitten. Ze duwt de deken opzij. Het chloor van het zwembad irriteert haar luchtwegen. Het zweet in haar nek en haar droge keel drijven haar naar de keuken.

Het water uit de keukenkraan voelt heerlijk op haar gezicht. Nadat ze een paar ijskoude slokken heeft genomen en met haar afgekoelde hand over haar hals en ogen heeft gewreven, zoekt ze een keukenhanddoek, droogt zich ermee af en opent de deur van de koelkast. Ze trekt een blikje frisdrank open en leunt tegen het aanrecht. Ze checkt haar mobieltje. Eén bericht van Fabian. Hij schrijft dat hij en zijn vrienden een rondje met de bestelwagen hebben gemaakt om de spullen weg te brengen en dat ze zo terug zijn. Hij kan onderweg wel eten kopen, ze hoeft alleen maar te laten weten waar ze trek in heeft. Nog voor ze tijd heeft om te antwoorden, hoort ze het geluid opnieuw. Onstuimig geknetter, dat de villa nadert.

Ze loopt naar de grote voordeur.

Het geluid van motoren die afslaan.

Nog voor ze kan denken dat ze zo Fabian moet bellen, bonkt iemand hard op de deur. Ze legt haar hand op het slot, draait het om en opent de deur.

'Nina?' zegt ze.

Nina's ogen lijken verdoofd, alsof ze haar niet ziet. Achter Nina wachten de andere meisjes op hun brommers, hun gezichten zijn moeilijk te onderscheiden in het schemerlicht. Een van hen steekt een sigaret op en geeft die door.

'Wat doen jullie hier?' vraagt Eir.

Als ze een hand op Nina's arm legt om contact met haar te maken, trekt Nina die terug en deinst achteruit.

'Wat doe jíj hier?' zegt ze.

'Fabian komt zo,' zegt Eir. 'Zijn jullie naar hem op zoek?'

Geen reactie.

'Nou?' vervolgt Eir. 'Wat willen jullie eigenlijk van hem?'

'Heb je cash?' vraagt Nina.

Eir schrikt. 'Nee...'

'Hij is ons geld schuldig.'

'Zou Fábian jullie geld schuldig zijn?'

'Wie de fuck is Fabian?' vraagt Nina.

Eir observeert haar, haalt diep adem.

'Waar gaat dit eigenlijk over?'

Nina schudt haar hoofd.

'We hebben hier in het weekend spullen aan een gozer geleverd, en hij had niet genoeg geld bij zich.'

Ze herinnert zich de jongen die in een fauteuil bij het zwembad lag te slapen toen Eir en Fabian naar de villa kwamen omdat Markus gehecht moest worden. Max. Die chagrijnig in een fauteuil lag, met zijn buik die over de rand van zijn onderbroek puilde. Fabian had gezegd dat hij problemen had met alcohol en pillen.

Nina doet een stap dichterbij, blijft in de deuropening staan. Eir verspert haar instinctief de weg.

'Neem je me nou in de zeik?' zegt ze. 'Je weet verdomme toch dat ik van de politie ben.'

Nina kijkt haar uitdrukkingloos aan.

'Hij had beloofd de dag erna geld te gaan halen en me dan te bellen, maar dat heeft-ie nooit gedaan.'

Eir haalt haar mobiel tevoorschijn.

'Bel maar wie je wilt,' zegt Nina. 'Je hebt helemaal niets.'

'Wat zei je?'

'De politie heeft niets tegen ons. Je kunt ons cash geven, anders komen we naar binnen en nemen we gewoon iets mee.'

Eir toetst het nummer van het bureau in. De telefoon is nog maar een paar keer overgegaan als Nina haar een duw geeft, de telefoon uit haar handen rukt en achteruitloopt. Ze steekt hem in de lucht en gooit hem naar Tuva, die hem overgooit naar een ander meisje. Verbeten doet Eir een paar stappen naar Nina terwijl ze hen waarschuwt. Nina staat doodstil, laat het gebeuren, kijkt naar haar. Eir voelt de pijn die zich door haar rug verspreidt, en de woede die gloeit; opeens is ze onzeker over haar eigen kracht.

'Je kunt maar beter tegen ze zeggen dat ze die mobiel moeten teruggeven,' zegt ze.

Geen reactie. De onverschilligheid ligt als een masker over Nina's gezicht.

Eir hoort een geluid bij haar auto, die een paar meter verderop geparkeerd staat. Tuva doet het portier open, steekt haar hoofd naar binnen en een ogenblik later gooit ze hem weer dicht. Ze grijnst. In haar hand heeft ze Eirs autosleutel. Ze neemt een aanloop en gooit hem ver weg tussen de bomen aan de andere kant van de oprit.

Eir vliegt naar voren, maar als ze vlak bij Nina is, komt plotseling Hedda op haar af. In haar hand heeft ze een ijspriem.

'Oké,' zegt Eir en ze doet haar handen omhoog, haar blik gefixeerd op de vlijmscherpe ijzeren punt. 'Nu allemaal even rustig...'

Hedda doet een paar stappen opzij, misschien met de bedoeling om haar heen te lopen, of om het huis in te gaan. Eir wil de situatie onder controle krijgen, maar de stekende pijn in haar rug herinnert haar eraan dat de risico's te groot zijn.

'Oké,' zegt ze weer, 'oké...'

Langzaam loopt ze achteruit terug naar de deur, struikelt bijna achterover over de drempel, houdt zich vast aan de deurpost om niet te vallen. Ze kijkt naar Hedda, die er nog staat met de ijspriem in haar hand terwijl haar pols rusteloos beweegt.

Terug in de hal slaat Eir de deur met een klap dicht en draait het slot om. Ze strompelt opzij en leunt tegen de muur. Ze haalt een paar keer diep adem, probeert haar kalmte te herwinnen.

'Beheers je, goddomme,' fluistert ze tegen zichzelf.

Dan wendt ze haar blik naar de voordeur. Ze realiseert zich dat het er doodstil is. Maar als ze weg zouden zijn, zou ze de motoren moeten hebben gehoord.

Ze steekt haar hand uit naar het lichtknopje en doet de buitenlamp uit. Doet hetzelfde in de gang. In de donkere keuken sluipt ze over de vloer, raakt voorzichtig de houten jaloezieën aan, zodat ze naar buiten kan kijken. Tuva's magere gestalte staat voor de deur. In haar hand gloeit een sigaret. Eir probeert te zien of er nog meer van hen bij de brommers staan. Ze hoeft alleen maar iets opzij te kijken om te zien dat ze daar niet zijn. De stilte maakt dat haar spieren zich spannen. Ze is oud genoeg om hun moeder te kunnen zijn, maar ze is sterk en goedgetraind. Het is haar rug die haar zorgen baart, de angst zich niet te kunnen verdedigen.

Ergens hoort ze het geluid van een piepende deur die open- en dichtgaat. Ze beseft dat ze binnen zijn. Ze aarzelt. Ze kan zich niet zomaar opsluiten in een toilet en op ze gaan zitten wachten. Fabians jeugd, spullen van zijn familie, alles wat niet mocht worden weggedaan ligt nog in de kelder. Ze wordt bedreigd, maar is niet hulpeloos, ook niet nu haar mobiel weg is en haar dienstwapen op het bureau ligt. Ze loopt naar de trap die naar de kelder leidt.

De treden kraken onrustbarend. Ze doet haar ogen dicht en ziet voor zich hoe ze op haar wachten als ze beneden in de kelder komt. Maar het lukt haar een klein kamertje beneden naast de trap in te glippen voor de eerste schaduw zichtbaar wordt. Snel beweegt die zich door de gang, rukt aan een deur die op slot zit en loopt verder naar een andere deur, die open is. Dan ziet ze nog een schaduw, en nog een, allemaal verdwijnen ze dezelfde kamer in.

Het geluid van hun luide stemmen terwijl ze daarbinnen in laden graven. De gedachte aan hun handen die overal aanzitten. De onverschillige blikken.

Als ze nou maar iets kon vinden waarmee ze zich zou kunnen verdedigen. Straks is Fabian terug. Ze hoeft alleen maar wat tijd te rekken.

Langzaam loopt ze op de tast door in het kleine kamertje. Ze maakt een vuilniszak open, voelt met haar hand over een soort stof. Een verhuisdoos zit vol met grammofoonplaten. Haar rug doet pijn, maar haar gedachten kan ze niet stilzetten. Als ze niets doet, komen ze waarschijnlijk toch achter haar aan als ze klaar zijn, ze weten dat ze nog in het huis is.

Dan stoot haar voet tegen iets aan. Ze tast met haar hand over iets kouds, misschien ijzer. Een pook. Ze pakt hem op, weegt hem in haar hand. Even snel als ze opluchting voelt, is die weer verdwenen. Het licht in de gang gaat aan. Het geluid van voetstappen, ze echoën tegen de kelderdeur. Ze houdt de pook omhoog, loopt het licht in.

'Stop,' roept ze.

Een paar van de meisjes storten zich op de uitgang van de kelder, de een na de ander verdwijnt erdoor. Als laatsten komen Nina en Hedda langzaam de kamer uit. In haar armen heeft Nina een tinnen blikje met dezelfde gevlochten reliëfversiering als op het blikje met de ring die Fabian haar had willen geven, de ring die van zijn moeder was geweest. Nina kijkt snel op naar Eir, waarna haar blik naar de ijzeren pook verschuift.

'Zet dat neer,' zegt Eir. 'Dat blikje, zet het neer.'

'Wat kan jou dat verdomme schelen?' zegt Hedda.

Nina blijft het blikje vasthouden.

'Nu,' zegt Eir. 'Ik meen het.'

Tegen haar zin zet Nina het blikje op de vloer, duwt het met haar voet tegen de muur.

'Hij heeft me niet betaald,' zegt ze. 'Dit zal wel van een oud omatje zijn geweest dat hier niet eens meer woont.'

'Het is in elk geval niet van jou,' zegt Eir terwijl ze hen nadert.

'Je weet niet eens wat erin zit,' zegt Nina. 'Ik heb het gezien toen we hier laatst waren...'

Hedda geeft haar een por met haar elleboog en ze zwijgt.

'En wat wil je er dan mee, hè?'

Geen reactie.

'Geef me een van jullie mobieltjes.'

Nina gluurt weer naar het blikje.

Eir loopt verder naar hen toe. Op het laatst aarzelt ze, dan grijpt ze hard Nina's arm vast. Hedda stort zich op de kelderdeur. Als die opengaat en Hedda in het donker verdwenen is, trekt ze Nina met zich mee, een paar stappen naar achteren. Nina vecht en zet zich schrap, krabt Eir in het gezicht en trekt aan haar haar. Schopt tegen het blikje, dat rammelend over de vloer schuift. Als Eir Nina's mobieltje te pakken krijgt, slaat Nina het uit haar handen op de grond, daar trapt ze hem met haar schoen kapot. Daarna trekt ze zich los. Eir rent achter haar aan.

Zodra Eir de buitendeur van de kelder uit loopt, komt de eerste slag. De grond waarop ze valt, biedt geen bescherming, de schoppen raken haar hoe dan ook. Ergens staat iemand met een mobieltje te filmen. Het warme bloed uit haar neus stroomt tussen haar vingers door, haar hals in. Ze kan niet zien waar Hedda's vuisten en slagen ophouden en die van de anderen beginnen, het enige wat ze hoort is Nina's geschreeuw dat ze moeten stoppen. Als de scherpe punt van de ijspriem voor haar ogen glinstert, verspreidt zich een merkwaardige rust door haar lijf. Nu zullen de slagen ophouden. Nu zal ze kunnen ademhalen.

43

Sanna beëindigt nog een telefoongesprek met Niklas terwijl ze naar het bureau in de stad rijdt. Ondanks een oproep aan alle politieauto's is er nog steeds geen spoor van Nina of van de andere meisjes. De agenten die zojuist bij de villa van de familie Paulson zijn weggereden, hebben niet te horen gekregen waar Nina zou kunnen zijn.

Opeens ratelt er iets onder haar auto; een metaalachtig gerammel. Ze stuurt de auto naar de kant van de weg, stopt en stapt uit. Ze gaat op haar knieën zitten en kijkt onder de carrosserie. Onder het achterstel van de bodem hang een buis los. Terug in de auto belt ze Niklas om te zeggen dat ze gauw komt, maar dat ze onderweg eerst langs de werkplaats van het benzinestation moet om haar uitlaat te laten controleren, die los lijkt te zitten.

Als ze haar mobieltje op de zitting van de passagiersstoel legt, valt haar blik op het bewijszakje dat daar ligt, met de roofvogelbotjes. De kleur en de vorm waarin ze zijn verstijfd, het lintje eromheen en de knoop, allemaal identiek aan wat ze in de bunker hebben aangetroffen.

Fragmentarische beelden van de meisjes gaan door haar hoofd. Hedda's lange haar, als een vlag op haar rug, de uitdrukking op haar gezicht toen ze de man in de witte villa tot seks dwong. Tuva's magere armen en handen, die starre blik in haar ravenzwarte ogen. Nina's zelfverzekerdheid, enigszins introvert, maar toch sterker dan welk ander jong meisje ook dat ze ooit heeft ontmoet.

Ze weet niet wie Nina is. Soms lijkt ze een gewoon jong meisje. Maar af en toe is ze iets anders, iets angstaanjagends. Ook al is het vergezocht, Nina is door haar broer in vechtsporten getraind, dus is het niet onmogelijk dat ze ertoe in staat zou kunnen zijn om hem te mishandelen. De gedachte dat het niet de meisjes waren die de bunker hebben gebouwd komt bij haar op. Misschien hebben ze hem gewoon verlaten gevonden en hem in bezit genomen. De boeken kunnen ze tenslotte hebben aangeschaft, als zij het waren die ze hebben gekocht. Maar als Nina erbij betrokken is, waarom zou ze dan de politie recht naar die bunker hebben geleid? En waarom was ze dan zo angstig? Waarom had ze tussen de bomen staan huilen?

Opeens hoort ze Antons stem weer. Nina had haar hele leven aan het schooltoneel meegedaan, tot aan haar tienerjaren. Van kinds af aan is ze erin getraind zich als een ander voor te doen.

Haar hartslag versnelt. Ze heeft het eerder mis gehad, vooral bij Jack Abrahamsson. Een jonge jongen, veel ernstiger beschadigd dan ze ooit had kunnen vermoeden.

Ze verdrijft die gedachte. Wat Nina te vertellen heeft, kan van beslissende betekenis zijn, ze moeten haar alleen nog weten te vinden.

Ze draait de weg weer op en rijdt langzaam het laatste stukje naar de stad. Een paar minuten later staat ze bij het benzinestation en heeft ze om hulp gevraagd. Voor het raam ziet ze de chagrijnige man, zoals gewoonlijk kijkt hij haar boos aan. Ze haalt een paar keer diep adem en checkt haar mobiel, geen gemiste gesprekken en geen berichten.

Een paar druppels regen. Een geur van verrotting uit een vuilnisemmer maakt dat ze zich omdraait, met haar gezicht naar de weg. Op het zwarte asfalt passeren slechts een paar auto's. Het geruis van de banden is het enige wat ze hoort op deze vochtige avond.

Een pick-up met het logo van de zuidelijke jachthaven rijdt naar een van de benzinepompen. Naast het logo is een foto te zien van een grote rubberen motorboot. Ze herinnert zich hoe zij en Erik op een zomerdag met zo'n boot naar de zeehondenrotsen waren gevaren.

Het geluid van stemmen maakt dat ze zich omdraait. Door een van de grote glazen deuren van de shop komt een jonge man naar buiten. Hij roept hallo en komt dichterbij. Gekleed in een T-shirt met het logo van het benzinestation op zijn borst en met een petje op; hij glimlacht naar haar met zijn hele gezicht.

Hij gaat achter de auto op de grond liggen, waardoor zijn gezicht overschaduwd wordt door de carrosserie. Ze beseft hoe vuil de auto is. Overal spatten van modder, het stof als een lichtgrijze laag op de kentekenplaat. Het nummer is nog wel zichtbaar, maar amper te lezen.

Het nummer.

Opeens wordt ze overvallen door een verstikkend gevoel, alsof over alles een deksel wordt gelegd. Ze kijkt naar de auto. Het asfalt glimt in het schijnsel van de neonverlichting van het benzinestation. De spanning bemoeilijkt haar ademhaling als ze naar de drie cijfers kijkt: 7, 8, 9.

Ze rent om de auto heen, haalt Gry's aantekenschriften eruit en gooit ze op de motorkap. In de rechterhoek van elke pagina staan twee cijfers, gevolgd door drie letters. Het besef treft haar als een draai om haar oren. Met haar hoekige handschrift heeft Gry op elke pagina de weeknummers genoteerd, gevolgd door de dagen van de week.

Gespannen bladert ze naar de dag dat Eir en zij Einar bij de vogelkijktoren hadden ontmoet en kort daarna op het erf voor Kristofersons boerderij hadden geparkeerd. Iemand had toen vanuit het huis naar hen gekeken.

Ze staart naar de pagina. Het zijn geen losse cijfers en letters waar ze naar kijkt, niet het zoeken naar orde door een verwarde geest. Het zijn nummers van kentekenplaten. Ze begrijpt niet dat ze Gry's gebrabbel van 7, 8, 9 nooit eerder in verband heeft gebracht met haar eigen kenteken. Woede, frustratie. Ze hoeft alleen maar snel naar de pagina te bladeren van de avond dat Pascal verdwenen is.

Daar staat het. Het kentekennummer dat begint met G U L.

Ze zoekt op van wie de auto is en op het scherm van haar mobiel verschijnt een naam. Ze wil het niet, maar het besef valt over haar heen als een vibrerende toon, die alles uitdooft.

Iemand legt een hand op haar schouder. 'U moet uw auto hier achterlaten,' zegt de jonge man. 'U kunt er zo niet veilig mee rijden...'

Ze draait zich om, duwt hem opzij en laat zich achter het stuur zakken. Als ze de contactsleutel omdraait, bonkt hij op het raampje, maar ze hoort hem niet.

44

Eir zit rechtop, voorovergebogen hoest ze bloed op. De pijn in haar buik en rug zijn bijna ondraaglijk. Nina staat voor haar, in haar hand heeft ze Hedda's ijspriem. Ze ademt zwaar door haar mond. Rondom haar staan de meisjes als een vormeloze muur.

'Geef hier,' zegt Hedda en ze wijst naar de ijspriem.

Nina schudt haar hoofd. 'Wil je soms levenslang de gevangenis in?' zegt ze.

'Wees niet zo'n bitch, ik zou hem verdomme nooit gebruikt hebben, maar hij is van mij.'

Plotseling klinkt het geluid van naderende auto's. Eir kijkt op. Het suist in haar oren. Fabian en de anderen. Ze kunnen niet verder dan een paar honderd meter hiervandaan zijn.

De meisjes hollen naar hun brommers. Tuva frommelt aan iets wat ze uit de kelder heeft meegenomen, gooit het dan gelaten op de grond. Eir ziet dat het een oud speeldoosje is. Hedda gilt naar Nina. Maar die blijft eerst gewoon staan, alsof ze niet zeker weet of het voorbij is. Ze kijkt naar Eir, met brutale ogen.

'Godsamme,' schreeuwt Hedda en ze laat de motor hard gieren.

Nina laat de ijspriem op de grond vallen en rent naar de Aprilia. Ze slaat haar armen om Hedda's middel, vlak voordat het zwarte beest wegrijdt, met de andere brommers dicht achter haar aan.

Eir voelt een schrijnende pijn in haar rug als ze opstaat. Ze pakt de ijspriem op en verstopt hem achter haar rug tussen de band van haar spijkerbroek. Daarna pakt ze het speeldoosje, waarvan de zijkant gebarsten is, maar hij doet het nog steeds – de vederlichte muziek klinkt schokkerig en onregelmatig.

Op datzelfde moment rijden Fabian en de anderen met hun grote auto's dreunend de oprit op. Zodra hij haar ziet, springt hij de auto uit en rent naar haar toe. Ze verdwijnt in zijn armen en vertelt wat er is gebeurd. Hij kalmeert haar en belt 112, gooit dan zijn mobiel naar Hannes. Op de achtergrond hoort ze hoe Hannes met zekere stem de meisjes beschrijft en vertelt dat ze zich nu ergens op de provinciale weg moeten bevinden.

'Kom,' zegt Fabian en hij wrijft met zijn vinger over haar gezicht en veegt het bloed uit haar neus weg. 'Ik breng je naar het ziekenhuis.'

'Wat een waanzin...' zegt Hannes en hij legt zijn hand op Eirs schouder. 'Ik kan Max wel vermoorden. Ik wist dat die meiden die hij hiernaartoe had laten komen, vroeg of laat weer zouden opduiken...'

'Ik ben oké,' zegt Eir.

Hannes kijkt haar aan zonder zijn blik af te wenden. 'Wij zorgen hier wel voor alles, laat Fabian nu maar voor jou zorgen, oké? Je collega's zullen die meisjes wel oppakken, die verdomde jongeren...'

Hannes en de anderen verdwijnen door de kelderingang naar binnen. Fabian neemt Eir behoedzaam bij de hand.

'Kom,' zegt hij en hij knikt naar zijn auto.

'Mijn mobiel...' zegt ze. 'Die meiden hebben mijn mobiel gepikt.'

'Ze zouden moeten worden opgesloten, allemaal...'

'Ik moet Sanna bellen.'

'Natuurlijk, je kunt de mijne wel gebruiken terwijl we rijden.'

Ze rust met haar hoofd tegen zijn arm terwijl ze naar zijn auto lopen. Als ze zich op de passagiersstoel heeft laten zakken, wordt ze rustig. Hij kust haar voorhoofd.

'Ik zal alleen even de jongens de sleutels geven, zodat ze daarna alles kunnen afsluiten.'

'Heb je je mobiel?' vraagt ze. 'Ik wil haar nu graag bellen.'

'Natuurlijk...'

Hij slaat met zijn hand op zijn borst- en broekzakken en slaakt daarna een geïrriteerde zucht.

'Ach, ik heb hem aan Hannes gegeven om er 112 mee te bellen,' zegt hij. 'Ik haal hem even op en wijs hun meteen het kelderslot, daarna gaan we.'

Als hij haar alleen laat, is het alsof de tijd vertraagt. Ze tast met haar hand over haar gezicht. Ze heeft een brandend gevoel in haar lip en pijnscheuten in haar oor. Het bloed van de wonden is al aan het stollen. De woede als ze denkt aan de schoppen en slagen. De punt van de ijspriem en Nina's twijfel, die op het laatst eigenlijk haar leven heeft gered.

Ver weg een motorgeluid, dat dichterbij lijkt te komen. Het veroorzaakt een rilling over haar schouders, nek en rug. Ze doet haar ogen dicht en probeert haar angstgevoel weg te slikken. Als ze onderweg terug hiernaartoe zijn, kunnen ze elk moment aankomen.

Ze verstijft. Vanuit haar ooghoek ziet ze op de achterbank een van Fabians truien liggen. Ze trekt hem naar zich toe en doet hem aan. Zijn geur maakt dat de warmte zich door haar hele lichaam verspreidt.

Maar als ze achteroverleunt, hoort ze het opnieuw, het motorgeluid.

Ze kan niet onderscheiden of het het geluid van een auto is of van brommers, of het dichterbij komt of niet. Het geruis en de pijn in haar ene oor vertroebelen alles. De herinnering aan de schoppen, de slagen. De lege ogen van de meisjes. Ze gluurt naar de kelderdeur. Ze aarzelt, ze wil Fabian niet opjagen, maar ze wil hier ook niet alleen blijven.

Ze laat de kelderdeur zo zacht mogelijk achter zich dichtvallen. De gang ligt stil voor haar. Ze hoort het geluid van rustige, gedempte stemmen. Ze klinken door elkaar heen achter de deur die eerder op slot was. Eir loopt langzaam naar voren, haar mond voelt dik en droog, haar ledematen zijn stijf.

Toen ze hier eerder liep, waren het alleen schaduwen die ze zag. Nu wendt ze haar blik naar de muren en het bruingele behang van zeegras. Op lantaarns lijkende lampjes boven drie vrouwenportretten, een soort reproducties van oude schilderijen.

Ze heeft een kloppende hoofdpijn. Ze zoekt om zich heen naar iets om op te kunnen zitten terwijl ze op Fabian wacht. Een krukje naast een van de deuren. Een stekende pijn in haar rug. Ze vecht tegen de misselijkheid in haar keel en loopt naar het krukje. Ze gaat erop zitten, haalt oppervlakkig adem.

Het geluid van stemmen. Die van Fabian. Van Hannes. Nu haalt ze dieper adem en ze voelt de rust opkomen.

Slechts één stap bij haar vandaan ligt het tinnen blikje dat Nina heeft geprobeerd te stelen. Ze steekt haar hand uit en pakt het op. Op hetzelfde moment voelt ze een steek in haar middenrif, een scherpe pijn, alsof er iets is losgeraakt en op het punt staat haar te doorboren.

'Godsamme,' jammert ze en ze staat op.

Ze hoort niet de voetstappen, alleen de deur die opengaat. Ziet Fabians gestalte met het licht in zijn rug.

'Wat ben jíj nou aan het doen?' Hij steekt zijn handen naar haar uit en neemt haar in zijn armen. 'Sorry dat het zo lang duurde, ik moest alleen de jongens nog uitleggen hoe het alarm werkt.'

'Buiten hoorde ik geluid,' zegt ze. 'Ik wist niet of het weer die brommers waren of... Ik was zo bang, maar wilde je niet storen...'

Hij knikt. 'Ik ben hier beneden klaar,' zegt hij. 'Kom, dan ga ik met je naar het ziekenhuis...'

Hij zwijgt als zijn oog op het blikje valt. Het schijnsel van de muurlampjes schildert warme schaduwen op zijn gezicht terwijl hij het behoedzaam uit haar handen pakt.

'Die meisjes hebben het zonet geprobeerd te stelen,' zegt ze.

'Ze dachten misschien dat het vol goud zat,' zegt hij.

'Wat zit er dan in?'

Hij glimlacht. 'Gewoon wat prulletjes die mijn moeder spaarde.'

'Zoals?' vraagt ze.

'Niets. Kom, dan breng ik je naar het ziekenhuis.'

Ondanks haar pijn steekt ze haar hand uit naar het blikje, en voor hij haar heeft kunnen tegenhouden heeft ze het weer te pakken. Zijn gezicht is slechts een paar centimeter van het hare verwijderd als ze de deksel opent.

Het duurt een ogenblik voor ze begrijpt wat ze ziet.

Botjes van een roofvogel. Stevige, bruinoranje, met zwarte klauwen. Omwikkeld met wijnrode lintjes. Vier of vijf paar.

'Het grote raam boven werkte als een soort magneet op vogels, vooral de grote exemplaren werden erdoor aangetrokken. Tegen hun natuur in nestelden ze zich in de hoge dennen voor het huis,' zegt hij. 'Het was soms alsof ze uit de hemel kwamen vallen en zich tegen het glas wierpen. Als we ze begroeven, knipte mijn moeder altijd die pootjes eraf, om ze te drogen en ze hierin te bewaren...'

Hij doet de deksel er weer op.

'Een herinnering aan hoe snel alles voorbij kan zijn,' zegt hij.

Eir wendt haar hoofd af. Haar zicht wordt wazig. De gevoelens van onwerkelijkheid maken haar suf. Ze voelt het in haar ribbenkast. De roofvogelpoten in de bunker, zijn die van hem? Ze wil zich beheersen, maar in plaats daarvan wordt haar gezicht nat. Ze leunt tegen de muur en legt haar oor tegen het behang, maar daar heerst alleen maar sprakeloosheid, eenzaamheid, slechts het geluid in de verte van de stemmen van de anderen achter de dichte deur. Dan het gevoel dat de wereld daarbuiten opeens heel ver weg is.

'Sorry,' zegt hij. 'Ik wilde niet dat je die dingen zou zien...'

Hij zwijgt, observeert haar.

De ongerustheid schiet langs haar ruggengraat omhoog, als een ijskoude pijl. Ze voelt met haar hand aan haar schouder. Een scheur in zijn trui, de trui die gebreid is met donkerblauwe wol. Ze denkt aan het stukje gebreide stof dat ze aan de tak in het bos hebben gevonden. Dat kan niet kloppen, het kan niet hetzelfde zijn, maar ze weet het niet zeker.

'Kom,' zegt hij en hij neemt haar onder zijn arm. 'Ik leg je nu eerst in bed.'

Ze sluit haar ogen, probeert een manier te bedenken om daar weg te komen. Perst haar vingers tegen haar buik, wat maakt dat haar stem hees klinkt.

'Ik kan misschien toch beter naar het ziekenhuis...'

Langzaam brengt hij zijn hand omhoog en voelt voorzichtig met zijn vingers aan haar gezicht, veegt de verwarde haren van haar wangen. Haar huid doet pijn en schrijnt onder zijn aanraking.

'Je trilt,' zegt hij. 'We moeten je eerst in een bed zien te krijgen voor je van je stokje gaat, daarna bel ik een ambulance.'

Hij legt een hand op haar arm, maar ze trekt zich terug.

'Je bent er behoorlijk slecht aan toe,' zegt hij.
De deur naast haar gaat open. Ze ziet alleen maar de schaduwen van de anderen daarbinnen, en daarna een vuilniszak die de gang op wordt geschoven. Wanneer Fabian zijn gezicht een seconde afwendt om naar de zak te kijken, vliegt ze naar de kelderdeur.

45

Het koude zweet breekt Sanna uit als ze de villawijk in rijdt. Nog steeds geen antwoord van Eir. Ze rijdt zo hard dat ze bijna tegen een andere auto botst, die, zonder dat de chauffeur goed uitkijkt, de bocht om komt. Ze rijdt half slippend een willekeurige oprit op, een klein stukje van de villa van Fabian; ze telt de auto's bij hem voor het huis en begrijpt dat meerdere van zijn vrienden er zijn.

Niklas' stem klinkt gestrest als ze hem eindelijk aan de lijn krijgt.
'Weet je het zeker?'
'Heel zeker. Gry Kristoferson heeft een paar jaar lang aantekeningen bijgehouden, de auto van Fabian heeft ze regelmatig gezien op de parkeerplaats van het meer in het bos. Die heeft daar soms uren gestaan. Fabians auto was daar ook op de avond dat Pascal Paulson verdween en Axel Orsa stierf.'
'Maar...'
'Dat is nog niet alles. Dat hij vorige donderdagavond heeft gewerkt, is een leugen. Alles was gelogen. Ik heb zojuist met het forensisch lab gebeld en er heeft die avond geen obductie plaatsgevonden.'
'Ik begrijp het, Sanna, maar nu wil ik dat je naar mij luistert...'
'Zijn jullie al onderweg?'
'Blijf waar je bent.'
Stemmen op de achtergrond. Niklas roept naar iemand dat hij haast moet maken. Daarna het portier van een auto, een motor die start.
'Sanna, hoor je mij?' zegt hij. 'Je blijft waar je bent, je gaat er niet naar binnen.'
Sanna verbreekt de verbinding, en zet haar mobiel op stil.
Aan de voorkant van de villa is alles stil. Uit een kelderraam komt een warmgele gloed. Ze tast naar haar dienstwapen. Sluipt lang-

zaam langs de gevel naar de hoofdingang, maar daar vindt ze een deur die op slot zit.

Ze loopt naar de achterzijde, voelt aan de terrasdeur. Die gaat open.

In de keuken is het donker, er zitten waterspatten op het aanrecht. Ze voelt een huivering als ze Eir voor zich ziet, hoe ze altijd direct uit de kraan drinkt.

Bij de trap die naar de kelder loopt, blijft Sanna staan, probeert rustig adem te halen. De gedempte stemmen, het klinkt alsof die uit een gesloten kamer daar ergens beneden komen. Dat maakt dat ze kippenvel krijgt. Ze heft haar dienstwapen en zet de eerste stap omlaag.

46

De hoofdpijn komt en gaat in golven en ze heeft het gevoel dat ze bloedt tussen haar benen, zonder te begrijpen waardoor. Fabian heeft haar niet geslagen of hardhandig aangepakt, alles wat schuurt en pijn doet is veroorzaakt door de schoenen van Hedda en de vuisten van de andere meisjes. Het bloeden moet veroorzaakt zijn door een van Hedda's trappen tegen haar buik, ze had geprobeerd zich te verweren, maar dat was onmogelijk.

Eir zit op een stoel midden in de kamer. Ze zoekt Fabian met haar blik, maar ziet alleen de anderen. Hannes staat tegenover haar. Zijn benen wijd. Zijn armen over elkaar voor zijn borst. Hij vertrekt geen spier. Achter hem staan de anderen, als een muur. Ze weet niet of het komt doordat ze gewond is en haar zicht zo wazig is, maar ze heeft moeite om hun ogen te zien. Hun gezichten lijken uitdrukkingloos, ze herkent hen amper. Toch zijn het dezelfde mensen, Fabians vrienden, die ze heeft leren kennen en met wie ze de afgelopen jaren hechter is geworden, met wie ze verjaardagen heeft gevierd en met wie ze heeft gelachen. Ze bekijken haar, maar hun onduidelijke blikken stellen haar niet gerust. Ergens in de kamer hoort ze het geluid van stromend water, misschien staat Fabian voor een aanrecht of zoiets.

'Alsjeblieft,' zegt ze. 'Ik moet naar een ziekenhuis...' Haar stem valt weg.

Fabian overhandigt haar een glas water. Ze drinkt, om niet flauw te vallen. Als ze klaar is, kijkt ze op.

Dan ziet ze iets achter hem op de muur, een soort kaart van het eiland. Diverse rode punaises zijn vastgeprikt op een gigantisch ruitjesvel dat de wegen, bossen en meren aangeeft. De plek van het eerste kruisje waarop haar blik viel, kent ze maar al te goed. De bunker. Haar blik gaat zoekend langs de andere kruisjes en ze probeert ze te tellen, maar haar hersens willen niet. Het zijn er veel. Allemaal op gelijke afstand van de provinciale weg, die slingerend over het hele eiland loopt. Opeens begrijpt ze dat de kruisjes meerdere bunkers aanduiden.

Fabian gaat op zijn knieën naast haar zitten en pakt haar hand. Ze trekt hem terug.

'Wie ben jij?' sist ze tegen hem. 'Wie bén jij eigenlijk? Waar ben je in vredesnaam mee bezig?'

'Ik zal je alles vertellen...'

Ze bijt op haar lip. Hij pakt haar beide handen vast en drukt ze tegen elkaar, legt ze op haar dij. De greep van zijn handen doet zeer. Ze spuugt hem in het gezicht.

Hij maakt één hand vrij, waarmee hij zijn wang afveegt. Gevoelens van onwerkelijkheid omhullen haar. Ze laat haar blik door de kamer gaan. Die landt op een donkere vlek op de vloer. Gestold bloed. Misschien is dat de plek waar ze Pascal hebben neergestoken. In de muur zit een venster dat bedekt is met triplex. Ze kan Pascal daar zien staan en springen, vertwijfeld, tot het hem ten slotte lukt te vluchten.

De seconden tikken verder. De beelden van Pascals mishandelde lichaam maken plaats voor die van Fabian, de grote blauwe plek op zijn ribbenkast die hij haar liet zien die avond dat hij haar thuis verraste. Ze voelt het onbehagen achter haar borstbeen jagen.

'Hoe voelde het om de beste te zijn bij het kitesurfen, de dag nadat jullie iemand hadden vermoord?' vraagt ze. 'Vertel eens.'

Ze krijgt geen antwoord...

Opeens is er iets anders wat haar aandacht vraagt, het gevoel door iets of iemand achter zich te worden bekeken. Ze aarzelt, draait zich langzaam om op haar stoel.

Twee enorme glanzende ogen.

Een opgezette hertenkop kijkt haar vanaf de muur aan. Hij is reusachtig. Het gigantische gewei steekt omhoog uit de rode vacht. De kop is licht voorovergebogen, het lijkt alsof het dier zelf aan de andere kant van de muur staat en er elk moment doorheen kan komen, de kamer in.

'Dat was het leven van mijn vader,' zegt Fabian. 'De jacht. Wanneer hij niet werkte om geld te verdienen voor ons gezin, ging hij op jacht.'

Ze is er niet op voorbereid. Maar de plotselinge tranen verrassen haar, ze laat ze stromen. Ze weet niet waarom ze huilt. Misschien zijn het die grote glanzende ogen die naar haar kijken, maar die niets kunnen zien.

'Ik was met mijn vader mee in het bos,' zegt Fabian en hij gaat naast haar staan. 'De jagers en de honden hadden hem bijna omsingeld, alles was klaar voor het schot. Maar plotseling draaide hij zich om, naar een van de vrienden van mijn vader die ongewapend aan de drijfjacht had meegedaan. Het dier ging in de aanval. Dat gewei is net een mes, het ging razendsnel, niemand had iets kunnen doen... Mijn vader wierp het geweer naar mij en ik vuurde het eerste schot. Ik had het net zo goed kunnen zijn... Ik was immers ook ongewapend. Ik had het ook kunnen zijn.'

Eir draait haar hoofd terug.

'Het spijt me dat je er op deze manier achter hebt moeten komen,' zegt Fabian. 'Ik ben verschillende keren van plan geweest het je te vertellen, beetje bij beetje. Nooit zoals nu. En het is nooit de bedoeling geweest iemand kwaad te doen...'

Er komt een soort deksel over haar oren te liggen, net alsof er geen andere wereld meer bestaat dan de ruimte in deze kelder.

Fabian schudt zijn hoofd.

'Alles is ontspoord. Eigenlijk was trainen het enige wat we deden...'

Ze probeert met haar oppervlakkige ademhaling meer zuurstof binnen te krijgen, probeert de dingen die hij zegt te plaatsen. Tegelijk valt haar oog op de tassen van verschillende grootte die op planken, tafels en banken staan. Waarschijnlijk vol met vuurwapens.

'Wat bedoel je met tráínen?' vraagt ze.

'Precies wat ik zeg, trainen...'

'Maar voor wat dan? Heb je soms een soort psychose of zoiets?'

De kamer begint te draaien, bevindt zich plotseling op verschillende niveaus. Een krijsend geluid, de echo van Hedda's schoppen die haar schedel willen splijten.

'Ik begrijp het niet...' zegt ze.

Ze hoort zichzelf als door een gewatteerd omhulsel. Misschien lalt ze maar wat. Hij streelt haar wang.

'Ik had een punt bereikt waarop ik niet nog meer kapot wilde gaan, ik was het verval zat, dat het werk mijn lichaam verwoestte...' zegt hij. 'Het gevoel dat ik niet langer over mijn eigen leven besliste...'

'Waarom heb je niet met mij gepraat?'

Hij schudt zijn hoofd. 'Dit alles is lang voor jou begonnen.'

Ze knippert met haar ogen en haar blik gaat omhoog naar de lamp aan het plafond, ze laat zich verblinden.

'Ik voelde de behoefte om mijn weerbaarheid op te bouwen,' gaat hij verder. 'Die behoefte hadden we allemaal. We waren als het ware verslaafd aan ons werk en aan ons dagelijks leven. We voelden dat we vanbinnen verschrompelden, dat als er iets gebeurde, we ons nooit zouden kunnen verdedigen, nooit een ander zouden kunnen helpen. Zo kwam het dat we erover begonnen te praten om er iets aan te doen. En nu zijn we sterk. Gereed.'

'Gereed voor wat?'

'Bedreigingen.'

'Wat voor verdomde bedreigingen?'

'Je ziet toch op het nieuws wat er op het Europese vasteland gebeurt, ik heb toch ook aan jou gezien hoe beroerd je je daarover voelt? Ik weet dat je ongerust bent. Het kan allemaal ook hiernaartoe komen, dat weet je.'

'We hebben toch een leger...'

'We hebben niets wat iemand een reële veiligheid kan bieden.'

'Hou op...'

'Er bestaan regimes, groepen, gekken die ons kwaad willen doen, snap je dat niet?'

'Maar jij bent verdorie toch een rationeel denkend mens?'

'Die gezien heeft hoe de ontwikkeling van de techniek, de industrie en de kapitaalmarkt op hol zijn geslagen, waarvan de consequenties een ramp voor de menselijke psyche zijn geworden. We hebben veel, maar we zijn niet tevreden, we leven langer, maar weten niet waarmee we bezig zijn. Vrouwen hebben meer rechten gekregen en betere posities in de samenleving, ja, en op zich is dat goed, maar het heeft ook die van de man uitgehold. De meeste mannen kunnen tegenwoordig niet met een vuurwapen omgaan, kunnen niet eens met hun handen vechten, kunnen niets...'

'Hou op...'

'De zaken staan er veel slechter voor dan jij je kunt voorstellen,' zegt hij. 'We hebben een vriend die in Afghanistan is geweest, als VN-soldaat.'

Ze begrijpt direct dat hij het over Max heeft, de man die uitgeteld bij het zwembad had gelegen.

'Verder worden we ook van binnenuit bedreigd, we kunnen niet langer op de mainstreammedia vertrouwen, we lezen en luisteren naar speciale bronnen, die...'

Zijn woorden klinken leeg. Misschien gelooft hij ze zelf niet eens. Misschien speelt dat ook geen rol.

'Zovelen zijn onvoorbereid,' vervolgt hij. 'De meesten hebben geen flauw idee waar de dichtstbijzijnde schuilkelder is of hoe een waarschuwingssignaal klinkt. Ze hebben nog nooit een radio in hun handen gehad die zonder stroom werkt...'

'Je bent niet goed bij je hoofd.'

Hij zucht.

'Wij zijn niet de enigen die inzien wat er mis is,' zegt hij. 'Er is een hele wereld van mannen die ervaren dat ze hun mannelijkheid zijn verloren, die zien hoe het menselijk ras daardoor destabiliseert en beschadigd wordt.'

'Maar jij bent nog wel arts... Ik ben bij de politie... Ik dacht dat we in de werkelijkheid leefden, hoe *fucked up* die misschien ook is, maar toch... Je bent toch geen kind meer, je weet toch verdomme wel beter...'

Zijn ogen vóór haar vloeien in elkaar over terwijl zijn grote handen haar armen vasthouden.

'Stil nu maar, je moet rustig worden.'

'Ik snap niet eens hoe je voor dit alles tijd hebt gehad... Je hebt keihard gewerkt en na het overlijden van je moeder...'

Haar stem sterft weg. Hij is niet bij zijn moeder geweest, hij is ergens anders geweest, in de bunker, in het boothuis.

Ze kijkt om zich heen. Waarom zegt niemand anders iets? Waarom is Fabian de enige die praat? Waarom lijken ze alleen maar te wachten? Ze probeert ze te tellen.

'Waar zijn de anderen?' vraagt ze. 'Waar zijn Henrik en Markus?'

'Die hebben hier niets mee te maken.'

'Wat bedoel je?'

'Ze hebben er geen problemen mee, ze doen gewoon alleen niet mee.'

Ze voelt een huivering door zich heen gaan. Max, die uitgeteld bij het zwembad had gelegen, murw door de drugs. Markus' nerveuze energie, zijn angst toen hij die nacht door Fabian werd gehecht, bijna een soort fobie voor bloed. Henriks dikke buik, zijn slechte conditie en voeding. In deze kamer is alleen fysieke kracht aanwezig.

Ze vecht tegen zijn greep om haar armen en hij laat haar los. Ze vliegt naar de deur, maar wordt opgevangen door Hannes, die haar optilt en weer terug op haar stoel zet. Daarna wisselen de twee mannen een blik. Fabian loopt naar Hannes en fluistert iets tegen hem.

'Jullie kunnen me hier toch niet gewoon vasthouden,' zegt ze. 'Sanna weet dat ik hier ben, ze zullen allemaal vroeg of laat hiernaartoe komen...'

Op hetzelfde moment dat ze dit zegt, beseft ze het. Ze zullen haar verplaatsen, net zoals ze de wapens zullen verplaatsen. Ze kijkt weer naar de gloeilamp die aan het plafond bungelt, het witte, koude schijnsel. Haar gedachten gaan naar de bunker, diep onder de grond. De petroleumlampen. Geen ramen. Geluiddicht.

'Nee...' zegt ze en ze kijkt naar Fabian. Ze zwijgt als haar oog op een kist met munitie valt.

Hannes pakt een duffeltas op, waarvan de inhoud een rammelend geluid maakt. Fabian gooit zijn autosleuteltje naar hem toe. Daarna richt hij zich tot Eir.

'Jij bent sterk.'

Met tegenzin draait ze haar gezicht naar hem toe. Voelt hoe het bloed langs haar scheenbeen omlaagloopt. Denkt dat hij het nog niet gezien heeft, weet niet zeker of ze wel wil dat hij het ziet. Misschien raakt hij dan in paniek en maakt alleen maar haast met haar verplaatsing naar een plek waar ze zal wegrotten.

'We doen het stap voor stap,' zegt hij. 'We beginnen met hier de boel klaar te maken, daarna kun je er een nachtje over slapen, en dan zien we wel.' Hij kijkt haar aan. 'Ik weet dat je op dit moment geschokt bent, maar diep vanbinnen begrijp je wat ik met dit alles bedoel.'

Ze reageert niet, doet haar ogen dicht in een poging het duizelige gevoel te laten verdwijnen.

'Alles komt goed,' zegt hij. 'We houden immers van elkaar.'

De kamer schommelt. Ze moet op de been blijven, wakker, om hier levend te kunnen wegkomen.

'Luister...' zegt hij. 'We hebben een paar alternatieve plekken waar je kunt uitrusten, en je hoeft je nergens zorgen over te maken. Wij zorgen voor alles.'

Ze wil haar angst uitspugen. Al die kruisjes op de kaart. Ze zal in elkaar zakken, blijven liggen, ze zal nooit in staat zijn weer op te staan, ze zal sterven, diep onder de grond.

'Ik hou van je,' zegt hij plotseling zacht.

Ze knippert met haar ogen en met haar blik zoekt ze de anderen, die nu iets verderop staan.

'Ja...' zegt ze en ze probeert haar stem in bedwang te houden, wat volledig mislukt. 'Ja...' fluistert ze. 'Jij verdomde psychopaat...'

Ze gebruikt al haar kracht om zich naar voren te gooien, naar de deur. Hij grijpt haar pols vast. Haar hoofd vliegt opzij als de klap komt. De schreeuw die ze uit als ze met haar hoofd tegen de keldervloer slaat, maakt dat ze bijna het gevoel krijgt dat die niet van haarzelf afkomstig is. Ze ziet het bloed voor haar ogen, hoe het uit haar hoofd stroomt.

Dan komt het schot.

Haar trommelvliezen trillen, er klinkt gegil om haar heen. Dan voelt het of alsof elk geluid verstomt.

Als ze haar gezicht naar de deur draait, ziet ze Sanna met geheven pistool staan. Doodstil richt ze haar ijskoude blik op Fabian. Met de loop van haar dienstwapen gebaart ze naar hen allemaal.

'Jullie handen waar ik ze kan zien.'

Eir ziet hoe Hannes een hand in de tas naast hem steekt. Hij staat slechts een paar stappen bij haar vandaan. Opeens herinnert ze zich de ijspriem. Ze tast met haar hand achter haar rug, zo voorzichtig als ze maar kan. Daarna steekt ze haar andere hand naar hem uit en krijgt zijn broekspijp te pakken terwijl ze de ijspriem recht in zijn voet slaat. Hij gilt het uit en geeft haar met zijn andere voet een keiharde trap. Zo hard dat ze tegen de muur vliegt, als een dweil.

Dan volgt het tweede schot. Hannes valt voorover, drukt zijn handen tegen zijn dij. Sanna doet een stap recht de kamer in.

'Ik schiet elk van jullie klootzakken neer.'

47

De oprit van de villa staat vol zwaailichten. Politieagenten, technisch rechercheurs en ambulancepersoneel lopen snel kriskras door elkaar heen terwijl Fabian de kelder uit wordt geleid en in een politiewagen wordt gezet. Hij zoekt nog naar Sanna's blik terwijl de auto wegrijdt. Op een brancard wordt Hannes verbonden. De andere vrienden van Fabian worden zonder zich te verweren weggevoerd. Sanna observeert ze. Het zijn tien, misschien twaalf mannen van middelbare leeftijd met een soepel lichaam en goed zittende kleren. Hun hoofden gebogen, de gezichten apathisch in het schijnsel van de blauwe zwaailichten.

Een van hen blijft staan, doet zijn hoofd omhoog en kijkt haar aan. Hij heeft gespierde armen en zijn zwarte T-shirt zit strak om zijn borstkas. Met half dichtgeknepen ogen kijkt hij een seconde naar haar voordat de agent aan zijn zijde hem verder leidt. Ze denkt aan wat Eir haar verteld heeft over Fabians vrienden. Dat een van hen leraar is en vader van vier tieners, van wie hij het voetbalteam diverse keren per week traint. Een ander is accountant met een eigen bedrijf, een tweeling en een vrouw die hij met de auto wekelijks heen en weer rijdt tussen boekenclubs en haar workshop keramiek. Een van hen werkt op de groenteafdeling van een supermarkt en een ander op het kantoor van de Sociale Verzekeringsbank. Maar hier voor haar zijn ze onmogelijk van elkaar te onderscheiden, ze verdwijnen in de politieauto's als zwijgende, anonieme gestaltes.

Als de ambulance met Eir erin met grote snelheid bij de villa wegrijdt, laat Sanna zich op de buitentrap voor de voordeur zakken. Iemand legt een deken over haar knieën. Alice komt naar haar toe met een mok dampende bouillon, die Sanna wegzet; hij valt om en de bouillon stroomt in het grind naast haar voeten. Als Alice de deken van haar knieën pakt en hem over haar schouders legt, klappertandt ze, hoewel de lucht warm is.

Alice gaat naast haar zitten, slaat haar arm om haar schouder. Zo zitten ze een poosje en kijken naar de chaos om hen heen, voor Alice haar loslaat en vraagt of ze in staat is om te praten. Sanna knikt.

'Ze móét er weer bovenop komen...' zegt ze, maar haar stem valt weg. 'Eir... Ze moet...'

Alice houdt haar gevouwen handen voor zich.

Iets verderop beëindigt Niklas een gesprek met Sudden en hij komt daarna naar hen toe lopen. Achter hem arriveren verschillende politieauto's. De agenten bij de afzettingen moeten snel werken om de wat al te nieuwsgierige drom mensen op afstand te houden. Als Niklas aankomt, loopt Alice weg.

Niklas vraagt wat er is gebeurd en Sanna probeert antwoord te geven. Zijn ogen kijken hartelijk en hij luistert aandachtig, laat haar uitspreken. Hij is vriendelijk, maar de frustratie en de woede over alles wat er gebeurd is, maken het haar moeilijk om rustig te blijven. Ten slotte begint ze te hakkelen en dan gebaart Niklas naar iemand om haar een nieuwe mok bouillon te brengen. Zonder te begrijpen hoe, drinkt ze die op. De kracht in haar armen en benen komt terug en ze staat op, legt de deken weg.

'Ik begrijp niet hoe het Pascal is gelukt hiervandaan naar de plek te komen waar hij is aangereden, dat is toch te ver om te lopen...'

'Je weet toch waar die illegale haven is, in de omgeving waar de bestelwagen hem heeft aangereden?' zegt Niklas.

'De haven die ontruimd is?'

'Ja, daar lag een kleine motorboot waarin bij nader onderzoek bloedsporen zijn aangetroffen. Die zouden van Pascal kunnen zijn.'

Sanna herinnert zich het bootje dat Tommy haar had aangewezen, hij had gezegd dat je 'soms geluk had' toen ze gevraagd had of die boot van hem was. Misschien had hij daarmee bedoeld dat het bootje zomaar een keer was opgedoken.

'Je bedoelt niet...'

'Er ligt hier in de buurt een kleine steiger die bij de villa van Fabian hoort.'

'Je bedoelt dat Pascal daarvandaan dat bootje heeft genomen...'

'Daar ziet het naar uit, ja. En daarna is hij vanaf die illegale haven naar de weg gelopen.'

Sanna laat haar blik gaan over alles wat zich voor hen afspeelt. De knipperende zwaailichten, het afzettingslint, de geüniformeerde politieagenten. Een technisch rechercheur, uitgerust met een camera en een notitieblok, verdwijnt de kelder in.

'En de meisjes?' vraagt ze. 'Nina?'

'Die zijn op het politiebureau. Farah houdt ze daar nu vast.'

Ze knikt.

'Er is nog iets anders waarover ik met je moet praten,' gaat hij verder.

'O ja?'

'Monica Jonasson heeft bekend dat ze bij jou heeft ingebroken. Ook dat zij je gepest heeft door een kruis in je voordeur te krassen en dat stukje hout in je auto te leggen. Kennelijk beschouwt ze het kruis als een symbool dat ongeluk brengt, ze wilde je alleen maar bang maken.'

Sanna probeert zich de vrouw voor de geest te halen. Dat lukt haar niet. Ook voelt ze geen opluchting.

Sudden roept hen naar zich toe.

'Wat hebben jullie?' vraagt Niklas.

Sudden houdt een bewijszakje omhoog met een camera en een mobieltje erin.

'Van Axel Orsa,' zegt Sanna.

Sudden knikt. Zijn schouders hangen omlaag. Er is iets met dit onderzoek wat hen allemaal uitput. Iets wat misschien niet te maken heeft met de mannen die hun leven hebben verloren, maar met hen die nog leven.

48

De volgende dag om tien uur in de ochtend belt Eirs zus, Cecilia, Sanna vanuit het ziekenhuis. Ze zegt niet veel, maar Sanna krijgt toch uit haar dat Eirs toestand stabiel is. De onderzoeken en de ingrepen om de inwendige bloedingen te stoppen zijn goed verlopen. Eir heeft kalmeringsmiddelen gekregen om 's nachts te kunnen slapen, maar ze is nu wakker.

In de hal bij Kai en Claes aait Sanna Sixten even stevig en liefkozend voordat ze een paar minuten later in haar auto stapt. Ze laat het dorp achter zich en rijdt zo snel als ze kan naar het ziekenhuis. Bij elke parkeerplaats die ze passeert, heeft ze het gevoel dat ze daar tussen de bomen Fabian en zijn vrienden bijna kan zien. Ze rijdt langs het politiebureau en belt met Niklas en Alice, die haar vragen Eir de groeten te doen. Ze gaan zo meteen verder met het verhoor van Fabian, Niklas belooft haar later die dag te zullen bellen.

Als Sanna binnenkomt, zit Eir in het ziekenhuisbed met de rugleuning omhoog. Haar haar is vochtig, kennelijk heeft ze net gedoucht. Haar lippen zijn gesprongen en een van haar mondhoeken is op twee plaatsen gehecht. Haar paarse wangen zijn gezwollen. Haar ziekenhuishemd zit losjes en is van een van haar schouders gezakt, ook daar is haar huid blauw.

Sanna gaat naast haar op een wankele stoel zitten en legt haar hand op die van Eir, die op haar beurt begint te huilen.

'Bedankt dat je gekomen bent,' fluistert ze.

'Ik kan zo lang blijven als je wilt.'

'Alleen Cecilia is er, zij haalt nu even een frisse neus.'

Sanna glimlacht. 'Hoe voel je je?' vraagt ze voorzichtig.

Eir droogt haar ogen met haar hand.

'Ik dacht dat ik dood zou gaan. In plaats daarvan leef ik nog...'
Ze legt haar handen op haar buik.
'...ik en nog iemand.'
Sanna krijgt een zwaar gevoel in haar hoofd. Haar zenuwen trekken zich samen, van haar knieën helemaal omhoog tot haar schouders. Ze voelt zich opeens onwerkelijk, alsof ze in de verkeerde kamer zit.
'Je bedoelt dat je...'
'Ja, ik ben zwanger...' zegt Eir snikkend. 'Zo afschuwelijk absurd...'
'Maar hoe...?'
'Ik kan niet meer...' barst Eir uit. 'Ik kan het nu echt niet meer aan... Ik ben zo moe dat ik kan overgeven.'
Sanna gaat naast haar op het bed liggen en neemt haar in haar armen. Eir klampt zich krampachtig aan haar vast.
'Hoe is het in vredesnaam mogelijk dat ik niet gezien heb wie hij was?' zegt ze snotterend.
Ook bij Sanna zitten de tranen hoog.
'Je moet niet zo hard voor jezelf zijn, hoor je wel wat je zegt? Niemand van ons heeft dat gezien.'
'Maar hoe kon ik zeg maar zo dicht bij iemand zijn die eigenlijk heel iemand anders is?'
'Je hebt een zware shock gehad...'
'Wat kan ik nu doen? Ik kan toch niet... Ik bedoel, het is nota bene van hém...'
'Het eerste wat je nu moet doen is rust nemen, goed voor jezelf zorgen. Daarna kun je al het andere aanpakken. En wat er ook gebeurt, je bent niet alleen.'
Eir steekt haar hand uit naar een pakje zakdoekjes dat op het nachtkastje ligt, snuit luidruchtig haar neus. Er komt een verpleegster binnen, die vraagt Sanna even buiten de kamer te wachten terwijl ze Eirs bloeddruk controleert.
'Ga nu maar,' zegt Eir, en ze perst er een glimlach uit. 'Meer medeleven kan ik toch niet verdragen...'
'Zal ik niet blijven tot Cecilia terug is?'

Eir schudt haar hoofd.
'Wat gebeurt er nu met Nina?' vraagt ze met verstopte neus.
'Dat weet niemand nog, maar ik ga met Farah praten.'
Sanna loopt naar de deur terwijl ze elkaar zwijgend aankijken. Eir vertrekt haar gezicht als de verpleegster het bed achter haar rug laat zakken.
'Ik denk dat die rotmeid mijn leven heeft gered...'
Het geluid van klittenband om haar arm.
'Waar is dat nou in godsnaam goed voor...?'

*

Buiten het ziekenhuis blijft Sanna een paar seconden staan. De zoetige, muffe lucht van het ziekenhuis zit nog in haar neus. Ze weet niet of ze bang is of boos. Daarna voelt ze opeens een merkwaardige opluchting. Die vloekende, breekbare gestalte daar in het ziekenhuis leeft nog. Dat is het belangrijkste.
Haar mobieltje gaat, het is Niklas.
'Hoe is het met het verhoor gegaan?' vraagt ze.
Hij antwoordt dat Fabian en de andere mannen weinig zeggen, maar dat er toch een paar dingen duidelijk zijn geworden.
'Wat vertellen ze over Pascal?'
'Het lijkt erop dat Pascal zaken voor hen deed, verschillende opdrachten uitvoerde, uitrusting voor hen aanschafte... Ze ontmoetten elkaar echter nooit en het was nog maar kort geleden dat hij het bestaan van de bunker ontdekte, bij de leverantie waarover Daniel heeft verteld.'
'Wat is er die donderdagavond dan eigenlijk bij de bunker gebeurd? Met Pascal en Axel? Hebben ze daar iets over gezegd?'
'Ze zijn in de bunker Pascal tegen het lijf gelopen, die daar inderdaad was om de spullen terug te halen die hij ze weken daarvoor had verkocht. Dat werd een forse botsing. Op datzelfde moment had de man die buiten de bunker de wacht hield Axel in het vizier gekregen, die daar met zijn camera lag te fotograferen. Hij zat achter Axel aan, die tijdens het rennen struikelde en met zijn hoofd hard

op een steen viel. Hij was direct dood. Ze hebben Axel begraven en besloten Pascal mee te nemen, omdat hij hun gezichten had gezien. Ze zagen geen andere uitweg...'

'...dan te proberen van hem af te komen, wat later in de villa gebeurde? Ze hebben geprobeerd hem te vermoorden, hè? Maar er is blijkbaar iets misgegaan en het is hem gelukt te vluchten.'

'Ze beweren dat het een ongeluk was en dat hij gevlucht is terwijl zij boven met elkaar bespraken wat ze moesten doen.'

'En Nina? Hoe gaat het met haar en die andere meisjes?'

'Ja, die zijn ook begonnen te praten, maar dat kost tijd...'

'Weten we hoe Nina aan die roofvogelbotjes is gekomen die ik van Einar heb gekregen?'

'Zij en die meisjes waren in de villa om er drugs af te leveren, pillen, denken we, voor een van Fabians vrienden. Bij die gelegenheid zijn ze in de kelder geweest en hebben daar rondgesnuffeld, Nina heeft daar het blikje met die vogelbotten gevonden en heeft er een paar meegenomen om er later een sieraad van te maken of zoiets...'

Niklas wordt onderbroken door een ander telefoontje en zegt dat hij dat even moet aannemen, daarna legt hij neer.

Sanna denkt aan Nina, aan haar kettinkjes met schelpen, een paar geverfde rivierkreeftscharen en steentjes. Dat ze roofvogelbotjes aan haar bonte verzameling wilde toevoegen, is niet moeilijk te geloven.

Terwijl ze zo in gedachten verzonken staat, hoort ze de stemmen. Aan de andere kant van de straat zijn een paar jonge jongens. Ze rijden op een skateboard naar een bushalte. Hun gezichten in de schaduw van petjes en capuchons. Sanna luistert naar het gelach tussen hen. Ze passeren een oversteekplaats en een van hen stopt plotseling om een oude dame met rollator naar de overkant te helpen. Daarna gaan ze op het bankje bij de bushalte zitten. Eén jongen maakt zijn rugzak open en rommelt erin. Achter hun ruggen hangt een groot affiche van een politicus die kandidaat is om herkozen te worden.

Iemand tikt haar op de schouder.

'Sanna?' zegt een stem die bijna fluisterend klinkt.

Cecilia Pederson, de zus van Eir, glimlacht naar haar met haar smalle gezicht. Ze valt haar om de nek en omhelst haar, snottert tegen Sanna's jas.

'Hoe is het met jou?' vraagt ze en ze komt weer tot zichzelf. 'Is alles goed met Sixten?'

Sanna knikt. 'Ik ben zo opgelucht dat Eir oké is.'

Cecilia zucht. 'Ik hoop dat ze doodgaan, ik hoop dat ze allemaal in de gevangenis wegrotten... Ik heb hem nooit gemogen...'

Ze veegt haar neus af.

'Nog een geluk,' zegt ze. 'Als deze idioten nu niet waren tegengehouden, wie weet wat er dan verder nog had kunnen gebeuren? Nu is het in elk geval voorbij...'

Haar stem klinkt wonderlijk zacht. Even valt er een stilte. Ze glimlacht een beetje, daarna verdwijnt ze.

Sanna denkt aan wat Cecilia net heeft gezegd: *Nu is het in elk geval voorbij.*

Ze hoort het geluid van de bus die wegrijdt.

De jongens zijn weg. Het enige wat er nog te zien is, is het woord VIJAND, dat met een spuitbus over het gezicht van de politicus is aangebracht.

Als Sanna later die dag terugrijdt van het politiebureau begint het steeds meer te schemeren. Ze rijdt langzaam door de warme lucht. De stress is nog steeds voelbaar in haar nek en haar handen. Haar mobiel gaat, het is Kai. Ze zijn van plan even een duik te gaan nemen en ze vragen zich af of ze Sixten mee moeten nemen. Sanna vraagt hun heel even te wachten, ze is bijna thuis.

Kort daarop ligt Sixten op de achterbank van de Volvo. Sanna stuurt ten oosten van het dorp naar de zee. Ze doet de raampjes open. Sixten steekt zijn kop naar buiten en heft zijn neus in de zoele lucht. Ongeveer vijfentwintig minuten verderop, in de buurt van de plek waar Kai en Claes een duik gaan nemen, ligt een natuurreservaat met weiden langs de kust. Een geschikte plek voor een avondwandeling.

Onderweg naar het natuurreservaat passeert ze een klein dorpje. Met een camping en een strand is het 's zomers een populaire bestemming voor toeristen, maar in deze tijd van het jaar is het er stil en verlaten. Behalve in het kleine haventje, daar is het het hele jaar druk.

Het reservaat heeft een wandelpad van grind, dat kronkelig langs de vele inhammen van de kust loopt, tussen afgegraasd weidegrond en een bos van laag groeiende dennen. In de lente bloeit er Engels gras, dat de weiden dan roze kleurt, maar nu de herfst begint, ligt er op het gras een laagje water waarin de hemel wordt weerspiegeld. Sixten trekt aan zijn riem en binnen een halfuur naderen ze de oude grafheuvel, op de meest oostelijke punt van de scherenkust. Sanna kijkt naar Sixten, naar zijn neus in de wind en zijn ogen die glanzen in de langzaam ondergaande zon. Met een stille belofte strijkt ze met haar hand over zijn borstelige rug.

Terug bij de auto loopt Sixten te hijgen. Ze realiseert zich dat ze niet genoeg water bij zich heeft. Ze gaan met haar lege petfles naar het gebouwtje in de haven waar zich toiletten en douches bevinden.

Als Sixten gedronken heeft, ziet hij iets, zijn staart kwispelt. Margaret Thatcher, Kai en Claes komen van de pier af lopen. Ze praten over koetjes en kalfjes terwijl de honden elkaar snuffelend begroeten. Kai heeft vanaf het trapje een duik genomen en nu gaan ze naar huis om het eten klaar te maken. Heel even heeft ze het gevoel dat alles donker is, oneindig ver weg. De kwispelende staarten, de oren die flapperen, bijna alsof de dieren nog puppy's zijn. Terwijl Kai hardop praat over de temperatuur van het water, maakt Sanna onopvallend een videofilmpje van de honden en stuurt het naar Cecilia, vraagt haar het aan Eir te laten zien. Kort nadat ze het heeft verzonden, ontvangt ze een antwoord in de vorm van een hartje en een kort bericht: 'Bedankt dat je haar aan het lachen hebt gemaakt.'

Aan de andere kant van het raam in haar flat rolt de avond voorbij en gaat over in de zwarte nacht. Sanna slaapt onrustig. Droomt voor het eerst in lange tijd weer over Holger Crantz. Hij ligt in een wit opgemaakt bed en krabt aan zijn gezicht. Boven hem staat Ava Dorn te tekenen. Aan zijn voeteneinde staat Mia Askar met haar vossenmasker op, haar lange rode haar brandt. Het vossenmasker smelt en vervormt. Haar wang zakt omlaag en vormt een griezelige, langgerekte glimlach.

Sanna's mobieltje trilt.

Ze gaat rechtop zitten. Sixten tilt zijn kop op en ze voelt zijn blik. Op haar schermpje ziet ze dat het amper drie uur in de ochtend is en dat het een nummer is dat ze vaag herkent.

'Hallo?'

'Je moet komen.'

Het is Ava Dorn.

'Het is midden in de nacht, u kunt 112 bellen.'

Ademloos en gestrest vervolgt ze: 'Dan vermoord ik hem.'

'Wie?'

'Dat klotejoch... Daniel.'

'Daniel Orsa?'

Sanna staat op, begint haar kleren aan te trekken.

'Hij staat buiten. Ik rijg hem aan een mes als hij binnenkomt, ik zweer dat ik hem in stukken snijd als hij in mijn buurt komt.'

'Heeft u de deur op slot gedaan?'

'Je moet nu komen...'

De verbinding wordt slechter en de rest van wat ze zegt is onverstaanbaar. De woorden klinken als hakkelend gefluister.

49

Sanna draait de provinciale weg op terwijl ze het mobiele nummer van Daniel Orsa belt. Ze werpt routinematig een blik in haar achteruitkijkspiegel. De lege achterbank, alleen Sixtens grote deken ligt er. Ze denkt aan hem, aan hoe hij zonder te protesteren bij Kai en Claes naar binnen was gesjokt. Zijn kwispelende staart voor hij de keuken in verdween, ook al was het midden in de nacht.

De telefoon gaat een paar keer over voor hij opneemt, zonder iets te zeggen.

'Daniel?' zegt ze gestrest.

'Ja?' fluistert hij.

'Met mij, Sanna Berling. Waar ben je?'

'Waar ben jíj?'

Zijn stem is onduidelijk, het is alsof hij zijn mobieltje dicht tegen zijn mond houdt.

'Daniel?'

Een sloffend geluid, alsof iemand zich over de vloer voortsleept. Daarna een jaloezie of gordijn dat dichtgeschoven wordt.

'Daniel, luister naar me,' zegt ze zo rustig als ze kan. 'Wat je ook van plan bent daar te doen, hou daar nu mee op...'

Zijn ademhaling maakt een ruisend geluid in de hoorn.

'Daniel? Je gaat niet bij Ava Dorn naar binnen, hoor je me?'

'Jij kunt mij niet helpen,' fluistert hij.

Hij zwijgt. Een piepende deur. Dan wordt de verbinding verbroken.

'Daniel?'

Het is te laat, te laat voor Daniel en te laat voor 112. Het is haar mobiel die dood is.

'Godverdomme,' schreeuwt ze en ze slaat met haar handen op het stuur.

*

De heldere sterrenhemel weerspiegelt zich in de raampjes van haar auto als ze de roestige slagboom en het bord van Solviken passeert. Ze ziet haar eigen spiegelbeeld in de voorruit. Zonder contouren, haar gelaatstrekken als scherven in het nagenoeg afwezige licht. De onrust in haar lijf vanwege de plek waarheen ze op weg is, de spijt dat ze de situatie niet aan het bureau heeft doorgebeld in plaats van Daniel te bellen. Ze vervloekt zichzelf omdat ze thuis haar telefoon niet heeft opgeladen en dat ze geen lader in haar auto heeft.

Een paar seconden later draait ze het terrein op met de schaarse verzameling caravans. Er zijn slechts een paar raampjes verlicht.

Ze laat de auto langzaam uitrollen, passeert ergens een deur die op een kier staat, waaruit een blauw elektrisch licht stroomt. Ze heeft geen flauw idee hoe ze met de situatie moet omgaan. De gedachte om langs de weg te stoppen en 112 te bellen is al sinds ze uit het dorp wegreed door haar hoofd gegaan, maar de woorden van Ava Dorn en het absurde van de situatie maakten dat ze gewoon was doorgereden. Zo hard ze kon.

Als ze uitstapt voelt het alsof ze tegen een muur van vocht en zout stapt. Het grommen van de zee, het zoemen van de muggen.

Ze loopt de ruim vijftig meter naar de caravan van Ava Dorn. Buiten is de verlichting uit, van de lamp boven de deur is het glas kapot. Alles is stil. Ze zoekt met haar blik naar een teken van leven. Niets.

Als ze haar hand op de deurkruk legt, voelt ze zich miserabel. Haar andere hand legt ze op haar dienstwapen. Ze haalt diep adem.

'Dit is de politie,' brult ze zo hard als ze kan.

Opeens hoort ze geluid aan de andere kant van de deur. Gebons, alsof er iemand uitglijdt. De deur vliegt open.

Daniel staart haar aan, in het donker lijken zijn ogen op lampjes. Zijn gezicht, zijn handen en zijn witte hoody zitten onder de bloedspatten. Hij duwt haar hardhandig opzij en begin te rennen, vliegt vooruit. Hij glijdt uit, struikelt, maar het lukt hem in het donker te verdwijnen. Ze gaat achter hem aan, maar hij is al weg.

Als ze terugloopt, heeft ze de smaak van aarde in haar mond.

Het zweet stroomt langs haar rug en op haar voorhoofd jeuken de muggenbeten.

Snel laat ze haar blik over de caravan van Ava Dorn gaan, maar ziet er niets wat beweegt. Daniels lichaamstaal toen hij ervandoor ging straalde angst uit, was schokkerig. Hij moet naar de voordeur gekropen zijn om van buitenaf niet te worden gezien en binnen voorzichtig hebben rondgeslopen.

Zacht loopt ze weer naar de deur. Ze perst haar rug tegen de wand en heft haar pistool. Ze neemt niet de moeite om iets te roepen, trapt alleen maar de deur open en verdwijnt in het donker.

De stank van kots en zweet komt haar tegemoet. Ze houdt de mouw van haar jas walgend voor haar mond en doet het lichtknopje aan.

Overal bloed. Donkere strepen en spatten op het aanrecht, de tafel en de slaapbank. De ramen, die in het donker lagen toen ze nog buiten stond, druipen. Op een stoel staat het schilderij met de zeven kinderen met hun dierenmasker – in stukken gesneden. Met haar ogen volgt ze de druppels die er langzaam vanaf vallen.

Ze ziet de benen eerst. Ze liggen in een vreemde hoek, uit elkaar, maar met haar voeten naar onderen, alsof ze gebroken zijn. Haar handpalmen en onderarmen zijn bedekt met open snijwonden. Haar borstkas is kapotgesneden. De messteken in haar hart zijn ontelbaar. Haar lange ochtendjas is zo donker als aarde. Ava Dorns ogen zijn wijd open. Daarin zijn alleen nog vlees, bloed en vocht te zien.

50

Als Eir wakker wordt breekt het koude zweet haar uit. Het voelt alsof ze gewurgd is. Ze hijst zich op de rand van het bed, wrijft met haar hand over haar nek en hals. Een seconde lang weet ze niet waar ze is. Pas als ze Cecilia in het andere ziekenhuisbed ziet slapen, komt alles terug.

Haar angst als ze met haar handen aan haar middenrif voelt. Ze sluit haar ogen en laat de tranen komen. Na een minuut belt ze voor de verpleegster, die met een rustgevend tabletje naar haar toe komt. Als ze dat heeft ingenomen, blijft ze nog een poosje zitten met haar benen op het dekbed. Ze staart voor zich uit.

Cecilia mompelt iets in haar slaap. Eirs oog valt op haar mobieltje, ze loopt er op haar tenen naartoe en leent hem, waarna ze weer terug in bed kruipt.

Zodra haar hoofd op het kussen landt, dringt de nachtmerrie zich aan haar op. Ze gaat rechtop zitten en neemt een slokje water. Ze zet het mobieltje aan en gaat naar het filmpje met Sixten. Ze zet het geluid zacht en speelt de video een paar keer af. Ze glimlacht in zichzelf. Ze vergroot het beeld een stukje om Sixten duidelijk te kunnen zien. Dan ziet ze iets op de achtergrond wat haar ijskoud maakt.

De kleine haven. Aan de kade een paar vissersboten. Op een van die boten een vlag. Een driekleur in wit, zwart en blauw. Estland. Achter een net dat over de rand hangt de naam van de boot: Kristina Pärnu.

De gedachten aan de vissersboot die in de Golf van Riga is gezonken dringen zich aan haar op. De boot die nu op de zeebodem ligt, heette Kristina, alleen Kristina. De gelijkende namen van de boten bezorgen haar rillingen. Ze graaft dieper in haar geheugen. Jack was te zien geweest op de film van de beveiligingscamera in de haven van Pärnu en hij had een pet gedragen met de naam Kristina. Maar dat filmpje was korrelig. Kan ze het verkeerd hebben gezien? Kan er Kristina Pärnu hebben gestaan?

Op internet zoekt ze op de naam Kristina Pärnu. Ze vindt een artikel over een vissersboot die met volledige bemanning verhuurd wordt om haring en sprot te vervoeren van de Baltische staten en van het eiland naar een vismeelfabriek op het vasteland. Meel dat als voer wordt gebruikt voor pelsdieren, zoals nertsen. Maar ook voor zalm bij de grote kwekerijen.

Ze zoekt naar de website van de vismeelfabriek en checkt het adres. Een haven waarvan ze de naam niet kan plaatsen. Ze laat een kaart op haar scherm verschijnen en zoekt intensief, geconcentreerd.

Heel even denkt ze dat ze het verkeerd ziet. Maar ze knijpt haar ogen een klein beetje dicht, en tijdens een paar eindeloze seconden staat alles stil. De vismeelfabriek en de haven van de vissersboot liggen slechts iets meer dan een kilometer van het plaatsje in Midden-Zweden dat op Sanna's kaart is bedekt met kleine kruisjes.

Na nog een snelle zoekopdracht vindt ze een website die schepen, andere vaartuigen en commerciële transporten in real time kan lokaliseren. Ze voert de naam van de boot in, trekt de tijdlijn een paar dagen terug en ziet dat hij toen in de haven lag, in Pärnu.

Eir gaat terug naar de video met Sixten. Wil dubbelchecken of ze echt de goede naam heeft gezien. Tegelijkertijd denkt ze aan Sanna, ze vraagt zich af hoe die de vissersboot heeft kunnen missen toen ze de honden filmde. Hoe kan Sanna die vlag en de naam op de boeg hebben gemist? Ze moet moe zijn geweest of afgeleid, denkt ze. Zelf was ze gewond en had ze kalmeringsmiddelen geslikt toen ze het filmpje de eerste keer zag, misschien dat ze er daarom niet op gereageerd had. Nu haar blik opnieuw op de vlag valt en daarna op de naam van de boot, voelt ze de ongerustheid in haar borst toenemen, hoe konden ze allebei zoiets duidelijks gemist hebben? Dan valt haar nog iets op. Een beweging boven op het dek. Een groepje mannen dat zich naar het midden van de boot beweegt. De bemanning houdt kennelijk een soort bijeenkomst. Ze blijven staan ter hoogte van iets wat op de boeg geschilderd is. Een grote zon.

Ze herinnert zich de woorden die ze op Sanna's hand had gezien. Onder andere 'de zon'. Sanna had verteld dat ze op de achtergrond iets had horen zeggen als 'verzamelen' en 'de zon nu', een van de keren dat Jack haar gebeld had.

De zon.

Hij is terug.

Het is de boot waarmee Jack Abrahamsson terug naar het eiland is gekomen.

51

Haar vuurwapen plakt in Sanna's bevende handen. Ze probeert diep adem te halen om haar longen vol lucht te krijgen. Maar voor haar geestesoog verschijnt Daniel. De angstige blik. De hoody die was bespat, maar niet was doordrenkt. De druk van zijn beide handen toen hij haar opzijduwde, zijn lege handen. Zijn stem toen hij via de mobiel gefluisterd had dat ze hem niet kon helpen.

Ze staart naar het stukgesneden lichaam. Ava Dorns kapotgehakte borstkas, de razernij die erop is losgelaten, het hart dat leegbloedt. In de hals twee messneden. Toen en nu vallen samen. Overal afdrukken, maar al te bekend. Afdrukken die alleen maar van hém kunnen zijn.

Ze wil om hulp schreeuwen, maar haar stembanden gehoorzamen niet. Ze loopt achteruit de nacht in.

Het geluid van de muggen en van de bomen die buigen in het donker. De maan die groot en zwijgend aan de hemel staat. Haar blik gaat heen en weer langs de enige vensters waarachter licht brandt. Maar ze durft er niet naartoe te gaan.

Als ze haar auto nadert, heeft ze het gevoel dat haar borst explodeert. Ze hapt naar lucht en hoest. Op de tast vindt ze de deurkruk van haar portier, ze laat zich achter het stuur zakken en doet de deuren op slot. Haar dienstwapen glijdt uit haar handen, op haar schoot en verder op de grond. Ze tast naar de gordel, daarna naar haar sleutel. Als de motor aanslaat, kijkt ze in de achteruitkijkspiegel.

Daar zit hij dan.

Jack.

Hij kijkt naar haar met zijn lichte ogen, omgeven door diepe, zwarte schaduwen. Zwaar en groot. Het steile voorhoofd en de smalle, karakteristieke neus. Zijn shirt zit strak gespannen om zijn borst. Bloed. Overal.

Er gaat een seconde voorbij zonder dat er iets gebeurt. Alles is stil. Ze durft nauwelijks adem te halen, niet wetend wat hij zal doen. Haar blik in de achteruitkijkspiegel, afwachtend. Het donker omsluit hem, maar ze voelt zijn aanwezigheid. Ze kijken elkaar aan.

Ze voelt de koelte in haar nek, als een ademhaling, wanneer hij zich vooroverbuigt en haar een papiertje aanreikt. Bij zijn beweging ziet ze iets glanzen, hij heeft een groot keukenmes in zijn hand.

Op het papiertje staat een adres. Van de jachthaven ten zuiden van de stad.

Ze doet haar ogen dicht.

Hij zal opnieuw vluchten.

Als ze weigert hem erheen te brengen, zal hij haar doden en zelf de auto nemen. Hij kan best zelf naar een haven gaan en zich ergens verbergen. Misschien verdwijnt hij nu voor altijd. Maar als zij hem een lift geeft, wint ze tijd om na te denken.

Ze legt haar handen op het stuur. De motor bromt en ze rijden langzaam vooruit. Voorzichtig draait ze de provinciale weg op, richting het zuiden. Aan beide kanten van de auto ligt donker bos. Schaduwen achter schaduwen. Het lijkt alsof de bomen zich in tegengestelde richting bewegen.

Recht voor zich ziet ze de nachtelijke hemel.

'Laat mij je helpen,' hoort ze zichzelf zeggen.

Hij observeert haar in de achteruitkijkspiegel.

En verder niets.

Tegen de stoel, naast haar schouder, rust zijn mes.

Als ze iets doet om hem tegen te houden, riskeert ze haar leven.

Haar greep om het stuur wordt steviger. Ze aarzelt, overlegt met zichzelf. Hij heeft afgerekend met de man die haar gezin heeft vermoord. Een deel van haar voelt dat ze hem iets verschuldigd is, dat ze hem vrij zou moeten laten. Een ander deel van haar weet dat hij een monster is, een wrede moordenaar, iemand die moet worden tegengehouden.

De tijd dringt en een seconde voelt het alsof ze zweeft. Dan drukt ze het gaspedaal in.

Ze draait het stuur helemaal om en slingert een zijweg in om de greppel te ontwijken, daarna nog een scherpe bocht, recht op de boomstammen af.

Een verpletterend geluid, dan wordt alles zwart.

*

Als ze bijkomt, zit haar mond vol bloed. Ze heeft pijn die aanvoelt als splinters in haar benen. Ze hangt schuin opzij, maakt haar riem los, valt. Ze krabbelt op, tast naar haar dienstwapen op de vloer, vindt hem onder haar stoel, maar het is vast komen te zitten. Ze trekt er uit alle macht aan, maar het lukt haar niet er beweging in te krijgen.

Ze klemt zich vast aan het portier en probeert zich zo op te richten. Ze voelt een snijdende pijn in haar polsen.

'Nee,' schreeuwt ze als ze ziet hoe hij zich losmaakt van de achterbank.

Op datzelfde moment rekt hij zich uit en kijkt naar haar. Zijn blik is een mengeling van razernij en angst. Hij blijft met zijn armen vastzitten als hij uit de auto omhoogkomt. Hij trekt zich los met het mes in zijn hand.

Als hij voor de auto rechtop gaat staan, wordt alles stil. Het enige wat er te horen is, is het sissende geluid van de automotor.

Te midden van dit alles ziet ze het met een verbazende scherpte. De wond aan zijn ene voet. Hoe hij haar observeert, alsof het om een onderhandeling gaat. Jij of ik.

Dan loopt hij weg. Zijn voetstappen zijn wankel, maar hij is snel. Ze weet dat ze moet kiezen, zich uit de wagen moet bevrijden en moet proberen een andere auto aan te houden, of achter hem aan moet gaan.

De pijn verspreidt zich door haar hele lijf, maar dat negeert ze. In plaats daarvan haalt ze diep adem, draait zich terug naar haar autostoel en trekt alsnog haar dienstwapen los. Dan rent ze het bos in, in de richting waar hij verdwenen is.

Ze zoekt tussen de bomen. De schaduw die zich daar verderop

beweegt, wijst haar de weg. Ze verhoogt haar snelheid over wortels en twijgen van sparren, tot ze haar voeten niet meer voelt. Haar ademhaling ruikt naar ijzer.

Plotseling is hij weg. Boven haar hoofd hoort ze zachte wiekslagen, in de verte het geroep van een uil. Ze loopt nog een stukje verder, dan vertraagt ze haar pas. Haar ogen rusten diep tussen de bomen en zoeken langs de stammen tot op de bodem. Twijgen, bladeren en stenen in het maanlicht. Wortels als kromme benen langs de grond.

Hij is daar ergens. Onzichtbaar. Ze sluipt de stilte in, beweegt zich weer vooruit.

Dan hoort ze hem. Zijn voetstappen die zich een stukje verderop tussen de stammen voortslepen.

Ze sluipt langs de bomen, zo stil als ze kan. Stapje voor stapje. Ze ziet hem, maar als de maan achter een wolk verdwijnt, wordt hij weer een met de schaduwen; toch weet ze dat hij daar zit. Haar vingers glijden langs de laatste stammen voor ze er is.

Na nog een stap duikt de maan weer tevoorschijn, koud en onbarmhartig licht.

Dan stort hij zich op haar. Duwt haar met geweld tegen de grond. Haar dienstwapen vliegt door de lucht en verdwijnt. Ze grijpt naar zijn been, klampt zich aan hem vast. Hij schopt zich los, maar zij springt weer op hem. Hij houdt nog steeds het mes in zijn hand als hij zich naar haar omdraait. Dan zit hij boven op haar. Hij zet zijn knie op haar borst en dwingt haar armen plat op de grond. Een seconde lang wordt alles stil. Hij kijkt haar strak aan. Maar ergens in het donker glijdt een kleine schaduw langs, misschien een dier. Hij knippert heel even met zijn ogen en verliest zijn focus.

Op hetzelfde ogenblik dat ze zich met alle kracht naar voren gooit, buigt zijn been met de gewonde voet. Ze begrijpt eerst niet wat er gebeurt, tot ze het mes ziet liggen dat uit zijn hand is gevallen. Ze schopt zich vrij en pakt het vast. Als hij weer boven op haar zit, zwaait ze ermee naar hem, krachtig, recht zijn borst in.

Alles wordt vaag en stil. Ze ontmoet zijn blik, tot zijn ogen ten slotte zwichten. Tot alles voorbij is.

Die merkwaardige zwaarte en warmte. Als ze hem op zijn zij draait, ritselen een paar dode takken. Zijn lichaam komt tot rust, maar het bloed stroomt over de boomwortels.

Langzaam krabbelt ze op en gaat op haar knieën zitten.

Een onbegrijpelijke kilte. Die komt van binnenuit, als uit een wond.

Ze merkt dat ze nog steeds het mes in haar hand heeft. Ze ziet zichzelf weerspiegeld in het grote, glanzende lemmet en ziet tegelijk ook de maan en de sterren.

Alsof ze in slaap is, glijdt het mes uit haar hand en valt zacht op het mos.

Dan ziet ze het.

Op de grond naast hem ligt iets. Het ziet eruit alsof het uit zijn broekzak is gegleden. Ze pakt het op, strijkt voorzichtig met haar vinger over het gladde oppervlak.

De kleine barnsteen met de twee ingekapselde zwarte silhouetten, met de kopjes naar elkaar toe. De mier en de kever, ingesloten in hun honinggele eeuwigheid. De kleine luchtbelletjes. De warmte.

Ze staat daar met de steen in haar hand.

Met dank aan

Mats Holst
Vivianne Jakobsson
Wanja Andersson